敲开北大之门

——开启博雅人生——

冯支越　主编

西南大学出版社
SWUP
国家一级出版社　全国百佳图书出版单位

图书在版编目(CIP)数据

敲开北大之门. 开启博雅人生 / 冯支越主编. -- 重庆:西南大学出版社, 2022.1

ISBN 978-7-5697-0681-9

Ⅰ. ①敲… Ⅱ. ①冯… Ⅲ. ①随笔 - 作品集 - 中国 - 当代 Ⅳ. ①I267.1

中国版本图书馆CIP数据核字(2021)第079905号

敲开北大之门——开启博雅人生

QIAOKAI BEIDA ZHI MEN——KAIQI BOYA RENSHENG

冯支越　主编

项目策划: 蒋登科　张 昊
责任编辑: 李晓瑞
责任校对: 路兰香
装帧设计: 观止堂_未　氓
排　　版: 杨建华
出版发行: 西南大学出版社(原西南师范大学出版社)
地址: 重庆市北碚区天生路2号
邮编: 400715
印　　刷: 重庆市联谊印务有限公司
幅面尺寸: 165 mm×235 mm
印　　张: 27.5
字　　数: 440千字
版　　次: 2022年1月 第1版
印　　次: 2022年1月 第1次印刷
书　　号: ISBN 978-7-5697-0681-9
定　　价: 78.00元

编委会

主　编：冯支越

副主编：郭　超　张　涵　刘　钘

编　委：杨若兰　张洪瑶　罗　潇　邱渝湘

　　　　关汉岳　黄　鸿　杨　睿　肖　一

前 言

“未名渝音”是北京大学重庆招生组的官方微信公众号，于2015年4月上线。“未名渝音”定位于服务重庆高中学生、老师、家长，为北大重庆籍学子提供展示平台。上线至今，“未名渝音”已刊发北大在校生投稿、家长投稿、北大新闻、学科与科研、招生政策等各类文章400余篇。

多年来，北京大学重庆招生组一直秉持以人为本的工作理念，扎实细致做好中学生、家长和老师们的服务工作，积极关注和支持北大在校重庆籍学生的发展。

在工作过程中，招生组通过建立微信群、QQ群等方式为多方搭建交流咨询平台，及时解答中学生和家长的疑惑，并经常性地走进中学校园，与中学生和老师们面对面交流。每年招生组都会与众多重庆学子建立长效的沟通和联系，不但对学生们存在的各方面疑惑进行解答，还有针对性地深挖学生个人潜质，引导他们自我思考，明确个人兴趣和优势。同时，招生组充分利用北大名师的资源优势，每学期邀请不同学科的教授到各中学开展内容丰富、形式多样的博雅通识教育讲座，引导学生树立远大理想，激励学生奋战高考，激发学生的学科兴趣，丰富学生的学科视野，让北大优质的教育资源惠及更广泛的同学，这也体现了北大强烈的社会责任感。

北京大学重庆招生组一直坚持招生与培养相结合的理念，认为学生进入北大只是招生工作的起点，关心学生在校期间的发展与进步也是招生组的重要工作。多年来，众多重庆籍北大学生在学术、科研、社会工作、文化艺术等方面取得了突出的成绩。招生组持续关注着重庆籍学生的发展,力求对他们进行积极引导,并创造展示他们个人才能的平台。通过"初入燕园培训会""新老生交流会"等活动,帮助同学们尽快熟悉了解北大,串接起各级重庆籍学生的交流和联系,帮助大家顺利完成从高中到大学的过渡,使其真正成为一名"热爱北大、心系天下、人格健全、学业优秀"的北大人。重庆招生组定期会通过"未名渝音"微信公众号和北京大学招生办公室微信公众号等平台对优秀重庆籍同学进行宣传,并组织同学们利用假期返乡期间回到高中母校,分享他们在北大的学习生活感悟,激励母校同学。

上述这些工作在招生工作中发挥了重要作用,彰显了重庆招生组的工作理念。而随着新媒体技术的发展,以微信为代表的信息传播平台已经深刻融入人们的生活,成为人们获取信息最快捷有效的平台。适应新的信息传播模式,更好地实现传播效果,这是时代对招生组工作提出的新要求。为此,以前期招生工作内容为支撑,北京大学重庆招生组推动了"未名渝音"微信平台的创立,将政策咨询、招生信息、名师讲座、学生专稿等内容整合,形成传播更及时有效、内容更丰富全面的信息平台。

创立以来,"未名渝音"微信平台版面不断丰富扩充,已经形成了广泛而固定的读者群体,平均每周三次的推送频率保证了文章的持续性。"未名渝音"的建立能够很好地对接考生、家长和老师,成为他们了解北大的重要信息渠道。"未名渝音"通过征稿,将这些在校重庆籍学子的思考和体会刊发出来,展示他们取得的成绩,激励其他重庆籍在校同学和高中生。

本书中的文章均为北大重庆籍同学所写,刊载于"未名渝音"。他们通过自己的文字回忆了自己的学习生活,抒发了成长感悟,表达了对北大的感激之情,也传达了对高中生们的鼓励和建议。我们期望,将这些文章集结,能描绘出重庆学子在北大的成长足迹,祝福他们拥有更美好的未来,激励那些立志考取北大的优秀中学生们奋发向上。

未名渝音,传递燕园最强音!

目录

信息与工程科学部

—— 社会科学学部

人文学部

跨学科类

北京大學

理学部

数学科学学院

1995年,北京大学在数学系与概率统计系的基础上成立了数学科学学院。数学科学学院下设四个系:数学系、概率统计系、信息与计算科学系和金融数学系,拥有五个本科生专业:数学与应用数学专业、信息与计算科学专业、统计学专业、应用统计学(生物统计方向)以及数据科学与大数据技术专业。

1952年以来,数学科学学院先后为国家培养了一万多名毕业生,他们奋斗在国家建设的各条战线上,其中包括30余名两院院士。获得国家最高科技奖的吴文俊院士和王选院士是数学科学学院校友中的杰出代表。

事业难争长，工夫独造微
——数学竞赛学习经历

池卓倪

我在初中毕业典礼时开玩笑地写下了“高中期望是高考分数比中考分数高”的愿望，当时除了想读文科外，完全没有别的规划。对，我曾经的志向是读文科，希望以后从事历史研究，尽管这只是个不成熟的想法，再加上当时我对物理外的理科没有太多兴趣，虽然我的理科成绩明显有优势，但当时的我更喜欢历史人文，也自然没想到自己将会走向数学竞赛这条路。

初三暑假，学校有竞赛启蒙，我和另外几十个同学一起参加了。然而那段时间我其实是在某个学长的家里追了半个月的《花千骨》，完全没有听吴老师的数学课，结果在数学、物理两门课的考试中，物理考了第四名，数学考了倒数第四名。入学后，因为觉得数学竞赛教练不会重视我，进而就不会管我了，于是就选了数学竞赛，励志当一只快乐的咸鱼。之后买了一套“小蓝本”(然而里面有几本到现在都还没翻过)，一开始只是随便看看，后来却渐渐沉醉其中，没想到初中那么枯燥的数学原来可以这么有意思(初中的时候数学课上最有意思的是我们的数学老师)。我在自学了皮亚诺公理以后，第一次感觉到道理可以如此真实。那时候我终于明白，这是我真正想要的。数学最令我愉悦的，是它从不说假话，公理所能证明的即为我所相信的。我对此狂热起来，那也是我第一次把自己的目标定在北大，我告诉自己一定要去北大，读中国最好的数学系，不为任何理由，只是为了学数学。一直到高一下学期，我每天都坚持花一个小时做竞赛题，周末每天都学两小时（现在想起来其实高一相比很多人来说也没花多少时间）。

然而高二联赛我一试就崩盘了，结果连全省第一名都没拿到，而且也因为竞赛占了备战高考的时间，高一下学期时我的综合成绩跌倒了年级三十多名，另外，后期的花销会越来越大，家里人也由此反对我接着参加数学竞赛。2016年9月中旬的那些天可能是我这辈子最煎熬的日子。家里人都在劝我不要再投入过多精力在数学竞赛上，而我却不愿放弃。经过一段时间的思想斗争，我做了决定——暂时放弃高考备考，我还是认为联赛失利除了发挥不佳外更多的是实力不强。知道我的决定后家长和老师都强烈反对，他们认为我这完全是在冒险。如果我能保持高一时的成绩，将来完全可以通过自主招生争取到较好的条件。可在我看来，参加竞赛不仅是一条升学的途径，更是对自己数学学习能力的一个检验。2016年10月的前半个月时间里，我每天把语文、英语、理综的笔记记下来后就将全部时间用来做竞赛题，同时也会做语文、英语作业（但我保证我是认真完成了这两科作业的）。高强度的训练让我的水平在这半个月内大幅提升，到10月中旬旁听省队培训课的时候，我已经能考出和多数省队选手差不多的成绩。这么做当然也是有代价的，一个多月里，我高二上半期考试的年级名次相比高一时下滑很多，从全班前几名变为班上倒数几名。那一年的时间里，我每天都花六个小时以上时间做竞赛题，八本竞赛题被我挨着整理了三遍。我这个人比较浮躁，只有数学能让我沉潜下来。和很多人一道题最多做五六十分钟就放弃不同，如果我真的对一道题感兴趣，那我很可能会夜以继日地做下去。有次在网上看见一道很有意思的“蚱蜢跳数轴”的题，我花了三天共计十八个小时终于做了出来，那是我第一次做出一道难题。高二时，网上的一道几何题我做了八个月，甚至有天晚上因为找到了新思路鏖战到凌晨，最终趴在书桌上睡着（然后第二天早上八点才从书桌上爬起来，于是破了我们班迟到记录，虽然只保持了一个月）。当然，整个三年的时间里因为做题而熬夜的次数也不到十次，基本都是在十一点半以前睡觉。最后攻克难题时自然会有些别样的成就感。当然也不是所有问题都是花了时间就能解决的,比如2017年1月份我偶然发现了一个问题,就研究了一年,然而还是没解决(到现在也没解决)。

高三联赛,我顺利进入了重庆省队(似乎应该叫市队),并且在CMO中入选国家集训队。招办老师给我打来电话时,我第一次感觉命运可以掌握在自己手里,可又开始犹豫起来:我想学的真的是数学吗?我真的敢学数学吗?一时间我并没法回答这个问题。在集训队训练期间,我结识了全国各地的数学竞赛爱好者,尽管大家都有更多的选择机会,但他们中的多数还是选择了北大数学科学学院,我也由此坚定了进入燕园学数学的决心,并最终拿到了北京大学数学科学学院的录取通知书。

竞赛退役,进入北大,并不是旅程的终点而是新的起点,能走多远还是未知数。

最后留点实在的东西:竞赛学习难免有些枯燥乏味,在学习的过程中大家应该多与其他学校乃至其他省份的同学交流。对于一个学校来说,一个好的学习氛围是非常重要的。很多时候一个问题需要集思广益,备战竞赛最忌讳的就是恶性攀比,总有人备战竞赛是为了显得自己比别人聪明,彰显自己的不同,而不愿意与其他同学共同讨论,相互促进,这种人往往走不远。

另外感谢我的母校南开中学和巴川中学的各位老师和同学,也感谢清华大学彭教授、江教授和于教授的关心以及北大各位老师、学长的指导。除亲属外最得感谢的是陪伴我两年的刘翊臣同学。

池卓倪:毕业于重庆市南开中学,就读于北京大学数学科学学院

未名赋

李　霖

余乃渝州人士，自幼于巴蜀学校生长学习。丙申元月，初习数学竞赛，小成。越三年，准入北京大学数学英才班，而获先期年深造之佳机。今临大学门启，为感父母师友之恩情，兼怀往事，遂作斯赋以记之。其辞曰：

千里风物，广大乾元。雾都钟灵毓秀，桥城凤翥鸾骞。西枕四川之流涧，东踞三峡之峰峦。解放碑之堡垒，洪崖门之城垣。

往来而成今古，巴山莽莽；褒贬自有春秋，蜀水潺潺。枇杷坡麓，集星辰之精魄；嘉陵滨渚，聚商旅之游舷。诚然冲津要道，实则上庠讲轩。菩提青梧，罗名树以夹道；凤尾丹桂，畦群芳而争妍。夏成翠莲金柳，春发沅芷澧兰。泥爪花印，偏喜经春花暖；飞翼霜翅，疑畏侵晓霜寒。竹树茂密，江山环抱。

俊采熠熠，慕风流之前圣；德音彰彰，聆金振于今贤。习代数，迎科学之王后；研数论，摘明珠于皇冠。组合精妙，定阴变阳六画后；几何恢宏，经天纬地九宇间。胜日优游，直引流泉浮杯底；雨夜苦吟，犹讨清辉照卷端。致知正心，渐臻修身之道；躬行明德，漫溯至善之源。连通规划，离散极限；逼近理想，超越平凡。

师恩浩浩，雨润桑梓；学谊漾漾，云涌波澜。传东西之真理，展文理之奇观。诤朋畏友，度羊左之雨雪；懿范危容，详班马之埃涓。尊长受业，犹佳露生仲夏；同窗论道，亦甘霖降旱田。不愤不启，不悱不发，思九州之博大；如切如磋，如琢如磨，凌万顷之茫然。

读孔朱之家语，修德才而并重；会欧岳之苦心，养文质而相兼。父道开荒拓宇，挟山超海；母教灵清志洁，虑竭神殚。全非窦家之五子，幸逢孟氏之三迁。共访山泉而寄望，同入东林以寻仙。四海出游，饱收眼底之景；一家和聚，喜承膝下之欢。寒来暑往，莪蒿渐具繁叶；日居月诸，幼子忽已弱冠。雏鸦羽密，春晖普照细草；羔羊绒卷，凯风轻曳征船。

八十六载，井鬼斗柄转箕宿；三十一人，巴蜀健儿向燕园。“公平、正直、诚信、朴实”，身履巴蜀之校训，“爱国、进步、民主、科学”，心属北大之誓言。既济渝水而北渡，将越太行以东瞻。过秦岭云横，无问此心何安处；到六盘风紧，欲从斯人归雄关。回眸成趣，举步维艰。

拥旌旐以迫帝苑，临阊阖而畏矜严。学堂门阔，五湖同赴千寻路；红楼情深，七子义赠万字笺。戊戌初肇，沥昆仑之肝胆；五四奋起，荐鲜血与轩辕。尝传文脉至湘楚，亦维国运于云滇。承诸夏之正统，贯中华之回环。今日博雅灯满，归来一雁；明朝未名风洽，过尽千帆。鹤鸣深皋，其声震震；龙出潜壑，其影翩翩。

人生百年，骏马扬鬃归黄土；鹏程万里，冥鸿挥翼向青天。虎豹难骑，勤执范滂之辔；琴瑟在御，忍断戴逵之弦。曾斩蛇以竞起，竟化鸟而争先。文鹿乍现，绝六车而耀九色；神龟不动，立四极而柱三山。英才锦衣飞鞚，黄河月下；少年征缨鸣剑，长城星前。

前尘如水，往事如烟。及尔姱节，示女媭屈子矢志；用我殊调，问丈夫李生诗篇。

己亥七月作

李霖：毕业于重庆市巴蜀中学，就读于北京大学数学科学学院英才班

一寸之路

邹思聪

多年以后，面对博雅塔，我会想起在巴蜀园凝望梧桐树的那个下午。是初到巴蜀时万里无云的下午，抑或是冬令营考前彤云密布的下午，还可能是高考结束后大雨滂沱的下午，更是无数记忆共同编织的那个下午。梧桐巨树拔地而起缀满绿叶，又或许是桠条横斜风卷枯枝。有关巴蜀园的记忆，恰如玻璃碎片零零散散已难分辨，却又历历在目。这正是，我一寸一寸走过的两年。

这条一寸一寸走过的路自升入高中起就横亘在我眼前。离开区县的中学来到巴蜀，怀抱着初生牛犊的无畏与无知，我选择了数学竞赛。但竞赛基础的薄弱，让我迅速地体会到了有题做不出的不甘与无奈。第一个月学习的平面几何，成了我竞赛生涯中第一个坎。在宿舍的静谧的夜晚，在前往丽江的软卧火车上，看见同学们拿出厚厚的几何资料，我不禁焦虑而不解。或许因为尚有退路，所以并未使尽全力，成绩也一直不见起色。

高一上学期时成绩勉勉强强，我还不知道自己将踏上一条一往无前的道路。第二学期重新分班后，老师给了我停课冲刺九月份联赛的机会。那是什么时候？从五月的某一天起，我渐渐开始领略到数学之美。在看见那些定理名称时油然而生的亲近和敬畏，在看见那些神来之笔般的证明时的叹为观止，或者是在面对自己无可奈何的伪证时的哭笑不得，日日夜夜的努力促成了我对竞赛的偏爱，对题目的执拗转化成学习的动力。渴望证明自己的能力，但一次次惨淡的成绩，催生出自我怀疑与否认。

停课的四个月，一寸又一寸缓慢而笃定地负重前行，可这路上，前方的人早已遥遥领先，后来的人也奋起直追。还未从收获东南奥赛金牌的喜悦里回过神，铺天盖地的一试模拟题便给了我当头一棒。在上海“新星”昏昏欲睡的课堂，在武汉国子学高强度的模拟考，这一支笔，将我从数学世界美好的幻想拉回联赛的硝烟战场。回首望去，是原来备战高考的同学们暑假时仍在自习的背影，是父母亲人对自己的殷切期盼。于是进入联赛考场，从前夜的昏睡中重振精神，努力搜索自己曾学过见过的一切定理、练过错过的所有习题，终于，一上午的苦心思索，换来了一份足以让四个月的努力无悔的答卷。

在北大金秋营的最后一个上午，走出考场，母亲告诉我进入省队的消息。而就在我身边，另一位同学却因为十分之差落选冬令营。或许这条路就是如此残酷，一寸之宽无法再挤下两颗热忱的雄心，只有恰获时运的我获得了向前一步的机会。再次回首，已得到竞赛班所有老师同学的祝福与期望。而此刻，我终于明白这是一条怎样的竞赛之路：除一寸寸前进之外，再无看清前路之法；除一寸寸努力之外，再无达成理想之法。

时光如白驹过隙，两个月也不过刹那而已。准备冬令营的日子，远离了喧嚣与怀疑，更是告别了枯燥的一试，我终能沉浸于纯粹的思考与平静中。上午四个半小时的苦思，下午讨论题目时的碰撞，晚上一起“摸鱼”的欢乐，如今回首，这也许是我高中两年里最珍贵的记忆。

十一月前往成都，惴惴不安地步入考场。恍惚之间，交卷铃响。收笔交卷，再次迷惘。我的竞赛生涯，在此处便可画上句号。冬令营已罢，一块金牌足以让我拥有选择理想大学的权利。未来的方向，或许也足够清晰，但我又该如何去追寻呢？一周的北大英才班学习，让我领略了燕园的美丽与温柔。未名湖的落日塔影，数学研究中心的楼阁书房，同学间的互助共进，至今铭刻在我记忆深处。北大，如今我终于有资格，去迎接你温暖的拥抱！

此刻，走进燕园，我仍无法忘怀在巴蜀拼搏奋斗的日子，无法忘怀在高三学习的大半学期,无法忘怀2019届的老师同学们,无法忘怀竞赛班里的欢声笑语。我已走过此路,未来仍在脚下,那么现在,继续我的征程吧。把世界,当作自己的故乡。

即使未来也将风雨兼程。

邹思聪:毕业于重庆市巴蜀中学,就读于北大数学科学学院

桥——无路之路

周北桥

提起我的名字，我最喜欢的便是最后一个“桥”字。于我而言，它不是冰冷的建筑，而是一种不为重压所屈服的坚韧，更是我人生旅途上的无路之路。

一、体验生活的小学——追梦的起点

我从小生活在长江入渝第一大镇朱沱镇，父母对我的启蒙教育就是什么事情都让我自己去体验。虽然确实给他们带来了不少的麻烦，但我觉得这是成长所必需的。进入小学，由于自己“资质”不够，没能进入隔壁的精英班。没有每天放学后留下来补课的“特权”，也没有烧脑的课后作业，我有更多的时间“体验生活”。我曾经因为尝试做饭烧了家里的锅被爸妈骂过，也曾因为放学后和同学去江边抓螃蟹被老师批评过，而且他们总会把我的“劣迹”和某些隔壁的小朋友对比，最后得出结论：“某某一看就是北大清华的料。”经过数次如此这般的“熏陶”，我终于知道北大清华就是全国的最高学府，并且冥冥之中感觉北大更有亲切感（现在想来，是因为名字中有一个字相同），便暗自向往。但那个时候，北京大学对我来说真的只是一个梦，我与北京大学，一个在起点，一个在终点，我看不见中间的路。

二、不甘沉沦的初中——逐梦的陷阱

在我小升初那年开始实施划片招生政策,原本成绩还算可以的我因为户口所在地被划入了一个升学率相对较低的乡镇初中,而其他同学大多选择了城区里的学校。在学校,由于竞争压力本来就小,稍稍一努力成绩就能名列前茅。于是我开始有点不思进取,觉得反正无论怎么学,我的排名都不错,学习的动力也少了很多。但是很快我就意识到了自己眼界有多么狭窄。在一次与小学同学的交流中我了解到其他更优秀的同龄人的情况,更直接的是,在第一次全区统一考试中,我在全区的排名简直不忍直视(尽管我在我们学校排名靠前)。考试之后,我的心情一直不好。周末,班主任给了我一本书,名字叫作《北大清华不是梦》,我花了一个周末读完了这本书,书中不乏一些逆袭的"鸡汤"文,当时把自己"灌得"热血沸腾,并大言不惭地说自己也能考上北大。这次的失败让我惊醒了,我开始调整自己的学习状态,一点点修正错误的航向,拯救沉沦的自己。

三、奋起直追的高中——圆梦的道路

在中考中,由于自己取得了不错的成绩,我获得了走进北京大学的机会。第一次与北大见面的那天,我徜徉在神圣的博雅塔,流连于美丽的未名湖,切身感受着那濡染百年的学术氛围,也第一次体会到对北大如此强烈的渴望。从那次游学之后,北大对我来说不再是梦,而是我的目标。为此,我缩减了周末的打球时间,拒绝了同学看电影的邀请,学会了放学后在教室中静心地学习,习惯了一个人在宿舍里学习。高二有段时间,由于某些原因,心情受到影响,学习状态不佳,成绩出现异常波动。当时自己非常着急,有种要绷不住的感觉。多亏了我的好哥们和我谈心,帮助我逐渐恢复状态。到了高三后期,压力倍增,更是因为有了志同道合的同学相互支持以及老师的悉心教导,我才能够终有梦圆北大的这一天。现在想来,我与北大之间并没有路,却凭借自身努力筑出一条圆梦之路,这便是无路之路。

Plus

终点,也是新的起点。北大是我12年寒窗的终点,也是我未来生活的起点。其实自己心里还是挺忐忑的。自己选择数学完全是因为兴趣,而早便听说北大数学科学学院里藏龙卧虎。无疑,他们的知识体系比我更完善,他们的思维能力比我更强,而且大学数学难度肯定更大,挫折和失意肯定会有,但是我也不会妄自菲薄,也不会因此就甘于人后。从小学开始,我就不是成绩最好的那个,但是我从来没有放弃。正如歌曲《蜗牛》中的歌词“我要一步一步往上爬,在最高点乘着叶片往前飞”,而且我也相信,只要我足够努力,“总有一天我有属于我的天”。

周北桥:毕业于重庆市永川中学,就读于北京大学数学科学学院

为纯粹的热爱喝彩

梁渝涛

大概每一个男生，在成长路上的某一个特殊的瞬间都会突然冒出一个念头：我想做科学家。可它又如同匆匆划过的流星，在静谧的夜里不留痕迹。

起初接触数学是在小学。那时的快乐很简单，友谊也很简单。能在30秒里背完乘法口诀表的男孩就能拥有最多的朋友，而嘴里时不时能冒出一个"斐波那契数列"一类古怪词语的男孩就能吸引更多女孩的注意，如果这个男孩碰巧还能做出一些有难度的数学题，他很快就会成为班上最受欢迎的人。我就在这样的环境中走上了数学的"朝圣"之路。

小学毕业的我满怀欣喜地到了中学，虽然中学的课程增多，时间紧张，但我也不曾减少对数学的热情。

高中数学竞赛让我看见了更广阔的天地与某种意义上精神的自由——在这里不用担心没写"证明"两字被扣掉两分，不用看"如图所示"而被迫挖掉有意义的情况，更不用精心寻找得分的最优化策略。大概只关乎对错，只关乎技巧，关乎沉思整夜的上下求索，关乎一点即通的酣畅淋漓。我不曾见过石崇的珊瑚树、花椒壁，却能画出阿基米德身前沙地里的同一个圆；我也不曾听过罗马教堂唱诗班的低语，却能看见丢番图遗卷中的方程映射出的绮丽空间。

幸运的是，我来到了每一个学数学的孩子心中的圣地——北大数学科学学院。这里有可爱的同学——有人天赋异禀，有人思路清奇，有人口若悬河，有人满腹经纶。透过他们清澈的眸子，我看见的是每一个人发自内心深处的对数学最纯粹的热爱。这里也有可爱的老师——积极美丽的年级主任，课间在角落里画二次元少女的几何教授。我能感受到的，是人情的温热，和他们一心投入教育的热忱。

行走在理一的楼道，经过每一个房间，看过门牌上每一个再熟悉不过的名字，想象着每一个人少年的模样——满怀憧憬，为热爱的事业而努力，而沉醉，为百年前的大师的智慧而感叹，为看见旁人不曾见过的世界而欣喜。不觉怦然心动，发现自己想要的一切，不过是在这样的地方能拥有一个小小的房间。

数学总是自由的，它更像是思维的游戏，你无处寻找它的真容，而它却无处不在。我坐在燕南一隅窄小的书桌前，思绪却漫步在无限宇宙的最深处。学数学的孩子总是容易为这样简单的事物而快乐，与小时候做出古怪的数学题时简单而纯粹的快乐竟别无二致。只是他人笑我太疯癫罢了。现实催生了很多市侩的哲学、很多“精致”的理论，竟也一气呵成形成体系。或许真的应该脱去身上的戾气，潜下心来研习学问。

谢冕的《永远的校园》中有这么一段话：“一旦佩上北大校徽，每个人顿时便具有被选择的庄严感。北大人具有一种外界人很难把握的共同气质，他们为一种深沉的使命感所笼罩。今日的精英与明日的栋梁，今日的思考与明日的奉献，被无形的力量维系在一起。”

听说北京有狮子座流星雨，于是凌晨四点起身出门，冷到双手失去知觉。浓厚的云层遮蔽了天空，连月亮踪影也无处可寻。而静园的草坪上，却仍是吉协搭起的帐篷和三两个闲谈等星星的人。大概我们也需要这样孩子气般追逐星星的少年吧。

梁渝涛：毕业于重庆市巴蜀中学，就读于北京大学数学科学学院

物理学院

北京大学1913年设立物理学门，我国物理学本科教育从此开始。1952年全国院系调整后，北京大学物理系集原北大、清华、燕大三校物理精英成为我国高校实力最强的物理重镇。2001年，北京大学物理学院在原物理系、重离子物理研究所、技术物理系核物理专业、地球物理系大气物理与气象专业、天文系的基础上组建成立。

在百余年的历史征程中，北京大学物理学科群星璀璨、薪火相传。这里先后联合培养了郭永怀、彭桓武、杨振宁、邓稼先、朱光亚、于敏、李政道、周光召等众多享誉世界的杰出科学家。在这里学习或工作过的中国科学院院士有120多位，中国工程院院士12位。在我国23位“两弹一星”元勋中，有12位是北京大学物理学院的校友。这里也是我国高校中校友当选美国物理学会会士（Fellow）最多的物理院系。

重拾梦想，追寻远方

汪靖皓

过往的孤勇与倔强

初中时的我，未曾想到会有在高三渐渐被放大的迷茫：三年光阴的虚度，使我只能进入一所普通的大学，在自己不感兴趣的理科和工科间左右为难。高三下学期，我面对着普普通通的成绩和颓废潦倒的自己，渐渐有了复读的想法。那想法最终在高考成绩出来那一刻化为行动，我拨打了南开中学的电话。

此后待在家里的一段时间里，我竟生出悲凉感来，想到自己的乐趣，想到与乐趣渐行渐远的未来，便有说不出的无助与失落。

高中的我是在浅尝辄止的学习和毫无节制的玩耍中度过的。尽管如此，但我对哲学、数学和自然的喜爱在加深。仍记得皮亚诺公理带给我的震撼；仍记得书中内容从自然现象出发，一步步量化、实验、建模、建立公理化体系的过程带给我的彻悟；仍记得逻辑学中的层层辨析带给我的舒畅……大师的书中有能启迪心灵的智慧，大学的课本中有令人眼前一亮的见解。

但是，我在求知的过程中又太过偏激，对高中课本传授知识的方式感到不满：数学上，执着于为每一个新的概念找到来源，为每一个新的定律给出证明；物理上，纠结于电流、电压、电阻这些物理量最初是怎样量化的，欧姆定律的来源，常常抱怨物理教学就应该是物理史的教学……为求知而在书中寻找答案，我很快又在新的世界里迷失。对介值定理的证明的无力感，让我对实数重新审视，而此后实数分析的学习，又让我对数理逻辑产生困惑。阅读书籍从来都是半途而废，从没想起过参加竞赛培训的我，在自学中痛并快乐着。

诚然，我在自我探索中耗费了大量的时间，但这绝不是我一事无成的主要原因，相反，在不断探索与学习中，我发现我对数理和哲学的认知也在渐渐深化。真正让我一事无成的，是我的懒惰与缺乏自控力。大量的周末与假期时间，被我浪费在各种娱乐活动上，低层次的快感让我形成依赖，就像不断按压连接刺激大脑的电极的操纵杆的老鼠。课外学习的时间，往往只压缩在空闲的课间与自习上。曾有一段时间，我坚持晚上回家看书，但后来不断产生惰性，不知什么时候就放弃了。

而今的努力与信念

高三的我，不仅没有在学习上发愤图强，反而放弃了课外的学习，就这样，我进入了南开中学，开始了高中第四年的学习。这里有极佳的学习氛围和优秀的老师，初来的我感到既新奇又羡慕。新的开始，新的决心，在完成了从懒散的假期生活到紧张的假期学习的转变后，我以认真的态度迎来新的学期。可是，过程仍是曲折的。由于自己的基础不牢，缺乏答题方法与技巧，小测验时总是非常紧张，虽偶有几次蒙到高分，但大多数时候其实都是很低的分数。几次月考，我似乎总有那么点遗憾，总觉得没发挥出真实水平，总觉得应该考得更好，但事实上成绩却呈下降的趋势。

除了更努力外，还有一点和以往相比有了较大的改变。以前常和班上同学一起抱怨考试题目不严谨，钻牛角尖，但现在我的心态平稳多了。

事实上，尽管月考成绩总那么不尽人意，但我始终坚信下一次一定能考好，自己的水平实际上也在稳步提高。在一诊时，我终于取得了好成绩，为自己打了一针强心剂。

下半学期更多是在方法技巧上不断改善。不同的学科、不同的题型和整张试卷都对应着不同的方法技巧,方法技巧的改进包括自身的试错与总结、老师的教导、教辅书的阅读等。找到合适的方法,往往就会有跃迁式的突破。比如我做物理题时不严谨、做题速度慢、过程和对象分析不准确,这些问题常无法同时得到解决,分数常停留在90多分,可在老师反复叮嘱的“研究对象、研究过程、受力分析”的熏陶中和自己强化训练总结出的读题和分析的技巧的运用下,分数常能达到满分或接近满分。作文一直是我的弱项,甚至有过连续几次考试出现残篇的状况,但经过努力,我在高考时写出了一篇自己较为满意的作文。

未来的诗与远方

高考成绩公布后,我在专业选择上又有了新的纠结。物理固然是我向来所好,但我还是有些担忧。成绩出来当天一位有志向搞科研的好友曾和我谈话,鼓励我投身科研;和北大招生组老师的谈话,更是让我坚定了进入北大物理学院的坚定信念!重拾两年前的书本,我将继续走向远方。

汪靖皓:毕业于重庆市南开中学,就读于北京大学物理学院

仰望星空，脚踏实地

石淳安

一

进入高中之前，我就非常好奇：为什么总有人认为高三是艰辛的，并且需要一种“只要学不死，就往死里学”的看似“自虐式”的学习方式。也就是在进入高中的那一刻，我突然明白了：这一切的根源可能是一种观念——高中三年的学习是为了被心仪的大学所录取。

这个观念到底正不正确，我没办法下定论，因为每个人的想法是不尽相同的，所以这种观念无法用“对”与“错”来衡量。但是，就我而言，这种观念有它的道理，但不是必须要遵守的真理。我为什么偏偏就要耗费三年的时间得到一张名为“录取通知书”的纸？我为什么不能花费这宝贵的三年去丰满自己的羽翼，提升自我？

当然，这两者并不完全矛盾，提升自我不也能获得进入好大学的机会吗？但我激励自己，前进不完全是为了进入一所好的大学，而是为实现我的理想做准备。

二

小学五年级时，重庆虎溪天文台的一位研究员来到我所在的小学做了一次讲座，为我开启了天文学的大门。接下来的几年，无论在小学，还是初中，我对天文学都有一种抛却功利心的热爱。《果壳中的宇宙》《时间简史》《大设计》无一不吸引着我的眼球。而进入高中以后，为了追寻这一理想，我依然没有停下脚步。

高一时，我参加了数学、物理、计算机三门课程的竞赛培训。整整三门！班主任、各科竞赛教练，还有我的一些同学都在劝我不要折腾自己，但我依旧坚持。一则，数学是自然科学的研究工具，物理是自然科学的研究对象，计算机是自然科学的研究手段，缺少任何一门，对自然科学的认知都是不完整的；二则，我早已认为高中三年的学习不只是为了被大学录取。因此，我也不奢求竞赛一定要取得名次、获得金牌，高中阶段，都是在为大学的求学之路做着准备。所以，我参加竞赛的目的，是给大学的学习奠定基础。

我要感谢我所就读的西南大学附属中学，是这所学校为我提供了这样一个机会。老师们都尽力互相协调，使得各科竞赛时间不冲突（不过高一下学期实在因为时间难以调整，最终我不得不放弃物理）。

然而，参加多科竞赛的副作用是显而易见的，我仅获得了数学与计算机的省一等奖，没有进入省队，而只学了半年的物理也只能达到省二等奖的水平。但我也没有丝毫的后悔，我在学习的过程中，获得了不少知识，与此同时我对自然科学的热爱、崇尚、敬畏之情愈发浓烈，还培养了自己在计算机方面浓厚的兴趣。慢慢地，我对计算机的爱好程度已经仅次于天文了。

三

高三，该来的总是会来。不过在我看来，高三并没有别人口中所说的那样辛苦。我甚至认为高三比高一高二还要清闲。因为这个时候所要奋斗的只有一个目标——高考。

高三,重要的是心态,要有一种大将风度。考试超常或失利,都是常有之事,不能被一时的成绩蒙蔽了双眼。自己哪些知识已经掌握,哪些知识有所欠缺,应当明白,考试的成绩也只能是参考。平常心,心如止水,或许是高三最佳的心态,也是考试超常发挥的法宝之一。在高三上学期12月份的时候,我的内心慢慢平静下来,不过分重视考试的分数,从而在连续几次考试中取得了优异的成绩。

当然我不是为了追求功利,因此在高三的时候我还看了不少有关天文与计算机方面的书籍。不过,可能正是因为花费了不少宝贵时间,高考的时候没能发挥出自己最佳的水平,也希望大家在高三能够有所取舍,吸取我的教训。

四

与北大相识,有诸多的偶然,也有不少的必然。高二的时候,学校组织学生前往北京游学,参观北大。北大浓厚的学术氛围感染了我,让我对这一流的学府有了直接的接触。同时,在高二暑假参加的天文学夏令营和暑期课堂,更让我亲身体验了北大的衣食住行,我与燕园的联系就此更加紧密。

我非常感谢北大给予的机会,我感受到了北大海纳百川的人文情怀,同时也体会到了北大对真理执着的追求。从高中开始,我就对北大充满了追求与期待。这就是我心仪的大学!

现在我来了。想到《星空日记》中的一句话:“不是现实支撑了理想,而是理想支撑了现实。”

石淳安:毕业于西南大学附属中学,就读于北京大学物理学院

我本微末凡尘，可也心向天空

张天纵

收到北大冯老师的约稿，我也不太清楚说什么好，便将自己竞赛时的心路历程付诸文字，望对读者有所帮助。

记得第一次接触竞赛是在初三结束的那个暑假，当时懵懂的我还没来得及品味中考胜利的喜悦，便被引领着走上了竞赛之路。

那是一个大教室，我们依次就座，等待着竞赛教练们的专题讲座。“竞赛”于那时的我而言是一个多么新奇而美妙的词语，听说靠它可以避开繁重的高考备战，轻松收获北大清华的橄榄枝。至于那些折戟沉沙的失败者，却被我选择性地忽略了。毕竟才从中考的战场脱颖而出，谁又会没有一点狂妄呢？“我一定会成功的，对吧？”我这样和自己对话。

彼时，讲台上关于信息和数学的发言已经结束，新上台的是物理教练。他没有如其他老师一般大谈每年保送的名额，只是为我们在黑板上写了一道题，并给出了标准答案，对现在的我而言这不过是一道简单的刚体转动问题，但对于当时的我来说，这无疑是奇妙的。它让我从初中的以背公式为主的学习方式中挣脱出来，走进了以推导演绎为主的新的世界。“就是它了。”我默默地想着。就这样，我与物理竞赛的缘分开始了。

准备物理竞赛的日子是单调而又充实的，日复一日的刷题、对答案、总结、看书，颇有一些枯燥。此时因为自身的勤奋，我也开始崭露头角，但我并没有太多的喜悦。因为与此同时，被竞赛逐步侵占时间的其他学科已经发出了警告。第一个学期的月考、半期考试我都未能进入年级前一百名,这样的成绩让我担忧。

另外,我的父母都是经历高考进入的大学,在他们眼里,通过竞赛入大学,与体考、艺考并无不同,是一种“旁门左道”,是一种逃避,是承认自己高考不如别人的怯懦。而我在高中期间看大学教材更是受到了他们的强烈反对。他们觉得我是好高骛远,是揠苗助长,迟早会玩火自焚的。因此,我对竞赛也逐渐失去了信心。毕竟已经正式入学这么久,听到了看到了许多关于竞赛的失败的事例,也了解到巴蜀中学每年参加物理竞赛数十人,最后也不过两三人的成绩达到一本线,我真的能成为其中的一个吗?我已经不敢肯定了。

由于上述原因,我开始逐渐将高考成绩的提升视作重心,除了最基本的听课,我几乎没有再碰与竞赛有关的书本。按理说我应该退了。但终是继续了下来,我也不知道为什么我仍没有放弃竞赛,或许是在自己都未曾察觉的内心深处,还是有那么一点小小的执念和不甘吧。

终于,高一上学期的期末考试结束了,我如愿以偿地留在了实验班,但竞赛已经离我很远很远了。

再一次坚定信念是在那年寒假。我在网上看到了中国物理学的腾飞——“墨子”号量子卫星的升空,第一枚量子芯片的造就,以及中国物理学还存在的短板——如半导体、激光技术等等,以我拙劣的文笔完全无法描述当时自己澎湃的思绪,多么希望自己是那个在某一方面踏出一步的人,即使最终失败了,或许也可以将自己的研究留下来,吸引更多人奋进。科研路不都是如此吗?薪火相传,传承不灭。自此,物理已经不再是通往大学的捷径,而是一生的追求,我虽平凡,可也向往星辰大海。

就这样,我以昂扬的姿态度过了高一下学期。这一段时间我几乎将全部精力都投入竞赛,我深知瞻前顾后的后果是致命的,所以每选定一个方向都会投入全部精力。大概我确实不聪明,无法像真正的学霸一样高考、竞赛兼顾,我所有的,不过是可怜的被大多数人嗤之以鼻的毅力和刻苦。因此,我虽在竞赛之路上高歌猛进，高考时却又一次跌出前一百名，但我已经不在意了。

千里之堤，溃于蚁穴。

我遭遇了人生中最大一次惨败，第三十四届物理竞赛的复赛成绩只有125分，甚至没有做实验的资格，与我180分的预估分更是相去甚远。听竞赛教练说，是我的格式不规范的问题。考前我怎能想到，仅仅字写得工整不工整、式子写没写全、文字说明详不详细这一类与物理思维、解题能力完全无关的问题竟然能在考场上带来几十分乃至上百分的差别，再看看自己"先天不足"的字迹，我感觉自己全身都冰冷了。

但这一次我不会再动摇了，虽然我失败了，但我比大多数失败者要好很多，因为我知道了自己的不足。我又有一个不服输的性子，于是后来的我在领略精彩的物理世界时又分出了一丝心思在细节上。其实不论何事，做好细节都是必要的。因为注重细节意味着有严谨的思维，物理所需要的不正是严谨吗？就像造机器时计算零件的厚度，会计算但算错带来的损失恐怕比不会计算更大吧，所以我之前认为格式不规范对成绩影响不大的想法是完全错误的。格式不规范，步骤不严谨，很有可能得不出正确答案。

终于得到最后的结果，也算是如愿以偿吧，我进入了北大。但北大也不会是我人生的终点，不过是我踏上更高层次的阶梯。毕竟还有那浩如烟海的前沿科学在吸引着我，等待着我去探索和征服。"路漫漫其修远兮，吾将上下而求索。"

张天纵：毕业于重庆市巴蜀中学，就读于北京大学物理学院

高中，最珍贵的收获是成长

吴梓豪

回望我高中三年的时光，感慨万千。高中三年，曾经踮着脚，探着脑袋也望不到边，现在回顾，却又如白驹过隙。三年，确实很长，也确实很短。在天的尺度下，它足足有一千多个日起日落恭候着你；而在人生的尺度下，它却仅仅是人一生中并不很长的一小段。但正是这不短不长的高中三年，却能带给人一份最重要的财富——成长。

在我的高中生涯里，有成功，也有失败，有欢笑，还有痛哭。好的坏的，期待的，不期待的，全都接踵而来。我有时踌躇满志，斗志昂扬，有时也会茫然失措，辗转难眠。

但我也发现，在这丰富而跌宕的高中生涯中，我确实学到了很多。

学会冷静，竭尽全力

给我印象特别深刻的，是高一下期的期末考试。

在高一，期末成绩是唯一记入档案的学习成绩。期末考试的重要性，自然不言而喻。可就在这样一场重要的考试中，当最后十五分钟的提示铃响起，我却慌乱地发现，我的语文作文刚刚写到一半！怎么办？对于原本写作速度慢的我来说，面前的就是根本不可能完成的任务。一时间，手里冒出了冷汗，突然难以操控的笔杆竟然开始活蹦乱跳，刚刚还遵规守矩的字迹一时间俨然中了魔,变得“龙飞凤舞”“神采飞扬”。考场静得只听见春蚕食叶般的落笔之声,可我的心却根本无法平静。怎么办?但肯定不能这么办!

就在这千钧一发的时刻,一句话忽然闪过我的脑海:“紧张的时候,深呼吸!呼——吸——呼——吸——”就在那一刻,一种前所未有的平静席卷全身。“还有时间,还有时间,我要尽最大努力去写完,我要尽最大努力去写完……”我不断念叨着,手中的笔也恢复了原有的镇定,而开始全速奔跑。终于,在最后的铃声响起时,我完成了结尾。

走出考场,长吁一声。我为自己写完了作文而庆幸。但与此同时,对考试成绩的担忧却涌上心头。如此草草完成的作文,质量肯定不高,而文章结尾处离规定字数还差两行。我又不得不倒吸了一口冷气。为了平复忐忑的心情,我决定在校园四处散散步。在焦灼的心理斗争后,我意识到,一科没能考好,其实并不意味着整场考试的失败。就像一场战役,一场战斗输了,战役还不一定输。担心无用,我要静下心来,努力准备,尽力把其余科考好。就这样,那次考试我意外地收获了年级第二名的好成绩。

开阔视野,放眼远方

我还依稀记得,高二参加金秋营时第一次来到北京的感受。那次,我逛了清华北大两个园子,深深地被她们的美丽所打动。博雅塔、未名湖、清华园、研究所、物理学院……不论是自然景观,还是人文建筑,优美典雅的同时,更有一份历史的厚重,让人无比平静,又无限向往。也正是那一次,在教授的讲座中,我第一次接触到了最前沿的物理知识。我从小向往科学研究,而那一刻,我忽然觉得自己的视野开阔了许多,觉着自己与真正的科研更近了一步。

高一、高二两年,我因物理竞赛去过许许多多的地方。而每一次远赴,我都收获了很多。这些收获,不仅仅在于物理视野的拓展与能力的提升,更在于对生活、对自然有了更深的感悟。我记得第一次看海的激动,也记得第一次见到北方群山青岩突兀的惊诧。我记得晚间西湖的粼粼水波，还记得站在橘子洲旁，体悟湘江缓缓远去的历史沧桑。那些场景，深刻地烙印在了我的脑海里。每每回忆，依然有无限触动。那些我所见的，我所经历的，像是一种难以言说的力量，激励着我昂起头来，放眼远方，不断向前。

面对失败，热爱生活

有人说，最大的遗憾是"我本可以做好"。而如果你能想象一个人高二拿了物理竞赛银牌，而高三却以一分之差无缘决赛，或许，你能明白我当时的感受。很多情况下，人对于突发状况的第一反应是不相信。当结果出来的那一天，我不相信，更不敢面对。茫然失措，彻夜难眠，与之伴随的是深深的懊悔与深深的不舍。好几个晚上，我与朋友漫步在空寂的校园，诉说内心的迷惘。也有那么几个夜晚，我独自对着夜空，怅然若失。一连几天，我几乎都在一种浑浑噩噩的状态下度过，不知方向，不知所措。沉浸在"本可以"的痛苦中，不愿面对过去，也无法面对未来。

父母、老师、朋友一个接一个的关切与鼓励，时而让我感到内心温暖，时而让我重新找到了向前的动力。一次次倚栏沉思，我渐渐明白，对于无法改变的结果，我也只有学会接受它。风雨过后，我依然得继续我的路，何妨吟啸且徐行。把阴影抛在背后，才能看见阳光。

我重拾起久违的课本，发现它其实也别有趣味。虽不如竞赛学习任务艰巨，但高考学习依然有它自己的挑战。时而是一道数学题的烦琐或巧妙，时而又是一个化学问题的复杂与奇妙。哪怕是最基本的教科书，只要肯钻研，都能引发你无限的思考与想象。我试着用物理模型解释生物书中纸层析分离色素的原理，我也为化学实验中活塞旋转180度的原理苦苦思索。我发现，看似平实无奇的事物也可以藏有丰富的内涵，其关键在于你得有心。

与此同时，课内课外，各方面知识的学习巩固让生活变得充实丰富。有时候甚至走着路，也拿着书，抓紧时间背着单词、课文、素材。在北冥里遨游，在赤壁下泛舟，听维特根斯坦教诲，同米兰·昆德拉交流。我发现这不曾预期的生活同样丰富多彩。而高三紧张忙碌的一年带给我的，不仅是生活的充实与学习的快乐，还有人文素养的渐渐提升与分析事物时思维的缜密。

我想，也许生活就是这样，有时候我们会遇到前所未有的坎坷，有时候，我们也不得不与自己所挚爱的事物分别。但世间的一切却并不会因为这场分别而暂停。你的生活依然会继续，你的明天依然会一刻不停地奔向你。太执着于过去，你失去的只会更多。那又何妨勇敢地去面对它，放下它，重整行装，乐观地向前走去。热爱生活，然后执着向前。

三年的时光如流水般渐渐逝去，它或许奔跃着欢腾的浪花，它或许哼着悦耳的歌谣。而我，经历高中三年的洗礼，学到了很多，也成长了很多。回望过去，那些曾经以为的人生一战，其实不过是人生一站。那些欢声笑语，那些坎坷挫折，共同编织成了我们丰富的高中生活。它们带给了我最宝贵的财富——成长。

吴梓豪：毕业于重庆市第一中学，就读于北京大学物理学院

梦，向青草更青处漫溯

刘雨霖

恍惚之间，18年人生已过，我即将进入大学，走入北大——我的理想大学，我真切地感到梦离我只有一步之遥。我站在人生的路口，看见未来正向我缓缓展开，而过去已悄然流走。

雾里

从小时候开始我就表现出了对理科的偏好：我天生好动，只有做数学题目能够让我短暂地安静下来。

小学的时候我立志要当一名数学家。那时我对数学家的了解仅限于陈景润，对他的成果也只是模糊地知道他花了9年时间成功地证明出了“1+2”，也并不明白他的成果“1+2”的具体含义和卓越之处。但只是得知“他花费9年潜心研究”这一点就足以激起我的崇敬之情。我听说北大是全国理科最好的大学，于是心生向往之情。

初中开始接触物理，物理以它对自然的高度抽象概括吸引了我。如果说数学对我而言是美丽而精致的空中花园，物理则以它更深切地贴近现实的土壤让我倍感亲切。

这段时间的数学、物理对我来讲，如同雾中之花，神秘而迷人。学校里学习的内容早已不能满足我，我渴望学到更多。当初中的班主任告诉我可以报名参加周末的物理课堂时,我毫不犹豫地报了名。那是我竞赛生涯的开始。

无理

小学、初中顺利的学习经历让我对自己产生了不切实际的认知,当然也是年少轻狂,自以为“随便学学就可以考取高分”。当我在竞赛中碰到人生的第一个瓶颈时,我感到惊愕不已。我面对深奥的规律、复杂的现象、思索无解的习题、欠佳的考试成绩,回家痛哭了一场。

我不得不直面这样的现实:我真的不是一名天赋型的选手。而这一点意味着我可能会耗费终生也无法实现自己“认识世界运作规律”的这一个理想。这是现实的“无理”:对于一个理想主义者来说,最痛苦的不是追求的过程,而是意识到自己可能永远也无法实现理想。

我对自己说:“好吧。为了真理耗费终生,哪怕最后一无所得,穷困潦倒,我也心甘情愿。”认识自己的局限的过程是痛苦的,然而认识到这一点却让我如释重负。

之后,面对晦涩深奥的数学公式、物理定理,我能够静下心来反复思索,一段时间的思索之后也能够理解了。经历了和同学讨论、一定强度的训练后,面对新的问题我可以着手解决了。

第二次深刻地感受到现实的“无理”是在我高二物理竞赛复赛失利之后。根据当时的学习状态和班级竞赛名次,我不至于进不了实验班。公布实验班名单的那天晚上我彻夜难眠:虽然早已有心理准备,但还是非常沮丧。复赛理论考试时我的心态不好了,整场考试完全没有一刻是静下心来思考的,我心浮气躁以至于看漏了一道题!这固然是因为我实力不够强,更是因为我的不成熟。我写下一句话:“上帝给了我一把锋利的剑,也给了我一双愚拙的手和一颗怯懦无比的心。”

我不可能停留于原点:半个月的沮丧颓废后我选择走出,因为备战物理竞赛本身的乐趣大过我这次经受的打击。我选择转移我的关注点,尽可能在考试中放弃功利,忘记可能的结果,专注于行为本身。

在高二升高三的那个暑假,我参加了北大的物理学科营。我实践了我总结的方法,并成功地淡忘了我的功利目的。当我拿着成绩,看着眼前那棵在阳光的照耀下呈现出金色的树时,心中的触动是难以言表的。虽然我在高三的那次物理竞赛决赛中故态复萌,陷入了紧张和焦虑之中,这影响了我的发挥,但相较于高二,已有了长足的进步。

北大的一棵金色的树,也是我的手机桌面壁纸,摄于参加北大物理学科营期间。

悟理

重庆一中参加物理竞赛的很多同学都有一些特殊的爱好,比如喜欢思考,比如喜欢“悟”。

“悟”可以发生在任何时间、任何地点,是苦苦思索多日后一瞬间的了然于心。我仍记得我在重庆一中的小树林的情景,在夜色的包围中思索复数的含义和代数基本定理时心中的宁静和安定。我也记得我在参加北大优生夏令营时,独自绕未名湖骑自行车,脑海中突然跳出相对论公式的物理含义时的欣喜若狂。

了悟的过程如同此般:初极狭,才通人,复行数十步,豁然开朗。这种长期思索后了悟的乐趣,往往也可以持续很久。

兀立

我在求学的途中也受到过外界的阻挠,虽然这些阻挠都是出于一片善意。

我的父母怀着对我未来能少吃苦、过上平静而安稳的生活的期望，不止一次地表达了“不赞同你参加竞赛，更不赞同你大学读物理”的观点。甚止在我决赛现场签约之前，我的父母还发动了其他同学的家长对我进行劝说。

我很感激他们对我的关心，更感激他们对我的尊重：他们对我的决定表达了不赞同，却没有剥夺我做决定的权力。

“为了真理耗费终生，哪怕最后一无所得，穷困潦倒，我也心甘情愿。”这是我的誓言，也是我在父母面前、人群之中兀立不屈的执着。

物理

有两种东西，我们愈时常、愈反复加以思维，它们就给人心灌注了时时在翻新、有加无已的赞叹和敬畏：头上的星空和内心的道德法则。

——康德《实践理性批判》

我一直很喜欢这一句话，也深深地赞同，并将它看作我个人志趣的表述。

我知道自己对物理的理解是相当粗浅的，初中高中乃至参加竞赛时接触到的物理知识是基础性的，大学才是物理学习的真正开始。于是，此刻我是既忐忑又兴奋的。但无论怎样，物理是一门研究自然的科学，这一点是可以确定的，物理“万物之理”这一个理解是可以被承认的，而我对真理的追求也是狂热而持久的。

至于未来会如何，也就不得而知了。不过常念到“且行且珍惜”，能在自己钟爱的道路上行走，我已经知足了。

刘雨霖：毕业于重庆市第一中学，就读于北京大学物理学院

少年心事当拂云

石英彤

从小，便被长辈们询问“考北大还是清华”的问题，儿时懵懂无知，也只是随口回应。直至即将进入高中，方觉步入这般高等学府，岂是三两句玩笑话可以简单概括的。听着老师们讲的有关学长的求学经历，不禁对自己的未来感到迷茫：是在重压下归于平庸，以普通的成绩进入普通的大学；还是在险阻前迎难而上，在更高的平台上观赏更美的风景？我有幸能进入巴蜀中学，在那里，我选择了后者，走到了今天。

一、莫听穿林打叶声，何妨吟啸且徐行

早闻高中竞争激烈，高手云集，许多之前早有耳闻的学霸，如今成了我的同班同学。开学之前，我早已做好心理准备，不争高低，只求做好自己。放平心态后，掌握课堂上的知识渐渐不再只是任务，完成一次考试也慢慢不令人压力倍增。在第一次月考中，我取得年级第10名的成绩，旁人看来或不足道，但对那时的我来说却是莫大的惊喜。

那时我才真切感受到努力带来的收获，我也逐渐有了信心，保持良好状态，在半期考试中再接再厉，取得年级第二的成绩。回到家中，见到父母从未有过的满足和欣喜，我隐隐感觉，那个遥不可及的梦，正在一步一步走近。这两次考试给了我充足的信心和动力，不知不觉，我的排名也开始领先，班主任一次次语重心长的谈话更使我坚定信念，不断前行，不断挑战自我，这不仅是

为了登上更高的平台,更是成为一个有价值的人的必经之路。终于,一开始的问题有了答案。

二、心似双丝网,中有千千结

两年很快过去。高二下学期,我得知自己获得了参加北大"暑期学堂"和"工学营"的资格。考试后,前往北京参加"工学营"的前一天夜晚,我畅想,也许儿时的梦想真能实现?令万千学子神往的燕园又会是什么模样?如果我能进入北大学习,又会是怎样的生活?

从东门进入校园,宿舍楼却在西侧,顶着烈日穿过校园,少有心情留恋燕园的各个角落,但现代化的理科教学楼,气势恢宏的百年纪念讲堂,古朴典雅的燕南园,仅在一瞥间便深藏于我心中。在寝室,我结识了两位浙江和一位山东的同学,他们不凡的谈吐和丰富的见识,令我向往未来的燕园生活,更期待与天南海北的优秀学子同窗。第二天考试之后,在学长的带领下参观校园,望着"一塔湖图"之景,见袅娜的柳枝掩着博雅塔,倒映在碧波荡漾的未名湖中,诵着"博雅塔下宜聆教,未名湖畔好读书"之句,不时看到在湖边读书、写生的长者,与燕园初见不过三天,她在我心里却早已厚植深根。

一月之后,与燕园再会,我有幸当选为班长,与作为班主任的学长有了更多的交流。一周的燕园行,让我收获的不只是考试成绩,还有对北大学子的了解。地球与空间科学学院的江学长与同学们无话不谈,且谈话并不限于自己的专业。他不但学识渊博,还风趣幽默,我不禁想:若我进入北大,是否也能成为这样优秀的人?离开时,我想,我一定要再回来,也许待四年,甚至更久。

三、千磨万击还坚劲,任尔东西南北风

载着满满的收获和梦想驶入高三,一开始却险些"翻车"。花费一个暑假准备北大的考试,使我对高考的知识点渐渐生疏,加上不熟悉全新的理综模

式，我的成绩遭遇断崖式下跌。那段时间，只觉几个月前在燕园的美好时光，却似相隔数年般遥远，仿佛那已成为燕园留给我的最后一点模糊的记忆。我不甘心。在晚自习后仅剩寥寥几人的教室，在冬夜里清冷的灯光前，我开始了新的追赶，追赶几乎快脱手而去的梦。体验过屡次测试不尽人意的颓丧；徘徊过孤灯下空无一人的街道；经历过深夜里独自思考的孤独。我的状态越来越好，我似乎又感觉到了那种将命运攥在自己手中的力量。

四、路漫漫其修远兮，吾将上下而求索

一转眼，高三剩下的日子仅余两位数，不知不觉间，十位的数字一个个变小直至消失，在书山题海中奋斗之余，想到这倒数的时间，正是我与燕园正式相见的时间，心中不免多了几分慰藉。高考的前夜，与万千考生相似，我辗转难眠。想到努力坚持两天，便能实现梦想，考上北大，烦躁的心情才能稍稍平复。6月9日，在赴京参加博雅计划的飞机上，我甚至开始畅想未来的燕园生活。考试一切顺利，我已成竹在胸。谁料，23日，得知分数比估分低了十几分，这于我而言，犹如晴天霹雳。虽然仍能进入北大，但之后十几天我始终颓丧不已。我想，三年前我得知这个结果，会这样懊丧吗？进入北大，考上自己喜欢的专业已是大幸，那些遗憾，应令我们不懈追求，而不是自怨自艾。毕竟，少年心事当拂云。

最后，感谢巴蜀中学为我筑梦，伴我前行。也期待八月与燕园的再次相逢！

石英彤：毕业于重庆市巴蜀中学，就读于北京大学物理学院

从荒原开始

周忠鑫

今年的气候与往年不同，夏季之后是未名季。

起源

“很久很久以前，在北美西部的荒原上，时间发生扭曲，短暂的空白之后，一位赤足少女的背影隐现在风沙之中。裹挟着风沙流动着的，还有远处低沉的猛犸巨象的吼声。荒原少女开始奔跑，雪砂从她的眼眶中溢出，冰原自少女之眼，渐渐吞噬荒原。随之而来者，乃被时空抛弃的巨兽……”

在归属于高中的夜晚里，做题时常会出现这样的情况，大脑与笔都在活动，却并不匹配。对每个人来说，都会有不少幻想或者说想象的体验，竞赛生做到有意思的题目时会不由自主地想象，文科生答题时会答出画面感，为生计奔波的人会寻思自己抵达了如何的高度。

意识中的自由使我拥有奇妙的旅行，而幻想同样让我产生极大兴趣。对生命意义的困惑使我与我的小伙伴们感到虚无与压抑，对生活幸福的追求又不足以使人获得充实的意义感。人类是如何思考的，大脑是如何运作的，我们利用大脑又能多大程度地解译大脑，这样的问题既遥远神秘又尚可触及，使我想要参与解答。

由是，开始向北大努力。

隔壁老刘

写这篇文章时，我住进燕园已近十日。因为军训缓训的原因，留在了宿舍。我隔壁宿舍的老刘（因为游戏ID恰好叫“隔壁的老刘”，我也就这么称呼），他带一口东北话，因为免训留校就同我认识了。

我问他：“是不是东北人都很虎？”他说：“不，就我虎。”

老刘对自己未来的期望是“不能瞎活，得搞明白这宇宙是个什么鬼玩意儿”。

不少文艺作品的作者，喜欢先让角色（尤其喜欢用“老X”这样的称呼）在年轻时讲一通自己的远大抱负，再在故事后半段讲主角如何如何被生活改造，抱负泯灭，以此构造出幻灭感，令读者叹惋。看过这类作品的人，就习惯在描述自己理想时加上一句“我可能会失败，但我不后悔”，这是好样的。但老刘不这样，他说：“记着，我要是做不到我是你孙子。”

兄弟会

即使已经习惯了别离，但每次挥手再见，也还是会难过。

竞赛也好高考也好，不少伙伴发挥失常，错过了自己心仪的大学。他们中有人选择复读，有人去了也还不错的大学，有人得忍着苦闷去一处毫不喜欢的地方。有句话说：人回忆过去的频率与心灵的年龄呈正相关。我不承认自己心灵衰老，再无虎劲，但又不得不承认对从前小伙伴的想念。

总之，希望复读的同学扳回局势，技校的同学练就匠心，那些分散各地的伙伴们，希望在世界之舟需要水手之时，大家都可以出来遛遛，展示下真正的手艺。

“我再读一年，我喊了同学X去清华看看，你就先去北大打探打探，到时候我好权衡选哪所。”复读同学说。

我回了一声“行”。当然，其实我知道，这压根不需要打探，肯定得选北大。

进击的大学生

之前来时，带班的学姐让每个人在信纸上写下对一年后的自己说的话，一年后，无论是否考入北大，信都将寄到我们手上。具体写的什么我已不记得，大概是继续前进这类的话吧。

鲍勃·迪伦有首歌 *The Times They Are A-Changin*’，开头是“Come gather’round people wherever you roam”，希望自己，以及这一代资历尚浅的研究者们，能不辜负前代的努力，继续勇敢地探索下去。

周忠鑫：毕业于重庆市南开中学，就读于北京大学物理学院

化学与分子工程学院

北京大学化学系肇始于1910年成立的京师大学堂格致科化学门，是国立大学中最早设立的化学系，1994年更名为化学与分子工程学院。北京大学化学学科是国家一级重点学科和“国家理科基础科学研究和教学人才培养基地”；在历次教育部全国高校一级学科评估中均名列榜首；在全球高校化学院（系）的相关学科评估与排名中位列15名左右。化学与分子工程学院目前下设有无机化学研究所、分析化学研究所、有机化学研究所、物理化学研究所和理论与计算化学研究所等5个研究所，高分子科学与工程系、应用化学系和化学生物学系等3个系。

学院现有教职员工203人，其中专任教师130多名，包括教授64人和副教授68人。教师中含有中国科学院院士10人，教育部国家级高层次人才22人，国家自然科学基金委员会杰出青年基金获得者39人，国家级教学名师1人，北京市教学名师3人，国家级“百千万人才”9人以及“新世纪人才”13人等。

不忘初心，终归吾心
——一名“伪竞赛实高考”生的自述

宋怡馨

由化学始，又终入化学与分子工程学院，大概就是高中三年的开头与结束。但中途兜兜转转了一整圈，我所写的不只是竞赛，亦有高三一年的高考奋战。

——写在最前面

MEET

初三毕业的那个暑假，学校组织了竞赛培训，于是我依据自身的兴趣选择了化学竞赛。“学无机攻有机”是暑假日常。是时，我加入了“画图群”（化学竞赛突破计划），找到了很多来自全国各地的志同道合的学友，在群中交流经验，询问问题。就这样，一个许多同学在旅游的暑假，我既没有预习高中知识也没有背单词，而是全部用于准备化学竞赛。此为结缘。

LOVE

开学后，正式开始上竞赛班的课。不论是在两百人的大教室抢座位，还是占用珍贵的晚自习时间做烧脑的竞赛题,都不曾影响我的热情。有机令人痴狂的规律与特例,无机涉及各个分支的深奥广博,都是吸引着我不断前进的东西。看书,做题,做总结,这是我的高一。高一时候放弃了文科课程用来学化学,应付了很多作业,只在考试前一周才停下来突击准备文科考试。这便是爱,或者说是一种痴迷。

BREAK

然而,当高二下学期的半期考试名次滑落至几十名时,每夜两点睡觉清晨六点半又得起床,每天刷模拟题刷到厌烦时,我又是否能够坚持呢?

生理和心理上的双重崩溃,对化学竞赛的厌恶,盯着书五分钟看不进去一个字,一道简单的题看很久竟然无从下手,再加上父母老师对我的担忧与提醒——我选择了在半期考试完后退出化学竞赛,重回高考之路。

有时候退路太多不是件好事,选择高考路的时候告诉自己可以走竞赛路,走竞赛路的时候告诉自己实在不行还能在高考场上一搏——最后自己疲惫不堪。这段经历使我明白:第一,要早睡早起,连续睡得晚真是支撑不了多久,是走不远的;第二,要学会取舍;第三,平时上课一定要记好笔记,笔记有大用处——这在我之后的学习中得到了证实。

RESTART

重新回到教室的我,为了能进入高二暑假北大举办的夏令营,必须要有足够优秀的成绩。语文方面,我高中三年用了同一个笔记本记录基础总结和答题技巧总结,这时候拿出来回顾以前考试之前的突击总结,再加强训练,这种方式帮我解决了语文的问题。数学和物理两科我都坚持听课和记笔记,除了学校发的教辅以外,我又从书店买了一些资料,加强练习。化学自是不愁的,认真做题加上足够的细心,不用过多购买化学教辅。生物在疯狂背书(高二的时候年级里很少有人读生物书背生物书,而事实证明背书是必不可少的一个环节)以及刷题之后,终于在小测试中从班上倒数变为了前几名。

不用参加竞赛培训,感觉每天自己多做这么多练习都有很多空余时间,而这也是备战竞赛交给我的时间的利用之法。就这样,凭借着高二的良好势头,我突围了,拿到了一个珍贵的北大优生夏令营名额并获得优秀营员荣誉。重启之旅,令我满意。

STRUGGLE

高三一年,用上面这个词来概括比较合适。身边的同学也开始了努力冲刺,而曾经的战友的好消息一个接一个传来。能不羡慕吗?能不后悔吗?但是当年亦别无选择。我现在唯有向前看了,把握好我现有的资源。

最初成绩还不错,可是后来逐步下滑,大概是因为身边的同学比我更努力。于是,我开始大量做练习。除厚厚的一本复习资料之外,我购买了各科分题型训练集进行题型突破,并进行套题练习。

大量练题,确实让我的成绩回升了,但是这也导致了别的问题——思维僵化,自以为是。为了刷题,一轮复习时很多课我都没认真听(不然哪有时间做这么多题),生物化学理应回归教材,我却连书都找不齐,不到月考不复习,同时因为刷题太多思维开始僵化。于是,成绩再次回落。我学得不再轻松,套用一句流行语大概就是“心态崩了”吧。

在此我想提醒大家,高三阶段,不可无题也不可疯狂刷题,必须拥有各科错题本或者叫摘抄本,也可以与笔记本共用。遇见好题难题错题新题都要记上,有自己总结的解题思路时也要赶紧记录,考前看一看会很有启发。最后,一定要每天读生物书,要把书中的每一个字、每一个角落的知识点都熟记,毕竟题目真的来源于课本,错了是非常不划算的事情。

ARRIVE

跌跌撞撞，走走停停，终于走到了高考。高考时语文偏难，数学超简单，物理虽简单但我却没攻下第25题的第2、3问，英语估计能上140分——我飞去北京参加了博雅考试。博雅考试中，物理100分我只拿到20分，英语成绩不错，数学采用选错倒扣制——又是心态的考验。当博雅结果出来，我还是有点儿心凉，心想是上不了北大了（不得不问自己为什么当年不继续走竞赛之路）。幸好，高考分数出来只有理综比较差。这一次，我以一个高考生的身份抵达了北大化院。我高一时曾说过要上北大化院，而这么转了一大圈，又回来了。

就高考后的自招考试来说，想提醒学弟学妹们一定要放宽心，学会遗忘大法——考过了便不再纠结，应该以全力争取后面的机会。我高考后没有核对答案（出了成绩想核对也记不住了），这也是为了使我在后续的博雅考试中不受影响。当然，高考期间更是不要讨论试题难易了。

写在最后

我只是一个勉强拿了全省第一名的曾经的竞赛生，因此这方面的经验很少。但是如何从竞赛回归高考，文中我的方法是切实可行的。同时，高三心态调整很重要。我记得夏令营时有一场讲座是黄建滨教授讲的，他说的三个字影响了我很久——“向前看”。不只是高三，整个人生，我们都是要向前看的，因为已往之不谏，来者犹可追。同时要加强体育锻炼，每天跑步是最简单最有效的提高身体素质、避免感冒的方式。

少让手机影响自己，尽量不用社交聊天软件，不看推送的无价值新闻，既能为你节约很多时间，还能帮你集中注意力专注学习。若需要了解时事，阅读报纸会是更好的选择。

高三很可能会有作业做不完，考试又太多，周末不能休息的“非常忙碌时期”。这时候你要自己合理规划，留时间自己安排复习（有的同学在一轮时有些知识点仍然欠缺，不要错过了这一时期），实在无法完成的作业可以与老师商量。

期待你们来到美丽的燕园，愿努力的人坚守初心，都能逐梦成功，抵达自己的内心！

宋怡馨：毕业于重庆市南开中学，就读于北京大学化学与分子工程学院

未名之契:我和燕园有个约定

黄馨茹

跨越万水千山,顶着狂风暴雨,穿过荆棘大漠,只为赴一个浪漫的约。那年夏天的暑期课堂,和燕园初遇,在小黄车的滴声和农园食堂哈密瓜的香甜气味中,我爱上了她。我在博雅塔前默默许下承诺:一年后,我会来这里。

高三上:一路凯歌

那天大雨倾盆,冲刷着我们年轻的跃动的心。高三年级搬入了北楼——南开中学高三专用的独栋教学楼。班主任让我们在课桌角贴上自己的理想大学,我用带有北大校徽水印的纸写上:未名湖畔。

我很快进入了状态。开始零社交零娱乐的生活,每天六点五十准时到教室按亮白炽灯,时间误差不超过两分钟。步伐变得飞快,总是飞跑在从教室到食堂、食堂到住处的路上。

那是单纯为理想奋斗的日子,一轮复习的节奏刚刚好,每天我都斗志昂扬,十分充实。

开始虽有些跌跌撞撞,进步却十分可喜。我一下子从年级二三十名冲入了前十名,那阵子真是一路凯歌,仿佛未名湖水就在眼底荡漾,仿佛伸手就能摸到蓝天。

冬日:冰冻三尺

老师说,衣服越穿越厚,就是一诊;衣服越穿越薄,就是高考。

一诊轰轰烈烈到来,给了我迎头一击。那一次滑铁卢,把我的排名打回原形。面对六个学科的交织,忽然就很无奈。尤其是理综,把我虐得死去活来。

我看到我的燕园梦仿佛一个肥皂泡,它曾经在阳光下折射光彩,带给我无限美好的幻影,可它也是易碎的。听说未名湖结冰了,湖边的树枝光秃秃的,衬出无边萧瑟。这时候我冷静下来了——埋头苦学可以让我达到一个高度,可这离燕园还太远,想要登上巅峰,还需掌握技巧和方法。

分析试卷、整理错题、在办公室追围老师,成了那个冬季的日常。天气越来越冷,高考的氛围却越来越浓。我开始意识到,高三上学期的进步,是因为知识的漏洞在被一点点补全,而最后一百天的冲刺,更是我与自己内心的挑战。

夜跑:永不停歇

我爱上了夜跑。总是在晚自习后,去操场上挥洒那在试卷和分数中被揉拧的青春。

我总是跑最中间的跑道,仿佛这样我就奔跑在世界最中心。最开始,我会慢跑,一边跑步一边回忆今天的知识点,常常不知不觉,就到了被保安叔叔打着手电筒催着离开的时候。

一诊过后,夜跑完全成了情绪宣泄的出口。高三会把各种情绪和感悟杂糅在一起,拧成一团,剪不断理还乱,痛苦、刺激而凄美。我常常觉得孤独。是一种伸手抓不住命运的无助感,一种仰望峰顶的慨叹,在高考面前自己像一片飘摇的黄葛树叶子。我常想到北国燕园,害怕再也不能走近她,害怕不能赴约,又止不住地憧憬今后如何与她缠绵。初春的风仍然冷而猛烈,刮在脸上刺疼又爽，我猛地清醒过来，眼泪也被吹干了。我时常想，总有一天我会在未名湖畔跑步，我一定要在未名湖畔奔跑。

最后时刻：向死而生

高三下学期，学习负担越来越重，每天雪片般的卷子纷纷落下，虽然偶尔想撕卷子，不过大家更多的是苦中作乐，把做不完的卷子就折纸飞机玩了。

我战胜了内心的恐惧，却没有战胜季节交替时的寒潮。我感冒了整整一个月，鼻塞咳嗽嗓子疼的反复折磨和时而暖时而冷的天气一样，没完没了。三月月考前两天，我头痛欲裂，本请了一下午的假，十分钟后还是出现在数学课上。

其实，生病无非是对现实的逃避吧。三月月考时考了全年级七十多名，班主任什么也没说，只建议我去沙区门诊看看。一圈检查做下来，我没有任何毛病，那之后感冒症状就奇迹般地烟消云散，我满血复活。

我的成绩却没有和我一起复活。最后几次月考，都铩羽而归。后来我犯的错越来越多。

天气回暖，我偶尔也会跑到北楼的阳台去晒晒太阳看看花。如此美丽的季节，我却不敢去想和北大有关的任何事情了。去年骑小黄车夜游燕园的记忆变得恍惚，所有北大校徽的钥匙扣也有几分锈蚀。我撕下了课桌角写着“未名湖畔”的纸片，把它埋入厚厚的试卷中。向死而生吧，我想，我已经为她竭尽所有力气，已经走完了大部分旅程，最后能否抵达终点站，且看现在能否放手一搏。

是啊，我还怕什么呢？我曾冲上云霄，也曾跌入谷底，我曾犯过各种类型的错误，也曾体验过各种排名，就算现在是如履薄冰，我又何惧！高考？四张卷子而已！

最终走上高考考场时，我已经忘却了所有事情，带着一种赌上命运的勇气，脑中只剩下班主任的寄语：沉心静气，仔细审题。

越努力越幸运

一直到幸运地被北大化学与分子工程学院录取,我感谢命运的眷顾,但也相信这是我努力的成果。天道酬勤,将成为我一生的信念。

学霸们讲述自己奋斗经历的时候往往云淡风轻,谈笑风生。我却不愿意忘记那些艰难的日子,愿意把自己最不堪的经历讲给大家听。

高考是对学科能力的考察,更是对内心的磨砺。你能否把握好你的小舟,在疾风骤雨中平稳前行,乘风破浪?

但是,我相信一切的不确定,都可以用不懈的努力来降低确定。诚然,不是所有彼岸都能抵达,但是我们可以无限靠近。我曾想,即使最后未能赴约燕园,我的结果也一定配得上我的努力。

况且,高三这一年带给我的,不只是一纸录取通知书,也不只是增加了五斤体重。我变得无所畏惧,也学会心怀感激。

不祝学弟学妹们高三一切顺利,但祝愿你们,无怨无悔,淋漓尽致。

黄馨茹:毕业于重庆市南开中学,就读于北京大学化学与分子工程学院

延庆的星空

黄馨茹

在延庆仰望星空并不是一件很幸福的事情，因为当你凝视着满天的繁星，一闪一闪，你很难不会想，天哪，明天又是一个大晴天。

可是深夜站岗的时候，除了星空，陪着你的还有什么呢？当你深夜两点从咯吱咯吱响的床板上爬起来；当你把整个身子塞入军大衣里裹得严严实实；当你推开宿舍大门，刺骨寒风扑面而来，像是一个巴掌把你从梦里扇醒……这时候你擤了擤鼻涕，抱紧了自己，忽然抬头，看到了满天的星星。你惊叹，这么死寂单调的夜晚里，头顶的宇宙却有着如此的精彩。那一晚，我和室友站立在宿舍楼前的寒风中，默默不语，抬头仰望，看着星空的布景一点点移动，像是一个巨幕电影，巨大的天穹幕布缓慢移动着，从房顶，到树梢，这时才大彻大悟般，明白了所谓的斗转星移。

没有哪一段经历，可以像军训一样，让你的存在成为一个十分平凡的个体，又让你的精神可以无拘无束地驰骋。一身迷彩服抹平了我们所有的身份和标签，谁是“第一”谁是“金牌”已经不重要了，全成了睡在你上铺的兄弟。我们啃着一样的馒头，叠着整齐划一的军被，一起开开心心地抱着盆子穿着拖鞋排队去洗澡……军营，让我们的距离无限缩小，天南地北五湖四海的灵魂都变得如此亲切。

而生活的无限简化，又给予了我们更多思考的空间。曾经我们的大脑被要求在极短的时间内飞速运转，而军训中我们的思绪可以在极长的时空里处于一片虚无,而这虚无便为思考提供了无限的可能性。我们方才诚惶诚恐走入燕园,又匆匆忙忙赶至延庆,曾经的舒适性、存在感都荡然无存,一个新的存在模式等待着被建构。军训抛给我这样一个问题:考上了北大,然后呢?进入了化学学院,然后呢?前一秒休息时还和同学开玩笑说"学化学是一个美丽的偶然",下一秒军姿定型,思绪又飞到了幽暗静谧的实验室,想到今后的无数个日日夜夜,我将如何面对试管中那些或绚丽或安静的变幻,我会在这条路上走多远,燕园与我又会如何共同呼吸?无穷的远方,无数的人们,这个无极限的世界又会怎样的风云变幻?

军训看似在为我们狂放不羁的青春注入一些规则和约束,却又不经意间为我们开启了一个新的维度。从前我无法理解北大学子投笔从戎:如此的智慧和年轻怎舍得前往荒凉疆界和茫茫海洋?可是却有一代代的北大人前仆后继,扎身军营。我们需要一些人坚守在实验室,更需要一些人坚守在部队,在边疆。我们同样需要严谨,需要一丝不苟,需要对自己有极高的要求,而祖国同样需要我们。单调的生活背后必定有一个坚定的信念支撑着,军人和学者在这一点上达到了一致。

人生的轨迹涉及无数个选择,每一个选择会把我们的轨迹和一种存在方式联系在一起。这难免让我想到《星空日记》里天文学和经济学的抉择,这恰似许许多多北大人在岔路口的徘徊,在现实与理想中的权衡。当我在延庆的夜晚仰望着那片洁净的星空,虽然知道自己将来不会面临是否参军的选择,但同样有许多步伐等待我迈出。平凡抑或不凡?呐喊还是沉默?顺从或是倔强?平静还是激荡?满天繁星并不能给我答案,只有深邃的夜以及无边的沉默,在宇宙中凝望。

在无尽的未知面前也能抓住一些必然。比如,我必然希望自己成为一个不可或缺的人,至少,我所做的事情必然会有它的意义。正如每次集合都会点名,只有每一名同学都按时到场,整个班级和连队才能完成任务。我会成为一个按时到场的人,总是出现在那一时刻我应该出现的地方。

只有星空不语,她却用她的力量让你大彻大悟。站在地球上看星空是一个平面,而悬浮于宇宙中时你方能明白这平面才是真正立体的空间。延庆是一个新的维度,我们穿梭在这时空里,仰望,也寻路。

黄馨茹:毕业于重庆市南开中学,就读于北京大学化学与分子工程学院

虚心以对，潜心以行

耿祥瑞

三年的时间看起来长，但经历过的人都会觉得何其的短。进入高中，有许多未实现的梦等待我们去实现，也有许多未知的挑战摆在我们面前。高中生活就是充满了各种色彩，无论你是兴奋、是憧憬，还是紧张、是迷茫，调整好自己的心态，合理安排自己的时间，找准各项任务之间的平衡，带着一颗恭谦的、沉着的心前行，满载收获地到达目的地。这些说起来容易，可是做起来，总会出现各种各样的状况。

“躺枪”合集

“怎么老师讲的全是基础的东西，就没有一点有挑战性的吗？我一个高才生居然要上这么无聊的课，还不如我自己学来得快。”但每当考试过后，总会有人因为基础题做错或者基本概念的遗忘而丢分。不重视基础是所谓的好学生的通病。应该记住的是，每一个负责任的老师，都会精心策划每一节课，他们知道什么重要，什么不重要，什么该讲，什么不用讲。课堂因此而显得重要，只有打好了基础，才能越走越远。

“白天学的东西太多了，感觉消化不过来。如果我晚上再多学几个小时，一定能把白天的补回来，还可以多预习一点，这样第二天听起来就没有这么费力了。”可当你第二天早上拖着疲惫的身躯走进教室时，又能有多少精力对付这一天同样多的学习内容呢？学习阶段最重要的就是听课效率。课程全部在白天，白天才应该是你精神亢奋地学习的时间，因此晚上唯一要做的就是好好休息，不要辜负了老师为备课做出的努力。

“这道题我怎么又错了啊？没事，再刷几道这样的题我就一定会做了。”若果真如此，恭喜你；若事与愿违，是不是应该分析一下原因：是根本没有懂，还是某些板块掌握得不牢固，又或者是因为粗心？总之，就像多种病因能引发感冒一样，找准犯错的原因，便可事半功倍地提高成绩。

“体育课有什么好上的？外面又热又吵，我在运动的时候万一受伤了怎么办？还不如就在教室里面写作业。”我希望每一位都能健康，都能有一个健壮的身体。身体是革命的本钱，这可不仅仅是一句话。再紧张的学习也需要放松，为何不趁着体育课的机会，和自己的同学一起运动，既能锻炼身体，又能促进交流，何乐而不为呢？

给竞赛生的一点建议

《中国化学奥林匹克竞赛基本要求》中写道：“全国高中学生化学竞赛是学生在教师指导下的研究性学习，是一种课外活动。”其他几门竞赛也大抵如此吧。如果既没有某个学科方面的天赋，又没有坚持不懈的毅力，最好不要盲目选择专攻竞赛这条路。毕竟能从这条路走出来的是少数，高考这一关是必须经历的。当然我并不是反对大家参加竞赛，相反我希望大家可以根据自己的能力选择参加一门竞赛，因为参加竞赛不仅能够锻炼自己的思维能力，还对高中内容的理解和掌握有所帮助。所以坚持到最后的竞赛生只有两种：一种是竞赛成绩很好的人，另一种是竞赛成绩和平时成绩都很好的人。

基础知识拥有至关重要的地位，然而轻视基础的问题在竞赛生中表现得更为严重。许多竞赛生到了学习的中期基本上不听课了，不是自己看书就是一味地刷难题。没有回顾，没有总结，难题做了一道又一道，还是一遍又一遍地错。题是做不完的，只有掌握了基础，掌握其精髓，才能攻无不克。

千万不要因为要参加竞赛而看不起高中知识！许多化学竞赛生会为了挤出更多的时间而在化学课上干其他事情。可是竞赛毕竟是一种课外活动，千万不能本末倒置。

心态很重要

课程多，任务重，这是每一个高中生都面临的困境。不要被一个焦虑的自己所羁绊，做一个自信的人，坦然接受各种失利，找准问题逐个击破。面对多种选择时，忠于自己的内心。学会舍得，但也不要顾此失彼。对于参加竞赛的同学，你们虽然丢掉了一部分高中课程，但你们锻炼出了更严密的逻辑思维和顽强的毅力，实现最后的赶超也很有可能；而对于一直备战高考的同学，你们投入了更多的时间，打下了更好的基础，量变也会引起质变。

刚进入高三的学弟学妹们，请不要害怕。高三并不是末日，而是你人生的一个巅峰。岂不知这时的你上知天体运行原理，下知有机无机反应，前有椭圆双曲线，后有杂交生物圈，外可说英语，内可修古文，求得了数列，说得了马哲，溯源中华上下五千年，延推赤州陆海百千万，既知音乐美术计算机，兼修武术民俗老虎钳。历经千辛万苦，终有修成正果的一日。我会在未名湖畔、博雅塔前，在金黄的银杏树下，在教学楼里，在实验室里，在美丽的燕园等你。

耿祥瑞：毕业于西南大学附属中学，就读于北京大学化学与分子工程学院

属于自己的道路

翁培壹

每个人都有属于自己的道路。狭义地说,即最适合自身条件的学习模式。他人的道路,可以借鉴,不可模仿。以下是我高中三年的一点心得,未必适用于任何人,但愿能对你有所启发。

关于竞赛:实事求是地说,如果没有对某一门学科发自内心的热爱,却要去挤这条独木桥很容易撞得头破血流。不过还是要推荐学有余力的同学挑一门自己相对感兴趣的科目去参加竞赛试试,须知竞赛带给人的不仅仅是知识层面的提高,更是思维境界的跃迁。化学、生物竞赛与高中学习内容相差较大,姑且不论,数学和物理竞赛中的一部分理论、解题方法,甚至是可以直接在高中数学、物理中发挥作用的。即使忽略这点,许多大学的自主招生(例如北大的博雅)也会涉及不少的竞赛初阶内容,同样值得高考生多加准备。

关于解题:以前有个老师(名字忘了)将解题分为三个境界:听得懂,做得来,讲得清。很多优生面对难题都可以做得来,却未必能够讲得清。做得来只需天赋加上大量练习,讲得清则往往需要二者兼而有之。这两个境界单论操作能力其实区别不大,区别主要在于战略意识,也就是说,在同样一道题面前,做得来的人想到的可能是以前的经验和解法,而讲得清的人却像庖丁,看到的已经是题目中隐含的知识点了。相比之下,同样遇到难题、怪题,后者显然更占优势。很多同学(尤其是优生)在掌握了某些看似很神奇的小技巧后容易偏激,管他做什么题都胡乱往技巧上凑,甚至还专门去钻研一些所谓的技巧,用复杂的方法做出本就简单的题后还扬扬得意。须知技巧只是手段,掌握知识才是目标,可以熟练技巧(这也确实会在某些时候带来方便),但绝对不能什么时候都想着套用技巧,硬套技巧很多时候还不如老老实实算来得便捷。

关于错题:错题本,我觉得还是应该准备一个,最好分科目整理,根据自身情况可以略作调整。比如我数学错题较少且大多源于所谓的粗心,我就把常错的地方都记在一起,没事儿翻一翻;语文知识点我老记不住,我就把这些知识点誊抄了一遍。

关于休息:天大地大,睡觉最大。到了高三后半期,你就是想拼命也得有拼命的本钱啊。反正我作为一个永远睡不醒的人,每天至少睡七个小时才能在上课时集中注意力。锻炼也是个增强体质的好办法,没有条件晨跑就夜跑嘛,跑个两三圈也就五六分钟的事,坚持一年,收获却会超出你的预期。娱乐也是一种放松的方式,但需要适度,没有较强的自控力容易松懈,不利于保持良好的状态。

以上所说皆为我的一孔之见,每个人的道路受诸多外界因素影响,都是不同的。不是每个人都能适应压力,也不是每个人都能轻轻松松上680分。找准自己的道路,理应是每个高中生的必修课。

最后,北大不是一个终点,而是另一段旅程的起点。来到北大,不仅意味着你过去的付出有了回报,还意味着未来将有一群志同道合的人与你同行。期待未来的你,也能站在未名湖畔,向后来者讲述你的故事。

翁培壹:毕业于重庆市巫山中学,就读于北京大学化学与分子工程学院

北大，回头就当作初次遇见

谭湘雨

一

焦急万分的等待后，我终于收到了梦寐以求的录取通知书。当我拆开包装，逐字阅读上面的内容时，心中百感交集——那是梦想终于成真的喜悦，也是高考发挥异常的失落。但我知道，当人生的新阶段开始，这一切都将成为过去，我无须怀念，也无力改变。终于，能够站在一个过来人的角度回望高中生涯。怀念，只不过是为了更好地前行。

二

我的梦开始于2018年的夏日，那天我收拾行装，出门远行。在北大的几天里，我用脚步丈量燕园的旖旎风光，用舌尖品尝食堂的美味盛宴，在运动场上奔跑，在观众席中聆听，这一切都给我留下了深刻的印象。而深入我心底的，是在参加活动时屡次听到的《鱼米》，以及营服背面“卓越是一种选择”的标语。《鱼米》唱出了时间和空间上的距离感，唱出了一种乡愁，这正是远在北京求学的“江南游子”的孤独，它的唯美打动了我；而“卓越是一种选择”更是来自北大青年才俊们的自信宣言，这是我心中的大器风范。来到北大，认识了太多比我优秀的人，了解了太多此前想都不敢想的事，可暑期学堂更重要的，是让我明白了理想的意义。理想伴随着《鱼米》的醉人旋律，从此住进了我的梦里。

三

对于高三的理科生而言，生活似乎可以简化为“刷题”二字，但我有些许不同。我会抽时间读诗读词，若是心有所感，还会仿写几句。翻开高三时记录读诗心得的小本本，尚有许多未完待续的诗篇。时过境迁，心境早已不同于彼时，或许在现在自己的眼里，曾经的字字珠玑或许只是无病呻吟，但这些文白夹杂、韵角不一的所谓的诗歌，或许最能表现当时的心路。

闻道跻驰尽成空，锐气飘零北风中。
习得卷帙等身后，犹濡翰墨向诗丛。
夜半青灯笔业业，侵晨薄雾影匆匆。
时念梢头冬日暖，悔立宿志赴蟾宫。

那是2018年的冬天，天色终日阴郁，寒风刺骨。所有人都说这个冬天是高三最难熬的时段。日程表早已被语数外理化生排满，我们每天忙于处理那一列列堆叠的数字和交错的符号，我甚至开始质疑奋斗的意义。在当时的我的眼里，前程就像天色一样雾蒙蒙的难以分辨，以至于意志消沉，缺乏斗志。

沾衣细无声，往事朦胧，久别难再梦中逢。
意气诗酒年华醉，却掩愁容。
昨夜又东风，形影茕茕，纷纷摇落坠芳丛。
缱绻暮春微雨里，万点飞红。

那是第二年暮春，微雨，凉风，校园里黄葛树的叶子一夜之间全部变黄飘落。也不知是因为风吹还是雨打，它们齐刷刷地落下，一如秋日的凄凉。眼看就要入夏，高考近在眼前，临考的紧张夹杂着春去的无奈刺激着我脆弱的神经——这是属于暮春的挽歌——“春去也，飞红万点愁如海”。

四

我曾经找不到未来的方向，找不到奋斗的理由，每次把我从孤独无助中拽出来，让我重新咬紧牙关的，都是那个遥远的梦想。在那个冬天的落寞快要渗入骨髓之际，我又登上了前往北京的飞机，在冰封的未名湖畔，我又找回了夏日的热情；在那个春天的悲凉快要催人放弃之际，我开始了博雅材料的准备，回望来时的艰辛旅程，我找回了自信，告诉自己一切都会好起来的。

是的，一切都好起来了。在招生组老师和科任老师的鼓励和指导下，我的学习回到正轨，感觉到了从未有过的顺利。模考成绩节节攀升，博雅初审时收获了意外的惊喜，终于只差高考这临门一脚。可惜高考结果难以令人满意，与平时成绩相差甚远，幸运的是，我靠着博雅考试侥幸得到了圆梦的机会。是的，我在高考这场战争中输了，但在高三经历了这么多，学到了这么多，我想应该算不上一败涂地。

博雅面试时，考官曾经向我提出了一个问题：高中三年出门的经历。我回答道：暑期学堂、寒假学堂、博雅考试，三次出门，三次来到北大。考官会心一笑，祝愿我能够第四次踏入燕园。

往事不要再提，就这样吧，我把我的过去装入行囊，金秋九月，咱们燕园再见。

谭湘雨：毕业于重庆市南开中学，就读于北大化学与分子工程学院

生命科学学院

北京大学生命科学学院起源于1925年成立的北京大学生物学系，是我国高等院校中最早建立的生物学系之一。1952年全国高等学校院系调整时，北京大学、燕京大学和清华大学三校的生物学系合并，三泉汇流燕园，在此基础上于1993年成立了北京大学生命科学学院。

张景钺、陈桢、李汝祺、李继侗、吴韫珍、胡经甫等，这些早期留学欧美、赫赫有名的学者，成为北京大学生物学系的奠基人。他们培养了严楚江、徐仁、王伏雄、谈家桢、吴阶平、赵以炳、吴征镒、沈同、陈阅增、林昌善等生物学界的杰出学者，形成了一支中国现代生物学教育和科研的专家队伍，对我国生物学的发展产生了深远影响。

目前，全院168名教职员工中，有74名教授/研究员，其中包括中国科学院院士2名、国家“973”计划及国家重大科学研究计划项目首席科学家10名、国家重点研发计划项目负责人9名、国家级教学名师1名、全国模范教师1名、国家杰出青年科学基金获得者25名。2016年QS世界大学生命科学专业排名中，学院位列第38名，成为唯一进入世界前50的中国大学生物院系。

迎风逐梦，不负韶光

田 佳

选择参加物理竞赛，是我人生前十七年做过的最好的决定。——这是我在给主教练的贺卡上写过的一句话。

可能对大部分人来说，高中最宝贵的经历在高三；但对我，相信也是对绝大多数竞赛生而言，竞赛生涯才是最为难忘的。因此本文将主要讲述我的竞赛经历，也希望能给学弟学妹们带来一些启发。

高一最初接触到竞赛时，我同很多同学一样，纠结于竞赛是否会影响高考课程，是否会导致两败俱伤。学霸们玩转竞赛碾压群雄的故事固然很多，竞赛场上的失败者最终高考取得好成绩的例子也有不少，但我也听说过未能平衡竞赛与高考的同学最终铩羽而归。但清华北大的“诱惑”仍然让我心动，于是抱着多学点东西也没什么坏处的想法，我拉着妹妹田缘加入了浩浩荡荡的竞赛大军。

起初我对物理并没有太大兴趣（当然，对另外四个学科也没有太大兴趣），只是觉得物理竞赛既不需数学竞赛和信息技术竞赛那样的超高智商，也不需化学竞赛和生物竞赛那样的超强记忆力，应该是个比较好上手的学科（然而前三节课的微积分狠狠地打了我的脸）。刚开课时宽阔的阶梯教室里座无虚席，只有狂奔而去才能抢到靠近黑板的座位。这也造就了每节竞赛培训课前的环绕式音响3D大片：下课铃响起，走廊里一片噼里啪啦的大力开门声，一个个身影冲出教室，楼上楼下狂风骤雨般的脚步声……抢座位倒也成了那段时间的一大乐趣。那时还未分竞赛班，常常是做完其他作业晚自习也就结束了，只能回家后再消化竞赛题。每天晚上我和妹妹一起做题讨论，相互补充，很多东西虽只是一知半解，但也好歹入了力学的门。

之前说过，我对物理本无特别的兴趣。但正如我们的主教练李海龙老师所说，只要对这个学科没有排斥心理，兴趣都是可以培养的。一两个月后，当许多同学陆陆续续退出时，我却渐渐被物理迷住了。几条定律竟能推算出万物运行的轨迹，不同的初始条件能带来千姿百态的运动……我惊叹于物理的简洁与优美。逐渐增长的兴趣加上还算名列前茅的成绩，让我决定了此后要走备战竞赛的道路，但偏偏在分竞赛班的那个寒假出现了波折。

进入竞赛班就意味着，在高三之前竞赛重于高考，竞赛的风险被成倍放大。女生不适合竞赛、能参加高考就别参加竞赛……这样的论调不时冒出来动摇我的决心。我也禁不住自问：我真的吃得了苦学得下去吗？进了竞赛班后还能维持这样的成绩吗？如果竞赛失败，仅凭高三一年就能补上我落下的课程吗？妹妹的退出更是令我彷徨不已。而当时的班主任邹叔（邹凌云老师）一席话点醒了我：没有人知道以后会发生什么，与其瞻前顾后，不如努力去追求最好的结果。

于是进入竞赛班，大十班。物理竞赛组也从起初的上百人减少到了十三人，而且，只有我一个女生……虽然早有心理准备，但真正看到物理竞赛小教室中"万黑丛中一点蓝"（冬季校服男女颜色不同）时我还是感觉到了孤独，男女生之间总会有一层隔膜。不过令我高兴的是，孤独感消融得比预想中快得多，我也逐渐在这群男生中找到了归属感，连性格也改变了不少。一般来说，男生可能不像女生那样能够长时间静下心来用功学习，但他们大大咧咧（姑且用这个可能不太恰当的词吧）的，拥有更加积极阳光的心态，不会纠结于生活中的一些小事或是一两次考试成绩。这正是外表坚强内心敏感的我所需要学习的。

竞赛班的时光，枯燥中有乐趣，艰辛中有欢笑。潦草的方程和公式挤满黑板,厚重的教材和题集堆满书桌,一切废纸皆可用于打草稿……曾在暑假时挤在办公室里啃西瓜,外人看来昏天黑地的日子我们倒觉得乐在其中。参加竞赛的客观条件也比以前好了很多,其他科目的作业比较灵活,可保证每天在竞赛上花费足够的时间;也有了不熄灯不锁门的教室,随时可以去上自习(于是以我妹妹为首的外班同学时不时来蹭我们教室);甚至还有家长送来的塞满各种水果的冰箱。竞赛课进度比分班前快了不少,而我并不是个聪明的学生,常常一节课听下来一脸蒙,只好咬着牙一遍遍读教材做例题。最多的一次,我把那一节翻来覆去读了六遍。当时并没有觉得辛苦,只是着急而已,恨自己不能一口将所有知识吞下。但有趣的是,尽管吸收新知识的速度很慢,最后我总能掌握得比大部分同学更好。正所谓勤能补拙,有时拙并不是件坏事,反而能逼迫自己多学多练,打下更坚实的基础。真的,不逼自己一把,你永远不知道自己的潜能有多大。我从没想过自己可以短时间内学完整本高考电学,可以自行摸索搞定微分方程自学线性代数,可以在紧张的考场上解八元方程。记得高二时的那次省赛,考完理论大家只觉万念俱灰,感觉对不起牺牲的睡眠和假期。成绩出来后却是破纪录地取得了好成绩。原来以为很可怕的事情,真正去做了才发现一点也不可怕;原来以为不可能的事情,努力之后才知道它们都在踮脚可及之处。

尽管早已心心念念,但在高三那个暑假之前,北大对我仍是一个遥远的词语。得知获得优生营名额时我竟没有太多的兴奋,而是懵懂和错愕:什么?我离北大已经这么近了吗?一时恍若梦中。但淡淡的担忧也随之从心底浮起,正是备战竞赛最紧张的时候,想到要在各种活动上花费一周的时间我不免有些慌乱。不过我身边的人都很给力,李老师为我推荐了可以带到北京复习的参考资料,要好的同学也时不时把我想要的资料拍照发给我,让我感觉心安了不少。

在北大的一个星期让我收获良多。阳光漫照,荷花舒展,优美的校园环境让我心醉;图书成行,灯火长明,良好的学习氛围让我向往;字字珠玑,出口成章,博学的教授让我崇拜……曾记得众人一同吐槽那"最后时刻全都涂了C"的学习能力测评,一同讨论剧本、排练话剧然后笑场,一同在未名湖畔漫步、放歌、抢石舫、聊八卦,不知不觉间似乎真的成了北大的一员。还有那位在食堂争分夺秒复习的同学,令我自感惭愧:我一直觉得自己已经非常勤奋了,可事实上总有比我勤奋的人。

后来如愿进入省队,却在金秋营和国赛中均无收获,回归后第一次考试我仅排一百五十多名,高一时关于竞赛失败的担忧就这样摆在了眼前。但我想了很久,觉得不应该有失败这个说法,只有那些打着竞赛的幌子逃避高考课程的人才叫失败,因为他们一无所获。而真正的竞赛生,哪怕没有获得成功,也是收获满满。学习方法更加自主高效;我们的试题灵活多样,所以思维被更多地开发;我们参与竞赛更早,竞争更残酷,所以心理素质更好,承受能力更强大……我并不是说竞赛生比高考生强,只是竞赛真的教给了我们太多太多。哪怕是在最艰难的那两个月里,我也从未后悔过当初的选择。

上天还是眷顾我的。后来的北大生科营里,我幸运地进了面试,付出总算得到了回报。但我不能也不敢松懈,疯狂补课后的考试成绩总是上下浮动,从一百五十名进到前十名然后又掉到八十几名。这样的成绩,并不能保证我考上北大。折一只黄色的千纸鹤(北大优生营班主任的营服是黄色的),在翅膀上写下PKU,郑重地放进许愿瓶里,我又埋首于教材和题海。一次次郁闷气馁又一次次振作自励,备战竞赛时的那份冲劲此时又爆发出来,再加上老师的指导和同学的帮助,最后几次月考成绩终于稳定在了前二十名。最终,如愿以偿,梦圆北大。

告别中学时代一个多月后再回首,首先浮现在我眼前的其实已不再是那些跌宕起伏的经历,而是一幕幕细碎零散却刻骨铭心的画面。在八中度过了六年时光,我想,我会记得每个早晨的天空如何渐渐转明,每个黄昏的余晖如何徐徐收敛,每个春天的微风如何把黄葛树的花吹散,每个秋天的阳光如何把三角梅斟满;也会记得某个风雨交加的夜晚,天空中甩下的每一个闪电和惊雷,以及教室里爆发出的每一声欢呼和吼喊。我相信,所有这些亲切的画面,都可以在未来四年的燕园里找回。也祝愿,每个人的努力都不会被岁月辜负,每个眼有未名水、胸有黄河月的少年都终能圆梦。

唯有迎风逐梦,方能不负韶光。

田佳:毕业于重庆市第八中学,就读于北京大学生命科学学院

心怀燕园情，不负韶华时

欧子渝

一、燕园情，千千结

若问我与燕园的“情”是何时结下的，那便要从十年前说起。“成绩这么好，肯定是北大清华的料子。”亲戚的一句玩笑话，让我第一次把自己和“北大”这个词联系在了一起。但当时，我只是傻傻地笑着，权当是一句玩笑话。北大是什么？是遥不可及的梦。而我是什么？只是小城里一个普普通通的孩子。在我身边，从未有过考上北大的人。北大于我，似乎太远太远，如天上星斗，只可仰望，不可摘撷。

真的太远吗？灯下夜读之暇，我细数穹顶上烁烁繁星，遥想北京的灯火辉煌……突然一刹那，一个不甘心的念头冒了出来：为什么不行？于是天真倔强的梦想，悄悄埋在了心底。

随着年级的升高，对学习、对学校的概念也愈发清晰。北大对我来说，不再是天边一座缥缈的宫殿，而是远方一所知名大学，一个莘莘学子景仰的知识乐园，是博雅塔前波光粼粼，未名湖畔杨柳依依。我心中的燕园情，如一壶碧螺春，在时间的沉淀下愈发异香扑鼻，令人沉醉。

二、志之所趋，无远勿届

真正将我和北大的距离拉近的，是在高一开学前加入生物竞赛组。

作为从县城来的孩子，在接触竞赛之前，我对它并没有认知。但当教练说起往届的骄人成绩时，我不由地心动：或许通过竞赛这条路，我真的能够进入梦想的大学。怀着这样的心态，我开始了生物竞赛的准备。不承想，新世界的大门由此推开，进而改变了我对世界的认识。

初识生物竞赛，面对一本本砖头厚的教材，不禁暗自咋舌。那个夏天，我抱着一本500多页的《普通动物学》，顶着烈日，在教室与寝室间来来回回，却不知疲惫。暑假十多天的学习，像是向海里投下了一颗石子，一层一层荡开的涟漪让我认识到：生物的世界远比我想象的要丰富多彩、神秘迷人。我不再把生物竞赛当成助我走向大学的捷径，而是一项使命——在探索生物的奥秘之前，我必须学习基础知识，汲取前人的智慧。久未体会过的激情充斥在每一个细胞之间，我全身上下充满了力量。

高一的每个周末，当其他同学在自习或者玩耍时，我坐在教室里，一边听老师讲课，一边在书上勾勾画画。那本当初让人“望而生畏”的《普通动物学》，早被我翻过许多遍。陆陆续续快递到学校的教材，已经塞满了两个课桌的抽屉。随着时间的推移，班里的同学越来越少。每次年级大考、竞赛评测之后，总会有几个位置的书被永远搬走，光亮的桌面渐渐蒙上一层粗糙的灰色。一次中期考试失利后，妈妈试探性地问我：“还要不要继续参加竞赛？”我毫不犹豫地点点头。不知从何时起，我感觉我的生命已经和生命科学联系在了一起。我不去反复评估风险，衡量利弊。既然已经选择走上这条路，不论前方道路如何泥泞，风雪如何肆虐，都要勇敢地走下去。

时间在重复中飞快流逝。很快，距离联赛只有七个月了，到了停课的日子，我全身心地投入竞赛学习中。知识点已经学完，接下来就是复习冲刺，迎接考试。没有老师讲课，每天从早上八点，到晚上十点，除了吃饭时间，都是自己看书、做题。没有人讲话，教室里虽坐着二十多位同学，却同空无一人般安静。每位同学都在默默努力，朝着自己的目标慢慢前进。停课这段时间的生活枯燥乏味，接触新知识时好奇心带来的热情已经消退殆尽，剩下的只有一遍遍地记忆，遗忘，再记忆……在复习的过程中，我发现我对知识掌握得并不牢固。于是我趁着午饭时间到校门口的文具店买了两个活页本作为笔记本，开始抄写书上的知识点，一边写一边学习其他同学记笔记的方法，然后把每一部分的知识总结、提炼，画成表格或者知识框图。到联赛前几天，我又一次把教材一本本地看过一遍后，拿起笔记本一翻，惊讶地发现这半年居然记了200多页笔记。一问旁边的同学，她的笔记比我更多！

在参加北大生命科学营的第三天，我坐在人群之中，等待着老师宣布获得成功的同学的名单。一个个名字从老师的口中飞出，激起了大家热烈的掌声。当我听到自己的名字时，先是难以置信地一愣，然后听到了旁边同伴的赞叹，看到了教练激动地鼓起了掌。我站起来，走向台前，如雪夜中踽踽独行的僧人，一抬头猛然看见朝拜的圣寺就在眼前般兴奋与感动。

国赛之后，我的竞赛生涯画上了句点。可我并没有懈怠，我把自己当成一个普通的选手，继续和其他同学一起奋力备战高考。最后终于如愿以偿，有机会进入我日思夜想的燕园。“志之所趋，无远勿届”，我庆幸自己没有放弃对北大的追求，没有抛弃对生命科学的热爱。

三、眼底未名水，胸中黄河月

忆起高三的某个雨夜，我趴在走廊的栏杆上，望向对面的正心楼——以前奋战的教学楼，好几个教室都亮着灯，灯下十来个学弟学妹正低着头看书或者做题，就像一两年前的我一样。雨滴敲在楼前的芭蕉叶上，我默默祝福着他们，祝福他们能取得佳绩，进入理想的大学。

我是多么幸运，能被北大认可、接纳。手持通往北大的车票，我将有机会与来自江南塞北的优秀青年一道漫步未名湖畔，共赏湖中博雅塔在明月银河之下温厚稳健的倒影。

回忆被夏风带走，我们将在金秋时节踏入燕园。北大并不是我梦想的终点，而是我梦想起航的地方。对真理的追求吸引我来到这里，我将秉承前辈们的志向，怀着对科学的敬畏与热爱，继续探索广袤的生物世界。

欧子渝：毕业于重庆市巴蜀中学，就读于北京大学生命科学学院

城市与环境学院

城市与环境学院以地理学为主体，包含生态学、环境科学、城乡规划等多个相关学科，具有理、工、文多学科交叉的综合优势。学院拥有地理学国家一级重点学科，自然地理和人文地理两个国家二级重点学科。师资力量雄厚，共有教学科研人员86人，其中中国科学院院士4名（含双聘2名）、海外高层次引进人才2名、国家杰出青年基金获得者16人、国家优秀青年基金获得者9名、海外高层次引进人才（青年）8名。目前设有7个本科专业：环境科学、生态学、自然地理与资源环境、环境健康、人文地理与城乡规划、城乡规划（五年制工科）、国土空间规划。学院现有在读本科生约400人。

渝州唱晚，听你我负重前行

蒋思远

“不知江月待何人，但见长江送流水。”三年的高中，说长，的确长，在那漫无边际的题海中，有时难免会看不到前进的方向；三年的高中，说短，也很短，在那热情高涨的艺术节中，抑或是在瞬息万变的运动场上，却总是感到欢歌笑语往往在一瞬间流逝。时光匆匆，似指尖溜走的沙，只是偶尔会被我们的汗水打湿，凝在指尖，不易流去；但也正是这浸润时光的汗水，让这段为命运而拼搏的经历，能在我们手上留下浓墨重彩的一笔，历久弥新。

既然知道目标，前进的路便不会迷茫

有人曾说过，在生与死之间，人生本是一段索然无味的空白旅程，而正是这一路上的次次经历，生命的白纸才变得缤纷多彩。初入高中的时候，我对于专业并没有一个明确的目标，也是在一天天的学习中发现了自己在化学方面的兴趣与能力，也是从那时起我将化学作为自己未来的目标专业。

诚然，并不是每个人从高一开始就能够明确自己的志向，或是认准自己将来要选取的专业。高一，我们可能是懵懂的，高三又因为临考的“拉练”而来去匆匆，因而高二仿佛成了确定志愿的一个重要阶段。我的想法则是在高二暑假，抽出一些时间综合考虑一下自己未来的人生规划，可以从自己的兴趣特长，人才市场需求等方面思考。但须知高考的志愿有好几个，而在高考结束，填报之前仍有一段相对充裕的时间，此时尚不需要想得太细。但无论如何，在前进的道路上事先确定一个目标，不管是清晰的还是朦胧，总归是好的。

流过鲜血的手指，可以弹出世间绝唱

高三后期，当作业越来越多的时候，当所有科目的作业都变成满天飞的卷子的时候，当绞尽脑汁都觉得于事无补的时候，我想最重要的便只剩下自主安排，自我勉励了。所谓凡战者，以正合，以奇胜。努力攻破自己的弱项直至没有弱项，是为正合；而在保存自己优势的同时努力拔尖，便为奇胜。合理的自主安排正如矛与盾的统一，才能保证自己在高三后期稳步前行。

当然，我认为最重要的还是不要对作业产生抗拒心理。或许偶尔会觉得任务过重而厌烦，但是“宝剑锋从磨砺出”，如果因此对某一科产生抗拒心的话，那一定是得不偿失的。

纵使如芒在背，愿你我归来仍是少年

“日月忽其不淹兮，春与秋其代序”，高二就像北方人口中的春天——春脖子短。高二是那夹在高一与高三间飞逝而过的似水流年。现在回想起来，无论是振臂呐喊的运动会，或是热情高涨的艺术节，还是纵情欢愉的元旦节，那令人难忘的记忆，镌刻在你我的青春之上。无论是白日当空时的熙熙攘攘，还是月上梢头时的树影婆娑。轻轻松松的高二，伴着多姿多彩的课外活动，在无形中迅速溜走。时光似水，岁月如歌，正当我们不经意间感叹“浮生若梦，为欢几何”的时候，高二便跌跌撞撞地过去，高三也便来了。

“鸂鶒滩头风浪晚，雾重烟轻，不见来时伴”，高三的那段时光，多少会因紧张的步伐而感到“压力山大”，哪怕是旁人的一句安慰都会想要回以“人艰不拆”。事实也的确如此,但回忆起那段在作业与考试的交叉火力之下的时光,我仍会对我那时每逢周末都要尽量放松心态的选择而感到慰藉。或是在平时考试的缝隙,找到能与自己共同向前的战友相互激励而心存感激。的确,适当的张弛,是我负重前行的征程上不可缺少的动力。

十年寒窗,梦圆燕园

时间过得真快,转眼间高考都已经过去了这么久。

最初,由于自己想学化学,而北大的这个专业在全国排名靠前,于是我很早便决定了要往这个方向冲。

说实在的,当初刚刚从初中走出来的我,实力在同龄人中不算显眼,抱着一颗忐忑不安的心迈入高中。进入高中之后,我自己的成绩相对初中也不由自主地提升了。初露锋芒,进一步坚定了我报考北大的决心。

高中三年,那些学过的细碎知识点,大多已经记不住,唯有那其中努力时的酸甜苦辣仍然历历在目。“十年磨一剑,锋芒未曾试。今日把示君,谁有不平事?”百感交集,但当开考铃声响的那一刻,心中的波纹也迅速地被抚平了,所谓明镜止水,盖莫如此。不过既然我的目标已经明确,考试时也自然没有了紧张。

高考结束后的二三天,从科创结果而得到自招资格的我前往燕园参加自招的面试。从容地应对面试之后,漫步于未名湖畔,驻足于西校门时,我希望自己能在两个月后再度来到此地。

人生如梦,而梦圆燕园,也是对我这三年的历练的回报。夜深了,渝州的渔舟唱起了晚歌,希望负重前行的后来人,也能梦圆于此。

蒋思远:毕业于重庆市巴蜀中学,就读于北京大学城市与环境学院

得之我幸，失之淡然

王良蛟

时光匆匆流去，带走了三年的喜怒哀乐，却留下了刻蚀在脑海深处的烙印，谨以此文致敬我的高中时光和那些可爱的人，同时希望能对学弟学妹们有些许帮助。

欲望，好的一面叫梦想和目标，坏的一面叫野心和贪恋。但无论哪一面，都是人进步的源泉。

我是一个老育才人，初中时成绩在年级排在前几十名，从来没有想过有朝一日能够进入燕园求学。中考成绩平平的我在班里很靠后，当时一进去，爸妈，初中班主任都告诉我里面强者如云，我要努力学习，争取跟上班级的节奏，不然就会落后，那时年少轻狂的我脑子里只浮现出了一句话——王侯将相，宁有种乎？刚开学的那个时期或许是我整个高中最难熬却又最珍贵的一段时光了，每晚躲在厕所里打着手电筒奋战到深夜，加上天天失眠，尽管身体疲惫，但我却始终充满斗志，因为我想看看自己能否与那些天之骄子一争高低。

第一次月考，年级第六名，狂喜之后随之而来的是自信。说来可笑，从那个时候开始我才觉得自己真正融入了大20。我觉得一个人的成长很大程度上与环境有关，以前的我从未将北大作为梦想的一部分，可是高一连续多次考试，我的成绩均名列前茅，再加上班主任池哥带的上一届学生的辉煌战绩，让我自然而然地萌发了对求学燕园的深深渴望，欲望扎根在了我心中。我变得异乎寻常的坚定与执着，在同班大多数同学都将池哥所说的“上一届我带出了很多优秀的清华北大学子，这一届我认为你们更有希望”仅当作笑料和夸谈之时，我却能始终铭记这句话，并始终相信这句话。

当然，人生不可能总是一路阳光，我也曾走过一些弯路，经历过一些曲折。

对于选择竞赛这条道路的同学，我是心怀敬仰的，因为我准备了两年的数学竞赛，知道同时兼顾竞赛和高考的不易。在这期间，我不止一次想要放弃竞赛，但都因为班主任和竞赛老师的劝阻而咬牙坚持下去。仍记得班主任的一句话：“现在你的高考成绩已经达到了瓶颈，又为何不在竞赛上多冲一冲呢？”于是我毅然地做出了最后决定。或许我们会为了做出的决定而后悔，但我们不会因为做出了决定而后悔。我的竞赛生涯单从结果上来看是失败的，这有客观原因，但更多的还是主观因素。由于自己在竞赛学习上的懈怠与放松，高二暑假两个月的培训，却成了我放松学习的绝佳时机。

最终的结果自然是惨败，从9月初竞赛的一败涂地到9月中旬年级考试掉到100名左右，我再次陷入了高一开学时的窘境。多亏了班主任池哥始终如一的信任和日日夜夜的开导，我才能坚持着走出这段黑暗时期，终得圆梦。放下心中的骄傲和从前的荣耀，脚踏实地地从头再来，一个接一个的知识点重新温习，一个又一个的解题方法重新掌握，我终于弥补了竞赛期间落下的课程，找到了良好的竞技状态。感谢池哥在我每次放松后的鞭挞、失落时的鼓励和彷徨时的指引，您眼里的条条血丝是因长久的陪伴，两鬓的些许斑白是您最深情的告白，感谢高中一路有您！

纵观我的整个高中，最宝贵的成功经验只有一个——坚持。这印证了那句老话“破釜沉舟，百二秦关终属楚；卧薪尝胆，三千越甲可吞吴”，对竞赛学习的坚持尽管让我在竞赛中没能有所得，却在自招上如鱼得水，得以降分进入燕园，对梦想的坚持让我在明知自己高考失利的情况下仍能抗住压力，孤注一掷参加自招考试。

人生就是这样,付出与收获绝大多数情况下是成正比的,永不言弃。改编 一下乔布斯的名言“keep hungry,keep fool,keep real”,永远抱有对求知的渴望、愚蠢似的坚持和对自己的真实,这也是我一直追求的状态。

至于那极少数情况,或许正如徐志摩先生所言“得之我幸,失之我命,如此而已”。高二时的我其实更加心仪清华,可是阴差阳错,我得到了北大学科营的优秀营员资格,却没能拿到清华暑期学校的优秀名额,我得到了北大自招的资格,却没能走向领军计划,或许这就是天意。

转眼已是开学,用开学典礼上让我感触最深的车浩教授的一段话来与诸君共勉:你们今天就要学会创造出自己身上的对立面,并容忍和尊重它;将来,你们才会接纳不同甚至对立的人,才可能带领和整合社会中不同的力量,让批判者和建设者一道,共同推动国家和世界的进步。

有人说,北大这块牌匾,有的人扛着,有的人躺着。我想,有一天我会为自己堂堂正正地站在这块牌匾下而骄傲。

王良蛟:毕业于重庆育才中学,就读于北京大学城市与环境学院

地球与空间科学学院

北京大学地球与空间科学学院于2001年10月26日正式成立。新组建的地球与空间科学学院由原北大地质学系、地球物理学系的固体地球物理学专业、空间物理学专业、北大遥感所以及城市与环境学系的GIS等专业组成。新成立的北京大学地球与空间科学学院设有5个本科生专业(地质、地球化学、固体地球物理学、空间科学与技术、地理信息系统)、3个一级学科博士、硕士授权点,并设有地质学、地球物理学、地理学、测绘学四个博士后流动站;学院共有中科院院士6名,教授51名、特聘研究员11名(国家杰出青年科学基金获得者9名,百人计划7人,国家重点基础研究发展计划首席科学家3名,北京市教学名师1名),副教授37名、副研究员1名、讲师4名。

一场旅行结束，又一场旅行开始

王宇航

一路情缘

第一次去北京，第一次见北大，是在高中开始前的那个暑假，学校举办了包含游北京的夏令营活动，目的自然是想让我们以之为目标，在心里埋下那颗朝圣的种子。当时的我从未想过，这所我人生中参观的第一所大学，也是我未来即将迈进的学府。

第二次参观北大借助的是暑期学堂的机会，这一次，用舌尖品尝食堂饭菜的美味，用脚步丈量燕园风景的美丽，用耳朵聆听学术讲座的魅力，用亲身经历感受北大人的活力与热情。于是，那颗朝圣的种子得到滋养，迅速萌发。

再后来，金秋营考试惨败警醒我要想进入这个园子还需要加倍努力，寒假学堂安抚了我高三浮躁的心。高考后又怀着想放松却不敢放松的心态参加了博雅面试。高中以前没怎么出过远门的我在这三年却踏进了北大五次，又怎能不说是缘分。

朝圣之旅

对我而言，高中的路不过两条：一个人的路和一群人的路。

数学竞赛之路走到最后，一回神，发现只剩我一个人了。形单影只的失落，孤身一人却担负重任的压力，和我一起被关在了准备冬令营考试的那间教室里，苦痛自己承担，出路也要自己寻找。不过，渐渐地摸索出了合适的学习与调解方法之后，我发现其实一个人也没那么孤单，甚至，独当一面、披荆斩棘之后，还会有无与伦比的成就感。这是一个人的奋斗，我孤军奋战，磨砺品性，所以之后的高中生活，我无所畏惧地走过。

而高中学习之路，最忘不了的，自然是那群走过三年的伙伴，一群人，一个家，快乐一起分享，责任一起承担：运动会的分工合作，创造节的别出心裁，美食节的精打细算……甚至在高三最紧张的阶段里，每到下课，教室外走廊都有篮球、羽毛球、乒乓球的影子，还有从不间断的欢声笑语。一群人砥砺前行，团结奋进，所以高中生活，我坚定又轻松地走过。

三年已经结束，这条路上的故事，也化作一把茶叶，越抿越香，犹如浸入心的海洋。

坚定选择

两条路走到终点，终于抵达了一个分岔路口。高考失利让我不得不认真审视自己的情况，是选择北大的调剂专业还是其他学校的好专业，是选择北大比高三还累的生活还是在其他学校相对轻松地学习。我在北大山鹰社所编的《高处有世界》这本书中找到了答案。感慨于“自由翱翔，视线高远，永远向最高的天空发起冲击”的北大山鹰精神，我决定拼尽全力，到北大这“险远”之地去领略“世之奇伟、瑰怪、非常之观”，去闯荡高处的世界。忽然间想起了暑期学堂配发的衬衫上所写的：卓越，是一种选择。

写这段文字的时候，我已经坐上了开往北京的火车，一段新的生活即将开启。初升高时我从四川来到重庆，同样是一条未知的路，高中闯出的结果还算不赖，所以这一次我也相信：前路未知的同时也意味着前途无量。所以我整装待发，准备踏上这条全新的路。所以，燕园，我，来了。

王宇航：毕业于重庆市育才中学，就读于北京大学地球与空间科学学院

絮语

漆楹烽

心

在看见同伴享有完整的寒暑假时，我疑惑参加竞赛究竟是否为最优解；在听说朋友在世界各地旅游时，我质疑全年几乎无休是否值得。

但是，当我看见一个结构式会下意识地寻找切断位点时，当我可以说出周期表上大部分元素的性质时，当我由数个优雅的公式就可演算出共轭分子的π轨道系数时，当我看见Gaussian输出一次美丽的撞击时，我就已经解开了这个疑惑：去他的最优解，我已经爱上这个庞杂的、经验的、“脏”的体系，它至少对我来说是个满意解。

当我与北大签约，当家慈告诉我他们兴奋得一晚上睡不着觉，当一群亲友指着我说“看，这个北大娃儿”时，我自然毋庸置疑。我知道这个叫作“漆楹烽”的Homo sapiens不只是一个化学意义上的低熵混合物，也是一个社会关系网中的一个结点，有人的希望寄托在他身上，有人将资源投到他身上。

从巴黎到柏林，从莫斯科到北京，每一寸土地上，都有着高尚的人、纯粹的人、有道德的人、脱离了低级趣味的人、有益于人民的人奋斗留下的痕迹。

竞赛

初中毕业的暑假,闲极无聊,无所事事,只得拿起一本书慢悠悠地翻阅。这是我第一次真正接触到化学,彼时甚至连化学竞赛也全然不知。

刚开学,没有生物竞赛,在班主任的劝说下,我选择了化学。在高一上学期,我发现了一条规律,第一名次次都是不同的人,而第二名却次次都是我,每次恒定相差0.5分。到下学期,同学就少有可以考过我的时候。我就开始放松,看些计算、文献,总之是些与竞赛无甚关系的资料。在高二加了画图,我看见了全国化学竞赛生的大致情形,有一众人与我共同学习进步,给我的竞赛之路带来极大帮助。

但是,初赛的元素推断使我猝不及防,省选后只剩下我孤军奋战,至此我只能一个人默默地在省队培训,学习,复习。接着,决赛失利,我灰溜溜地回到学校为高考做准备。

高考

我记得楚地氤氲的雾气,靖节清幽的菊香,青莲挥舞长剑时啸声的狂放。

我在萧瑟寒寂的荒原上徘徊,在荒诞且梦幻的仙境中流连,在仲夏欢愉的夜里沉醉。

我知晓从朴素集合到复数闭域,从莱布尼兹到拉格朗日,由皮亚诺假设展开的公理化体系是如此美妙。

天穹上星辰的轨迹我不知推演了多少次,光滑或粗糙平面上的运动方程也总是轻易被我解开,电磁场中的粒子的变换对我来说易如反掌。

我随拉瓦锡看见水银在甑中变红,随门捷列夫搭建元素世界的律法,随泡利建立起现代的分子体系。

我明白由核酸-朊建立的精巧耗散系统,由太阳推动的生物地球化学循环。

我在高考前的一周兴奋且紧张，躺在床上能感受到胸腔内剧烈的跳动。

十二年的努力，终于在6月7日，我用颤抖的笔尖写下名字的第一个笔画时升华，在6月8日，我从容地点下最后一个句号时结晶——同种晶体的晶面角总是平行，但不同的汗水会凝结为截然不同的晶型，不同的火与温会凝结成不同的外形，切磋琢磨则是最后的修饰。

故，此时可为君子。

漆楹烽：毕业于重庆市第八中学，就读于北京大学地球与空间科学学院

信息与工程科学部

信息科学技术学院

北京大学于2002年在原电子学系、计算机科学技术系、信息科学中心和微电子学研究所的基础上，正式组建成立信息科学技术学院。学院现有教职工398人，其中中国科学院院士4人、中国工程院院士2人，并涌现出一批出色的中青年骨干；全日制学生2667人，其中本科生1279人，研究生1388人，是北京大学规模最大的教学单位，每年为社会输送大批优秀人才。

学院学科建设覆盖计算机科学与技术、电子科学与技术、信息与通信工程、软件工程4个一级学科，其中计算机科学与技术、电子科学与技术为国家重点一级学科，计算机软件与理论、计算机应用技术、物理电子学、微电子学与固体电子学、通信与信息系统为国家重点二级学科。按2013年度US News的评价体系，北京大学"电子工程"学科排名第36位，"计算机科学"学科排名第35位；按ESI的评价体系，北京大学的"计算机科学""工程"学科均进入全球研究机构的1%。2015年QS全球大学学科排名，在计算机科学与信息系统学科中，北京大学名列第36位，为中国内地高校之首。

倾听夜晚的呼吸

谭钧尹

高考后的一段日子，从芒种轻轻踱步到夏至。那时我在家整理着没整理完的笔记，翻看过去的日记。

总把朝朝暮暮剪碎，封存于笔端，凝结于镜头。我试图在这零零碎碎的线索里，摸索出一点少年的轮廓，那个每晚习惯于不紧不慢地走在从毛主席像前到南开校门的，那段灯光指引的路上的少年。

沉浸

高一刚入学时是学长学姐口中的萌新，暗自想来此言不差。

不知道高中要文理分科的我感觉文科学起来吃力，于是暑假便找学姐买历史和地理笔记；不理解高中英语词汇的重要性的我默默看着别人啃单词书，直到高二才恍然间如梦初醒；把社团当成选修课的我在好多社团招新时都留了名字，后来发现根本驾驭不了又灰溜溜地退出。

入学考试用第28名打响第一个礼炮，然而之后适应不了高中的课程容量，名次在100名左右徘徊。意识到对考试失去掌控感，我开始对高考产生好奇；渐渐地，我沉浸于对新知的再探索。

遗失

高一时对大学全无认识，被班主任问起理想大学时，也只好茫茫然胡乱作答。没有目标，还会不断前进吗？当初放弃学文便知道，失去文综支撑的总成绩可能会在高二出现滑坡。没有选修课的周四下午，老师的板书一笔一画地摊在教室里晒太阳，望得痴迷的学生却因向纵深发展的理科锁起眉头来。渐次收紧的学科沉寂了往日的无忧欢笑，我看着校训周围浓重的树影，不由得想起自己的生活仿佛失去了什么，但自己已习惯于它这样单纯。

却步

很自然地选择了数学竞赛，因被其优美和灵巧所吸引。但并不对自己的天赋抱有很高的期望，于是也希望尽量不会耽误高中课程的学习，在两条路的边沿摇摇晃晃地走着。这样的结果是竞赛的当头一棒，错过高二七八月在理综上的狂奔，却只拿着二等奖铩羽而归。回家后告诉爸爸自己拿了二等奖，他只是很平静地说“在高考时好好努力就好”。我不后悔这段认识数学新貌的过程，它向我展开了一幅大多数人不曾见过的精致画卷，当初的选择，总是有意义的。

高中课程和竞赛成绩都过于平庸，于是不再去想什么自招和各类学营，虽然不曾与北大谋面，但我悄悄把它留在了不久的将来。

温热

从竞赛返程回到高三的复习课，我很快跟上了班里的节奏，平时的学习状况还好，只是在周末的理综练习时看到自己跌下200分，与周围的同学有五六十分的差距时，心中难免有些许失落。我想起备战竞赛最拼的时候是怎样在时间的罅隙里填满学习的计划，于是在高三也逐渐回到了那样的状态。

成绩也逐渐回暖，在凛冬将至时我体验到名次向前流动的甘甜。寒假每日狂刷理综，返校后我的月考名次已经到了三十名内。暗想，未来可期。

麻醉

总成绩的提升隐藏着危机，一直不温不火的英语大有崩盘的预兆，甚至刚开始无比自信的数学也在高三后期的两次大考翻车中无情鞭挞我的自尊。那时很冷静地告诉自己，好好练会有提高，但未免过于冷静而更像是被失利和失望麻醉，没有好好思考平时的规划是否有利于整体成绩的提升。

还好在班主任的训诫和同学成绩的激励下重新找回自我，开始认真制订计划。最后几次成绩虽然呈现下滑趋势，但复习巩固得越多，心里就越来越有底儿，也终能坦然地走上高考考场，理智而清醒地面对每一堂考试。

恬静

查成绩的那天我怎么也登录不了网站，招生办老师打来电话告知了我成绩。虽然没有见过未名湖和博雅塔，但北大的兼容并蓄让我倾心。

高考完后，我对成绩的预估其实非常不好，早已不再期待自己的成绩能在全市名列前茅。在家整理回忆的日子里，我最留恋的莫过于在操场上跑步的那么多夜晚，无论激动的难过的困扰的焦虑的，所有情绪都在跑后悄然隐去行迹，只剩我在回家的路上，倾听夜晚的呼吸。灯光指引的路上，我常有被这个小世界热情迎接的错觉，眼前的好像都因我的到来而安静。

心情也如无风的山丘般平静。

谭钧尹：毕业于重庆市南开中学，就读于北京大学信息科学技术学院

老年退役选手和他的回归之年

刘雨俊

2017年7月，晚上10点的绍兴一中，头顶上的天空还没黑透。我手里攥着刚刚签署的降分协议，朝临时宿舍楼走去。刚才教练通知，回重庆的机票已经订好了。

走到楼梯口，正要上楼时，我恍然觉得自己好像忘下了什么。我回头望向走过的那条弯曲的小路，路两旁低矮的灌木丛在夜色的浸润下显得模糊不清。道路尽头，一整栋教学楼透散日光灯发出的白色亮光，在四周模糊暗淡的景色包围下，这栋独具光亮的建筑让人觉得此时此刻它仿佛是世界的中心。

我便是从那里回来。

一个小时前，在一间教室里，我像被塞进锡皮罐头盒里的沙丁鱼一样，在熙熙攘攘的人群（鱼群）中艰难移动，等着按照已成定局的成绩签署相应的协议。而后，我拎着那张轻飘飘的纸走回宿舍。轻飘飘的纸，不那么轻松的脚步。走在那段短短的回宿舍的路上，我一度感到恍惚，有种丧失平衡的感觉，因此而无法客观准确地认识自己的处境。沉重与轻松的感觉分散、混杂，充斥于体内。我唯一能够隐约判断的就是，我将什么东西留在了那里。很惭愧，身为它的主人，我无法详细地描述它的全貌。粗略想来的话，在它里面，或许有我高一时候妄图兼顾高考和竞赛而招致的纠结与力不从心，有高二时候有同桌愿意帮我抄落下的笔记的感激，有记忆犹新的，参加完联赛回去的第一个星期，精力异常旺盛的生物老师每天中午12:50到2:10给我们补课导致的因缺乏午睡而睁不开眼、抬不起头的若干个昏沉的下午，有停课期间晚上7:30考完试去学校后山的小面馆吃的酸辣粉里的卤蛋和炸酱的香味……粗略地说，我是将我的OI生涯以及它的一系列附属物留在了那里，留在了那处光芒四射的“世界中心”，然后独自渐渐远去。上楼回到寝室的这个时候，我就已经是一名老年退役选手了。我放好协议，推开门去隔壁寝室，想要掩饰什么般地敲着门，大声叫道：“老王啊，你吃饭没得哦？帮我点个外卖嘛……吃啥子？哦，就随便来个鸡汤抄手嘛，签个约饭都没吃，等了好久哦，肚儿都饿瘪了……”

那之后的第二天早上，我在校门口坐上去机场的大巴车，透过车窗，盯着校门口那条写着“第34届全国青少年信息学奥林匹克竞赛NOI2017”的红色横幅渐渐变小直至消失，我再一次提醒自己，我的整个OI生涯结束了，而与此同时，我那一眼看上去不甚乐观的，停课一个多学期后的回归之年，开始了。

只不过那时候，坐在疾驰的大巴车里的我还不知道，这所谓的回归之年，会以怎样的方式持续，又会在何处、在何时结束。

……

2018年上学日的某一个晚上，11:10，刚下晚自习。我走在回屋的路上。从绍兴回来后，我一个人住在学校附近被称作“后山”的高坡上一间简陋的出租屋里，想要获得心目中理想的安静学习环境。被冠以“后山”名头的坡很陡，台阶也很多，我停下脚步稍稍休息，不经意朝台阶下看去，几点白光掩映下的明德楼顿时映入眼帘。从许多级石头台阶累起来的高度上往下看，夜色中的巴蜀中学十分迷人。明德楼的许多教室还亮着灯，隐约可以望见拿着扫帚走动的值日生，当然更多的还是在课桌前埋头刻苦自习的人，他们翻书写字的样子让人感觉很安静。有背着书包的同学从楼里走出来，三三两两，有的结伴而行，有的独自而归，有的打电话像是给家长聊天，有的默默无言或许在推敲题目。家长们在花台边等着接孩子，或埋头看手机，或伸长脖子朝楼里张望，有的还牵着宠物狗，狗好奇地四处跑动——熟悉的场景，看过很多次，习以为常。有时这样看着他们甚至会让我有一种错觉，即自己好像并非作为一个独立自我的个体而存在，而是更像一条宠物狗身上的毛一样，在它奔向狗粮的过程中随之飘动，在它不慎踩进水洼里时拧成一团。习惯了这种一大群人朝同一个目标做同样的努力的集体生活似乎就会给人此种错觉。我身为一个退役选手，处在这种集体奋斗式的生活里，貌似并不具有什么特别的不可或缺的存在意义。实际上，我不过混在了万千高考大军里，过着一周里除听课、复习、做作业、打篮球、开开小差、考试、订正、再考试以外，貌似就只剩吃饭睡觉的生活。

我继续迈上剩下的台阶，台阶尽头烧烤摊上悬吊着的白炽灯散发出朦胧的黄色灯光。有烤里脊的味道飘散，在摊前撸串的学生的影子在闪烁的灯光下晃荡摇曳。马上就到家了，我掏出手机拨通电话："喂，老汉啊，对头，最近才考试了。还能考得怎样嘛，一如既往的撇噻。有好撇？都说了还是那么撇，就百多名吧。心态？我心态好得很，你不要想太多，真的啊，我乐观得很，我看得开。要得要得，晓得啦。"把手机揣进口袋，我想着最近模拟考试破了个人记录的语文成绩，嗯，97分，人生第一次下100分，选择题扣了27分。想想还是不汇报了。快到门口的时候，我走得恍惚，踢到一大坨毛乎乎的东西，失去平衡摔倒在地上。左膝盖火辣辣的，肯定破皮了。我慌忙爬起来一看，一只看不清颜色的猫儿凄惨地嚎了一声，跳到楼梯栏杆外的塑料棚上逃走了，看样子比我还慌——猫大爷真感谢您没挠我。我想象自己是挂彩流血的战士，在妄想中一瘸一拐地上了楼，掏出钥匙开门。巴蜀11点多的熟悉的夜晚快要结束了，我又将迎来一个7点钟的昏昏欲睡的早晨。

"老板，炒个藤藤菜，再来个蒜泥白肉，番茄肉片汤，还有青椒肉丝。啥？高考期间不卖肉类凉菜？你们恁个没有自信？为我们好？要得嘛要得嘛，那凉拌个黄瓜嘛。"我和爸妈坐在十八中附近一家家常菜馆里，这是第一天高考结束后的晚上，离家较远的我们在这里吃饭。本来只有我和我妈，但在去餐馆的路上我瞄见一个人走路的姿势特像我爸，我心生疑窦，快步上前一看还真是！他说放心不下我，一下班就打车到考场来了，本打算吃完晚饭再来宾馆看我——当然我把他逮去一起吃晚饭了。等待上菜的时候，我翻着路上书店买的夏目漱石的《三四郎》解闷。因为听别人说高考期间手机看多了容易睡不着觉，再加上这书的背面印着“延绵百年的青春迷茫”，“少年以纯粹的本心体会人生的初次爱慕与幻灭”，听起来很青春嘛，权且买来打发时间了。饭桌旁边沾些油污的墙上贴了一张淡黄色的大纸，上面用黑色马克笔写满了学生和家长的高考寄语，看起来都挺像高考寄语的，就和参考资料前言的高考寄语差不多，大致关于期许啊，志趣啊，勇气啊，祝福啊，等等。其中还有一句以甚为粗重的笔迹写就的“他强任他强，清风拂山冈，他横任他横，明月照大江”。小伙子《倚天屠龙记》没少看嘛，九阳神功都来了。

老实说，翻书时旁边杵着这么面墙其实挺不自在的。怎么说呢？所谓寄语这种，寄托着人们某种期望的东西，是最怕被辜负的。对于写的人是如此，对看的人，也是如此。想着自己今天的发挥，老实说心里很没有底，上午的语文做起来一点谱都没有。考完出考场的时候，还听到别人在那儿兴奋地讨论作文，听了听感觉自己好像偏题了……惨。

可想着这些的我又能做些什么呢？无非是坐在家常菜馆里读《三四郎》，摆出一副淡定的表情，和爸妈一起喝番茄肉片汤罢了。我的回归之年马上就要结束了，我又究竟是否回归了呢？我是否在自己不自知的情况下，还沉湎于过去的某个甜美的时刻而止步不前呢？我的回归之年的结束，是圆满的句号，跌跌撞撞的逗号，还是充满好奇未知的问号，抑或是激动狂喜的感叹号呢？我不知道，但我绝不希望，它是以写错字后的，一种长长的，刺目的，丑陋的黑色横杠的形式终结，那种止步于过去，给现在和未来留下难看的污痕的方式，当真令人憎恶。

现在是2018年8月5日下午4点31分，马上就要立秋了，气温却一点都没有降下来的迹象，哪怕作为土生土长的重庆崽儿，今年持续酷热的夏天也着实让我受不了。我待在空调屋，对着刚到货的电脑码字。这是我一个理科生高考后的第一篇文章，身旁书桌抽屉里放着已拆封的录取通知书和它的红色壳子。2018年7月22日去邮局取回它的那一刻，从形式上说，我的回归之年就结束了。回归之年，从字面上看出的所谓“一年的归路”过起来好像并没有它说的那么漫长。一年过去了，在这段充实忙碌的时间里，我究竟又在什么时刻，真真切切地“回归”了呢？在下飞机踏上江北机场的时候？回到巴蜀上文化课的时候？抑或英语考试铃响后放下笔的那一瞬？或许是慢慢回忆着过去写着文章的现在也说不定。当真让人迷惑。我真的有经历那种信誓旦旦冠冕堂皇的所谓“回归”吗？具有那种深远意义的“回归”，藏在什么地方？又在哪里结束了呢？想不起来了，想不出来了。静静回忆着过去的一年，脑海中以各种颜色、形态、材质存在的过去的光影，好像都在朝某个既定的方向，飞速逝去。想着它们，回味归来奋斗备战高考的这一年，在飞速逝去的光影中，有种自己相对它们向前飞驰的感觉。或许其他各位高考生也是如此？就在无法界定的过去的时光里，我们采取各式各样的姿势，步行，奔跑，开着破车，偶尔停下来看看风景。反正无论从什么时候开始算起，无论进行了什么，得到了什么，离开了什么，失去了什么，我们好像总是走在隐隐的道路上。那种在平淡的日常生活中狂野孤独地朝远方进发的感觉，粗略地说的话，就像杰克·凯鲁亚克的《在路上》或者《孤独旅者》那种吧。

刘雨俊：毕业于重庆市巴蜀中学，就读于北京大学信息科学技术学院

用键盘寻觅未来

曾　言

我是一名标准的竞赛生,从未在竞赛与高考间纠结过。或许会有人嘲笑我的固执,但事实证明,我的选择是正确的。

我想把一位信息学竞赛学长的话转告给所有即将走上竞赛战场的学子:"自己选择的路,跪着也要走完。"

少数人的游戏不是只有天才可以胜取。当你走过这条不一样的道路,到了岔路口,若你停下脚步,转身回望,你会发现,恍惚间已发生的一切着实令人回味无穷。

路的起点

七年前,痴迷于奥数的刚刚步入六年级的我遇上了在竞赛道路上的启蒙老师刘老师,于是开始了长达七年的征程。曾经的我与旁人没有什么区别,或者,我更加调皮,但从那开始,我走上了一条"不归路"。

那时候,我也只有每周末有两个小时的上课时间,回到家里就会被敦促学习其他科目的知识。哪怕是那两个小时,我也在"似懂非懂"的状态中触摸着新鲜而陌生的代码。

坐在机房里,经常能看到各种喜报或者是某比赛获奖名单,时不时听到这个被保送了，那个又降分了的消息，从那时起，我便有了考上北大的梦想。当然，路途还很遥远，但我决定试一试。

一年后，我凭借某信息学小升初考试步入了巴蜀中学，当我还忙于适应初中学习生活的时候，2012年11月，我迎来了第一次真正的测验——NOIP（全国青少年信息学奥林匹克联赛）。由于当时还没有普及组（初中），初一到高三六个年级要做同一套题。当时的我与那些高中学长比起来要弱小很多，无论是智慧还是体型——虽然我那时已经很胖了。

不得不承认，这是第一次，考试刷新了我对一个学科的认识；这是第一次，我连第一题都看不懂，整套题目无从下手；这是第一次，我看见了“取模”二字。原本就“没见过世面”的我一瞬间崩溃。

现实是残酷的，但它也充满了戏剧性——我意外地收获了一个一等奖。虽然明知道有些名不副实，但我还是从中找到不少自信，这也再一次坚定了我参与竞赛的信念。

每周两个小时显然不能满足我的需求，但我被迫将课余时间花在补习其他科目上，我一直都是个偏科生。

进入初二，我满怀信心地再次踏上NOIP的考场，但我遇见的是与前一年一样不会做的题。运气不会每次都眷顾我——我遭遇了失败，各种失误让我的成绩还不如初一时。满腔热情的我无疑是被泼了一盆冷水。

此后一年并无太大起色，只是我的自信中多了一丝胆怯。随着对北大等高校有了一定认识，我意识到考上北大并不是件易事，我也不知道自己有几成把握。

进入初三，我第三次踏上NOIP的考场，我试图重新证明自己，但结果并不好。我开始觉得自己的智商不够，但很快冷静下来后，发现自己不应只考那么点分，许多应得的分因为打错一个字母，或是哪一句写多了，写少了而离我远去。

从2014年11月到2015年6月，我被要求远离竞赛，备战中考。我与信息竞赛相处的头四年就这么草草收场。虽然我还是不会那些特别有难度的算法，但长达四年的积淀让我有了不一样的思维，也让我在写代码时能灵活地运用各种小技巧。

从行走到奔跑

中考完的第二天，我便迫不及待地来到了学校机房，我也正式转入了袁老师门下，也算是提前开始了我的高中三年。

我又重新坐在屏幕和键盘前，阔别了大半年的老朋友竟然已有些陌生，不过当我重新打开DEV-C++（一款风靡全球的C/C++代码编辑器）的时候，许多以前没有解决的问题都突然变得简单，我用大半年的时间跳出了原有的思维定式，一切都开始变得简单。

我的一等奖成绩，使我在高一开学时（包括之后的文理分科的重新分班时）被分进了理想的班级。班上其他同学都是非常优秀的。高一上期的第一次月考，我的九科总分在班上排名垫底，理科的六科也是倒数几名，这与我小学、初中时的“偏科但依旧优秀”的成绩相差太远。

巨大的心理落差让我几次濒临崩溃，无形的压力让我几乎喘不过气。我不得不正视自己的特殊身份，我与班上其他同学不一样。同学们讨论的问题有的我听不懂，一起照相时我的头像是电脑制作上去的，我的存在与整个班级的氛围格格不入。

2015年11月，我第四次踏上NOIP的考场，由于前两次的失利，我更加努力备战。我从考前就一直很紧张，导致考试中途有一段时间大脑一片空白，有一道题因为一个疏忽丢掉一半的分。考后苦等三个星期才等到成绩——我超出一等奖分数线一百多分。

对我来说，这无疑是最有效的精神食粮，哪怕我会因此成为被嘲讽的对象。我已不太在意谁考年级第一,我与其他人不在一条道路上。

我买了些书在自习课上偷偷摸摸地看,当然其他同学都在做各种试卷。若是在机房里,我会在一些网站上找题做或是学习一些让我觉得有趣的算法,其中我重点关注的就是北大的网站,这样既可以了解到更多有关北大的信息,也可以为之后的学科营做准备。

高一下期我参加了一次省选,在2017级学长面前“打了一次酱油”,但我并非全无收获,与强者交锋更能体现我的不足。高一结束后的那个暑假,我们每天或隔天进行一次模拟考试,我的发挥还算稳定。

到了高二,已有多次比赛经验的我第五次踏上NOIP的考场,这一次我有了充足的准备,考前我们停了三周课来备战。我努力使自己的头脑里充斥着各种算法,哪怕这样可能会造成一定的紧张。

走入考场,开始考试,考试结束,离开考场,漫长的等待,一切似乎都按照剧本进行着。但是,这却成为我一段刻骨铭心的记忆。

命运仿佛一道无法挣脱的魔咒。

时光倒退回了三年前的那个夜晚。

噩梦再一次上演。

上天在2012年11月给了我一个美妙的开始,却在2013年11月将它夺回。上天又在2015年11月将它还给了我,却在2016年11月将它无情地击碎。

在没有意识的评测机面前,所有的狡辩都是那么苍白。我努力了一年,换来的却是成绩的“逆增长”——如同三年前那样。我陷入了迷茫与不安,因为我的名次已经掉到了悬崖边上。

我不愿放弃,就像我不愿放弃每一个调试了几小时甚至几天的程序,我要重整旗鼓。高二的寒假,我完全沉浸在代码与算法中,哪怕是除夕夜里我也不愿放松。

高二下学期我全身心投入竞赛中。学习新的算法,不断模拟考试,不可否认这是最枯燥但最有效的方法。接下来的是密集的考试。

2017年4月，南山上打响了一场数十人的“生死战”。我扳回一局，成为12个“幸存者”之一，NOIP的成绩没有把我最终的高考成绩拖下水，我也长舒了一口气。

5月，期盼已久的北大信息学学科营如期而至，这一次，我不再是一位游客。我在第一场机试中有所失误，但最后总成绩还算不错。我拿到了北大降30分的协议。

7月，终极一战NOI2017在烈日下的绍兴一中举行。我发挥正常，由于一道题的取巧，我最终进入前一百，也换得北大降一本的协议。

路口右转：未来，燕园的召唤

终于来到了落幕的这一天，结果已成定局。我成为信候竞赛的退役选手，重归高考课堂，开始补因停课所落下的课程。不过，肩上的担子可没高一时那么重了。

但我还是对信息竞赛依依不舍，我尝试着发挥一点余热，也为我的竞赛生涯画上一个句号。

退役四个月后，打着“拉高平均分”的旗号，我第六次踏上NOIP的考场。我终于放下了一切包袱，为了在参赛名单中第六次写下我的名字回到了熟悉的电脑前。考前那个晚上，我还与其他同学一样，上晚自习直至晚上十一点。没有压力的我面对考题做得异常顺利，我以600分的成绩向所有人证明了我的实力，弥补了我初二与高二时的遗憾。

高三的寒假，我为2019级的学弟学妹们献出了自己的一份力，我回想了我做过的几千道题，最后整理浓缩成了几道，即使只能涉及少量知识点；高考后的暑假，同样的方法也带给了2020级的学弟学妹们。

对我来说，竞赛的路十分漫长。我用了七年时间，从重庆的一个阴暗潮湿的机房缓步走向了燕园。

我即将离开我熟悉的一切,但前方更能吸引我,那里有我向往已久的理科一号楼,有曾经与我在机房外的走廊里有说有笑的学长,有经验丰富的老师,有迷人的未名湖和博雅塔,有比我更加优秀的同学。

右转,光环褪去,这是一个新的开始,在燕园里,我将遇见我的未来。

曾言:毕业于重庆市巴蜀中学,就读于北京大学信息科学技术学院

不着急，慢慢来

袁新钰

“重庆八中”“信息竞赛”“北大新生”，这些词几乎可以描述我全部的身份了，甚至有可能在他人眼中我是一个多么厉害的存在。但只有当自己一个人静静地坐着，才会知道，其实自己只是一个普通人。

困惑

初中开始准备信息竞赛。因为不满足于C++编程课考试只做大家都会的两道题，一定想再做一道出来，于是我成了那为数不多的做三道题的四人之一。一切的开始总是很偶然，甚至中途跟着学习竞赛知识，只是因为“老师建议我参加了竞赛”。初中课程学习比较轻松，于是我会在午休的一小时去机房做题，这样坚持了一年左右，我就渐渐开始感觉疲惫了。特别记得一个阳光明媚的中午，我从机房走出来，被阳光刺到眼睛，眯着眼打了个哈欠，晕乎乎的脑袋里产生了一个困惑：我这样每天占用休息时间准备竞赛究竟是为了什么？

我没能给出答案。也许作为读者的你看到这里会觉得，时间已经给出了答案：我的勤奋终究在时间的积累下得到了回报——考上了北大。但若再认真地回想，“考上北大”就是唯一的答案了吗？

经历

曾经无数次看不懂竞赛题,对着电脑,看了一遍又一遍,看得头晕目眩,看到想砸屏幕。经常调不出代码,最长的一次一道题做了两天。因为没有进展,我越改越着急,别人在同样的时间里已经学习了更多的东西,自己效率这样低,怎么才能在竞赛中走得更远?着急到后来我趴在电脑前哭了,那时的我真的对它无能为力,真的学不下去了。而我真的很深切地怨恨这种无助,怨恨天赋有限的自己。只是哭完了,还得继续,该干啥干啥。

也面对过玩乐的诱惑,也掉进过诱惑的"坑"里,也曾在"坑"里徘徊了很久:在备战竞赛的时候,因为信息竞赛标配有电脑,因此会有空闲可以看看电影,玩玩游戏。也许这样不以学习为目的的事情,不应该这样直截了当地说出来。但如果经历过,几乎每个竞赛生(不只是信息竞赛生)都可以告诉你,他们也曾与我一样。我现在能够坦然地面对各种玩乐"诱惑",并且能够自主掌控时间。

老实说,我以前甚至到现在,都很"玻璃心"。无论大考小考都觉得很重要,都会觉得很紧张(只是程度不同罢了)。甚至高三的上学期,我在考完理综之后不敢看答案,只等着卷子发下来那一瞬间的审判,审判完之后就把卷子扔到一边了。其实这导致我错失了很多提高的机会。因而现在的我在面对恐惧与未知的时候,会直视它,不再逃避。

成长

参加竞赛使我拥有了更多的阅历,使我面对更多,也收获更多。人是一个矛盾的个体,这在我身上表现得尤为强烈。

我初中有过每次考试几乎都是第一的骄傲,高中也有过文化课怎么学都无法顶尖的尴尬。

我享受过解出一道题的快乐,也经历过一两天都调不对代码的烦躁。

我可以在暑假竞赛结束的第二天,马上回到学校上一个月的自习,也可以在高三的周假从早“浪”到晚。

可以说我“有天赋”“自律”“聪明”“能吃苦”,但也可以说我“愚笨”“做事没计划”“缺乏自律”……也许在他人眼中,看见一个词,看见一句话,看见一段陈述,听说一段故事,就可以尝试着对你做描述、下定义。但是要知道,这是不妥当的。如果哪天你和我一样遇到了这样的情境,请保持平静。在伤心、失望、绝望、难过、不安、愤怒、无力的时候,保持谦逊和镇静。不要着急,慢慢来。

如果现在有人问我什么是“人生”,我一定会无言。但其实我正在努力地向作为读者的你描述我的人生,描述我认为的人生。一种需要经历过程才能知道结果的、一种无论行为对错都值得包容的人生。

我非常尊敬的外婆曾经叮嘱过我:“你要晓得你要啥子,然后无论啥子困难,都不应该阻拦你。”因而如果你曾和我一样,不知道“人生到底是为了什么”,那么请不要着急,慢慢来。

袁新钰:毕业于重庆市第八中学,就读于北京大学信息科学技术学院

沉思前事，似梦里，何处觅

刘又铭

2018年6月6日夜，躺在床上，辗转反侧，恍然间，思绪万千，回首高中三年，我似乎做了一场梦。

滥觞

2018年6月6日，高考前夜，无意间打开了自己的博客，看着一篇篇自吹自擂的总结及反思，我告诉自己一定要改变，于是我开始尝试着与梦中的自己交流……

2016年11月12日晨，来到机房，第一步，登上QQ看有没有什么消息可用来消磨时光。

可爱的小红点勾起了我的好奇心，点开邮箱，却只是一封广告邮件，这让我有些失望，然而，一股莫名的冲动让我不自主地向下滑动鼠标，一封邮件吸引了我的注意力。那是我刚刚接触信息竞赛时写下的竞赛规划，那时的我，对于信息竞赛，既有好奇，又有畏惧，但那生涩的计划里，却有着一颗一往无前圆梦燕园的心。那颗躁动不安的心逐渐平息，关掉邮箱，退出QQ，快速打开WORD，按照着考试大纲来一次总复习……

2016年11月21日，走出考场的我踌躇满志，但接踵而至的却是一波三折，从开始的自信估分，到之后的绝望初评分，再到最终马马虎虎的成绩，我半只脚踏入深渊，却又在最后时刻，重新上岸。

2017年4月9日，省赛，同样的剧情又一次上演，但我却沉浸于好运带来的成绩之中，未曾察觉危机的降临。

2017年6月，北京大学信息夏令营，考前漫步在燕园之中，我想象着一年之后重逢的美好画面。

沉沦

然而，幸运不再眷顾我。我的各种低级失误，导致了接二连三的错误，调试，再错误。崩盘的心态自然不会带来一个好的结果，失败似乎从此刻起，与我紧密相连。

回到重庆，离国赛时间已经很近，而我却迟迟无法从夏令营的失败中走出来，博客还是保持着每日更新，却始终重复着自己所掌握的内容，毫无进展。

2018年6月7日，夜里难以入睡，心事太多，怎堪面对？翻看着去年同期的博客，我竭尽全力想让自己清醒过来。

事与愿违，国赛的悄然逼近，让我压力倍增，我再也控制不住内心的焦躁，整天漫无目的地做题，最终走向沉沦。在这短暂的备战时光里，我似乎在逃避失败，将一切都归谬于失误和心态失衡，但真正步入国赛场的那一刻我才明白，不曾竭尽全力，失败便早已注定。

重生

2017年7月27日，国赛失利后的我重新回到了高考战线之上，突然改变的生活规律，高强度的学习，陌生的知识点，又一次将我迎头痛击。月考成绩一次又一次突破底线，我似乎被钉在了耻辱柱上，无法动弹。我曾经这样安慰自己，竞赛失败还有高考，然而这一次我已经无路可退。从最开始的无所适从，疲惫不堪，到后来的逐渐适应，我摸索出了一套适合自己学习的方法和节奏，高三单调而枯燥的生活也渐渐富有生气……

尾声

2018年6月7日，回首高三一年，我已为高考做了最充足的准备，我无所畏惧。大鹏一日同风起，扶摇直上九万里。假令风歇时下来，犹能簸却沧溟水。高三一年，不仅是知识的磨炼，更是一场心灵的修行。在这条漫漫长路上，把努力交给自己，把结果留给时光。

2018年6月23日，拿到高考成绩的我，回望整个高中三年，似乎就像是一盘棋，从布局时的不温不火，到中盘搏杀时的几番曲折，在收官时刻的力挽狂澜，似乎梦境渐渐与现实重合。历尽铅华成此景，人间万事出艰辛，便是对高中三年最好的诠释。

2018年7月22日，拆开录取通知书，梦醒时分，圆梦燕园。

刘又铭：毕业于重庆市巴蜀中学，就读于北京大学信息科学技术学院

有梦无梦，都要圆梦

刘　臻

渝都酷热之夏，风擦身而过，将云朵撕碎，在梦幻般的蓝天巨幕上留下一笔。

不知不觉中已是仲夏，“高三”“高考”恍如隔世。

作为一个纯粹的，通过高考得到前往燕园这一张车票的理科生，对于“高三”“高考”自是体悟颇深。它们对我，更是人生中的重要一课。在此，希望能通过记录和分享自己的一些经历与体会，使这平凡又不平凡的一年升值。

我命由我不由天

世间偶然颇多。历史上，有“东风不与周郎便”，而高考场上，偶然一念便改变人生走向的事例更是数不胜数。

但金庸在《神雕侠侣》后记中便言：杨过与小龙女一离一合，其事甚奇，似乎归于天意和巧合，其实却须归因于两人本身的性格。两人若非钟情如此之深，绝不会一一跃入谷中……同样地，若无孔明绝顶的智慧，懂得利用这偶然的东风，又怎能一败曹军？纵使没有这偶然的东风，谁知这二人不会另使妙计击退敌军？

对于高考，更是如此。考场上的一念，必然有其原因。也许是曾经见过类似一题,也许是自己或沉着或紧张的心态,甚至也许是窗外的鸟儿飞过……

这时,我们既可能心头一紧,想到正身处高考考场,加之这一知识点并未复习牢固,心如乱麻,不知所措;我们也可能沉着冷静,根据经验再次读题,仔细分析题意,回忆考点……

我们无法避免偶然,但如何来应对偶然,却能够牢牢把握在我们自己的手中。

概率

我们在中学数学中曾学过,概率为50%的事件是随机事件,而概率为99.9%的事件仍然是随机事件。而从历史学的角度来看,以50%的概率成功,叫作偶然;而以99.9%的概率成功,便叫作必然。

必然

考试成功不可能是一个必然事件,但可以具有必然性。

在我们身边,总有小部分的人,能够在考场超常发挥。我们也一定希望自己能在考场超常发挥。但就如同超常发挥仅仅发生在小部分人身上,它对我们也仅是一个小概率事件。因此,圆梦最好的途径,便是让圆梦成为正常发挥的结果,让获得高分成为常态。

这便是组成上述概率的第一部分:备考。

但我的身边也不乏在高考中发挥失常的同学和朋友,对此我同样备感遗憾,因此,在后文中我会详细谈到组成上述概率的第二部分:应考。

心态

我的老师和同学常说，考试，能力达标，考的就是心态。

经过近一年的磨砺，我对此深信不疑。

在高考中，好的心态也许不能让你拿到满分，却可以帮助你得到自己应有的结果。一个好的心态，能使我们在紧要的关头稳定发挥，能让我们在忽逢意外时，冷静处理。就如武侠小说中，练功养伤之时，须心无旁骛，否则轻则内伤，重则一命呜呼，在高考考场之上，作为有血有肉有情感的人类，难免会兴奋、紧张，会有预料之外的想法。此时，拥有稳定的心态，便会大大提升发挥正常实力的概率，减小失常发挥的可能性。

而心态，并不仅仅在考试中发挥着至关重要的作用。在备考过程中，大家往往最重视的是方法，但我认为，心态也许同等重要。

大多数人的高三备考路上，布满荆棘，难免会产生或焦虑，或失落，或茫然等负面或不稳定的情绪。焦虑易导致暴躁易怒，失落易导致自暴自弃，茫然易导致光阴虚度……它们不仅消磨我们充沛的精力，更在无声之中将宝贵的时间偷走。学会如何调整自己的心态，不仅能提高学习效率，保持充沛精力，更能在瓶颈时期保护我们的身心。

下面我且浅谈一下自己的经历和对心态调整的经验体会。

高三：长远

人常道："有志者，事竟成。"

我的高三应从2017年的7月算起。在一番激情洋溢的演讲之后，班主任以"同学们，我们高三了！"结束了自己20分钟的演讲，开始了整个班级340余日的高三奋斗苦旅。

在班主任的要求下，每一个同学都拿出一张小纸片，写上自己心仪的大学或城市,贴在课桌的一角。我撕下一张草稿纸的一角,一笔一画地勾勒出这个陪伴我整个高三的理想:上海交大。那时的燕园仅存在于我的梦中。

7月的南开沉浸在蝉鸣之中,办公楼墙壁的爬山虎色如翡翠。

不得不承认,这是我的高三最难熬的一个月:寝室刚刚调整,作息时间不统一;回家休息时间从一周两天缩减到一周一晚上;最难受的是这湿热难耐的天气,清晨步行到教室已是汗流浃背,且空调尚未启动,只得浸泡在潮湿的空气中,任刚换上的衣衫渐渐被汗液打湿。

任务不断堆积,天气炎热依旧,我已渐感疲惫。

午睡后,穿过林荫,走上教学楼。当踏上五楼的台阶时,透过教学楼一面巨大的玻璃幕墙,深邃的蓝天巨幕展现在眼前,仿佛我的理想便在那里。我便踏着坚定的脚步向教室走去,已将疲惫抛之脑后。

在迎接一张又一张试卷时,在自习不够专注时,或在考试成绩不理想时,桌角的那张小纸片便成了我的精神食粮,用手指拂过那四个字,精神为之一振,便将当下的烦恼抛却,为了更远大的理想,为人生而坚定地向前。

理想就是如此默默支撑着我的学习生活。

姑且用用小学时常用的比喻:理想是人生的灯塔。有长远的目标,便不再将当下的一点得失看得太重。

接受

为避免缺乏锻炼,高三的每个晚上,结束了一天忙碌的生活,我会做一组俯卧撑。

刚开始时,我能做60个(不标准的)。做到40个时,手臂开始酸麻,渐渐有放弃的想法。做到50个时,已渐感体力不支,俯下便要闭眼皱眉使出吃奶的劲才能撑起,这时放弃的念头已是相当强烈。可想到自己的目标,反正不论怎样也要做到60个,与其把它变成煎熬,不如放宽心去接受这种累与心酸,于是这个过程便变得自然而平常。

接受,说得平常一些,与习惯相似,却又并不完全等同。

接受,是一种主动的习惯过程。

时值秋季,天气常常昏昏沉沉,艺术馆旁林荫小道上的藤条渐渐泛黄。正式进入高三学年,午休时间的教室渐渐多了许多“新面孔”,无声中传递的是拼搏的决心。

年级统一安排的试卷哪能满足我们的胃口,班主任搜罗大江南北,让我们虽未涉足九州,却做遍天下试题。

突如其来的一套理综,毫不留情地将安排打乱,必须完成的任务只得交给深夜的自己。真想逃离这个世界,逃离考试和作业。

但我并不能改变现实,我不得不接受现实,不得不完成试卷还得挤出时间来完成其他作业。我陷入了“理想”与现实的巨大冲突中。

教室中怨言并不少,但没有一个同学放弃这套理综题。

渐渐地,我学会了接受。

题来,我做便是。

做错题,我改便是。

我所言接受,换句话说:问题出现,我不为它出现而苦恼或焦躁,我不因劳累和疼痛而逃避,我要想办法解决问题。

班主任常常要求我们“逼自己”。有了坦然接受的心态,不仅能够从容地面对困难,更能助我们平和地去拼。拼并不需要每时每刻紧绷神经。接受对自己的要求,平和地予以实施,何尝不是一种“拼”?

生于忧患,死于安乐

姑且以此作为小标题,只因初中的这篇课文,给了我调整心态的启示。

一个班中,同学间难免会暗自较量。而这在我们班,便体现在学习的方方面面。竞争是一种强大的驱动力，无形之中，我们便在利用这种来自同伴间的压力来驱使自己前行。

而竞争又往往会带来负面情绪。我常常会因为在做题的速度上不敌同桌而苦恼焦虑，甚至对自己产生怀疑。

偶然中默写课文时，我被一语点醒：

“故天将降大任于斯人也，必先苦其心志，劳其筋骨，饿其体肤，空乏其身，行拂乱其所为，所以动心忍性，曾益其所不能。”

舜、傅说等人都曾遇到挫折，而我却为自己一时的烦恼所困，这不过是在苦我心志罢了，我又何必将自己一时的得失放大，而将长远的目标置于不顾呢？

如此，通过调整心态来化解竞争所带来的负面情绪，而充分利用竞争所带来的驱动力，取其精华去其糟粕，岂不美哉？

调整心态来化解负面情绪的具体方法有很多，在这里我也仅仅谈了其中之一而已。

有所牵挂有所盼

在高三初始时，心想接下来这必定是暗无天日的一年，我登时心生前路漫漫之感……

现在想来，其实不然。

的确，这一年学业压力前所未有，休息与娱乐的时间大大缩减，但高三的一年又并非所想那般。

课堂上，仍有幽默风趣的老师，听课时往往也是轻松愉悦的。寝室里，也有一周一度的龙门阵，上及国际时事，下至校园八卦。每晚11点，父母会准时来电，带来家庭的温暖鼓励。

我那有些贪玩的室友，便把一周两次体育课作为这一年的盼头。每到体育课那天，必定是容光焕发，精神抖擞。如此下来，高三确实也不过如此，在一节又一节体育课之间，为理想奋斗的时光也就这么过去了。

每当感到前路“漫漫雾茫茫”时，我便想想自己的理想，有时也暂且目光短浅，想想自己近期的盼头。有时我会盼一个可以回家娱乐片刻的周末，有时我会盼一首喜爱的歌，有时一个午觉也能使我满足，有时练练小字亦能使我倍感轻松。

有时正为解题而苦恼时，父母却通过电话送来鼓励与祝福。想到在教学楼—食堂—宿舍三点一线的世界之外仍有始终关心自己、默默付出的父母，奋斗的旅途我们并不孤单。

牵挂给我们以温暖，期盼给我们以动力，高三实则是一段因奋斗而幸福的时光。当自己为生活的乏味而苦恼之时，不妨给自己一点盼头，给父母一个电话，奖励自己一碗牛肉面，停下脚步赏赏飘然落叶，高三又岂会乏味？

道

关于备考之“道”，前人之述备矣。不过我也应在此记录一下个人认为相当重要的一“道”：关于错题的整理。

高三开始时，我不惜花重金给每个学科买了一个精致的笔记本（活页本）。遇到错题，如果是自己尚未搞懂的知识，或是易错易混的知识点，便记录下来。自己悟到一些做题的方法，也予以记录。总之，这几个笔记本便是高三这一年的“精华”。

不过，到了离高考只有一个多月时，我逐渐发现，在考场上自己丢分最多的并不是自己没搞懂的，而往往是粗心、大意、紧张所引起。我的老师们也强调在这个阶段，一定要重视自己因粗心犯的错误。而这些错误往往可以通过改变方法或习惯来避免。

举个例子，在物理粒子在混合场中运动的题目中，粒子到某位置，常常会产生多解的情况。我也因粗心，栽了几次跟头。不过，细细一想，以前我是看题目，想一想运动过程，找到符合条件的解，便开始动笔。但假如我先分析粒子的完整运动过程，再利用题目条件进行约束，便能够完整地得到所有解。在高三学习过程中，粗心也可能是方法上存在着问题。

因此，整理错题时，一定要重视常常被忽视的“粗心”，高考才不会留下遗憾。

感悟

一年有多快？

从7月酷暑开始，大家身穿短袖T恤；忽然降温，带上外套；气温骤降到十多度，便都穿上了羽绒服。年一过，太阳一晒，便将羽绒服脱掉；晴天越来越多，气温越来越高，直到人人身上都又只剩下短袖T恤时，便是高考了。

行政楼墙壁上的爬山虎青翠欲滴，阳光穿林而下，竟是高考常考的丁达尔效应。

艺术馆旁的林荫小道上方本是堆满了藤条，纵使是大丈夫也得能屈能伸，弯腰而过。

渐渐地，过路不需“折腰”了，一看竟只剩下了一堆干枯的树枝，后来索性被剪掉。

爬山虎也抵不住寒风，依依枯黄，青砖依稀可辨，行政楼渐渐露出自己本来面目。

不过很快，它们便又恢复了生机，冒出新芽长出新叶。倒是校内的老前辈黄葛树们在春天开始落叶。没多久，每个班都开始了高考百日倒计时。

刚刚还是9开头，8开头，来一场月考，讲讲试卷总结总结错题，便是6开头，5开头。哇，只有一个月了。便开始规划自己的最终复习，准备要看的试卷，顺便准备一下模拟考试。模拟考试时大家都还是嘻嘻哈哈的，再到后来，就只剩一周自习了。

到此,高三生活正式结束。

高考“三不”

1.考前资料看不完

不要妄想在一周内进行一轮完整的高三复习。是的,我甚至连自己的“精华”收录本也没看完。考前复习,万万不可讲求“完整”,对症下药才是妙计。

讲求完整的复习,可能导致心态上的不稳定。想到临考时,还没复习完,难免心慌意乱。而考前给自己一句“I'm Ready”却能使自己信心大增,抛下备考包袱。

能完成地毯式的复习固然有益,但我认为有针对性的复习效果更佳。

2.考时所学用不上

这是高考后我的一句由衷感慨。这语文试题,怪模怪样,成语病句照样错,感觉高三白学了。

这便是否定地毯式复习的最佳作证,考前复习这么多而高考根本用不上。

金庸笔下,张无忌学习太极剑法时,悟得其中武学精华后,却是“这我可全忘了,忘得干干净净的了。”高考时,同样也应放下复习包袱,剑来挡剑,题来解题。考场稳定发挥才是王道。

因此在临考备考过程中,强化薄弱点,保持做题的手感,才应当是重中之重。拿得起,放得下,放下“复习不完”的忧虑,才能给自己一个稳定的心态。

3.考前半夜睡不着

副校长有两句话使我受益匪浅。其中一句是:“睡眠不好,考得爆好;睡眠好,那是自然爆好。”另一句话便是:“有梦无梦,都要梦圆。”

高考前两夜，果然睡不着。尽量不想高考在即，放松心情，却仍然不得入睡。数羊，听英语听力，一番催眠尝试后才渐渐睡去。

不过高考时，想到副校长的看似荒谬的“睡眠不好，考得爆好”，便不把昨晚的失眠放在心上，潜心考试。

现在想来，“谬论”实际上是在帮我们调整心态，放下包袱。没错，高考乃人生大事，考前难免兴奋，失眠再正常不过。但只要有了良好的心态，少睡一两个小时又怎奈何得了我？前夜有梦无梦，我们都不可为外物所动。

接下来，我便谈谈对考场心态调整的一点心得。

CC原则

考场上，在时间不够，被简单题卡住，旁边同学翻卷子太快，纠结选项，毫无思路时，我们很容易出现焦虑的现象（至少我很容易）。典型症状是头脑发热，全身出汗，注意力被分散，可能选择放弃或跳过遇到的问题，胡思乱想各种后果……

这时候就可能正是我们所说的心态崩了，慌了。这样的心态下我们也许速度会更快，但准确率却大大下降，此时我们便需要通过正确调整心态来为后续答题做保障。

Step1. Calm down

冷静！一定要在心中默念出这两个词，一来可以集中自己已经被分散的注意力，二来可为自己增加一点正确应对困难的信心。

Step2. Concentrate

摆脱焦虑的心态后，便要为自己塑造一个更加稳定的心态。而这一步又蕴含两层意思：首先要摒除杂念。别人做得快，翻卷子声大，后面的同学频繁咳嗽，监考老师到处转悠都不能成为我们做错题目的理由。

其次，要专心致志地回答一个一个的题目。必须要保证注意力高度集中，争取做到快、准、狠。其中“快”是“准”和“狠”的自然结果，而非我们追求的目标。

举个例子。遇到简单题却被卡住，要想想是不是我读题读错了？或是自己先入为主，想得太多？遇到难题被卡住，应想到其他同学同样会被卡住，但如果其他同学放弃我却解决了这个问题，我岂非略胜一筹？

遇到实在解决不了的难题，我们要做的就是理性放弃。在遵循CC原则的情况下，我们才能够正确评估自己的能力水平和题目的难度，做出正确的决定，避免将时间浪费在焦虑上。

补记

昨天刚刚考完驾考科目三，发现除了CC原则外，还要注意一点。

由于练习时，我经常忘记打转向灯和在站牌前减速，于是考试时我便始终挂记着“灯、牌”两个东西。结果作为这个车的第一个考生，我刚驶出第一个路口就因没有在人行道前减速而被扣分。

问题还是在于心态上。我在考试时，始终挂记着两个易错点，却失去了自己驾驶时的自然状态，犯了从没犯过的错误。

因此我认为，对于自己应该注意的点，应当提前将注意它和避免出错转化为自己习惯中的一部分，通过练习来巩固，使正确成为自然状态下的结果。考试时，最好将心态放松，丢去包袱，发挥自己的真实水平，用真实的能力应考。

有梦无梦，都要梦圆

无论我们拿到什么牌，做了什么梦，相信我命由我不由天，调整好心态，拿出真本事，梦圆已成必然。

非常幸运，必然中之偶然也是偶然中之必然，经过高三与高考让我能够选择北大，梦圆燕园。

最后，希望自己在北京大学和在以后的生活中能丰富我所得到的经验。祝将要备战高考的同学们蟾宫折桂，金榜题名。

有梦无梦，都要梦圆。

刘臻：毕业于重庆市南开中学，就读于北京大学信息科学技术学院

因为TA就在那里

范安骏逸

初见

不知道从何时起，我对北大就产生了莫名的情愫。或许是因为对五四运动发源地的景仰，或许是因为对金光生命科学大楼的向往，在我还未步入高中的时候，我就知道，我学习的目标就是进入北大。

然而真正见到北大是在中考完后的暑假——中考失利后的暑假。虽然最后仍然进入了开州中学，但是我却被失落和挫败感淹没(从某种意义上说我却是幸运的)。因为当时我们学校有好几年没有人进入北大、清华，说实话，感觉我也不会例外。

三个月的暑假着实漫长，当时的很多事情都已忘记，但我仍清晰记得8月某天的下午，我感受到了未名湖畔的静谧，看到了博雅塔下的人群、理教楼中的灯火通明。北大，她就在那里等着学子们，即使他们失败过，不是吗?

她也在等着我。

相思

以排名靠后的成绩进入“火箭班”，我知道我会经历一段艰苦的时光。当时的我其实做好了准备，不论如何这是我的决定，学校给了我一次机会，那我无论如何都要好好珍惜在火箭班的时光，即使可能只有一个学期。高一并不要求我们上第四节晚自习，然而我知道如果要赶上其他同学，就不能放弃这样的时间，否则根本无从谈起超越他们。然而，尝试总没有坏处。有了这样的觉悟，我已经准备好迎接最坏的情况了，但结果却超出我的想象，虽然并不是每次考试都能如愿，但能稳定排名前三对我来说还是很不错的结果。然而就我们当时的情况而言，这种成绩还不足以进入北大，但如果要进步对我来说真的很难。

高二某天发现“博雅计划”时，我的内心是激动的。对于我这种发挥不太稳定的学生，得到加分机会意义重大。但除了激动，我感觉到更多的是焦虑：“博雅计划”是综合评定，我未必能胜过其他同学……但终归还是要试一试嘛，毕竟机会一定要把握住，即使可能失败。

转眼到了高三，复习进行得如火如荼，虽然累，但是值得。高三上学期某一天，或许是我高三最幸运的一天，北大招生组来到了我们学校。在与老师们谈话之前，我不知道我梦想中的生物科学是否真的和别人所说的那样没有发展空间。但是冯老师的那席话真的让我明白了很多，未开拓的领域不正是内藏最丰饶的领域吗？高考结束后，我参加了“博雅计划”。我真的没想到可以拿到20分的加分，更没想到这20分成了至关重要的加分。

再见

最终我进入了北大，那个我原本最喜欢的专业“生物科学”被第二志愿“电子信息”顶掉了。我的确很喜欢生物，但对我而言父母的期望也同样重要，如果没有办法，假装自己想通了听他们的话也不错？电子信息中的生物微机电系统也很有意思，不能自己学，就让我成为生物研究者们的Assistant吧。这个专业选择并没有最优解，只有时间会证明一切，但是，我总算没有辜负自己，进入了北大。

未来

既然选择了电子,就没理由放弃。想做什么,认真做总是可行的。无论如何,我都不会忘记进入北大后的时光。TA曾经是我的梦想,也会是我将来的希望。

TA就在那里,不是吗?

范安骏逸:毕业于重庆市开州中学,就读于北京大学信息科学技术学院

数载寒窗苦读，终有燕园梦圆

龚治溧

和其他很多同学不同，我与北大的缘分其实是从清华大学开始的。小学三年级的时候我应邀到北京参加表演，顺途到当时“大名鼎鼎”的五道口技工学院去参观了一下，觉得不是很满意。毕竟是小孩子，只是觉得那里树很多，其他建筑跟我们小学风格差不多。当时带队老师就告诉我，隔壁还有一所大学，京师大学堂！嗯，这个名字听起来挺有文化也很霸气，想来定是一方学习的好天地，以后得进去看看。唯一有些遗憾的是，当年没有真正进北大看看，但也正是这样，我与北大如丝如缕的联系就在这场神秘的“会面”中开始了。

勉励：休言顽石非璞玉，除去嫖姚怎封郎？

再一次真真切切地感受到北大，就已经是高中了。初中时玩心太重，对学习也是得过且过，基础不牢还狂妄自大。第一次月考我考了300多名，第二次月考考了100多名。那个时候，我就反复问自己，如果有一天，自己能够站在北大门口却没有资格进入，自己的感受是什么？我当时就觉得，很不甘，很难过。那么，既然自己这么渴望能考进北大，还有什么可以畏惧的？

接下来一个多月，我经历了整个高中最疯狂的一段岁月，困了就咬舌尖保持清醒，饿了就吃准备好的面包，全班放假我会独自到教室，午休时间我也会趁机做练习，想起来不可思议，但当时我只有一个信念：我一定要进北大！就像在黑暗中，我抓到了一丝光明，全力地寻找着出口。最后一次月考，我以年级第六名的成绩完成了我整个高中最值得怀念的逆袭，我与北大，终于更近一步。

初见：未名湖畔初见，博雅塔边曾逢

度过紧张而充实的高二，在期末考试前一天晚上，我接到了一个令人振奋的消息：我接到了北京大学暑期课堂的邀请。面对大考的紧张心情荡然无存，仅剩一丝欣喜和一阵期待。正常发挥出实力考得年级第三名后，整个暑假我的心早就飞到了北京“未名”。

第一次独自外出，乘飞机来到了北京，一番周转后，我终于走到了北大东门。起身眺望，没有繁杂的道路与建筑，目光所见，简约而优美，朴实而协调。路上的学长谈笑风生，让人感受到自由而开放的气息。正常开营后，同寝室的同学都提醒我，明天就要考试了，还是复习一下。他们几乎都待在寝室，埋头看书。我却悄悄走了出来，骑上了小黄车——既然我能来到这里，说明我与北大有缘，好不容易来了，若是不看看，就算考得很好，也会有遗憾。

所以，整个晚上，我从南向北，一直来到颐和园，好好地欣赏了北大的夜色。不管是深夜依旧满座的图书馆，还是未名湖旁久久不熄灯的教学楼，都深深打动着我。这就是北大？这就是北大！怀着激动却满足的心走进了考场，我知道，不管我此次考得如何，我与燕园，已经是“不死不休”。

再临：取次花丛懒回顾，半缘修道半缘君

正在埋头冲击高三的我接到了一个意外的电话。本来我以为暑期学堂这么久没通知我，我肯定没戏了。但就像是有缘人始终都会有缘，尽管没有在头天晚上备考，我依然进入了重庆前十名。于是，再次荣幸受邀参加寒假学堂。

时间迫近一诊，我们也面临着一个艰难的抉择：是主力攻克一诊而放弃寒假学堂，还是停课准备寒假学堂？犹豫了几秒后，我便做出了决定。既然北大相邀，我又怎么能不去？

匆匆几日后，再次到达北京。冬天的北京，别有一番韵味，零下的温度，好像打个喷嚏都是冰碴。轻车熟路地来到北大，亲切之余，依旧还有一份新奇，哇，未名湖结冰了！坐在岸边看着湖上的众多学长，我觉得自己被这样冰冷的温暖所融化。考试之余，我有幸欣赏到了一个白色的北大，白色的世界，我知道，我的心已经被那“博雅未名”给留住了。

圆梦：虽比高飞雁，犹未及青云

高三下学期的日子远比高三上学期来得轻松，开始有了各种假期。闲暇休息之余，我都会在自己脑海中回想北大那一幕幕的美景，以及幻想一下进入北大后是多么自由与光荣。不断波动的成绩，突然发现的漏洞，一次又一次惊吓，一次又一次平复，但不论如何波澜壮阔，我从未慌张过，因为我想进北大的决心从未动摇。

6月8日那一天，走出考场，大雨倾盆。但我的心情是很愉悦的，除却压力解除的释然，更有因为离北大又近了一步的喜悦。估分后，感觉未来已在手中。第二天赶赴北京，参加博雅计划的复试，一系列面试、体测完成，更是多了几份信心与把握。22号，不出意外，我得到了北京大学的认可。23号早上，我睡了个懒觉，却被妈妈一个电话惊醒。电话那头传来的焦急声音告诉我，高考比估分低了十几分，可能无法上线。接下来的几天，我陷入了无比的纠结中，是走北大任由分配专业，还是走上海交大、复旦大学，选个好专业。但我最终还是选择了北大，因为我还是不甘心，我强烈的愿望压倒了眼前的局势，毅然填报了北京大学。最后，结果还是令人满意的，我被录取到一个满意的专业。所以，我还是坚信，有缘人定会相聚，既然有缘，结果也定不会辜负人心！

进入北大，只不过是一个开始，我与北大，也不过才刚刚真正见面。未来有多少美好？谁知道呢。

龚治溧：毕业于重庆市巴蜀中学，就读于北京大学信息科学技术学院

时间的礼物

刘 上

北大之于我，一直是向往的圣殿和珠峰，除在电视、画册上或曾相见，一直只在我无边而虚幻的想象里，如一位稳重儒雅的泰斗，未曾谋面，却一往情深——直到现在。

一

说起来，我与北大的结缘，始于信息学竞赛。初中的我从不知晓还有竞赛一说，上了高中想着周末反正也闲着，学一门新的学科至少不那么空虚无聊，便加入竞赛队伍。

经过全面了解和比较，我选择了信息学竞赛，它对我而言意义非凡，至少它成了我繁忙的学习中，难能可贵的自由(随便蹭学校机房电脑的自由)。

于是，对电脑的熟悉程度仅限于偶尔打过小游戏的我走进了机房(我是“菜鸟”，我来了)。我本来性子比较急，学习信息竞赛过程中状况不断：遇到难题会暴躁，遭遇WA(测试点报错)会心急，能力不够会失落。心情低沉之后，终究还是哼哼唧唧地请求同伴宽容、嘟嘟囔囔地继续调试修正……现在想来，那正是我成长最快的时候，亏得当时不计得失、一心一意，才有了点点滴滴的收获。

学习之余，机房的小生活也很丰富，枯燥的“码农”日子也充满了人间烟火味儿。

等到这些时好时坏的日子在黄教练的叮嘱声中过去，机会也悄然而至。

二

高二寒假，湖北雅礼，北大信息学冬令营，是我本就不长的竞赛生涯的一个转折点，也是我第一次真真切切地和北大有了关联。说实话参加之前我根本不清楚这个冬令营的重要性，只抱着试一试的态度，父母也只是鼓励我出去长长见识。也许是无知反而无畏，也许是初生牛犊不怕虎，结果面试顺利，机考顺利通过。北大向我伸出了橄榄枝，这是天大的惊喜。北大于我不再那么遥远和虚幻了。

可是面对同伴的失落、旁人的吹捧，我心情复杂之余也开始怀疑自己的潜力：我该怎么沉静下来继续努力？我是否真的配得上这次机遇？在这之后的半年里，接连发生的很多状况让我无暇应对，我也曾有过松懈、失衡、灰心，但我知道必须沉下来，只有加倍努力，才能不负北大的知遇。从省选一路到全国决赛，最终取得银牌，我与北大正式结缘。看着意气风发的队友，我知道我还有更大的努力空间，但国赛已过，高三已至，只得将竞赛暂且放放。待回到班级备考，已恍如隔世。

三

初回班级的我，和同学们相比有半年新课程的差距，我知道这又将是一场硬仗。班级大部队已经开始了第一轮复习，而我还在与陌生的知识较量，每次取得的成绩都让我难过，即使早有心理准备，600多名的排名依然令我无法淡定，熟悉的疲惫感依旧令人发狂，这时的我简直成了只刺猬——心虚又强硬。哪知班主任饶老师段位极高，徐徐放养，让我心服口服；同学们调皮又暖心，嬉笑怒骂，让我心态平衡："史官"坚韧，减肥势在必行、"江哥"低调，一曲技惊四座、“副社”好游，漫步须臾十里、“石总”可爱，笑得像个弟弟……想让你们知道，在自己的世界里独自精彩的你们，于他人而言亦是风景，于迷失方向的我而言，更是贵人啊。随着这些美好的人努力变好的不只是自己的学科体系和考试成绩，还有一个人敏感偏执的内心。

三个月，复习与补新的双重旋律终于合二为一，日渐上升的分数和位次，也在逐渐缩短跟同学们的差距。有人开玩笑说：你干吗还那么拼？曾记得有人说过：高考，不是为了考上某所大学，而是成长为配得上那所大学的人。所以我的想法是，正因为我即将成为北大人，更不能有负北大名。

在最迷茫的日子里，我希望世界给我一批锐不可当的神兵，去打破所有的束缚，然而时间没有给我绝世的神兵，反而赠予我温柔的记忆，让我浇筑出一颗强大的内心。

这就是我的高中生活，我记不住那些壮烈激昂的日子了，忘记了烟花在夜空里盛放的细节；却常常回忆起那些细水长流的点滴，从过去流向了永恒的未来。

刘上：毕业于重庆市巴蜀中学，就读于北大信息科学技术学院

莫愁自身无德才，笃志奋行有乾坤

李博文

我文笔不及同龄人，想要行文优美却无多少墨水。作为一个理工男，唯有思路和逻辑可能稍可合格。文笔有限，绞尽脑汁，仍拼凑不出我的开头，那么今日我便直接进入正文，讲讲我和北大的情缘，亦谈谈我进入信息科学技术学院的故事。

迟到五年多的回复

初见北大，是初一夏令营的事情了。

不论走在校园里，还是坐在未名湖畔，看着儒雅随和的哥哥姐姐们来来往往，心生羡慕，感觉这里的人个个都非同一般。晚上回到酒店，我们的领队(来自北大)告诉了我一句话："如果你以后有机会，一定要来北大。"

13岁的我虽仍旧是个无知少年，但也渐渐懂得自己并非天眷之子，也明白天外有天人外有人的道理。我并非天才，当时对自己也是信心不足，觉得自己不是上北大的料，便用玩笑话一带而过，并未当即回复。这件事情也就慢慢地从记忆中淡了出去，直到6月查成绩之时，忽然忆起这位学长对我的期待，我就正面回答了当初带过的话题：

"我来北大了。"

高中就是过山车

看到这个标题,大部分人可能会觉得:不就是成绩起伏波动很大嘛,人人都有。

仅从学习这一方面来看,他们是正确的,但对于我来说,刺激的远不止成绩。

高一时,我"不自量力",同时参加了"FLL机器人工程挑战赛"、化学竞赛,并兼顾高考学科。有学弟学妹问我:"那时,你是怎样合理安排时间的?"我不禁笑了,反问道:"你们真的以为我安排过来了?"我曾尝试着安排过,但仍旧忙得心力交瘁。机器人工程挑战赛的训练"吃掉"了我的自习时间,化学竞赛也同样"吃掉"了我的时间,每周作业几乎空白,数学考试也缺席了几十场。到了暑假,机器人工程挑战赛训练和化学竞赛的时间重合。今天在此处请假,明天又在彼处请假,这两者已经合力构成了一个压榨高考学科学习时间的死循环。有时实在没办法,打个头灯熬夜吧。

就这样,一年逝去。我们的机器人工程挑战赛队伍在2017FIRST中国总决赛暨国际邀请赛中拿到了季军并获得前往澳大利亚参加比赛的资格,同时也拿到了中国青少年机器人竞赛的二等奖。但是,高一下期期末考试中,我的成绩排名在年级靠后,化学竞赛也只拿了全省第三名。

当时,有人开始担忧我们的高考,很多人都对我们表示惋惜,尤其是对我——我中考考进来时成绩还算顶尖,如今却落得这番模样。大家都是好心,但压力依然让人喘不过气。曾有多次,我在被窝里暗自神伤。但是之后我想清楚了,当时我送自己一句话:该吃吃,该喝喝,遇事儿别往心里搁,把自己做好就行。

高二学年开始,机器人竞赛换届,我也全身心地投入竞赛和高考学科的学习当中。这一年较为平常,听课、做题,认真追随老师步伐巩固自身学识。那段时间我每天下午会花两三节课的时间做竞赛题,晚上也基本贡献给竞赛。北大的基础有机化学，我来回做了两遍。高二下那个春夏之交，我几乎放弃了所有的周末，参加化学实验培训。因学校距离培训地较远，我们清晨出发时天幕上还隐约挂着星光，完成培训回到学校时夜幕已悄然降临。或许在化院的同学眼里，我投入不算很多，但至少，我达到了我的目标高度。高二上期期末考试，我的成绩达到了年级前6%，而高二下期，则达到了年级前3%。另外，功夫不负有心人，我在化学竞赛中拿到了全省第一名的成绩。

但也因为竞赛，进入高三后，我的成绩不太稳定。高三上学期我的成绩最好时，居全年级前5%,最差滑至前20%。理综240多分的同学觉得自己考得不理想，与此同时拿到230多分的我在一旁沉默着，不敢吱声。没办法，我得补！且得另找额外的时间补！我曾听说过这样一句名言：时间就像海绵里的水，挤一挤总会有的。于是我就努力地将我所拥有的时间尽可能地利用起来，不只是白天，晚上我也会在寝室做理综和数学题，一般会做到凌晨两到三点。秋冬季节，天空清朗，两三点时一般都有繁星闪烁，待得将闪耀的群星看过，我才上床，沉沉睡去。

高三下学期，我基本能稳定在年级前十名，二模也考得不错。大学精英人才培养计划分配到我们学校的名额，自然也轮不到我，但我并未在意。5月底和6月初，我把2015年到2018年的所有高考真题做了一遍，心情舒畅，心境平和，静候高考。

高考查分时，发现自己跃上北大分数线。我的成绩令我自己很意外，也很惊喜。

拿到北大录取通知书的时候，我的双手有些发颤，拆包装竟花了十来分钟。十二年寒窗苦读终有了回报。此外我也悟到一事：不要给自己设限。永远不要觉得自己能力不足，但请一定努力，一切皆有可能。曾有朋友觉得自己生来愚笨，夸赞我天资聪颖，所以成绩不错。但当我细细询问时，我发现我们的训练量、对学习的投入程度有很大差异。其实我们大多数人的努力程度，还没有达到谈天赋的地步。

可能是因为高中拼命过度，积劳成疾，今年7月份我大病十天，高烧一度接近39度。但我无怨无悔。

“大信科”

我听化院的同学说，信息科学技术学院的院衫上印着“大信科”三字，我就以此为标题，简单说一下我选择进入信科的理由。

大概在2004年的时候，我家买了一台电脑。CPU是奔腾4，频率2.6GHz。隔了几年，ADSL普及，我家又联上了网。从那时一直到初中，我对与电脑相关的知识兴趣逐渐浓厚，但还只是停留在个人计算机的范围内。

随着年岁的增长，我的视野慢慢开阔。家里的哥哥姐姐们有的上了很好的大学，也是学习信息技术相关专业，为我树立了榜样，亦为我普及了很多知识。在这过程中，我对信息科学的认知水平不断提高，我在信息科学上的钻研精神也逐渐显露。初一时我试着搭建了一个Web服务器，初三时自学Java SE。填报志愿时，我选择了计算机类，不带半点犹豫。

我深感自己在许多方面还需努力，亦发现自己的经历其实较为独特。如若细谈学习可能对于大部分同学帮助并不大，所以我在文中提到的都是关于学习态度和志向以及信心等方面的建议。希望这篇文章能或多或少帮到后来的同学，文笔不佳，但自认为内容尚可。

问鼎之心已经在酝酿。心情舒畅，心境平和，静候开学。

李博文：毕业于重庆市巴川国际高级中学，就读于北京大学信息科学技术学院

且行且歌，四野追梦

邓闵月

十二年寒窗，今朝终可迈入燕园。回首三载，有的是望不尽的欢欣，亦有数不清的跌撞。今当别离，有很多话想说。

燕园：缘起

在高中之前，燕园对于我犹如空中星辰，你望得见她遥远的身影，你亦可用她的光芒慰藉孤寂的夜空，但你不知何时能触碰她的清辉。

我第一次来到燕园是在高三前的暑假。在那个充斥着蝉鸣与骄阳的夏日，我从紧张的学习生活中脱身飞来北京，和94班的同学相遇。六天的时光里，我们陶醉于燕园的湖光山色，跟随学长的脚步在风景秀美的校园漫步；我们也在趣味运动会上携手闯关，燃烧激情、挥洒汗水；我们也曾抱着滚圆的西瓜在中关村的街道上“夜奔”，体验了一把在午夜场电影院昏昏欲睡的新奇感受。这像是一场奇妙的探险，探索北大，我深深被北京大学的美丽和百年名校的气韵所吸引。

回到学校，考上北大的念想便深深扎根进日复一日的学习中。而这些记忆都酿成了我现实生活里最浪漫的两口清酒。偶尔从脑海中翻出品味，胸膛里亦像有扬万马破千军的剑气激荡。

有时会遇到学习上的挫折溃败，周考成绩让人沮丧，数学导数解不出来，或是大量枯燥的练习让人太过压抑，此时想想夏令营的时光，便觉得一切的奋斗都是值得的。

千里：诗与远方

高中三年，我参加培训和各种比赛，到了大江南北不少城市，可谓“读万卷书行万里路”。从“创新作文”到“语文报杯”，从创知路到竞赛培训，从南到北。从珞珈山脚到长安城下，从天府之国到帝都北京，走南闯北间长了很多见识。我到过湖北省博略解荆楚风韵，在兵马俑坑饱览始皇雄心，见过春熙路还未开张的清晨，也看过北师大的午夜。车马劳顿或许会让我疲惫，但每次的外出都会给我从未有过的新体验，让我在为北大奋斗的路途上不断听见诗与远方的召唤。

远离学校的旅程虽然会在一定程度上占去学习的时间，但旅程结束后回到学校，知识也变得有新鲜感，不断吸引我去再探索再挖掘。精神在放松之后，我可以付出更多的专注和热情来面对学习。当一个人的思想不再仅拘泥于课本与学业，而是不断飘散于对历史和生活的畅想中，那么人的心胸便会开阔无垠。高中生活亦需要诗和远方的原野。

千里颠簸，寒暑假不停的培训、补课、比赛确实让我身心疲惫，但追求北大的热忱让我的脚步从不停歇。当高三“暑期学堂”“寒假学堂”“博雅计划”的机会降临到我的头上，我心中感慨万千：两年的努力得到了北大的认可！千里的足迹终于汇聚在了一点：北京燕园。

追梦：高三

高三一年，说实话确实很苦很累。我们努力跨越的不仅仅是题山题海，也有在考试得利和失利中忐忑不安的心。

在高三大大小小接连不断的考试中，我有登上榜首后走路连蹦带跳的欣喜得意，也有一跌千丈后蓄势发力的触底反弹，还有不断失败打击下的灰心丧气。这些考试不断检验巩固我的课业“功夫”，更不停锤炼我的心智。高三一年，我不知道自己曾为成绩哭过多少次。老师劝慰我：这不是最后的高考，何必看得这样重？我对眼泪并不排斥，哭是我调节心态的最好方式。当委屈随着眼泪流尽，抬头一定会发现：方法总比问题多。我也明白：哭并不能解决问题，但负面情绪总需要发泄。每个人都需要放松自我、发泄自我的方式，但发泄之后，逃避不可取，再次直面问题才是正确选择。渐渐地，在起起伏伏中，我敏感的心也变得沉稳。

现在高考结束，回首再看这一年，悲喜都已经被冲淡。当时觉得犹如天塌般的失败，现在也不过一句笑谈。高考也仅仅是人生第一关，这既不是开始，也不是结束。没有人的价值应该被成绩否定，也没有人的人生应该被一个数字束缚。

梁启超先生曾言：“纵有千古，横有八荒。前途似海，来日方长。”且歌且行，诗与远方的追逐才刚刚开始。

邓闵月：毕业于重庆市巴蜀中学，就读于北京大学信息科学技术学院

回首，再向前

卢启腾

带着新希望来到燕园，已作别昔日的好友，但那段时光会永远留在我心。

回首，云阳中学留给我太多回忆，云阳中学的景，云阳中学的人，云阳中学的学习，犹在眼前。

还记得，在汇贤楼五楼俯瞰那孤独的大榕树，黄叶飘零，留在枝头的是充满新意的嫩叶，就像刚进云阳中学时的我们，渴望生长，展现我们的绿意；德馨院的斑妃竹无声无响，在阳光和雨露中节节成长，陪伴我们度过第二年；一心院的栀子花散发出清香，给高三忙碌的我们带来一份惬意，而那枝头的李子，也由青涩变得成熟。

云阳中学的一大特点就是依坡而建，因而道路并不平坦，多陡峭的坡路。上学放学时上下坡也成了我们每天的一项必修课。路程虽不长，但烈日下全校同学在路上向上爬也可谓壮观。这段坡路，也是我们高三时的特色锻炼场地，在跑操时，约着好友一起在坡路上跑一圈，出点汗，能缓解疲惫。路上或谈论学习，或谈谈心事，有朋友的陪伴，这一路走下来，也是一种惬意。

还记得，月考后坐在小板凳上听老师讲解，在老师旁边谈心事。曾有幸在老师楼顶观看他种的几十盆兰花。每株兰花在他的照顾下长势都很好，他对每一株的来历，生长状态，习性，都记得很清楚，每一株都好像是他的孩子，他都细细呵护。而他培育的不只是兰花，还有我们这群学生。在老师的教导与帮助下，我们都在不断成长，毕业时的我们也已不像开学时那么青涩，我们收获的不只是学业上的充实，还有那份师生情。

因为我在学校宿舍住，和同学一起交流的时间更多，也能更好地融入集体生活。早晨一起在闹铃的催促下从被窝里跳出，一起去吃已经吃了几百次的油饼包子鸡蛋，一起排长队买餐，晚上逛小卖部，周六出去“打牙祭”，周日打羽毛球，生活的点点滴滴都有他们的陪伴，自己也习惯了和他们协作，共同完成各项事务。

现在看到他们都已到各自的学校报道，有不舍，但更多的是对大家的祝福和对各自未来的期待，陪伴着我的，是和大家的那份情谊。

再讲讲我自己吧。无论是刚到高中还是现在，我都对自己毫无信心，因为周围的同学太优秀。“琴棋书画样样不会”只是他们的一句玩笑话，对我却是最真实的写照。可以说，我一直生活在自卑的阴影里，不太敢和他们交流，经常用沉默来掩饰我的自卑。但是如果根据阿尔弗雷德·阿德勒的说法，自卑情绪是当个人面对一个他无法应对的问题时，表现出的他绝对无法解决这个问题的情绪，那么，我又可以说，我从没有过自卑情绪。

面对问题时，我也确有过迷茫，不知路在何方，但从小我就有韧劲，能吃苦，我也从未想过要放弃。自卑，对我来说也是一件幸事，因为自卑，我会把自己放低，以一种谦卑的态度去学习，这是我的第一步。再设立有意义的目标，仔细考虑我的定位，每件事都做到最好，那几乎是不可能的，我必须得想清楚自己想做什么，什么适合我，如果每件事都想做好，我知道我也是没有这个时间和精力的。最后就尽全力去做，以“不破楼兰终不还”的意志一直坚持下去，做到令自己满意，不负最初的目标。

来到燕园，有激动，有期待，但也感到莫大的压力，有荣誉感，但也有责任感。和舍友去未名湖畔骑行，古色古香的建筑，热闹的湖面，吸引我的不只是风景，更是北大厚重的人文底蕴。选课时，我也更清楚地感受到北大的自由思想。同学中很多是参加过竞赛的，有的是保送生，有的获得降分资格，我感到压力很大，但我不会放弃。燕园，给我更多的机会，我也当顶住压力，不断进取。本科四年，我相信，燕园的生活会很精彩，我也会和新同学一起度过这段难忘的时光，在这里向大师学习请教，不负期望，不负韶华。

谢诸君！

卢启腾：毕业于重庆市云阳中学，就读于北京大学信息科学技术学院

无所畏惧，逐梦燕园

王欣灏

北大情结

燕园情，千千结。问少年心事，眼底未名水，胸中黄河月。

这样豪迈而又柔情的北大情早已植入我的心中，静待花开。

竞赛生涯

初三毕业，懵懵懂懂的我刚刚步入高一，在班主任陈老师的建议下，在选修课中报选了信息技术竞赛(当时以为真的就只是一门选修课)，竞赛之路由此出发。

第一节竞赛课，我写下了人生中第一个也是最简单的代码，虽然程序仅仅是输出“Hello World”这样简单的语句，但当屏幕上出现这两个单词时，我就知道，这是一件我将为之付出热情的事情。同时，我也结识了高中时期对我影响最深的老师之一——何老师。

高一的竞赛之路，我感觉不轻松也不紧张，学习，做题，参加训练赛，学习，做题，参加训练赛。日子过得很快，刚刚步入高二马上就迎来省赛，考场上我并没觉得太紧张，发挥基本正常，全省第一名可以说是非常轻松地到手了。

当然,这只是竞赛之路上的第一步,也是非常重要的一步,因为,这时候需要做出一个重要决定:是冲击省队,还是像大多数同学一样回归高考?虽然班主任老师和家长都苦苦劝导,但我毅然地选择了继续我所热爱的信息竞赛。

省赛之后,竞赛训练强度和难度突然加大,以至于有些时候不得不搁置学校的文化课学习,这段时间当然也是我很陶醉的一段时间,能够拿出大把的时间思考、探索,在自己喜欢的世界中徜徉。或许我是一个后期型选手?省赛后难度加大,我却觉得更加"来去自如"。

就这样在何老师和学长的指导下,半年的时间过去了,随之而来的是省队选拔赛CQOI。按照惯例,我们提前一天来到重庆邮电大学并住在机房楼对面的小宾馆里面。刚进入考场,我突然意识到省赛时一层楼的参赛选手如今只剩下了一个机房就装得下的四五十个。好吧,不管这么多,依然是OI赛制共赛两天,每天3道题5个小时。第一天考下来心情平静,没觉得太好也没觉得太差,晚上睡得异常踏实。第二天阳光明媚,3道题5个小时很快就过去了。考完后,依然没有觉得很棒,被安排到隔壁教室等成绩,突然,在评测机房在线观看评测的何老师在QQ群中激动地喊:Wxh Day2 AK!(AK:all killed也就是满分的意思),把我从午后的困倦中惊醒。最后我以500分的成绩居重庆第一名进入省队,也算是拼搏的回报吧。

接下来我有幸参加了北大的信息夏令营,更幸运地获得了北大对我的认可和肯定,这也是我接下来努力的动力之一。

接下来到国赛的3个月时间,我在各个学校参加训练赛,最后还集训了3周,认识了来自全国各地的参赛者。很快,国赛NOI来临了,不管好与坏,这都是OI生涯的终点了。很不幸,我在第一题中犯下打错一个字母的低级错误导致与金牌失之交臂,遗憾地以银牌结束了我的OI生涯。

高三生活

7月底NOI结束,从遗憾的阴影中走出,我暗下决心:高考绝不留遗憾!

我当然是欠下了一大堆的作业。于是开始恶补,疯狂做题加看书,经过竞赛洗礼的我并没觉得十分劳累。不过竞赛时养成的一些习惯却很难改掉,比如,喜欢做两道题就去上个厕所,思考问题的时候喜欢到外面溜达,喜欢在座位上摇来摇去……(被班主任批评了很多次,最后大概还是改掉了)

艰苦的高三生活,既平淡无奇,却又充实饱满。

高三的整整一年中,特别感谢的是如同探照灯一般的班主任菊仙姐姐,她既能在我失意的时候用大功率的爱给我温暖,又能用强光看出我的不足之处、纰漏之处,还能为我指引前行的方向。多少次在办公室耐心地给我指出数学题的格式规范问题(同样是竞赛中养成的重思维轻过程的习惯,使得我过程写得不好而过分注重结果是否正确)。

所以,高三整整一年的时间里,多与老师交流显得格外重要,不要认为老师仅仅是上课、传授知识的,在高三的艰苦岁月中,老师更能为你解答身心等方面的困惑和烦恼。同时,找老师也不一定要局限于自己班的任课老师,其他老师也会热心帮助你的,不要觉得自己的问题可能很蠢会被老师骂。

其次,高三学习中,学会整理归纳也是一项很重要的必备技能。其中最重要的莫过于错题整理,每科准备一个错题本,错了的题当时就记下来,不要认为某道题太简单一定是自己粗心造成的就忽略它,因为你会发现后面做错的基本上都是这种题……有空就多看,加深印象,熟练之后,再遇到类似题型的时候,你就会会心一笑。

另外,整理积累还包括作文素材的积累,积少成多,每天积累一则都好,名言名句,热点话题,好句好段都可。作文尤其需要多看多背,不然只是有个大概印象,考试时抠破脑门都想不出来,这一点我深有体会……

做题自然也是高三不可缺少的一部分,那么做什么题?怎么做题?

可以选择系列的套题,有规律地练,临近高考时间紧张的时候,也可以选择看题,心里默想,再看答案,这样效率非常高！另外,小题练习册也是很好的,零散时间练一页,巩固基础,充实时间,何乐而不为？英语小题也是不可少的,我觉得英语小题其实是挺考感觉的,所以哪怕一天做一篇阅读短文都好,一定要保持做题的感觉!

最后,心态很重要。特别是面对考试以及考试成绩时的心态。考得好不意味着什么,考得不好当然也不意味着什么。

考得好,自然不能轻浮,碰到考得不好的时候,不必灰心丧气,坚守自我,把欠下的课补回来吧。

“修成正果”

高三既漫长又短暂,踏入高考考场(恰好是本班教室,本土作战,格外“嚣张”)的那一刻我知道:这是我最后一次在这教室中战斗了吧。高中三年的知识与积淀,浓缩为两天的测验。这两天,心潮澎湃,是对高中生活的告别,亦是对新生活的展望,是对幼稚懵懂的自己的告别,亦是对成熟独立的向往。

无所畏惧,心怀感激,三年的成长与努力化为如今的迈入燕园的钥匙。

当然,长江后浪推前浪,祝愿学弟学妹们三年无悔,踏入心中的理想殿堂。

王欣灏:毕业于重庆市南开中学,就读于北京大学信息科学技术学院

圆梦燕园，砥砺而行

蒋雪莹

虽然已经过去了好几个月，但我仍然会时不时地想起高三的时光。

前奏

高二下学期，我抱着试试看的心态报名参加了北大的学科夏令营，当时并没有任何期望，却意外获得了参加北大优生夏令营的机会。八月份在实验楼花了六七天时间把六级词汇背了三遍，可是真正考试时面对着数学五道大题中三道都是数论题的情况彻底蒙了，自然，没有获得博雅计划的名额。

回到学校，起先两次月考时我的名次有所下降，但这并未让我对自己的水平有一个清醒的认识，直到第三次月考，名次掉到了一百七十多名，我才终于意识到自己的差距。

名次暴跌的同时，得知了自己没有获得博雅计划名额的消息，双重打击使得我心情低迷了一个多星期，之后才决定要重新振作起来。我开始加倍努力，逼着自己到办公室问题，总结各种错题，在低谷期停留了两三个月之后，成绩才有所回升。

间奏

之后的高三上学期，我的名次稳步上升，甚至在一诊的时候考出了从未有过的高分。

度过了漫漫寒冬，高三下学期开始二轮复习，老师讲课的时间变少了，发的卷子多了起来。浑浑噩噩地努力着，直到开始三轮复习做题量减少的时候，我竟然萌生了再读一年高三的念头，常常觉得自己做题不够多，整理不够细致，时间的飞速流逝更让我对高考的到来感到惴惴不安。

尾奏

怀揣着不安，终于迎来了六月。可最后一次月考，我再一次失利，可此时距离高考仅剩六天，来不及伤心，我把自己关在家里复习了三天，也不敢再去想高考的结果。

终于，高考没有再掉链子，三年的辛苦也没有白费。

一些小经验

从我高三起起落落的经历来看，我认为以下几点对学弟学妹们比较重要：

注意调整心态。无论是平时的心态还是考试时的心态，都是十分重要的，受到打击要学会调整，考试时更是要保持一颗平常心。我的心理素质极差，大考时经常出问题。考试时候的各种突发情况都会影响发挥的效果，这时候一定要稳住自己，安慰自己每个人都会遇到这些情况，任何事情绝不会一帆风顺，拿到试卷便要逼迫自己忽略周围的环境。我很不幸基本上每次月考都会有小情况：得了急性胃炎，摔伤膝盖，突然感冒……甚至连高考的时候同考室的一位考生椅子每隔几秒钟就会发出刺耳的噪音。高考，并不是仅仅测试我们的解题能力，更重要的是检测我们对巨大压力的承受能力。高三整整一年，磨炼的都不应只是做题的技能，还应有坚强的意志。

养成良好的做题习惯。每次月考我都会看错题，每次都会懊恼万分，然而下次依然会犯错，改掉读错题的习惯最好的方法就是用手指着试卷，一个字一个字地读，并且把重要条件圈出来。

注重平时的整理与积累。高三不仅仅要做题，更重要的是整理错题，决不能掉进同一个坑里两次。

林肯曾言："I am a slow walker, but I never walk backwards."愿学弟学妹们在高三的征途上永不停息。

蒋雪莹：毕业于重庆市南开中学，就读于北京大学信息科学技术学院

我的竞赛生涯

柳 浩

竞赛经历

中考完的暑假，在某位同学的“怂恿”下，出于好奇，我要了一份信息学竞赛的入门讲义，自学了语法基础大概十多节课的内容。开学时选择选修课时，我果断选择了信息竞赛。

高一的竞赛安排挺轻松的，一周不足十个课时，近一半都是习题课。开学两个月后就是第一次省赛，尽管只是抱着增长经验的想法，我还是找人要了课件自学，基本每天都会在晚自习后再奋战一两个小时。结果第一次省赛时我虽然只得到了二等奖，但还是获得了参加省选的资格，有幸能在省选时看到高二学长夺得第一名。

之后的一年，白天上文化课，晚上为竞赛做准备，时常做题到零点，第二天第一节课时多半会睡着。然而好景不长，到了高一下学期期末考，我的文化课成绩跌出了前十名，家长的“关怀”从此不绝于耳。面对家长对升学的忧虑，我下定决心要在竞赛上做出成绩。

高二省赛前组织了两场全市模拟赛，我都是满分，然而却在省赛时翻车，只考了市第六名，好在最终我取得了参加清北冬令营——全国信息学冬令营资格，并在与一些外省学霸的博弈中出乎意料地拿到了银牌。

高二的一年是最累也是最令人兴奋的一年，省赛过后留下来的只有7个人,题目难度骤增带来的并非苦恼而是兴奋,每天都有新知识而不像高一时节奏缓慢。从这时起教练就没再讲课了,取而代之的是我们7个人分成3组,每组自学分到的内容,然后互相讲解。新的方法带来了前所未有的效率,基本上每两天就可以换下一个新的内容,与此同时也带来了空前的压力,每天早上7点半到校,晚上奋战到零点成为常态,偶尔为一场比赛鏖战至深夜2点,直到4月终于在省队选拔赛中成功进入省队。

进了省队之后就开始了家与机房两点一线的生活,班主任时常前来探望,家长也叮嘱我“注意身体”。

国赛第一天,一看到第一题(总共三道题)我就惊呆了,这不是我两个月前出的互测题吗?虽然这题并不太难,只是考了一个冷门知识点。赛后同学说道:本来很紧张,结果看到第一题立马就不紧张了。我顺利进入了集训队。

一点经验

最后还是来总结一点经验,当然主要针对信息竞赛。

退赛以后遇到不少人来向我咨询竞赛和文化课如何平衡的问题。事实上,我自己几乎没有考虑过这个问题,因为我们班主任不止一次地跟我们说过,就算我们竞赛失利,高三一年也足够将文化课拉回来,因此我一直是坚定地选择备战竞赛。当然,这一切还是要根据自己的情况来判断,如果选择了竞赛,就不要有顾虑,尽全力去拼就对了。

再者,在备战竞赛中,正如前面提到过,教练从高二开始就没有给我们讲过课,主要是给我们划分任务,让我们准备习题和测验,因此自学与团队合作就成了后期的核心。好的伙伴的重要性可能比预想效果更好,毕竟竞赛后期难免陷入枯燥的题海,这时就需要有交流与竞争来调和。

强调更具体的两点:一是多读与多写博客,这大概是信息学竞赛所独有的形式,源自许多人都喜欢在自己的博客上留下难题的解法或知识点的讲解等，信息学竞赛少有书本资料，往往最新的知识、最巧的思路、最冷的算法都在博客上，因此多看前辈的博客不仅能扩充自己的知识，也能学到别人的思路与方法，写博客则是与错题本有异曲同工之妙；二是大量做题，不要仅仅局限于自己学校的题库，也可以尝试到网上题库中选题来做。

最后，祝愿各位学弟学妹都能进入自己理想的大学。

柳浩：毕业于重庆市南开中学，就读于北京大学信息科学技术学院

聚为簇火，散作繁星

罗文浦

2018年8月12日，高考结束两个月，那时我的高四生活已经开始。晚上，我们十来个学生在学校操场闲逛，月光灯光交织，脸上的汗水被晚风吹干，我突然在夏日的夜晚感受到了刺骨的寒冷。

“浦浦加油。”所有朋友都这样对我说，但我知道承担失败的只能是我一人。

坐在地上闲聊，我们回忆高中生活，他们憧憬大学未来。

然而谈话总是有尽头的，夜晚的沉寂在所有人都无话可说时显现。这时，不知是谁带头，所有人都撑地而起，开始放声嘶吼，声音向四方蔓延，猛烈而又惊心动魄。

2018年8月12日深夜，十来个孩子从学校操场走出，各自在月光与灯光的缝隙处消失，他们明白，今夜以后，相聚的机会寥寥无几。

那个晚上是朋友们离开万州的前夕。那时，无奈、孤独、决绝等多种情绪涌上喉头，化作一根令我哽咽的硬刺。

天空看不见星星，只见月亮，朋友的脚步声早已听不见了，但高四的杂沓脚步声却逐渐响亮，震耳欲聋。咽下曾经嚼烂的东西不是一件容易的事，我知道哪些试卷会如期而至，我知道哪几个夜晚我必须熬过，我知道成绩的大起大落很正常……

可是，知道了脑子就空，就会乱想。我不止一次想，如果我没有复读会怎样,我的大学会是怎样的,我何苦要折磨自己。很多个夜晚,我都有嘶吼的欲望,可是朋友不在了,我一个人没有那份勇气。

有几天,或许是语文课的缘故,我喜欢上了短篇小说。我买了不少小说,甚至开始自己写。本来是为了进一步理解课本上所说的艺术技巧,可到后来,写小说竟成了我排遣孤独的一种方法。断断续续地写,断断续续地扔,到最后竟也写成了两篇。我把我的作品分享给我以前的同桌,他也给了我不少建议,不论他有没有认真地看,我都得到了一份慰藉。

我从来都是一个看重情谊的人,聚三年风风火火,欢声笑语一片。散之后,我仍要做一颗恒星,为了理想而努力,不断发光发热。

我逐渐明白:散的悲苦是必然的。但若能承受这份孤单,坚持做最好的自己,聚的欢乐才能到来。聚的欢快人人渴望,但散作繁星才能奉献于更广阔的社会。所以高四的我尽管孤独,但我从未抱怨,这是我自己选择的,这是我必须承受的。

我是怎样努力的,我并不想过多言说。淡化备考的细节,是因为我不认为那样的记忆多么宝贵,不认为我的学习方法多么先进,更不认为我的学习有多么的刻苦能够感动别人。我只是一个乡镇青年,一个直至高一都只听说过北大清华两所大学名字的乡镇青年。北大梦是埋在心底的,奢望成真不仅是努力的回报,也是我的一份幸运。但同样宝贵的还有友谊与记忆,还有承受孤独的能力,这才是我写下这些文字的真正目的。

2019年7月,我的朋友们和北大的录取通知书一起到来了。我们再次相聚,每个人都有精彩的生活分享。从朋友的细致描述中,我看到了我美好的大学生活。我渴望更先进更有意义的课程,我渴望更自由的学习,我渴望我的大学。

2019年7月,我的同桌去了海南支教,我也尝试了家教。他与十岁上下的小孩相处,我与两个小我三四岁的孩子相处。看着同学们的刻苦上进,看见他们为了与我们同样的梦想而努力,我不禁感慨,这与以前的我多么相似啊。

万州的两个同学已经十分优秀，但他们仍愿在假期追求进步。这是我们对教育的初次尝试，奉献自我的同时我们也收获了一份感动。我希望这些孩子们也能实现自己的大学梦。

2019年8月12日，刚好一年的时间。我即将离开万州，朋友们再次分散，但这次我们的心中充满了喜悦。大学生活即将开始，我即将与更多的朋友相遇燕园。

聚是一团火，散是满天星，星辰大海，踏浪前行。

罗文浦：毕业于重庆市万州二中，就读于北京大学信息科学技术学院

工学院

北京大学工学院现设有7个系，以及国家重点实验室、北京市工程科学与新兴技术高精尖创新中心等多个重要研究机构，它们中不少已经进入世界先进学科的行列。工学院有四个双一流学科，包括力学、材料科学与工程，控制科学与工程，机械、航空航天和制造工程。其中力学学科在第四轮学科评估中被评为A+学科。工学院现拥有7个本科专业、13个博士专业（学术型11个，专业型2个）、14个硕士专业（学术型11个，专业型3个）。

学院教师实行国际通行的聘任制度，现有院士10人（含双聘）。目前正式教研系列教师107人，其中海外高层次计划人才（含青年项目）、国家杰出青年科学基金获得者、国家优秀青年基金等60余人，自2013年至今，北京大学工学院有三位教师入选中国科学院院士，一位教师入选美国工程院院士。工学院是北京大学高端人才比例最高的学院之一。

北海虽赊，扶摇可接

雷珞琳

高中三载，我们在无数个夜晚埋首于黄卷，挥剑于扉页，头涔涔而泪潸潸。在那些心酸和充盈并存、胆怯和激情搏击的日子过后，我终于邂逅燕园，在理想的枝头窥见一方新野。

初中毕业，初游燕园，便喜爱这个庄严而又活泼的学府，古树故楼，湖水轻漾，几只鸟雀驻足，单车飞驰在街道，学院深深却又生机勃勃，一派祥和与静谧，我感觉自己被那种朴素而圣洁的气氛浸染了。

高一：苔花如米小，也学牡丹开

同大多数同学一样，因为相信北大能托起我的梦想与未来，我也期待成为北大的一员。然而我的成绩起伏不定，总是在中上游徘徊却怎么也挤不进年级前十名。在学校里都无法挤进最前列又怎么敢期待考上北大呢？碰到难题就退缩又有什么资格和别人竞争呢？我的雄心壮志在此刻难道不是痴人说梦吗？明确自己的现状和实力之后，我决定暂时放弃对北大的期待，因为我明白对于现在的我来说，北大不是梦想，而是幻想，我不能把目光盯在一处。于是我不再于北大梦中患得患失，不再于原点兜兜转转，而是踏踏实实走好每一步路，把每一天都认真而充实地过好。在每一道难题的纠结挣扎中，在寂静晨晓的读书声里，在午间于食堂和教室的快速奔跑里，在夜间英语听力的一遍遍回放里，我在疯狂地成长。在把每一件小事做好过后，我欣喜地发现我的成绩有了很大的提高，在期末考试时，我第一次进入年级前十名，努力过后的成功夹杂着意料之外的惊喜，那种快乐是难以言说而令我印象深刻的。

步入高一下学期，文理分科，我很幸运地进入了一个更加优秀的班级。在一个新的平台上，我是幸运的，在这里，我遇见了优秀负责的老师、相亲相爱的同学、温馨美好的情谊。奔跑不再是勇士孤行，而是众人逐鹿；远方不再泯埋于心，而是同诉于彼此；胆怯不再“难以启齿”，而是共同幻化为平常，再一起变得坚强。我们在一起都变得更好，我们都被彼此打动。清晨，天蒙蒙亮就书声嘹亮；课堂上，老师神采飞扬；课间，在英语短片的播放中笑声雷动；吃饭时，个个化身“飞毛腿”；抢饭完毕，人人都又静若处子，埋首于题卷书海；下午，昏昏欲睡的我们拼命撑着脑袋睁着眼皮；晚自习时，教室再次安静；最后，我们会在管理员大叔的催促声中不情不愿地离开教室。每一天我们都这样在忙碌和快乐中度过，中途再来个艺术节、美食节、运动会，一学期很快便过去了。而到最后，我们惊喜地发现，似乎大多数人都有了很大的进步，无论在学习上还是生活上。

也许这就是大人们常说的，环境与氛围的力量，在那时我才第一次深刻认识到优秀的人优秀的集体会拥簇你前行，当然，你也可能是他人的动力。

高二：走过的路是那样少，犯过的错又是那样多

高二是很多人的转折点，我们会面临很多的抉择。在这个路口上，如果你犹豫或逃避，也许就会有很大的遗憾。每个人都有遗憾，我的遗憾便留在了高二。

因为高一下学期我的成绩一直比较稳定，到了高二我便对学习有了放松，内心也变得有些浮躁，于是在第一次月考中我退步了。我慌了，开始再次

认真起来，然而越来越力不从心，好像做什么都不顺利。我在高一准备参加生物竞赛，随着学业的加重，许多人都在高二时选择了放弃，而在高二的我也因为第一次月考的失利就冲动地放弃了。回想起来，总觉得自己太过冲动和无知，随随便便就放弃，没有抗压的勇气。少了拼搏的经历，或许会是自己永不能忘却的遗憾。

放弃了竞赛的我开始一心一意为高考准备，虽然能保持稳定的成绩，但还是会在听说参加竞赛的同学的励志故事时为自己的冲动后悔，还是会责备自己为什么不再坚持一下。如果拼搏和努力过，而不因冲动选择放弃，那么就是成功的，无论结果如何。

也许这也是个美丽的错误，因为它教会我不再冲动，坚持行事。

高三：青春不是年华，而是心境

高三过得很快，却又异常艰难。对我而言，高三的坎不是学业之重，而是心态之战。顾及名次，纠结一分之差，忍不住瞥一眼他人，害怕自己真的崩溃，觉得自己会挺不过高三……不知为何，性格里的胆小懦弱自卑都在高三被无限放大，以前的自以为是不见踪影，开始变得异常敏感，不爱哭的我竟在那段日子里眼泪说来就来。

这样挣扎的日子持续了很长一段时间，然而更严重的事情是我发现自己头晕，感觉有一块大石头压在自己脑袋里，根本提不起笔，听不进课。每天早上起来我就在心里祈祷自己别头痛，精神好一点，每天最放松的时候就是躺在床上睡觉的时候，因为这时我不用担心自己无法做题、无法学习。我本以为我会很快恢复正常，可是越来越严重，好几次差点跟班主任请假，可是我忍住了。我不愿意告诉同学也不愿意告诉老师。我的头晕多半就像家长说的，压力过大造成的。我自己都认为如此大的压力是没必要的，告诉老师同学又能有多大用呢？不知为何，当时的我清楚地知道这一关我只能自己过，既然是自施压力，就得自己克服。所幸，我在阅读中和亲情中找到了动力，那些平静朴实的话语竟有如此大的力量，无声无息地抚慰我动荡不安的心，而父亲的耐心陪伴和贴心的话语就如冬阳，温暖却不刺眼，伴我步步走过难关。

解决我的头晕问题是高三第一大关，当我“暗暗自喜”一切顺利的时候，第二大关已悄然来临。我被告知要在成人礼上作为学生代表发言，我自认为是个有点胆小，不太自信的人。尽管我也曾站在校台上发过言，但无数家长面前讲话，我还是没把握，加之我们还有一个月就要高考了，当别的同学都在认真备考，而我却要一遍遍写稿、修改和练习，我不免有点心慌。我也曾抱怨想要放弃，但我知道这是学校给我锻炼的机会，代表了学校老师对我的信任，所以我要坚持而且要把这个事做好。最终，我顺利地完成了任务，不得不说，在写稿、修改，练习普通话，反复彩排，克服恐惧大声发言的过程中，我有了很大的提高。我想，正是这次经历，我才能在北大面试时更加从容和自信。

我在高三迅速地成长，那些痛苦和挣扎就像一块磨刀石，磨去我身上那些最坚硬和最脆弱的地方，保留下那些圆润光亮的部分，把我变成更好的自己。

走进燕园：可爱的前行，微笑着成长

高中已去，带着美好的记忆和些许不舍，我将步入大学，我开始以一个成年人的身份去面对未来，我开始走向更远的地方。北京，北大，无数少年梦想的地方，我来了。

北海虽赊，扶摇可接。

雷珞琳：毕业于重庆市育才中学，就读于北京大学工学院

往事如玉，未来可期

李坤航

话从何处说起，思绪渺茫；回首高中三年，感慨万千。多少年寒窗苦读，多少轮残酷选拔，终于换来了北大典雅精美的录取通知书。为了自己这三年的付出画上一个圆满的句号，我欲用真诚的文字记录下自己对往昔的追忆与对未来的企盼。但又深感经验对于后来者的重要性，所以我摒弃了绚烂的文字，转而选用更有逻辑性的语言，以期对同学们有更大的借鉴意义。

胸有韬略方有路

迷茫是常有的心态，但若方法得当，迷茫自会消散。

面对成绩起伏，不要听之任之甚至自暴自弃，而应找准问题，找对方法，然后持之以恒地按照计划逐步地去解决问题。化学对我来说一直是个老大难，高一高二时始终影响我的总成绩，到了高三，有感于化学对于总成绩的巨大影响，我便急切地想要解决问题。在与老师的数次交流和自己的一番分析后，我发现自己对很多小知识点不甚熟悉，因此做题时思路不畅，答案不精准或是不完整，直接导致了失分。针对这一问题，我一方面开始精读教材，一遍又一遍地熟悉大大小小的知识点；一方面找相应的习题练习，以增强自己对知识点的敏感度。经过努力，我的化学成绩从九十分左右上升到了九十五分以上，化学成了我理综成绩的坚实基础。

面对竞争压力，不要丢失自信，更不能拱手认输，而应稳住心神，专注学业，提升能力，强化自身。我们班上高手云集，到了高三，大家均是铆足了劲纷纷向前冲锋。在这种环境下，大家都在进步，如果你不快速提升自己的能力，便只能面对被淘汰的结局。眼睁睁地看着高一高二年级排名远低于我的同学几乎都赶上了我，心中的慌张可想而知。这种心态，一不留神就会渗透到自己的学习中，严重时甚至会极大地影响学习效率。我是不服输的人，面对此种情形，努力地使自己的精力集中到做练习做总结上，自然而然地便没再理会竞争之事。当看到自己的排名稳步上升，重回前五名的时候，方才露出了欣然的笑容。

早起的鸟儿有虫吃

刚进高一那会儿，我眼见着某几位同学稳居年级前十名，而我自己却在二十来名的位置不上不下。我极其纳闷，为什么他们的适应力如此之强？后来才知道，他们在初中的时候就已经开始预习高中理科内容。

高二暑期我参加了北大的工学营与优生夏令营，面对大异于高考的题型，我自然有些措手不及，考出来的结果也令人大失所望，但有些同学却得心应手，原因为何？其一，他们几乎都是在高一高二时有过不短的竞赛经历，基础打得比较扎实；其二，自打高一起，他们就树立起考进自己理想的大学的远大目标，并开始为之努力，因此面对夏令营的考试，即使考试题型与侧重点有变，他们也临阵不乱，处变不惊。

骄傲使人落后，谦虚使人进步

在经历了一番波折后，我的成绩终于崛起，从二十来名进步到了年级第一，随着自己成绩的提高，我也前所未有地膨胀起来，一度觉得考进年级前五名不过如探囊取物。然而隐患就在这时候埋下了，心高气傲使我变得浮躁，自己定下的刷题量开始减少，有些知识点觉得弄懂了就行了，疏忽了刷题的环节。于是进入高二下，正是竞争日趋白热化的阶段，同学们纷纷奋力向前的时候，我却止步不前，导致年级排名跌到十几名。后来又花了整整一学期的时间，才将自己的名次提回到年级前三名。个中艰辛，只有我自己能体会。

回首三年，环境和心态，实在是对我身体和精神进行了双重磨砺，可是不经历风雨怎能见彩虹？此刻回忆，只觉一切困厄与苦难仿佛如过眼烟云，已然不可感知，有的只是自己成熟的喜悦与对未来的期盼。考上北大只是一个新的起点，带着往昔的经验，我将在新的大舞台上寻得自己的位置。未来，可期！

李坤航：毕业于重庆市巴蜀中学，就读于北京大学工学院

三楼记

谭　奕

序章　小剧场

很久很久以前，西南有一个王国，那里有一位初出茅庐的骑士。他因首战告捷，蒙国王垂爱，得任公主铁卫一职。他以此为荣，日益勤加习武。但他有一个秘密埋藏于心——为了那个秘密他时不时离开公主，去往他真正的心上人的封地。不过公主常常有召，骑士却未曾渎职，宫廷比武大会他也鲜有败绩，国王也就默许了他的行为。

年日渐去，心上人的小堡因失修，御妖防魔渐渐吃力，骑士日日离宫，降妖除魔。然而，公主却因骑士的怠慢恶脸相向。骑士心知有虞，加紧杀伐，却没能阻止小堡被魔龙焚为废墟。与此同时，冷风送来了国王的侍从，谕令传来，他以怠慢王室之罪受罚。

骑士向天痛哭，向王室引咎自降为庶，甘心远离主城，去往心上人封地修习，誓要斩灭那里的魔龙，以求王室再封。不料时日渐长，骑士日斩小妖，骄纵渐生，自以为魔龙项首势在必得。

斩龙当日，远近村庄皆闻。然而，骑士因大意疏忽被龙炎喷伤，首合即败，落荒而逃。

电闪雷鸣的暴雨天，万念俱灰的骑士流落主城街头，仁慈的国王宽恕了他，但他在百姓面前再也抬不起头。败名已扬，昔日正统武艺尽废，宫廷礼仪悉数忘却，尽剩些歪门邪道。他拿什么救赎？

他拿自尊去赎罪。每日重习正统武艺，他比其他骑士付出了更多时间，他每日咽下的黑面包里都和着血和泪。他斗胆重新参加了宫廷比武大会，却意外地创造了奇迹。

身在北方的国王亲自莅临，向他伸来了橄榄枝，他的眼眶中盈满了喜悦和胜利之泪。

从此他夜晚睡得安稳，心脏也跳得均匀。他恪尽职守地在王国完成了使命，直到解下盔甲的那天到来。

骑士卸下了原来的盔甲，穿上了新的戎装，奔赴北方的王国……

（演职人员表：骑士——我；公主——高考；心上人——物理；魔龙——物理竞赛；国王——北大招生老师）

至善楼

无名小子上学堂，莫声莫响钻书囊。

要是你突然一下从书囊里探出头来，发现成绩张榜了，不紧不慢地看一眼，嚯！

仿佛楚王剥开了石层，却发现里面包藏着璞玉；又仿佛你敲开了一个核桃，却发现里面包藏着一个宇宙，这就是惊喜。

惊喜之初是纯粹的兴奋，纯粹的兴奋真好啊，“单纯是喜悦”嘛。然而最初的兴奋之后，心里有了杂质——“使命感”——首先，你开始觉得自己是个人物；然后，你觉得名次有了特殊的含义，是一种对自己的交代，进而是一种对那些注视着自己的人的交代。

你也许会说，很好啊，这样学习起来不就有了动力了吗？然而米歇尔·福柯会告诉你，你终究会落入“规训”的陷阱。你成功地从一种低级的“规训关系”（教师对学生的规训）升级到了更高级的一种“规训关系”——你开始被名次规训。

名次这个迷人的魔鬼，诱惑了我三年，也奴役了我三年，折磨了我三年。

……

然而那时候我还根本意识不到这些，日子还是过得很平静。

我的心里有一面窗，每次考试我都把它擦得亮堂堂。我小心翼翼地保护着它，因为我知道，窗户一旦破损，破窗效应便会产生。一个声音会在脑中奚落我："看看你！多无能！你还以为你有多厉害？得了吧，早晚会垮掉的！"

然而窗户早晚会破损的。

静远楼（寝室）外的蓝花楹败了又开，花语招来了一季的蝉鸣。

高二刚开始，我们这群没有实战经验的物理竞赛新兵蛋子被送上了战场，不巧那年正好遇到题目难度升级——于是我们没流多少血就集体阵亡了。

意识到了自己参加物理竞赛"东风不欠，只欠刷题"，我开始疯狂地弥补。不仅保留了物理课做物理竞赛题的传统项目，连数学课和化学课都被征用来做竞赛题目。

石头逐渐累高，危如累卵……

哗啦啦，石头垮塌，散落一地。窗户破损了——

高二上学期的期末考试时，因为我要参加竞赛培训，考试结束的铃声一响，我就推开教室的玻璃门冲出学校，奔向机场。

当我知道成绩时，我正站在济南的某家连锁酒店里。虽然早有心理准备，但那一瞬间还是想流泪。我没让它流出来，北方的风在窗外猛吹。

我感觉有什么东西失去了或改变了，搜寻了一阵后，我意识到了——是我心里的那面窗户破了，我最大的心魔被放了出来，它将要吞噬我，蹂躏我，彻底改变我高中阶段的航道。

从济南到北京，我以为在冬季来到北方，能亲近睽违已久的雪，然而这些北方的城市暖得让人心寒，雪不愿意再亲近它们。

我心里的雪也跟着消融了。

正心楼

高考的窗户已经破碎，破窗效应狞笑着发挥了它最大的威力，我这个懦夫已经失去了正视它的勇气。

但塞翁失马焉知非福，在北京培训时，我小试身手得到了小奖励，竞赛生涯看来有戏。

然而，再一次，我又落入了一个陷阱。

放弃高考后的我，一心扑在竞赛上。

我的有机化学成绩很差，"遗传变异"理论半生不熟，名次一路滑坡。

就像皇后乐队的《波西米亚狂想曲》唱的那样：

Is this the real life(这一切都是真的)

Is this just fantasy(还是幻想)?

Caught in a landslide(被困于山崩)

No escape from reality(无法逃避现实)

…………

Nothing really matters(已经无关紧要了)

Anyone can see(任何人都看得出来)

Nothing really matters, nothing really matters to me(已经无关紧要了)

Any way the wind blows(不论风往哪个方向吹)

这样的决绝之姿，换来了停课，从5月初开始，我搬家到正心楼。

终于能逃离了，终于能做自己想做的事了，终于能呼吸新鲜空气了。

也许你以为，生火时加的木头越多越好，然而当你将压着火苗的、最上层的厚木块拿走后，微弱的火苗便腾地蹿起来了——火也需要呼吸。

高考的压力解除后，我们的火也燃得旺起来，物理竞赛组进入了充满干劲、能量爆棚的时期。

然而随之我的心态也发生了变化。

一钻就是半本书的复变函数，张口闭口场论张量，四大力学……

因果的陷阱显现出了它的魔力。高一时竞赛时间投入不足、高二时高考科目成绩滑坡、培训和停课时的自我心里预期……这些明暗纠缠的因，终究造成了当时的果。每日的忙碌到底有没有意义？

我忐忑不安地期盼着，那过去所有的痛苦、忍耐和忙碌，都将化作涅槃的喜悦。我被所有的昨天推动着，脑中已经预演了无数个明天。我做着“再好的惊喜都要淡然处之”的臆想，也对自己说着“再坏的结果都能坦然面对”的空话——只是空话而已。

那个八月，我被迫选择了清华物理营。自认发挥得还不错，却不得不面对没能获得降分的一场空。我坐在回家的飞机上，强迫自己放空，却仍被奔涌而来的失落感冲得头昏脑涨。

竞赛的前路已经笼上了阴影，这短暂的失落竟成了之后巨大痛苦的预演。

……

校门口，水池里的荷花败了又开，花香迷住了一季的蜻蜓。

在这高三伊始的九月，我们这群已经有了很多实战经验的物理竞赛老兵被送上了战场，怀着稳进省队的自信。

而命运跟我开了一个巨大的玩笑。

2017年9月17日，我怀着沉重的心情从考场走出。

看到答案的那一瞬间，我蒙了：前所未有的失误让所有的幻想一瞬间摔得粉碎。

你也许还记得踏空楼梯时的感觉，那一瞬间我的惊厥仿佛是踏空了好几级楼梯。

为什么考得这么差？我自己也很想知道。可这根本就是无解的问题。

我想到众多参加竞赛的学生，一些人实现了梦想，完成了蜕变。而我，和另外的人，则被遗弃在池底，仰望着曾梦想过飞出，却再也飞不出的池顶。

我想起《水差子的悲鸣》里，被留在池底的水虿，向那些突破水的封锁，成为蜻蜓的水虿发出的悲鸣：

所有的山冈都被翻越
所有的酒杯都被喝空了
所有优柔寡断的情绪都被抛弃
你们已洞悉一切
难道不能怜悯留在这里的可怜人
说出这个世界的秘密？

然而留给我懊丧顿足的时间并不多，思绪被残酷的现实拉回，我又回到明德楼里开始和奋战在高考路上的同学们坐在一起。

“现在还有时间悲伤吗？”坐在回学校的车里，我问自己。

“最重要的事情，是赶紧回教室补课。”我对自己说。

于是之后的日子里便只剩晨星、暮色与月光。

明德楼

然而当绝境真的到来时，人往往会爆发出超乎寻常的潜力。

复课第一天，我欣赏了明德楼深夜十二点的月光。

复课第一周，我选择了放弃月考，去一一拾起那些我还不懂的，而别人已经学过的知识。

国庆中秋假期，我继续不知疲倦地解着那个“追击相遇”问题——有关我做过的资料页数和别人做过的资料页数的追击相遇问题。

复课一个月，我终于参加了半期考试。

前行的步伐如此坚定，我一刻不停地保持着追赶的姿态。

敢问路在何方？路就在脚下。

我闭着眼狂奔，不管前方是何等山河险阻，只要怀揣着尊严和勇气，怀揣着亨利·柏格森所说的“生命冲动”，那就火山喷发吧，那就山洪海啸吧。

而当我终于敢于睁开眼睛直面所处的位置时，却发现已经比预想的跑得还要远。

The Road goes ever on and on(大路长呀长)
Down from the door where it began(从家门伸呀伸)
Now far ahead the Road has gone(大路已走远)
And I must follow, if I can(我得快跟上)
Pursuing it with eager feet(倦脚跑呀跑)
Until it joins some larger way(跑到岔路上)
Where many paths and errands meet(四通又八达，川流又不息)
And whither then(到时会怎样)
I cannot say(我怎会知道)

我一直喜欢着《魔戒》和《霍比特人》里的这首小诗。

而我也终于怀揣着和远行的霍比特人一样的心情，开始体会路上的愉悦。

在路上。

……

博雅

博雅A+的确认，让我的思绪回到了最先和“博雅”接触的时刻。

停课期间学过的一本教材，在这联通的时空里发生了奇妙的化学反应。

封面右上角，“博雅”二字遮盖的灰字可以依稀辨认：北大未名，博雅。一群北大人，在做有关文化的事情，关涉教育、学术、思想、精神，北大出版人总得做一些与众不同的事情，博大、高雅、原创、深邃。我们的精神劳作，一点点改变着世界，塑造着人格。许多年后，很多书将被人遗忘，但是我们的有些书还会影响着人们的观念和思想。

“博雅”——书的博雅，塔的博雅，人的博雅。那一瞬间，我觉得再没有一个地方因精神品质而令我如此神往。

……

让时间流逝到高考以后，我开始感谢时间，不再希望时间不存在。不再希望十七亿年前的星光和七十亿年前的星光混为一体，不再希望已过去的雪一直下到永恒。

原来，昼夜交替是每个人都必须经历的，黑夜的痛苦必须承受，就像白昼的欢喜必将到来。而消沉和雀跃，正如自轻和自负一样，是每个少年必将经受的，因为少年不懂得中庸。

而最令我感动的，是我在博雅考试期间，偶然在酒店的书桌上发现的宝藏——一张摘抄着《燕园情》歌词的A4纸，右下角署着“一个梦想PKU的普通学生”。

这个未曾谋面，也无法相见的陌生学子，散发着一种气质。这气质刻在纸上，又穿过我的双眼，钻入我的心里去了。

有一首歌，代代传唱，它叫《燕园情》；有一种品质，代代传扬，它叫“博雅”；有一腔情怀，代代传承，它叫“北大”。

谭奕：毕业于重庆市巴蜀中学，就读于北京大学工学实验班

环境科学与工程学院

北京大学是我国最早开展环境学科教学和科研的机构之一，经过40余年的快速发展，形成了在国内环境学科领域的整体优势地位，成为国际环境科学与工程领域具有一定影响的教学与科研机构。在最新的US News、QS等国际学科评估中，北京大学环境学科分别位列全球第58位和全球第21位。按基本科学指标（ESI）的数据，北京大学环境/生态学科已跻身全球前0.1%。

岁月如流，吟啸而行

田　缘

我有一个习惯，隔些日子就会把这段时间学校发生的零碎趣事写在电脑里，现在回顾，乐趣无穷。不过，当我开始构思这篇文章的时候，我发现最值得回忆的东西，大多没有记录在电脑里。那些记忆不是碎片，是线，贯穿起我的三年，即使没有记录，我也可以清晰地记得。我思考了很久，最终决定把这些记忆大致分成三部分，且听我慢慢道来。

高一关键词:活动

回想我的高一，感觉非常欢乐。没错，学习之外参加各种活动。

我想这跟班级氛围有很大关系吧。当时就因为“状元”分到了我们班，所以班上每个人都相信我们班是最好的，同学们都带着满满的自豪并跃跃欲试地要一展风采。整个高一我们不仅学习成绩骄人，而且在各种活动中也拿一等奖拿到手软，以至于偶尔拿了二等奖往墙上贴奖状的时候同学们都会说“哎呀贴啥子嘛，莫贴莫贴”。自然而然，我也不愿意当个书呆子，便努力让自己融入这种充满活力的氛围。

班上主要是组织学习小组，搞点儿由同学讲课的小型课堂，还有啦啦操比赛、合唱比赛、艺术节会演，这些活动在高一是非常多的。我还参加了青年志愿者协会，经常在学校承办一些大型活动的时候穿着红背心去当门童、端茶和跑腿，还有打扫图书馆，卖报纸，去敬老院，照顾残障儿童。

校外的各类交流和赛事，我都尽量参加。有时候感觉好像没有时间，但实际上只要决定去做，就总能挤出时间。对我来讲记忆最深刻的一次活动是高一暑假的HSYLC（哈佛中美学生领袖峰会），非常有趣，跟着哈佛学生学习大学课程，探讨research project，为fashion show设计时装，十二个学院竞争House Cup，最重要的是接触到了来自全国各地的优秀同龄人。当我还在为听懂英语课而努力时，有些同学已经可以自如地运用术语和哈佛学生交流；当我第一次笨拙地撰写开题报告时，有些同学已经发出了精心设计的调查问卷；当我还对着一堆做服装的材料发呆时，有的同学已经想出了十个超凡脱俗的点子……这些差距，既是一种刺激，也是全新的挑战。看到这么多比我优秀的同龄人，我才会加倍努力地让自己去触摸那样的高度。

我真心建议各位学弟学妹高一时多参加一些活动，包括班级的、社团的、校外的。这里给一点忠告：不要怕失败。我身边很多同学会觉得，“我口语不太好，会出丑吧，就不报名了吧”，“我作文不好，肯定选不上”，不要抱这种想法。失败了没有什么好害羞的，不要担心会被人笑话。如果失败了，你也没有什么损失，那些你以为浪费了的时间和精力其实都是宝贵的经验。

高二关键词：竞赛

高二暑假，女子数学奥赛在我们学校举行，我和另一位同学徐玥成了候选人。抱着“试试看吧，万一成功了呢，要是失败了，也算是多学了点东西”的心态，我和徐玥每周三次去高一竞赛班旁听。

我一直以来给自己的定位都是争取博雅领军，这需要成绩稳定在前几名，所以不能像真正的竞赛生那样花大量时间在竞赛上。每次参加竞赛培训都意味着会缺几节其他科目的课程，于是我们两个总是在和各科老师约补课的时间。晚自习时我们在各个办公室出没找老师补课，没有一位老师表现出丝毫的不耐烦，讲课的细致程度让我觉得好像是VIP一对二教学。Emma会讲完课堂语法内容再重点评点一下我俩的错题并顺便拿出上次写的作文来单独评讲；肖姐姐一页一页地给我们讲解生物题目并在我们提出问题时（即使是高考不考的课外知识）认真地查阅大学教材和竞赛教程；鄢哥哥经常把上课用的化学实验器材留着让我们自己动手做一遍。补完课往往晚自习就差不多过去了，作业还得第二天再赶，不过，我的成绩一直比较稳定，这要归功于可爱的老师们。

对我来说，备战竞赛最大的挑战其实不是时间和精力上的负荷，而是心理上的压力。我习惯了上课一听就懂、题目一做就会，但竞赛却把我虐得体无完肤，一两个小时只做出半道题是常态。上了一段时间的课后我们第一次跟着高二竞赛班听外面请来的老师讲课，毕竟落后一年，一天下来完全像听天书一样，请教高二的同学，他们开口就是“这用了某某定理”，然后看着我懵懂的样子开始给我科普某某定理，最后我还是没听懂，绝望地想着为什么这些超出了我接受范围的东西在他们看来都是如此简单。那天我感受到了有生以来最大的挫败感，甚至有放弃的想法。

我当然没有这么做。吃了一顿热腾腾的晚饭之后我冷静下来，对自己说“再坚持一下，再坚持一下试试”。我知道如果此刻认输，第二年女奥和联赛来临却白白失去应战机会时我一定会后悔，而那对我来讲更加难以忍受。于是第二天我依旧走进教室，调整战术，重点收集基础知识和常用定理，调整心态。或许是少了一分浮躁，第三天、第四天我竟渐渐能听懂一些题了。

一年过得很快，转眼就到暑假了。我还是比徐玥略逊一筹，于是最后决定是她参加女奥，我参加西部数学邀请赛，两人都要参加数学联赛。西部赛在八月，然而我七月底和八月初基本安排满了，北大夏令营、清华夏令营、创新作文决赛，一个接着一个，为此我在北京待了差不多一个月，竞赛题也是很久没碰。回重庆后复习没多久就启程去南充参赛，当时其实没抱多少希望，但没想到发挥得竟比我的预期好许多，拿了个二等奖。这给了我很大的惊喜。与此同时徐玥在女奥也获得了二等奖。

初尝甜头让我们两人信心大增，我俩雄心勃勃地打算冲联赛一等奖。鄢哥哥十分支持我们。大概有将近一个月的时间我们和领先我们差不多一年的同学一起考试、自习、考试、自习，我的分数波动，时而垫底时而又能考出让自己惊讶的高分。我算了一下，如果一试和二试都发挥出自己的最佳水平的话还是能拿得到一等奖的，这让我满怀希望，尽管在各次测试中一试二试同时高分的美好情况并没有在我身上发生过。

你以为这就是我竞赛之旅的悲剧性结尾了？不，还没完。联赛结束的当天晚上我怀着极度崩溃的心情回到教室，正逢数学周测，提笔展卷，然后，我的内心是这样的：我的天，我有一个月没做过这么简单的数学题了！这个转折就很快了，我顿时心情大好，整个人感觉飘飘然……

所以，没有什么知识是白学的，没有什么努力是白费的。也许你的努力没有换来你想要的回报，但它总会在另一个地方给你意想不到的收获。

高三关键词：高考

竞赛结束，我也就真正进入高考备战了。

我的高三远没有很多同学那样波澜起伏，反倒有点平平淡淡。也许是因为高一基础打得好，高二思维有提高，我甚至都没有经过停课结束后常有的成绩大幅起落就直接进入了状态，大考基本保持在年级前五名。高一高二考试中困扰我已久的问题也不知怎的渐渐消失了。偶尔考得不好，我也能淡定应对，不像高一考砸时那样伤心欲绝。

我不能说我没有努力，我晚上总是在教室学到熄灯才回家，休息日也去学校做作业。我也不会说我毫无压力，我的身体确实有一些压力过大的反应，包括看到食堂油多盐多的菜就反胃以及免疫力下降。（经常感冒、喉咙发炎、舌头发炎）但奇怪的是，我的压力似乎只有生理上的反应而没有心理上的反应，整个高三我的自我感觉都不错。或许这与我中考时的经历有关吧，我中考第一天不幸起了荨麻疹，上午考试时感到奇痒，下午考完后直奔医院，当晚在家休息,班主任伟姐给我妈妈发来一条消息说:"告诉妹妹不要紧张哈,实力在,什么都不怕。"高三时不时来慰问我们的北大清华招生组的老师也曾说:"高考前生病、失眠、没胃口,没有关系,以你们的水平,这些都不会影响你们的发挥!"我想大概是我对自己的实力有足够的自信,所以不会让身体上的不适影响我积极的心态吧。回想起来,我也在不自觉地调节自己,下了晚自习常常去操场上跑两圈,自习课后累了就和我最好的朋友一起在校园里散步聊天。每天最开心的大概就是语文课前和其他两位语文课代表一起去给汪汪老师"接驾",别人都说我们负责,其实我们只是觉得汪汪那里很好玩,汪汪是个乐天派,爱开玩笑。

后来我获得了博雅优秀认定资格,波澜不惊地迎来了高考。还是这种自信让我在被语文选择题和作文考得一愣一愣的时候依然无比淡定、无比乐观。考完的晚上,四个实验班的同学一起出去吃火锅,整个火锅店欢声笑语,老师语重心长地给我们谈人生。这个时候我才真切地感到,我的高中征程,真的要到终点了。

高考结束第二天我就奔赴北京参加博雅计划面试,我知道我读北大是稳了,这一次来北大的感觉自然就跟去年暑期课堂不太一样。暑期课堂时我还只是个 visitor,走在燕园里满是新鲜,而这次,我感到一种归属感。我在校园里漫步,欣赏未名湖的黑天鹅,浏览百家讲坛前的讲座宣传,静听理教楼里的纸笔摩擦声和键盘敲击声。我知道,这将是我的大学,我的四年时光。

岁月不居,时节如流,我的高中到这里就结束了。苏轼写过:莫听穿林打叶声,何妨吟啸且徐行。如果说高中注定是走过风雨,那么我希望我走得还算潇洒。

最后送给学弟学妹们一句话,以此共勉:

Life isn't about how to live through the storm, but how to dance in the rain.

田缘:毕业于重庆市第八中学,就读于北京大学环境科学与工程学院

社会科学学部

国际关系学院

北京大学国际关系学院是国内普通高校中建立最早的国际关系学院，是我国培养国际问题的教学与研究，以及外交与涉外工作专门人才的重要基地。1960年，北京大学建立政治学系，1963年改名为国际政治学系。国际关系学院即由此发展而来。1996—1998年，北京大学原国际政治学系、国际关系研究所和亚非研究所经合并调整，组成现在的北京大学国际关系学院。

目前，国际关系学院由5个系和3个研究所组成，即国际政治系、外交学与外事管理系、国际政治经济学系、比较政治学系、国际组织与国际公共政策系、国际关系研究所、亚非研究所、世界社会主义研究所。学院现有4个本科、9个硕士和6个博士专业对外招生，其中本科包括国际政治、外交学、国际政治经济学、国际组织与国际公共政策管理等专业。

迟来的胡言乱语

邓思涛

神情恍惚间，高三这一年就这样过了，好像很充实，又好像转眼即逝，时间在这期间，停滞又流动，品有余味又难忆其感。就像这空中的风筝，一面真切地牵着过去与归宿，一面又被不定的风催着赶着，要它随之迁徙，要它淡化记忆，成为天上众多风筝的一部分，而不是单独的个体。

高三到底是什么？大学又是什么？我不知道，我想可能大多数人也没有勇气说“我能给出一个准确的定义，大家都听我的”。每个人的专业不同、角度不同，都只能看到一个部分，对于整体而言，我们每个人眼中之物都是模糊的。而正是这种模糊才会带来迷茫，带来距离感。

我和北大在这之前其实并没有什么交集，也许是幼时的一句打趣的话，也许是初一暑假的未名湖和高三教室后面的一段话，也许是它和故宫同在一座城。说实话，我没有和其他同学一样的北大梦。

老师说，大学不应该以培养部长、培养富翁为目的，应该是培养富有情怀、有社会责任感的人。也许有人会说，情怀有什么用，能养活自己吗？但对于逸舟老师的看法，我深以为然。

但我不知道这是否是我最终的方向，所以整个高中时期，我没有目标，随遇而安，精神上却又很充实很满足，有时想不追求学历而去学门手艺，想不顾未来生活而去考虑他人的境遇，想无视现实而扎进书堆沉迷自我，想断绝社交而和历史、文物交往。

或许各位会感觉，这人说话前后矛盾完全不着调，一会儿是记忆模糊一会儿又谈情怀，不知道写的什么，你要问我，我也不知道。你可以说我表达能力不强，说我思维破碎，说我的想法像森林中的蜘蛛网——看不见又搅和不清。

但最后我只想强调一点，所有的情怀都会变成高三的基调，那些写到手软的文综、想到秃头的数学、大起大落的语文都只是一个片段，它很可能会消失，但你在其中找到的方向和通往目的地的心情就是风筝上会永远牵着你的那根线，要相信所有会做梦的人总会有实现梦想的一天。

邓思涛：毕业于重庆市万州第二高级中学，就读于北京大学国际关系学院

三年倏忽过，少年摔打成

肖　一

高考大幕落下，又逢此次征文，拾起思绪，细思往事，蓦然发现已许久未写过自己的事了……

高一入学，我被分在理科实验班，偏偏脑子实在不是那种思维清晰逻辑严密的构造，我最终醒悟——物理、化学于我，怕是块盐碱地。太阳穴抹着风油精，鼻前点着清凉油，嘴里含着超强劲薄荷糖，如是种种，都依然无法阻挡理化“催眠大法”下，我上下眼皮的“如胶似漆”。极难看的成绩单被藏进抽屉，原先那个自信的小小少年被物理、化学凌虐，幽怨得像极了食堂大炒窗口那“蔫了吧唧”的炒苦瓜。

高二文理分科，告别理化的我欣喜万分。

大概是真的喜欢，也大概是思维的确更偏文科，我终于摆脱高一的尴尬。于是学习热情极其高涨，学习态度分外端正，上课目光灼灼精神倍儿棒，笔记仔细地记着，习题认真地做着，成绩提升，自信心增长。

与北大的缘分在高二的暑假到来，一周的暑假优生营，有对领队学姐的崇拜，有体育馆内名师讲座时带来的震撼，有教学楼构成的古典与现代奇异的和谐，有图书馆的黑色大理石地面倒映苍穹，有绿树红楼间单车骑行的夏风拂面……犹记离营的前一晚，怎么也不甘心就那样白白地睡过去，便与两个好友在未名湖畔吃着烧烤守了一夜，等着看日出。彼时我望着天边，豪情满怀地赋予朝阳诸多美丽愿想，却半天也没等来那轮赤红，转身欲去，才发现背后漫天金光——原来，三个文科生竟望着西天等了一夜日出！

那个从小便听大人念叨的，高远得像个传说的最高学府，经此一行变得可亲可感，怎能不向往呢？至少还欠着一场未名湖畔的日出呢。

搬教学楼就像一场仪式，前几日还是高考考场的北楼，一张张青春的面孔——高三自此拉开帷幕。

复读同学横空出世，刷新年级大榜前端排位；从前的并肩者遥遥领先稳定依旧，黑马埋头苦读异军突起。而成绩波动越大越着急的我，成绩一再退步，先后与冬令营和博雅失之交臂。

“破釜沉舟”，语文老师送的短短四字悲壮又热忱。发自内心的惶恐与着急，驱动了前所未有的努力，话少说一些，觉少睡一些，路走快一些，当真是“拼了老命”……忆起高三，总是忍不住为自己配上一曲《一剪梅》作背景音乐——平台期努力加倍而进展甚微的无力感，热切向往北大却无任何优势的挫败感，当真是凄惶幽怨的调子。

很感激总是相信我的各位老师，诚然漂亮话人人都会说，但自我怀疑时，一句“这远不是你的水平”真的熨烫人心；亦感谢会在传卷子时将打分的一面向下的同学，从不胡乱施舍同情眼光；更感谢保安叔叔一层层大喊着“教学楼关门”才放下书的我自己，人影寥寥的三友路上，路灯昏黄，树影婆娑，青春以一种无声的姿态盛大燃烧。

高考那天，班主任与语文老师站在毛主席像下送考，热切期待又隐隐担心的样子，活像村口送儿女进城的老大爷和老大妈。最后一科考试结束，他俩一曲跑音降调版《光辉岁月》竟也唱得人生生掉下泪来。当天晚上下了一场极大的雨，除却没有男主角，也算是青春片标准的结尾，此后观众离席，字幕滚动主演名称，高中散场……

查分那天妈妈看似无意地站在窗口，想来是怕我万一成绩不理想，想不开一个箭步冲出窗口。而抖着手查分的我，偏偏忘记了登录密码，急得满头大汗……好在励志片的结局总是“苦心人天不负”，虽少了加分的保驾护航，倒也以裸分考上北大,十二年寒窗,算是修了个功德圆满。

没有少年是不历经摔打就长大的,尽管如今已能用调笑的语气忆起,但对于并不算聪明的我,高中三年着实是鼻青脸肿亦奋力前行的三年,它馈赠于我的不仅是分数,更是少年拼搏的志气,坚毅心性的磨砺。

我将在平坦开阔的华北平原蹬着自行车,我将在北方充足的暖气中看雪,我将把没有翘舌音的川味普通话染上京城儿化音,这一次的未名湖畔,我一定向着东方望日出……

肖一:毕业于重庆市南开中学,就读于北京大学国际关系学院

足履风尘

王雲霖

可以说,过去的六年是一条线:一段平稳,一段蜿蜒,一段跌宕,在最后的一端画上圆圈。

校园

在重庆一中的校园,笑泪伴过六年,明亮的“四二一”广场,永恒的莫比乌斯环,黄叶吟咏的风华路,红墙深处的项家书院……它们是故事的读者,呵护与见证了一个女孩儿的成长。从初一时的怯懦到初三的自信,从高一的迷惘到高三的坦然,我在一中本部经历了六年时光,每一位老师都是我亲切的引路人,他们在传授知识的同时也仔细地聆听着我心灵的声音,面对无涯的学海,他们教会我拨动船桨;穿行人生路上的迷雾,他们教会我驱尘迎光。一中,逐渐变成了我亲密的家园。傍晚,坐在一中的树林里,向着银杏默读,向着小叶榕回想一天的静与动,这就是我的归家时分。

当起航的岸口成为回家的港湾,我开始寻找新的方向。北大,曾是挂在天空上的梦想,初中时第一次来到北大,那时我还是一个小小的追梦者,看到绿树红墙相间的古朴建筑,高大敞亮的新建学院,徜徉于此,似是穿越时光与国度,北大的美便印刻在我的心中。但初中时,对未来的想象很模糊,考入北大的想法,时而出现,却觉得这是一个遥远的梦,又难以将其把握在手中。

高一时我参加比赛,有幸再一次来到北大,此时,“校园”的概念更加清晰完整,我了解了这里的文化背景,深感北大的厚重历史与莘莘学子的时代重任,进入北大的梦想不再是一张无边的画板,由稚嫩少年随意画上马匹,而是一条铺排在眼前的康庄,迈出一步,就靠近一步。

高二暑假,手持一张优秀中学生暑期学堂的入场券,我有幸赴一场惊喜的约会,来到了这个在我心中闪耀了数年的地方。夏日校园的树与光影斑驳陆离,我的一周的体验时光也充实难忘,倾弯笔尖,挥洒汗水,展开歌喉,我终于在北大留下了自己充满意义的足迹,短暂离开后,未完待续,因为我与北大的约定还在发着光,在回到家后的每一个晚上照耀着我夜读的背影。

高三寒假学堂,高考后的博雅计划测试,我因一次次考试与北大结缘,这是一种特殊的缘分,让我明白以梦为马的力量与坚持不懈的可贵。如今,考入北大的梦想已握在手中,我站在又一个出发的岸口,即将开启旅程。

动静

回忆中学生活,如同观看一个万花筒,有时色彩明丽,有时又像乌鸦盘旋,不同的境遇使我的内心起起伏伏。

我喜爱热闹,喜爱尝试,对新鲜事物充满好奇,中学期间参加了许多活动和比赛。这些经历塑造了我的性格,培养了我的能力,帮助我树立信心,但也让我的注意力总是飘浮在天空上,少有脚踏实地的时候。学习的紧张感步步靠近,时间规划的仓促,考试成绩的波动,文理分科的矛盾……越来越多的事情需要我“静下来想想”。曾有人言,只有在独处时可以测量出一个人灵魂的长度。只有在学会适应内心的寂静时,才能给予自己最清澈的观照,此时,寂静将融化为恬谧,让人在行动时从容不迫。

冰火

中学的六年是一条线,有一段是蜿蜒的。我经历过浑浑噩噩的学习过程,浮躁过后成绩不尽如人意,大起大落让我胆战惊心,原本可以过得更有意义的时间里,我走过不少弯路。

一段平稳,一段起伏。到了高二分科后,看着成绩比较稳定后,我开始了漫长的高考冲刺。说其漫长,是因为自己的学习状态一直没有很大的改变,对于渐渐逼近的高考,我既没有复习的仪式感,也没有强烈的紧张感。一次次测验后,发现自己薄弱学科进步很慢,优势学科甚至有所下滑,这让我产生了一种白费心血的错觉。然而事实上,时间的堆砌耗费了太多精力,而这个道理,我在高考前两个月才明白。庖丁解牛,游刃有余,需要的不仅是快准狠的刀法,还有热忱与专注的内心。当我学会热情,当我学会沉浸在眼前的书本中时,我模糊了一切无关的琐碎,正是这种干劲十足的状态,让我在最后的五十天做足了准备。

蒙田言:伟大并不实现在好高骛远,而是实现在稳实的内心。高昂的学习斗志带给我进步的喜悦,更重要的,是考场上的冷静和自信。若问是什么让我坦然,让我不惧高考这一紧张严峻的竞赛,我想是这样一句话:沉着冷静,思路清晰,答题简洁到位,字迹美观。我一直给予自己积极的心理暗示,它让我在考试前夕可以安然入睡,抚平提笔时指尖的颤抖,它看似是老生常谈,于我却有沉稳而巨大的力量,是我的压舱石、定心丸。

热情是火,沉稳是冰,冰与火有时并不相杀相灭,冰与火亦可在高考的跑道上谱写一首凯旋之歌。7月23日,打开北京大学的录取通知书,乐曲奏响……

结语

中学六年是一条线，它有过起伏，有过蜿蜒，当时光潋滟而过，流水的声音化作诗语画卷，足以慰藉我在学海中的笑泪风尘。

王雲霖：毕业于重庆市第一中学，就读于北京大学国际关系学院

法学院

北京大学法律学科发轫于1904年，在中国现代法学教育中历史最为悠久。1999年北京大学在法律学系的基础上成立了法学院。

法学院拥有许多蜚声中外的知名学者、跨世纪的中青年教学科研骨干和新世纪人才，拥有经济法学、法理学、宪法与行政法学、刑法学四个国家重点学科。同时，作为拥有国家法学一级重点学科的法学院，北京大学法学院在国际法学、民商法学、诉讼法学、法律史学、知识产权法学等诸多法学二级学科都有很强的教学和科研实力。凭借梯队合理的法学精英师资团队，北京大学法学院在教学和科研等方面取得了突出的成绩，为创建世界一流法学院打下了坚实的基础。

2013年，在世界著名的高等教育QS排名中，北京大学法学院名列中国内地法学院第一名。2015年至2017年，北京大学法学院连续三年位列QS排名全球前20名左右，稳居我国内地第一名及亚洲前三名。

博雅秋月，邀君共赏——给高三的你

李　洋

迎着山城直逼40度的高温，南山上聒噪的蝉声和嘉陵江上的雾霭，你们也进入了高三的殿堂。而作为已经结束高考洗礼的学长，我希望将一些高三的酸甜苦辣与你们分享，望下一个秋日你我能在博雅塔下举杯，在未名湖畔荡舟。

初入高三，找准方向

或是兴奋，或是无奈，无论以何种心情进入高三，一连串的考试都多多少少会给我们一个下马威。高一高二已经习以为常的让自己很舒服的学习方法往往在紧张快速的高三学习节奏下显得苍白无力。这个时候，往往需要根据老师的授课安排和作业布置制订好每日的作息时间。什么时候把家庭作业搞定？什么时候把后面的课程先过一遍？自己哪门是弱项以及怎样自我提高？如此种种的问题都需要认真考虑。而“求其上者取其中”，这个时候可以制订一个略高于自己当前能力的目标，从而获得拼搏的动力。

心态第一，休息第二

进入高三，无论学习能力在哪个水平，大多数同学或多或少都会有对未来的迷茫、对高考的焦虑和对自己现状的不满。我刚进高三连续三次月考都失利时,也开始在心里产生巨大的不自信,进而使自己的学习状态越来越差。这种状况让自己逼临悬崖,想通过无数的熬夜刷题麻痹自己,却适得其反。这个时候和家长及老师的交流让我幡然醒悟,我开始主动增加休息时间,减少作业量但更注重错题的分析总结。通过我的故事,我想告诉学弟学妹们的就是不能因眼前一时的失利而焦虑,"看庭前花开花落,望天上云卷云舒"的淡定从容才能让我们在高三更加顺利并且在高度紧张的高考考场上完全发挥出自己的水平,而有充足的休息时间才能提高自己的学习效率。

学习方法

建议每天晚自习时把当日错题和新题型认真复习一遍(错题本会是你每次大考前的定心丸),那会是只属于你一个人的无价的学习资料。还有容易忽略的一点是,每次做模拟题时遇到新题型,一定不要抱着"高考不会这么考"的想法直接跳过,相反,一定要全面思考后认真作答最后研究答案。要知道每年高考一定会有新题型,数理化也会出现新的模型。

直面高考

在高考前几天,我也开始高度紧张起来了,但我认为适度的焦虑对高考发挥还是很有帮助的。而当自己真正要踏入考场时,老师和家长在考场前的鼓励又让自己多了一种自信。坐上座位,感觉一切都很熟悉,发卷,浏览试题,正式作答,一气呵成。这两天的时间很慢,又很快,慢到待考时觉得时间都在静止,也快到回忆起来不过是更加快速经历的48小时。我的生物老师曾经略带玩笑地讲过,不经历高考的人生是不完整的。的确,在备战高考这段日子里,你学会的不仅仅是解析几何三角函数,磁场电场化学平衡,还有直面挫折的勇气，面对大目标时化繁为简的运筹帷幄，包括与老师同学讨论问题时的沟通能力，凡此种种都是处世的立身之本。

最后，希望学弟学妹们都能有一颗平常心，你也可以把高考看作一场颇有仪式感的成人礼，让自己的青春更有意义。

望各位学弟学妹下笔有神，运笔成风，进入燕园与大家共览未名秋月。

李洋：毕业于重庆市巴蜀中学，就读于北京大学法学院

吾志所向，一往无前

何沐阳

写在前面

距离高考结束已过去一月有余，今天我终于能平静地梳理高三一年的历程。这是一段平凡却又刻骨铭心的回忆，是一个跌宕起伏最终完美落幕的故事。

我见青山多妩媚，料青山见我应如是

在我前十七年的生命中，北大和我的距离都太过遥远，我只知那是莘莘学子心驰神往的知识圣殿，是不经历千锤百炼就难以迈进的最高学府。

直至去年夏天我借参加综合营的机会走进燕园，才发现这里的一草一木如此可爱。我喜欢李兆基人文学院里静谧宁和的氛围，朱红的墙和明净的窗辉映着古典与现代的气息；飞起的檐角在湛蓝天空的映衬下更显庄严肃穆。

短短几天，更加深了我对北大的了解：我看见“两耳不闻窗外事”的学子在“五四”的风云际会中热情而悲壮地介入历史；我看见云南红土地上“多难殷忧新国运，动心忍性希前哲”的联大学生以纸墨为剑，只待明日利剑出鞘，学成报国。行走在燕园中，我感到北大在百年风雨中激荡的热血豪情、沉淀的文人风骨全都化作了未名湖的波光，激励学子以“惟知山中日月长”的静气潜心治学。

我至今难以忘记初入燕园时的激动，但我也深知，横亘在我和她之间的不仅是地理上的山重水复，还有365个日夜的奔忙。于是，离开燕园，返回重庆的那天，我在日记中勉励自己道："愿未来一年，无惧乏味，无惧烦躁，无惧痛苦，无惧失望。"

莫怪无心恋清境，已将书剑许明时

回到重庆，便匆匆投入高三紧张忙碌的生活中。没有人发号施令，但大家都像是"磨砺以须，及锋而试"的将士，全力以赴。现在回想起来，若以对时间利用的密度和效率计，那真是一段"空前绝后"的时光：每天早晨，我早早地来到教室，心无旁骛地背诵着各科零碎的知识点；每一堂课，除了认真聆听老师的讲解，还增加了自主学习整理的内容，只恨不能将一分钟掰成两分钟来用；每一堂自习，我只能感受到飞速运转的大脑和迅速书写的笔尖。

很难说清是什么给了我这样持久的热情和动力，或许是暑期综合营在我心中播种下的憧憬，或许是对自己能力极限的好奇与探索。总之，高三最初的两个月，就在这简单明快的节奏中度过。而两次月考中我都取得了第二名的成绩，这无疑使我信心倍增，甚至喜欢上了这种为一个明确的目标而奋斗不息的纯粹充实的日子。

夜阑风细得香迟，不道晓来开遍向南枝

很快，高三向我露出了狰狞的面孔，在我最踌躇满志的时候。语文一轮复习进入现代文阅读训练阶段，而这恰好是我最薄弱的板块，当时的月考为了配合一轮复习的节奏大大提高了现代文的考查比例。于是，那一次月考中

语文的失误使我的综合排名有所下降。最令我着急的是，我投入了大量的时间和精力却迟迟看不到回报。

我利用晚自习时间找到语文老师刀刀，和他一道一道地分析试题，讨论学习方法是否恰当。我清楚地记得那天走出办公室时已经是晚上十一点半，明德楼已由我走进办公室时的灯火通明变为昏暗寂静，而桌上新增加的卷子以及我未完成的计划使我更加无所适从。当我走下楼时，脚步声清晰地回荡在耳边，眼泪悄悄地滚了下来。说不清是委屈，是不甘，是焦灼还是其他情绪突然迸发。几分钟后，到家了，我擦干眼泪，咬咬牙，不管多晚，我一定要完成今天的任务。

转机也恰恰出现在了那个夜晚，和老师的交流使我明确了努力的方向。坚持正确的，舍弃错误的，勇敢做出变革，终于使我的语文成绩有所进步，而我也在一诊考试中如愿以偿地取得了第一名。

尽吾志也，而不能至者，可以无悔矣

高三下学期的前半期我走得相当顺利，这一方面得益于一轮复习中扎实的基础，另一方面也得益于我利用寒假宝贵的时间整理高三上学期的内容，为二轮复习做准备。这一时期，我的心态始终较为平和，每天都尽力使自己处于愉快轻松的情绪中（常常走路都能跳起来）。考试时的心态因为身经百战也更加平稳，我也逐渐积累起考试经验，比如考前半小时绝不再看基础知识，而是回顾易错点和重要的思维方式；坐上座位之后先观察试题结构，思考每一板块分配的时间；考试结束后绝不对答案。

但是，我们永远不能奢求一帆风顺，我的瓶颈期就出现在了五月份。那时高考的脚步越来越近，而我一连经历了三模、三诊的两次打击。我比任何时候都要焦虑，我拼尽全力想要回到巅峰时期的位置。然而这样的愿望越是强烈，就越容易自乱阵脚，结果往往事与愿违。

好在我及时和老师们交流，班主任赵老师告诉我“不为高考，赢得高考”；数学老师煜哥和我天南海北地长谈，希望我重拾自信；英语老师焦焦常常握着我的手为我加油；政治老师莲姐不厌其烦地为我讲解让我头痛的主观题；地理老师英铭爸爸说“都身经百战了，还怕什么呢”；语文老师刀刀冷静地告诉我“庆幸不是在高考场上摔跤”。

我也及时意识到了问题所在，三诊以后，我彻底放平了心态。那不是失望之后的心灰意冷，而是坦然接受瑕疵；那不是受挫之后的一蹶不振，而是放下排名，轻装上阵。我明白了总有些事不可强求，不能认为付出努力就一定会收到与之对等的回报。恰如荆公《游褒禅山记》中那句广为人知的名句：“尽吾志也，而不能至者，可以无悔矣。”于是，我竟以一种近乎悲壮的心态走进高考考场。面对高考试卷时我反而无比平静，笔尖在试卷上起落，我始终心如止水地分析作答。合上笔盖的那一刻，虽未有武士将利剑收回剑鞘的从容，却也长舒了一口气：我没有留下遗憾。

无迹方知流光逝，有梦不觉人生寒

我常常自问，高三究竟是什么感觉呢？大概像杯盐汽水，咸咸的酸酸的，却依旧能欢欣地冒出泡来。回想过去的这一年，有过失望甚至绝望，有过如履薄冰的担忧，有过夜深人静时一边跑步一边畅快淋漓地大哭。但更多的，还是与可爱的同桌因一件小事就能笑得前仰后合的欢乐，是与闺蜜无话不谈的轻松，是与一班的小伙伴们共同奋斗的温暖。

有人说：“高考对我最大的意义不是让我来到了某所大学，而是让我成了配得上这所大学的人。”高三教会我的也绝不仅仅是如何完善知识体系从而在考试中取得好成绩，更多的是一种将理想付诸行动的执行力，一种在艰难前行中仍然心向阳光的心境。

或许现在，你正在书山题海中奋斗，你不时也会厌倦这种机械枯燥的生活。但终有一天,回首过去,你会像现在的我一样感谢当年那个奋斗的自己,怀念那一段简单纯粹的时光。

萧红曾说:“我不能选择怎么生、怎么死,但我可以决定怎么爱、怎么活,这是我要的自由,我的黄金时代。”只愿诸君在黄金时代里只问梦想,无问西东;在未来一年中有坚持的勇气也有平静的力量;在明年的金秋时节走进燕园,与我们相聚。

何沐阳:毕业于重庆市巴蜀中学,就读于北京大学法学院

吾师池哥

姜宇昕

曾经以为很漫长的高中生活,不知不觉竟迎来了尾声。那些与室友挑灯夜谈的场景,那些书堆里奋战的身影,那些操场上逐梦的背影,仍历历在目。高中期间,燕园对我就像一个梦,可望而不可即。即便如此,我仍然一直努力向这个梦想迈进。在追梦路上,对我影响最大的人是我的班主任李池老师。谨在此戏说他与我的故事,以表达对他的感谢,也希望能引起大家的共鸣。

育才20班班主任李池老师,人称池哥,身材不高,远看一副弱不禁风的样子。他穿着一身Playboy,却腼腆得像一个少女。你一见他,准会认为这是个“小鲜肉”。乌黑的头发,以及脸上一直带着的微笑,让人倍感亲切。可谁料执教20班三年以后,这一头黑发竟然变得花白。他到底经历了什么?且听我细细道来……

池哥的课堂

遥想当年,一个炎热的下午,我带着不安与期待踏进20班教室。只见池哥面带笑容地站在讲台旁。面对学生和家长的连番询问,池哥不紧不慢,一一回复,这举手投足间颇有些“谈笑间,樯橹灰飞烟灭”的意味。

那时的我,中考成绩在班上是倒数几名,面对身边一群优秀的同学,感到担忧,担忧自己配不上这样一个班级。

第二天，物理课上。池哥夹着教案信步走进教室。他没有讲什么高深的理论和公式，也没有讲物理学波澜壮阔的历史，而是讲了他所见到的一副对联——“细推物理须行乐，何用浮名绊此生。”他用这副对联勉励我们要去寻找物理的乐趣，这也成为我们这三年物理课的主旋律。做实验，分析数据，探索题目，创造新情景，每节课都有新的知识和方法。池哥和各科老师的教学使我慢慢觉得，高中的学习，其实没有想象中那么困难。

在池哥的课上，我是绝对不敢打盹儿的，因为我无法确定何时会被池哥点名起来回答问题。池哥提问时，一般会迅速出击，不留间隔。上一秒还在分析题目，下一秒就会让同学起来回答了。这时，如果你眼神游移，你就会被池哥锁定。

不过，池哥也有无法锁定的时候。那是放假前最后一节物理课。那节课，大家的心都飞到了教室以外。这时，池哥突然提出了一个问题。我和几个同学习惯性地大声说出了答案。我们原本以为全班同学会一起应和，却没想到大多数同学保持了沉默。这下，我们的声音清晰地在教室回荡。我感到一丝尴尬，赶紧闭上了嘴。这时，池哥好像也愣了一下。之后，他增加了提问的次数，更多地让同学们起来回答问题。同学们的心又被池哥拉回了教室。直到下课，这样的尴尬都没有再出现。

寝室手机事件

学校禁止学生行课期间在校内使用手机。就在前几天，一个同学在讲台上用手机打游戏，被池哥发现。结果，手机被没收，还要等家长来领。这同学心急如焚，各处寻找不让家长知道的方法。

不幸的是，我在用手机查资料时被宿管老师发现，还被要求第二天去给班主任解释。

第二天上午，一切正常，池哥没有来摸我的头，更没有找我聊一聊。到了下午,厚厚的云层遮住了太阳,我的内心更加焦灼。我坐不住了,主动走向池哥办公室。池哥正戴着耳机看着一道物理竞赛题,眉头紧锁。看到我,池哥尴尬地笑了笑,带着一丝自嘲说:“想不明白啊,我听听音乐找找灵感。”

心中不安的我向池哥坦白了事情的经过。池哥仿佛早就知道这件事,和善地摸了摸我的头,让我坐下。池哥直视着我的眼睛,缓缓地问道:“你真的在查资料吗?”这就像一个经验丰富的击剑运动员向对方的方向虚晃一剑。没有撒谎的我决定直面那把剑。于是,我同样直视着池哥的眼睛,点了点头。

这时,池哥靠回椅背,双手交叉放在肚子上,陷入了沉思。过了一会儿,池哥又一次直视着我的眼睛,对我说:“你参加了这么多活动,学习也没有落下太多,我相信你的自控力……”这时,我紧张地屏住了呼吸。“这样吧,你承诺不用手机玩游戏,也不去影响其他同学,我就让你用手机。怎么样?”池哥这一招确实把我镇住了。我狐疑地看着池哥。池哥一脸微笑,眼睛微微眯着,一副深不可测的样子。击剑运动员的剑已经直刺了过来,我明白,这个承诺的重要,但我仍然看着池哥的眼睛,点了点头。

剑,被挡开了;池哥,笑了。我如释重负,长出一口气。天空中云层已经消散,阳光正从云层的缝隙中钻出,照在池哥和我微笑的脸上。

手机或许是每个中学生和他们的老师所要面对的事物。而池哥在处理学生用手机这件事时,方式更为灵活。他既会采用谈判做出承诺的方法,也会采用与家长联合监督,将手机交给家长的方法。池哥这一套“组合拳”,使大家在用手机的问题上把握住了度。

池哥的“摸头杀”

池哥很喜欢摸同学的头。池哥摸头的流程非常固定,我姑且将它称作“池哥三式”。第一式,潜行。池哥缓缓地踱步,眼睛四处张望,慢慢靠近你。第二式,摸头。他会伸出一只手来轻抚你那圆圆的脑袋,有一种年迈的探险家轻抚地球仪的感觉。如果这时你正好坐着,你会发觉自己的头发被规律地抚平。如果你是油性头皮,那么恭喜你进入摸头第三式——拍肩。正当你因为尴尬而不敢动弹时,池哥停止了摸头。可这并不是结束。池哥会轻轻拍一下你的肩膀,当然,池哥拍肩膀的次数与你没洗头的天数是成正比的。之后,当你终于无奈地望向池哥的时候,池哥会微微地点点头,微笑着走开,仿佛什么都没有发生。

这三年,基本上我们每个人都被池哥摸过头。有一次自习课,我这一列的同学全都睡着了。不巧的是,这时池哥正好走进教室。于是,池哥使出了他的"摸头杀"——我这一列的同学都被池哥用摸头的方式叫醒了。当我睁着惺忪的睡眼准备对付那个把我弄醒的人时,我抬头看到了池哥的笑脸。当时,我吓得一激灵,睡意全无。此后,我再也不敢在自习课上睡觉了。

可以说,摸头是池哥爱护班上同学的表现。如果你太疲惫,池哥会摸摸你的头,询问你是不是没有睡好;如果你正在和同学聊八卦,池哥会摸摸你的头,暗示你心思回到学习中来;如果你正在埋头做作业,池哥也会摸摸你的头,表示鼓励。

但更多情况下,池哥摸头以后往往还有后续的行动,那便是请你过来"聊一聊"。一旦他摸了头之后对你笑着说这话,准没好事儿。有一次考试,物理压轴题是一道多过程多对象问题。考完试后,池哥过来笑着摸了摸我的头。然后,他笑着拍了一下我的肩,对我说:"过来聊一聊?"我心头一紧,暗呼不妙,但也只能跟去。

进办公室后,池哥悠闲地靠在椅背上,十指交叉,带着惯常的微笑不疾不徐地让我做压轴题的"情景分析",即把这道题的对象、受力、运动状态等阐述一遍。毫无准备的我一时语塞。池哥那可就兴奋起来了,当时就从椅子上跳起来,手舞足蹈地帮我分析了整个过程。讲罢,池哥眯着眼睛,踌躇满志,缓缓坐下,笑着问我:"听懂了吗?""听懂了。""听懂了就好,我自己出的题,难道我的学生还不会做?"

好嘛，原来还有这出啊！

池哥这一谈给我留下了“心理阴影”，从那以后，每次考试一结束，我就会把那次考试没做出来的题重新做一遍，以避免类似的尴尬。池哥追根究底的提问方式也渐渐影响了我，我开始去探索做题最初的思维，这对我之后的学习有了一定的帮助。

池哥点迷津

池哥的谈话当然不只是关于考试。特别是在高三，他更多的谈话是对学生加以点拨。在这一点上，他像深山禅院里道行高深的老师父，巧妙地解答着弟子的困惑。

高二下学期，我们班整体状态低迷。考试成绩出来后，池哥拍拍我的头，把我领到了办公室。

拿着成绩单，池哥严肃地问我：“这次你的成绩不理想，你觉得是什么原因？”我挠了挠头，试探着说：“我觉得自己花在学习上的时间比其他同学少。”池哥点了点头，接着说：“你平时的课外活动太多了。人的精力是有限的。临近高三了，你应该多把心思放在学习上了……”的确，我当时就像一只贪心的猴子，既想捡芝麻，又想捡西瓜。池哥的话使我下定决心推掉繁多的课外活动，投入更多时间到学习之中。刚开始改变时，我很不习惯。当看到别的同学为了学生活动四处奔波，参加各式各样的社团活动时，我总希望成为他们中的一员。但是，年级一百左右的排名，使我不得不投入更多的时间在学习上。

斗转星移，到了高三，一轮复习已经进行了大半，但整个班级的成绩却没有像池哥期待的那样腾飞。总结会上，池哥让我们每个人立下“生死状”——写下自己的理想大学和对高三的规划，然后交给他封存。

课后，池哥把那次考试发挥不错的我叫到办公室。那时，我在纸上郑重地写下了北京大学和自己的计划。那时，年级前十的排名使我觉得北大不再遥不可及。虽然前路漫漫，但有希望到达彼岸。池哥看着那张写满字的条子，满意地笑了笑，点了点头，轻轻地拉开抽屉，将它放在了一大堆纸条上。然后，他转过身拍了拍我的肩膀，给我讲起了上一届考上北大的学长的故事。当讲到学长考不上北大就复读时，池哥转向我，看着我的眼睛，说道："你要有他那样的坚定意志。"被震惊的我似懂非懂地点了点头。

后来，我们班的成绩开始稳步上升。然而，我的成绩却开始下滑。当时的我，遇见了第一个瓶颈期。我觉得自己很努力，却仍然看不到隧道尽头的光明。总结会后，池哥把发挥失常的我叫到办公室。当我向池哥袒露心声时，池哥问我："你觉得自己真的把每时每刻都有效地利用起来了吗？"他向我讲述了洗澡时候都在背单词的学长的故事。之后，他对我说："自己下来再想想吧。"

我迷迷糊糊地走出办公室，搞不明白池哥葫芦里卖的什么药。但我开始了尝试。我尝试用所有的时间来学习。午饭后，晚饭后，我会利用这段时间背诵语文，生物和英语知识。上课时，我不敢有丝毫懈怠。我开始对知识分类归纳，尝试用思维导图来整理知识。我试着更有效地利用考前时间，考试前看自己的易错点，做一些简单题或易错题来调整状态。就像熵增加定理一样，使所有的事情有序，比使它们无序更困难。但逐渐变得有序的生活开始带给我一种稳定感，使我慢慢开始找回自己的状态。

高考前夕，面对自己仍然在年级前五十的排名，我有点慌了，我担心自己无法兑现"生死状"上的承诺，担心最后的结果与我的努力不对应。各科老师在这时都给了我很多鼓励。池哥又一次把我叫到办公室。当我说出我的困惑时，池哥跷起二郎腿，双手交叉，一字一顿地说："你还没有勇气面对最坏的结果。""我觉得我有啊，我只是不愿意得到和我努力相差太多的结果。"我争辩道。池哥摇了摇头，说道："人生的很多事情有其偶然性，但我们不会只凭借结果来衡量一个人。A老师你认识吧，是一个优秀的物理老师。有一次，他准备赛课时把内容都预演了几遍，所有老师看了也都觉得没有问题。但在正式比赛时，由于比赛场地电压不同，一个电表突然坏了，而且当时他没有补救的机会，于是那次赛课失败了。可是，我们能因此就说他不是一个优秀的物理老师吗？”或许，正如《游褒禅山记》中所言：“然力足以至焉，于人为可讥，而在己为有悔；尽吾志也而不能至者，可以无悔矣，其孰能讥之乎？”高考前夕，拼的就是心态。有些时候，看淡得失，看重过程，或许是一个选择。

在那之后，我开始了夜跑和散步的尝试，这使我高三的压力有了发泄的途径。看着倒计时牌上一点点减少的数字，我内心不再焦灼。随着日子一天天规律地过去，我反倒期待起了高考的到来。

高考结束的那天下午，池哥拿着一摞纸走进教室，原来那些就是我们当初写下的“生死状”。池哥将这一张张纸又发回到我们手中，当发完最后一张时，池哥站在讲台旁，金黄色的阳光透过窗户照在他的身后，与他大红色的“送考服”一起映照出希望与欣喜。他满怀深情地说：“希望你们都能进入期望的大学！”

相处三年，我觉得池哥是一个真正有趣的老师。他有时像个孩子，带着全班同学一起到天台上看百年一遇的月全食；他有时像个火炉旁的老人，总是不厌其烦地给你讲上一届学生的故事；他有时很民主，当班级出现问题时便召集我们大家一起出点子、想办法；他有时很任性，白天上课，晚自习还有定时练习，让我们叫苦不迭。他很忙，一本《费曼传》随身带了一个高三却没时间看；他很闲，愿意放下手头的事情，只因为一个学生主动找他“聊一聊”；他很懒，班级事务全部交由我们班委管；他很勤，为了出一套“经得起检验”的好卷子，与几个物理老师打磨了近一个月……

三年的时光从指缝间溜走了，但池哥带给我的启迪，他的人格魅力却印在我的心里。师者，不只是传道授业解惑，更是我们一生的朋友。或许多年以后，即使我关于池哥相貌的记忆消退，我也会记得池哥直视我时那双带着血丝的眼睛，我也会记得被摸头时一动不动的感觉，我也会记得那个默默在班级后面支持着我们的瘦弱身影。人的一生总要经历无数的分别，而正是这些分别使我们更珍惜眼前的人、事、物。

我要感谢池哥，感谢这位尽职尽责的可爱的班主任；我要感谢20班，这个永远奋进，青春叛逆的班级；我要感谢育才中学，这所充满了我回忆的学校。我会承载这份感激和回忆，开始在燕园新的征程。

姜宇昕：毕业于重庆市育才中学，就读于北京大学法学院

佩韦自缓，佩弦自急

刘沥璟

“西门豹之性急，故佩韦以自缓；董安于之心缓，故佩弦以自急。”

第一次读到这句话，是在四月份的一篇优秀作文上。

头一天晚上，我刚提交了我的博雅申请书。彼时心情惶惶不安，既觉得大局已定，希望渺茫，又难以按耐心中些许企盼，于是焦躁彷徨。我在自述里写，高三一年恰如逆水行舟，最初江面宽阔，细浪徐风，而后航道开始逼仄蜿蜒，逾近终点，逾多礁石险滩，暗涌无数。我没有写下的是，筋疲力尽的水手驾着残舟破浆，实在没有信心再谈远方。

然后便看到了这一句话，这句话恰好对应了我高三的两个阶段，前半段无比黑暗，后半段无比光明。

接着，我又找到了下一句——“故以有余补不足，以长续短之谓明主。”

我想：好吧，我好歹还做了些“明”的事情，不算失败得太彻底。就这样又一次，找回些动力续航，撑着往前走。

在离高考还有两个月的时候，我便知道了这句话将是我高三一年的结语。

佩弦自急

我一直不算是十分踏实勤勉的人。从小到大老师对我评价用得最多的字是“恍”,大约是散漫不靠谱的意思。

高二下学期的期末考试,我误打误撞考了个年级第一名。要论这带来的好处,大的没有什么,因为并不作为高三中后期总排名的参考,小的也不多,无非是找父母要礼物时多了些底气,再附赠一个轻松愉快的假期。随之而来的坏处却很是深远持久。我开始想高三或许也就如此嘛,何必避之如洪水猛兽。

嗨吃嗨喝嗨玩两个月之后,我带着这样的愉快心情进入了高三。

一开始变化确实并不显著。老师还在上新课,同学们在最开始的不分昼夜奋笔疾书之后又开始在课间闲聊,作业还不算太多,自习也并不漫长。除了发呆对象变成了换教室后的新风景,一切一如从前。

于是我也一如从前,课上会走神,在“dead line”之前赶作业,在校门外一条街的小吃饭店里流连。

第一个月的月考成绩出来,十名左右。这确实是个挫折,尤其是与上次考完的高光时刻相比,但对于心宽体胖的我而言,还不至于让我当头一棒。

去书店买了几本教辅,在晚自习结束后加了四十分钟的学习时间,不管教辅做了几页,也不管台灯前有多少时间是在玩手机,我先被自己感动了一把,我都这么努力了,不考好说不过去。

不幸的是,第二次月考恰在“十一”假期后。用玩成一团糨糊的脑子考试,结果可想而知。

四十名开外。

四十名,光看着不算触目惊心,但若考虑到故事背景是一个文科生,一共只有两百来人的年级,主人公便显得十分悲惨了。

我人生前十八年最阴暗的一个月到来了。

从第一到第十,可以说是发挥失常,但到了四十多名的时候,就再没有了解释的语言。

各科老师的“爱的教育”轮番而至,家长利用和我在一起的每一秒传播焦虑。

跑步。“不如不跑了吧？用这个时间多学习一会儿。”

购物。“少关心点穿着打扮，高三之后可以慢慢看，把心放在学习上。”

睡觉。“这么早就睡了啊？再学一会儿吧。”“你上课怎么没有精神？是不是睡太晚了？”

但最焦虑的其实是我自己。

破天荒地每天“开夜车”，到凌晨一点，甚至两点，每科都新买了好几本参考资料，计划表排得满满当当，没有课间没有休息，永远在埋头学习。忍受每分钟自尊受损的煎熬，忍受每个人的质疑，忍受比你更慌乱无措的家长传播的焦虑。

“每天起床第一句，先给自己打个气。只要少做一页纸，都要说声对不起。”

但是不管怎么学好像都没有用。大小测试的成绩依然不理想，地理笔记依旧背不下来，依旧弄不懂历史选择题里弯弯绕绕的逻辑陷阱，政治知识点还是想不起，做过的题毫无印象，会做的数学题仍然算不对，凭直觉懵懵懂懂做语文，迷失在英语的一堆介词里。

就在这样的时刻里，我突然发现从前听过的那么多学长的经验分享，看过的那么多文章都是无济于事。

高三是一场无比孤独的旅行。别人的经验帮不了我，老师只能引导我但也不能真的拉着我往前，家长更是无能为力，连我自己都不知道该如何帮自己。

或许有些矫情，但我确实在每一个孤独的夜里，体悟到“欲说还休”的滋味。

在无数个撞了南墙的日子里我怀疑自己，难道真的是因为我跑步，我太关心穿着打扮，我睡得太早才考不好吗？还是我本来就是这样的水平，像冰激凌一样，一旦化了就再也回不去？

我被曾偷过的每一次懒带来的心虚和无谓的自尊拉扯。

真正进了高三就会知道，成绩起伏是件再平常不过的事，只有极少的人能够保持漂亮平稳的直线或上升线，只要有上有下且控制在一定区间内就好。

可怕的是持续的下滑，一点一点消磨你的自信蚕食你的自尊心。

佩韦自缓

我其实是耗尽了心力，准备放弃了，连同曾经高不可攀的梦想一起打包扔在脑后。

不再熬夜，减少了做题的量，只是因为最后一点倔强和不甘心，我还保留了认真的态度。

我又开始跑步了。和朋友们一起度过每个节日和休息日，拥有自己安排的属于自己的时间。

结果却是出人意料的。

充足的睡眠让我有了旺盛的精力，随之而来的是高效学习；题量的减少使我用在每道题上的时间更加充裕，让我可以分析记忆；甚至连更低一点的目标都给了我一些豁然与勇气，让我在之后的日子里又重新积聚力量，继续追逐。

漫长的黑暗的日子里的厚积终于开始薄发了。

这一点甚至比成绩上升本身，还让我觉得幸福。

正是在这些愉快的日子里，我拥有了一些珍贵的东西。

所谓“自缓”，当然并不是速度的减缓或强度的减弱，它是在焦躁的无序中寻找一些有序的东西，用规律替代无用功，用“我知道我正在做什么”的踏实替代“我很努力”的虚弱假象。

一些建议

如果有哪位学弟学妹忍受着我无比漫长的以自我为中心的絮叨看到这里,不妨再看看以下我的一些血泪教训。

用脑子学习。对做题而言,数量是缺乏意义的,有意义的是错题。是类型或者知识点还是思维逻辑有问题?解决它,就能做一道题而会一类题。上课,复习笔记以此类推,让思维参与进去。

重视复习课。记住这句话就够了。要专注,不迷路。

学会玩。我的班主任会在每个假期来临前告诉全班同学要拿出部分时间彻彻底底休息,不要学习。从小我妈也教育我,要把学习和玩的区域分开,书桌前不能玩手机,床上也不能学习。

高三是漫长而单调枯燥的,我住在校内,生活更是有规律。在我放弃了所有休息时间的那个时期,我变得极其疲惫,被过长的战线拉得喘不过气,觉得六月份远得就像永远不可能到达。

学习效率非常低,也很影响心情。

所以我建议每周一定要有专门的玩的时间,不用很长,形式不限。可以独自看剧、跑步、打游戏,也可以和朋友们一起吃火锅、吃烧烤。

这样一年就被切分成了无数小的时间段,轻轻松松就能度过,而奖励也是近在咫尺的。在你重新回到教室的时候,你会有“我已经休息过了”的满足和危机感,学习时自然更加充满动力。

磨刀不误砍柴工。这一短暂时间“落下”的进度,能在后面的高效学习中轻而易举弥补。

尾声

“尾生与女子期于梁下,女子不来,水至不去,抱梁柱而死。”

这一篇的篇幅有些长了，我想了很久，还是没有删减。一方面对自己是一个结束，另一方面，我也想为看到这一些文字的学弟学妹们尽量全面地展现一些高三的苦与甜。

高三自然不是洪水猛兽，它有许多快乐的时刻，许多甜美的记忆，但它也绝不轻松，注定要承载泪水与苦痛。

可是现在回头看我的高三，它就是那样闪闪地发着光，不需要去评判，只需要珍藏。

它是我们每个人必走的一段路。

可我想，那么多人的经验，不也还是想让后人在这条路上，走得更轻松更远一些。

我希望大家都能有“抱梁柱而死”的勇气和毅力，无论是对高考，还是对今后的人生中无数的未知。

刘沥璟：毕业于重庆市南开中学，就读于北京大学法学院

遇见

刘阳禾

我曾走的那条路，漫长而崎岖，但是前人早已将轨迹踏得清晰可辨。就连终点的模样也被框成了画，让行人熟稔于心。

于是这场苦行的意义便根本不在迈腿和到达这两件事，而是路上的所遇所见。

在逼仄的空间里，心绪波澜起伏随后沉淀。它使思考成为常态，让我前所未有地亲近思考的状态。

在封闭的时间中，遇见一些星星似的人，或引导，或同行，使我在抬头间常有不期而遇的感动。

所有的这些都时常提醒我，他们才是这场苦行的真正意义。

背书，做题，复习，构成了高三的黑白线条。密集的大考小考更是打上了诡异的光，令人后背发麻。在压力的逼迫下，情绪变得异常敏感，而只有书才捧得住那些泛滥的情绪。

走进地坛，它为失魂落魄的人把一切都准备好了。“满园弥漫的沉静光芒中，一个人更容易看到时间，并看见自己的身影。”史铁生讲着他的向死而生，而我将细碎的经历带到那里去咂摸、消融。我俩围着火炉，慢慢煎一把艾，直至苦意褪去。

我反反复复地翻着他的《日常生命观》，时常感到内心的坦荡平静才是追求的终点。而如何看待客观境遇与自我期许的矛盾，往往塑造了一个人的内心。

困得喘不过气时，也会看看柏瑞尔·马卡姆的《夜航西飞》，想象飞行在爱尔兰上空，夜雨打在舷窗上的孤独和坦荡；或是看看《走出非洲》，踏进非洲和它黄金般的喜乐。

我并不爱读书，却在高三捡起了每晚读书的习惯。一并习惯的还有晚自习后望一望歌乐山的夕阳，放学路上等一等头顶的飞机……在封闭的时间和空间里，我太需要一些东西来延伸我的视线，使我看见辽阔的远方，相信外面的精彩。

除了前面三位素未谋面的导师，身边更有不少引路者、同路者。

总习惯望望办公室的一角，晴天的下午总有暖阳倾泻。

每个人都有这样一位心灵导师，分布在教学楼的各个角落，像一把楔子楔进那敏感脆弱的心，在你心慌意乱的时候，打开漫长的夜晚任你倾诉，然后一起关掉最后的灯。斌哥总有数不完的往届案例，传递出一种有规律可循的安全感，或者用他谈不完的人生感慨，把这重要又短暂的三年冲淡。

最后一堂课，他教给我们的是“相信一切都会是最好的安排”，半开玩笑地感谢自己少考了几十分从而与我们相遇。那句话，我已深深相信并将永远铭记。

还有比任何学生都努力的班主任。努力骑着滑板车穿过微亮的清晨，撑起大家的笑点；努力搜寻各式练习题，用满篇叉叉激发前行的动力；努力掩藏紧张和焦虑，努力用他的第一届成就我们的第一次，努力与我们共同成长。

当然，不敢忘记伟大的老妈。感谢你生出这么聪明的宝宝，又用深夜食堂将她的(横向)发育期延长三年。目送不易，但请不要伤感，因为有歌唱道：“Every road you take will always lead you home.”

三年前，我不假思索地走进了南开，正如我即将坚定地踏入燕园。

南开给予我的不仅是通往梦想的阶梯——她为我奏响音乐，容我在梯上跳跃。只有她会讲那些老年月的故事，让琐碎烦恼在时空的延伸中变得不值一提。只有她会把我从繁重的功课中解放，拿着地理实习表在异乡的田埂上奔跑。只有她会容忍我的“撒泼和任性”,使自由不成为奢望。

三友路的落叶,津南村的猫咪,操场边鸭蛋红的日出,歌乐山奇异的晚霞,喜,怒,哀,乐……此间三年,皆是关于她的种种。当我不得不长久地离开她,我不知道自己将怎样地想念这个园子,想念我的高中生涯。

但转念一想,我即将走的这条路,不也通向各种各样的相遇?此后四年,一定有比高考难得多的事,但倘若把一切都当作广泛的碰面和认识,那未来总是可期的。所以,在相逢的路上,愿“那些我将要去的地方,都是我从未谋面的故乡;那些我将要见的人,都成为我的朋友”。

如今回想我的高中生涯,大片大片的黑暗里,只看得见那点点灯火——我们称之为美好的东西。令我自己也惊讶的是,在机械重复的日子里,对于它们的感知竟更加灵敏。当然,还需要一点对苦痛的钝感力。

满地都是六便士,但如果抬头看看月亮,大概就会忘记那些得与失的纠缠以及它带来的烦恼。

如果要为每段无奈的日子找一点意义,除了众人看得见的回报,便是那些记忆中的灯火了。倘若一个人是为了快乐前来,那它们几乎可成人生的全部意义。

刘阳禾:毕业于重庆市南开中学,就读于北京大学法学院

仙人抚我顶，结发受长生

敖琢暘

“盛夏白瓷梅子汤，碎冰碰壁当啷响”，这是我一贯以来的夏日，清冽，清闲，清淡。当我收到北大录取通知书的时候，除了惊喜外，还有如释重负的宽慰。

回首高中生活，曾一度陷入荒谬与不解，我这样平庸的人，也能上北大吗？但后来细细思索，才觉得或许就是这种淡泊的心态，才让我在百舸争流中不慌张，在那三年的起起伏伏中不迷茫。

毕竟，高考那是件小事。

记得高一分科，或许是因为理科不好，亦或许是因为对文科的喜欢，所以不顾家里人的反对，我毅然决然地选择了文科。在许多老辈人的眼中，文科，确实是一个“不成器”的学科。我当时的心事现在已无从猜寻，一如当时流云的姿态。现在仍可以知晓的，是我一贯以来为自己而活的心态。

一直以来喜欢的是魏晋名士的洒脱，是和靖先生的淡世，是清都山水郎的懒慢与疏狂。这样的人生态度也影响了我的学习，我高中时成绩的突起也应是由此而生。因为对名次的看淡，便有了良好的心态；因为对名士的热爱，便有了对知识的如痴如狂。“修合无人见，存心有天知”，或许上苍知我，懂我，遂赐我“仙人抚顶”，我因此“结发长生”，得以进入北大。

北大曾经于我，是孤泉上漂着的一轮明月，是山尖上摸不到的那抹雪；后来于我，是看得见的地平线上那缕初升的曙光，是夜空中最亮的星；而如今北大于我，是眼底熟悉如同生命的未名湖，是掌心里化不开的那一片纹路。

以前班上有三五知交，喜相同，有时觉课业无趣，会悄悄玩起对诗，接龙。记得“草团标正对山凹”封杀了下文；记得说出“中秋谁与共孤光，把盏凄然北望”时，各自的叹然。

现今想想，这种偷来的闲暇，也莫不暗扣了北大精神。许是思想自由，兼容并包；又许是爱国进步，民主科学，高三时和朋友偷笑的模样与如今骑着单车行走在北大校园的身影渐渐重合，和着未名湖那一汪澄静的碧水，勾勒出一个日渐饱满的我。

其实我的高中与他人不同。在所有人都觉得高中忙碌的时候，我竟生出几分闲适与安宁。高中，无所避免的会有早起，无尽的作业和老师的喋喋不休。我记忆的主流却在此之外，会在早读时偶尔走神，看漂泊的云，听路过的风；会在下课时安安稳稳地睡上几分钟；会趁班主任不在，用班上的电脑，看一段视频，听一首歌。

很多时候这种有节制的放纵，都让我那颗疲惫而躁动的心，找到了安栖的枝头。这种悠闲并非是出于贪玩的欲念，更多的，还是想要更好地出发。如同阿尔卑斯山谷里的那个标语牌写的那样，“慢慢走，欣赏啊”，高三那年窗外漂泊的白云，最终成了我心中抹不去的温软。

高中的学习，我一直觉得不是一件轻松的事。努力，常常会生长成一棵无花果树，让你对自己产生无限的怀疑；别人家的孩子，会像锋利的茅，直击你的内心，让你在对比中失落。老师常说细节决定成败，我却认为心态才最为重要。不悲伤于暂时的退步，也不自得于虚妄的拥有，保持一个良好的心态，学习才会顺利。

“走到生命的哪一个阶段，都该喜欢那一段时光，完成那一阶段该完成的职责，不沉迷过去，不狂热地期待未来，生命这样就好。不管正经历着怎样的挣扎与挑战，或许我们都只有一个选择：虽然痛苦，却依然要快乐，并相信未来。”此话与诸君共勉，愿诸君笑看高中秋月春风，再回首，便会发现，高考只是件小事。

让我们燕园再聚。

敖琢暘：毕业于重庆市秀山高级中学，就读于北京大学法学院

心之所向，素履以往

陈欣怡

谨以此文纪念我的高中生活。

到远方去的最好的姿态是怎样的呢？有人早早地瞄准了目标，规划了路线，整理了行装；也有人不安地踟蹰着，小心地试探着。有人走着，有人跑着，有人满身泥泞，有人意气风发。

千百种姿态，千百种人生，难以言尽，却有一点相同——他们都在路上。

“在路上”，这个短语触动过游子内心最柔软的地方，牵引过乡间灯下翻舞的针线，凝聚过恋人越过重重山水的目光，震颤过一个又一个不甘平庸的灵魂。它包含着炽热的期待，珍藏着无限的希望。它是流淌的，是跃动的，是新鲜的，是甜蜜的。尽管这甜蜜背后有微苦，新鲜染上了沧桑，跃动下蛰伏着不安，流淌过程中偶遇过迷茫。

这个夏天，雨淅淅沥沥，蓝花楹开得迟，旅人眼角的皱纹带着一丝困倦，可是你看，他的唇边仍有笑意。

时光的镜头越过淡紫色的钟形花，青翠的梧桐叶，深褐的桂树枝，缓缓地落在栏杆脚边悠然舒展的绿萝身上。我仿佛又回到了一年前的明德楼，看到了一只只书箱“骨碌碌”地钻进一个个新教室，听到了广播里温婉的女声说着：“您的梦想航班即将启程，愿今夜星辰入梦，予您无忧的睡眠。”

这是一个平平淡淡却又曲曲折折的故事，是一段似曾相识却又独一无二的岁月，是一篇过眼飘散却又难以忘怀的文字。

我来自一个小县城，那里天空很蓝，夏天的云洁白无瑕，灵动可爱。记得来到巴蜀的那天，小雨过后，天边一抹虹。来时，几乎是抱着“不管了，拼了”这样的决心。优秀的同龄人聚集在一起，那耀眼的光也曾咄咄逼人地灼烧过我的眼与心。离开蜷缩了十五年的舒适区，陌生的环境，身边无一亲友，第一次住校……挑战迎面而来，我无暇惶恐。刚刚适应了初升高的转变，紧接着又站在了文理分科的岔路口。离期末分科考试还有九天时，我决定转文，走上了一条人迹更少的道路。

在这条路上遇到一班的各位，始终是我的幸运。

我们的作息极有规律。清晨等待班长开门，周末在教室打卡自习。我们的活动丰富而有趣。家长会上的千纸鹤吊坠和语音告白，正能量的小视频，艺术节上的填词合唱，江边漫步，登山摄像……平凡日子里的欢声笑语，不曾缺席的感动，孩子气的争吵，教给我的是热爱、真诚、责任与情怀。

不知不觉中，我们一同迈入了高三。

从至善到明德，紧张与兴奋蔓延在贴满标语的楼道和教室，时间表上是安排得满满的考试，书桌上是层层叠叠的复习资料。便签本里的阶段计划和每日计划，每天更新的任务和画上的勾，让我觉得自己与大家一样充实地努力着。然而数学填空选择题漏洞百出、地理大题审题失误，文综选择题得分忽高忽低，这一切无不在告诉我：你还不够努力。无法下定决心的我只是重复着麻木的练习，周六傍晚独自乘轻轨，在出站口静静地听一个小姐姐唱歌，便是一周的结束与开始。

日历翻至大雪，早有预感的挫败与失望终是狠狠砸向了我。回寝室的路灯火阑珊，只有寥寥可数的几位家长在等候下自习的孩子。我走在通向寝室的廊道上，两边房间的灯已经熄了，这么黯淡的一条路，却让我沉入谷底的心渐渐平静下来。那天深夜，我在日记本里发问，问过去的、现在的、未来的自己。

“昨日种种，皆成今我。”

我总是不断地回望，回想来时的心境。我知道目前的状态，一定会是过去的我所厌恶的。我从未问过自己想要什么，只是在“不想成为什么样的人”的指引下不自觉地走着。但是现在，我必须认真地审视自己，“你想成为怎样的人，你能为这个世界做些什么，你要怎么前往想去的地方”。

我觉得一切都还来得及。我向北大提交了申请。

初入燕园，正值凛冬。从小西门进，灰墙黛瓦，静谧庄重。这里的人们衣着朴素，目光坚定，谈吐温和。我满怀珍惜地享受这场短暂的相遇，心里留下的是亲切与憧憬。

离开的时候不禁想，夏日的燕园会是怎样一番景象？未名湖，该是湖冰消融，碧水如玉，塔影斑驳，柳叶婀娜吧？若是能亲眼看看那样的图景，该是一件多么幸福的事啊。

那个朦胧的远方，好像浮现出些许轮廓。

燕园一瞥之后，回到明德一隅，倒计时开始。

“在我还不知道自己要什么的时候，本能地想朝着最明亮的地方跑。”

“我希望你或者是我们，能看到更广阔的宇宙，能看到更多不一样的世界。”于是把焦虑融化在沉心静气的“做一件件具体的事情”中：将数学错题一道道整理分析，返回书本重温地理基本原理，在实践中调整僵化的作文风格……疲倦时在走廊上望望一楼那个每天课间都读标语给自己打气的同学，深吸一口气重新投入攻坚克难的每一步。日记本里也不再出现长篇和摘录，只留下一个个日期。

40天。虽是旨在无差别鼓舞人心的三诊考试，仍给予了我信心。

32天。我们乘着皮划艇在水潭之上，紧握着彼此的手。

29天。张老师生日，我们边看题边吃蛋糕，他看着我们。

考前一周，今年迟迟不肯露面的蓝花楹终于盛开了，钟形的淡紫色小花，轻烟似的笼在羽状叶片间，虽不比初见时的繁盛，却也依然恬静雅致。

像是终于等到故友的来访，高考前夜，我睡得很香甜。

到远方去,最好的姿态是怎样的？每个人心中都有自己的答案。

而我的答案,仍是曾经的那句——“不骄不躁,不气不馁,心之所向,素履以往。”

高三这一年,身边的人是温柔的,坚强的,执着的,我们的努力是笃定的,质朴的,踏实的。

此刻,闭上双眼,那些美丽的片段一一浮现。

感谢我的母校,感谢一班的大家庭,感谢我的家人和朋友们,感谢坚持努力的自己——夏日的燕园,不再只是憧憬。

也请你继续相信,相信质朴与真诚的力量。惴惴不安也好,如履薄冰也罢,请不要彷徨,坚持下去,只要一直在路上,朝着光亮奔跑,希望总会有的,也许就在大雪之后。

陈欣怡:毕业于重庆市巴蜀中学,就读于北京大学法学院

未闻花名，香已入梦

陈姝羽

已是三次进这园子了。清风拂过，倒映在未名湖中的博雅塔泛起微澜，翻尾石鱼挺身欲起，湖畔行道树繁茂成荫。古朴典雅的中式传统园林，步履匆匆、求知若渴的学子，儒雅淡泊、眼中却闪烁着智慧光芒的教授们，这如画般的燕园图景与我想象中的北大一一重合。

北大如只在梦中出现过的花，虽未曾闻花名，但花香早已入梦。

未名前缘

高一暑假，对未来仍然懵懂的我第一次踏进了燕园。在一位中文系学长的带领下，我第一次走完了燕园。北大这个名字常常出现在父母师长的教诲中，伴随着每一个中国学生的成长。但这些空洞的寄语总是让我感到困惑：何为北大？而这一次亲密接触后，北大这一符号化的名词在我心中逐渐具体起来——

或许是清雅灵秀又气势恢宏的园林。勺园、畅春园、淑春园、朗润园……处处雕梁画栋，飞阁流丹。山水环抱，湖泊相连，亭台楼阁，古木参天，步移景异。

或许是积淀厚重又常为新的学术摇篮。历史上，北大群星璀璨，大师云集，无数名师大家站上了北大的三尺讲台。而现在，各个领域的著名学者也在这里与新一代青年零距离接触，点燃思想之火，引领学术前沿。

或许是极具精神魅力的国家脊梁。不必说新文化运动的中心与五四运动的策源地，更不必说"思想自由，兼容并包"与"爱国、进步、民主、科学"的薪火相传，单是由鲁迅先生亲自设计的肩担苍生的北大校徽就展现了北大学生作为中国青年崭新的精神面貌。

蔡元培校长这样定义北大，"北大者，为囊括大典，包罗万象之最高学府"。

北大的博与雅，北大的包容与自由，北大的家国情怀与全球视野，浸润了一代又一代的北大人，让学术与担当成为北大红的底色。我想这才是北大成为万千学子的梦想学府的真正原因——在更好的平台上成为更优秀的人。

原来，在三年前的那个夏天，未名湖畔的花香早已入梦。

铁山征程

从刚到铁山坪的那天起我就知道，前方绝非坦途。

我曾是高考的失利者，我深深地知道，高考作为一项选拔性的测试考察的绝不仅仅是知识储备。它是答题技巧、考场心态甚至是书写等种种因素的综合测试。而那时的我觉得，北大只是一个遥远的梦。

说实话，两年的铁山生活，重复与枯燥是主旋律。这是一个知识结构被打破、重构与巩固的过程，是一个心态崩溃、重建又崩溃的循环，也是一场从浮躁迷茫到心无杂念的修炼。高三备考的经历带给我最珍贵的财富并不是繁复庞杂的知识体系，而是学会了自律，懂得了努力的重要性。当我不再戚戚于分数，不再汲汲于刷题时，我终于能够毫不畏惧地面对高中生涯的最后一份考卷。

毫无疑问，铁山坪是我过去两年里除了家之外待得最久的地方。她见证了我从初三到高三的成长，而我也见证了这些年她的变化。见面伊始，尚未安装空调的宿舍让重庆的酷暑变得格外难挨；而当我与铁山挥手作别时，她早已换了新颜：新建了塑像、喷泉、创客中心、报告厅，还多了许多充满活力的学弟学妹们。“十八中”成为我最美好的青春回忆。

最怀念与感恩的还是那群人。无论是上一届的翠翠女神、蒋妈妈、邬孃孃、永生哥、最可爱的孔孔，还是这一届的霞姐、其哥、波波、邱邱妹、兴瑜哥哥，特别是见证了我三年的成长的小小舒，都是非常优秀又非常有趣的老师。他们的课堂风格迥异，有着各自独特的个人魅力；他们与你探讨，碰撞出思维的火花；他们为你指点方向，助你乘风破浪。当然还有一路上陪伴我的伙伴们，他们倾听我的焦虑与困惑，给我一封长达两页纸的亲笔信或者一个大大的拥抱；他们指出我的不足，振聋发聩；他们与我共同进步与成长。得良师益友如此，夫复何求？

铁山再见，你好燕园

北大的录取通知书是意外之喜。在开阔了眼界、感受了“世界之大”与“人外有人”之后，我们往往会对小时候常被问到的问题“你以后想读清华还是北大”做出第三种回答。尤其在经历过挫折后，我更害怕期待的结果是大失所望。所幸念念不忘，必有回响。如诗人顾城所说，在你什么也不想要的时候，一切如期而来。曾经努力过、奋斗过、拼搏过的痕迹是无法抹去的。未名湖畔的花香早已入梦，今夏的盛开便如期而至。

铁山坪到中关村的直线距离为1448公里，但高中到大学的距离却难以用数字来衡量。当2019年高考尘埃落定后我才蓦然发现，成绩单上耀眼的分数换来的不过是北大的一张入场券。在第一次踏进燕园的三年后，我选择进入北大法学院。在无法预知的未来里，仍有一点可以确定——唯有以不亚于高三冲刺的努力才能获得更大的成功。我将在推动社会变得更好的路上奋勇前进，眼底未名水，胸中黄河月。

今秋，我终于能够如愿进入燕园深造，见证未名湖畔的花开花落。现在的我可以有这样的实力与底气对学弟学妹们说：“我在北大等你来！”

陈姝羽：毕业于重庆市第十八中学，就读于北京大学法学院

成为想要成为的人

田芯竹

按理说，这里应是一段大气磅礴的抒情文字，以表达三年奋斗终得胜利的喜悦，无奈我既不认为这就是“最终的”胜利，也缺乏那样的文采。但三年走来，总归还是有一点回忆与感慨。才疏学浅的我，只能在这里粗粗叙述，诸位权当茶余饭后的闲聊听听罢了——

无心插柳燕园梦

我总收到“不按常理出牌”这样的评价，事实证明，这个评价着实贴切，就连我燕园梦的起源，都是如此的“不按常理出牌”。不同于许多同学从小便有燕园情结，直到高二之初，我才有“一定要进入燕园”这样的想法，而这想法出现得很偶然：我无意中看到一组图片：图片中作为背景的美丽校园——诸位没有想错——正是我之后为之魂牵梦萦的燕园。让我印象最深刻是古朴华美的牌匾。听起来有点荒谬，但我的燕园梦正是起源于此。刚开始，这不过是一点模糊而微弱的感觉，像是涓细的水流。谁知涓涓细流，终成大江大河，我在学习之余对燕园多了些留意，一点一点地，我知道了这所百年名校在美丽风光之外的东西，她的精神，她的历史，她曾经创造的、正在创造的伟大。点滴的留意与了解，像萤火慢慢积累，渐渐变成了照亮前路的光芒，变成我炽热的燕园梦。

曲折起伏逐梦路

细究来，我走进燕园的路，的确是在梦成之前便开始的，从踏进高中校门起始，我便在这路上了。高中第一年，我“一头雾水”，既不知学习的方法，又不明努力的方向，在参加物理竞赛和备战高考中迷迷糊糊地忙碌。这个时期我的表现不仅不算亮眼，简直是“辣眼”。高二时，我总算找到燕园这个目标，摆脱两眼一抹黑的尴尬处境。我自认为已规划好前路：主攻高考，兼以竞赛，冲击省一走自招。无奈前路曲折难料，正是这一年竞赛后，自主招生名额大幅缩减。这时不得不说到已被许多同学大书特书的暑期学堂。它的时间正处物理竞赛前夕，所以——我得直言——我并没有严肃地把它当作步入燕园的助力，而只是一个增进对燕园了解的“科普五日游”。自招名额缩减，本以为圆梦无望，谁知峰回路转，柳暗花明又一村，消息传来，我获得了暑期学堂“优秀营员”的称号，拿到了博雅考试的入场券。

我一心想拿出漂亮的一诊成绩，在初审中获得高评价。但事实证明，天总是不遂人意，执者，反而失之。我在一诊里考出了三年来的最低成绩，这让我自己难以置信。老师，家人都贴心地安慰我，说不过是一时之失，并不严重。一贯以“心大”闻名的我，想着反正博雅资格在手，也确实没过多在意。谁知上天再次给我当头一棒。

期末，再遇滑铁卢。

我当时的心情，像极了在沙漠里走近了泉水，又眼睁睁看它化作虚影。好像一瞬间，我的前路又一片暗沉。沮丧，又迷茫。家人的安慰依然贴心，却不免地带上了些消极的暗示：“好的大学还有很多。”“努力就可以了。”无奈的酸楚淹没了我，所幸，我没有忘记反思。在谷底，我质问自己学习的目的，真的只是“进入燕园”而已吗？我的燕园梦，难道就只是“跨进燕园门槛”这样功利的追求吗？我很幸运，我从自己的内心里得到了答案。

因为有了答案，在紧张的高三里我反而获得了难得的平静。

我跨进了燕园的大门,但我的逐梦路并未终结。

答案

我想迈进燕园,因为她强大的学术力量和深厚的人文底蕴能使我更优秀。我并不是想要“成为迈入燕园的优秀的人”,而是想“迈入燕园,成为优秀的人”。进入燕园并非目的,变得强大才是我的目标。每日的学习都在使我走近我的目标,从这个意义上,我从未停止我的逐梦路。

我把它写在这里,一是为了与各位分享,更多的则是为了自勉。

我想要在接下来的四年中,用我的答案去迎接前方所有的未知。

我想在燕园成为自己想要成为的人。

田芯竹:毕业于重庆市第一中学,就读于北京大学法学院

信息管理系

北京大学信息管理系，其前身名图书馆学系，始建于1947年。自二十世纪中期以来，王重民、赵万里、于光远、傅振伦、王利器、刘国钧等一批著名学者先后在本系任教或授课，为学科的壮大奠定了基础。信息管理系目前有图书馆学(本、硕、博)，情报学(硕、博)，信息管理与信息系统(本)，编辑出版学(硕、博士点为自设)等两个本科专业与三个硕、博士点。

信息管理系目前正承担教学科研工作的专职教师共28人，其中教授16人，副教授11人，讲师4人。主要研究领域有：信息资源管理与知识管理，信息存储、组织、检索、传播与数据挖掘，图书馆学理论，图书馆管理，数字图书馆，文献目录学，阅读文化，出版产业、政策与管理，政府与企业信息化管理，信息资源产业，网络技术与应用，情报分析与咨询，信息政策与法规等。

相信自己无限极

赵若云

回首三度春秋，酸甜苦辣自知。

高一进校，尚存对曾经辉煌的傲气，我踌躇满志。许是初次远离家乡的乡思难解，许是家庭束缚解除后的放飞自我，我的第一年状态并不理想。因自身基础的不牢和两地使用教材的差异，高中入学测试我遭惨败。而我尚未就此惊醒，反而在一场场补习班的奔波中蹉跎生命，寻求可怜的心理安慰。事与愿违，不知不觉中我对自己的期望一降再降，后半期已习惯于在成绩表里倒数着寻找自己的名字。面对父母微信分享的“特差生应如何学习”，我心如刀绞。痛于愧对父母的期望，痛于一年来光阴虚度，痛于对自己无尽的失望。

从前想要在未名湖畔架起画板的梦想，如今只好默默藏于心底。我迷茫，不知两年后的自己是否还有资格站在这兼容并包的巍巍学府，任理想驰骋。

想要奋起直追，但临时的努力犹如杯水车薪，终究于事无补。所幸高二时我遇上了勤勉尽责的良师，再加轻松愉快的班级氛围，倒也平静欣喜。初选班歌，萍姐便推荐了《相信自己无限极》这首歌。音符跳跃、歌词振奋，这首歌的乐谱被制成墙贴，与草木盆栽一起，为原本寡淡的教室平添几分活力。这一年生活平淡充实。平日里宿舍教室食堂三点往返，节假日泡在阅览室自习。晚自习课间去操场疯跑几圈直到汗水濡湿额发，下课铃响抢在众人前赶去食堂吃那一碗鲜香四溢的蛋炒饭，用镜头记录下校园路上的猫咪娇憨可爱的身影，皆是那时简单却让人满足的幸福。

真正的转折点大概是在高二升高三的暑假。提前返校上自习,想要在这最后一年里及早武装好自己,适应接下来的紧张节奏。犹记当时没能及时给寝室充电费,厚着脸皮去隔壁打地铺以躲避酷暑的画面,如今想来也是别有趣味。

高三的第一次月考也是我第一次进入年级前三十名,也许在学霸眼中不值一提的成绩,在我心里却是莫大的鼓舞。教学楼前猩红的倒计时数字一日日递减,光荣榜上的名字一次次变换,不变的是我始终不在其中。萍姐屡屡鼓励大家,我也心知生活总要向前看。

随着一点点的前进,博雅塔的袅袅身影又摇曳在我眼前。但行好事,莫问前程——怀着对北大的无限憧憬,我在桌旁贴下想要证明自己的信念。如同帕斯捷尔纳克所言:那里花园像悬浮的水榭,支撑着自己面前的星空。

学习经验交流班会上,我跟同学们分享这三个关键词,这亦是我对今后自己提出的行动指南。

目标

每日以最快的速度起床吃饭,奔去教室,与时间赛跑,与自我较劲是唤醒身心的良策。当第一个赶到教室,看着昏暗空间由自己按下开关而变得明亮,我便能从清晨第一个小小目标的实现中获得慰藉。

从理想高校,到目标名次,到每日计划,大小目标使得学习生活有条不紊。每天根据作业情况和自习规划提前写下目标,并附上预计完成时间,以求减少拖延和不必要的事务干扰。完成后依次打上小勾,用分值和备注进行自我评估日后翻看时也能收获经验和成就感。考试前后自然而然会对成绩和名次有期盼,考中亦能根据题量和难度调整节奏,不至于轻易乱了阵脚。高三下半期,我想登上光荣榜的小小目标,终于实现。

效率

分类整理摆放好书籍和工具,以减少盲目翻找所浪费的时间。整理错题本也是一件习惯性去做的事情,但篇幅多了之后便不知从何看起。

分类整理、举一反三是一个好办法,但更重要的是进行深度思考、提炼知识、去芜存箐。从每道错题的正误分析,到每次考试、每件大事后的复盘笔记,我学会了仔细盘点大小事的得失。为什么会做得好?为什么做得不好?如果再来一次,如何弥补不足,做得更好?除了计划清单及评估外,这一条条笔记,让我节省了日后回顾的时间、提升了效率,让我面对失败时越来越有底气。

心态

尽管表面上与好友谈笑风生、从容自若,但唯有自己知道,我在高三这一年中一直处在焦虑之中。考差时失望苦涩不难理解,考好了也紧张忧愁,担心自己是凭侥幸进步,唯恐下一步又会跌入万丈深渊。

铭记于心的是高考前的全真模拟考试, 年级八十余名的成绩着实令我痛心。考前我一遍遍鼓励自己,这是高考前最后一次大考,一定要把握好机会。也许是自我暗示太过强烈,我仿若失去最后一根救命稻草,甚至感到一丝绝望。好在良师们及时开导鼓励,好在挚友一路陪伴帮助,我才得以平复下来重新梳理心情。高考考场上,结束铃响,我迈着稳健的步伐走出考场,内心微澜已平。

其实在情绪不好的时候,我亦增多了情绪笔记的记录。发泄心中愤懑的同时,记录下自己的真实想法,以文字记录的形式让自己安静下来,才可寻找到缓解焦虑的方法,圈定可行方案并坚持执行。

未名湖、博雅塔、三角地,如今真正进入了理想中的大学,我的心中五味杂陈,但最多的仍是感激:每一次经历都有它存在的价值,每一段岁月都不应该被辜负。

说实话,没有令人艳羡的成绩单,没有竞赛天赋,更没有音乐体育等一技之长,高中生涯这几年我对北大从未有过太多的期许。写下这篇回忆之前,我一直默认自己是个被幸运之神眷顾的孩子,而到这里,我才发现自己的经历亦有不少坎坷。是身边人的信任,给了我不断前进的勇气。“我感谢每次风雨,给我更多鼓励,让我领悟生命真正意义。我们能改变命运的轨迹,创造值得骄傲的时机……”文末,谨以好友祝语自勉:无论身处何处,请相信,天空才是你的极限!

赵若云:毕业于重庆市第八中学,就读于北京大学信息管理系

社会学系

北京大学社会学系建立于1982年，是改革开放以来我国高校最早建立的社会学系之一。经过近多年的建设，北京大学的社会学系已经发展成为一个涵盖了社会学、人类学、人口学三个二级学科，社会学、社会工作、人口学、人类学四个专业设置，本科生、硕士研究生、博士研究生和博士后四个人才培养层次的相对完整的社会学一级学科教学与科研体系。

北京大学社会学系（含社会学人类学研究所）现有全职教师41人，其中教授22人，副教授13人，助理教授6人；“文科新世纪优秀人才”3人，教育部“跨世纪人才培养计划（人文社会科学）”人才2人。属国内高校中学位结构相对较高、师资力量相对较强、学术影响相对较大、深具发展潜力的社会学教学科研机构之一。

敢梦

张宇昕

一

可能会有人因为缺少梦想的勇气而对未来望而却步，由此，希望我的经历可以鼓励大家勇敢地畅想未来，并为之努力。

在去年暑期学堂之前，我也不曾想过能走进北大，甚至怀着“吃不到葡萄说葡萄酸”的心态说自己不想进北大。但在北大一周的时间里，我发觉自己在悄然改变。园子里透着青春、自信的阳光，草木楼宇砖瓦感动了我，也感化了我。大师们生动风趣的演讲亦彰显着自由的风采。在北大面前，我是渺小的，却并不卑微。我的自信心似乎从那时起，慢慢滋长。

9月，在一个黄昏甚美的日子里，我与好友在晚自习时传小纸条聊未来。心潮澎湃之际，我庄重而激动地发誓：下一个9月，我们在燕园相见。

追梦的旅途注定是艰辛并伴着迷茫的。高三一年我的成绩波动很大，情绪也是起起落落的，但我终不改志——为一个梦想去努力、奋斗，这是多么美好幸运的一件事，更何况，北大精神也蕴含着无穷的力量。

登高望远。如果当初我因为害怕失败，害怕受到嘲笑而产生挫败感，没看到燕园那么美的风景，没有追梦的勇气，我也很难得到现在的结果。

二

我觉得自己的学习方法是比较死板的,借鉴意义不大。但我认为最重要的是开心地享受高三生活。

首先,我在高三时常常通过打羽毛球或跑步来放松自己,放空头脑,不去想过多的琐事,真的会很开心！周末时间很少,我要么看电影,要么逛街,并且一定要吃好吃的,可以说周末大多时间都用来放松自己。

其次,保证充足的休息很重要。这个可以因人而异,主要是避免课堂上一些同学如排山倒海之势伏倒的惨状出现。

此外,我的成绩波动也挺大,但踏实地学习,尽力之后结果也不会太差(或者说自己也不那么在意结果了)。用班主任的话来讲,就是“把过程当目标”。

对于自己的优势科目,切不可掉以轻心,劣势科目也不能放弃(我在高考中就是劣势科目考得比优势科目好)。

文综一定要做大量的选择题,我就是没听老师的话而得到了教训的。

勇于面对自己的不足。随着考试次数增多,我们很容易妄自菲薄。但凡知道人各有长短,坦然一些,反倒有更好的效果,当然,适度危机感也必不可少。

文字或许粗鄙平淡,但说的都是心里话,愿与君共勉,让我们燕园相见。

张宇昕:毕业于重庆市南开中学,就读于北京大学社会学系

拥抱憧憬，飘向北方

谷诗洁

我们可以欺瞒别人
却无法欺瞒自己
当我们走向枝繁叶茂的五月
青春就不再是一个谜
向上的路
总是坎坷又崎岖
要永远保持最初的浪漫
真是不容易
有人悲哀
有人欣喜
当我们跨越了一座高山
也就跨越了一个真实的自己

——汪国真《跨越自己》

初见

2016年的暑假，我坐在巴蜀中学的教室。当听到讲台上的学长谈到北京大学时,我的心中悄悄埋下了一颗梦想的种子。但我深知,北京大学与我的距离,也许比我想象中的还要遥远。

憧憬伴随着我的高一时光,对北大的向往激励着我在日复一日的学习生活中努力前行。终于,在2017年暑假,通过中小学生创新作文大赛,我获得了步入北大校园、一睹北大风采的机会。

一辆共享单车,一部手机,沿着比赛报到的路线,我得以慢慢欣赏北大的校园风光。古色古香的李兆基人文学苑,充满现代化气息的第二教学楼,高大宽敞的邱德拔体育馆,构成了我对北大的视觉印象。还记得2017年8月4日的傍晚,未名湖畔,夏天的热风,天边的月亮,湖上的倒影,这明信片一般的组合,成了我梦想的模样。从此,我的憧憬不再模糊。

路上

高二的学习生活加了速,但我却没有太多焦躁。早上6点50分坐在教室,一边喝着豆浆,一边准备早读的课本。上午五节课过去后急忙跑去食堂吃饭,午睡后又开启下午的学习。晚自习一如既往地用于完成作业和总结,结束充实的一天。也许在看到周考成绩后情绪有十五分钟的低落,也许在陷入瓶颈后有一阵子烦扰,也许在周六晚上会彻底放松,也许在月考座位上会紧张不安。神经大条的我和负能量只是短暂做伴,"积极平和地过好每一天"才是我追求的目标。现在回想起来,我并没有太多的心路历程,每天充实的学习让我无暇他顾。我的常态就是至善楼教室白板上贴着的白底红字:"目标先导,落实规划,专注过程,积极乐观,充满自信,淡化结果,大器必成。"当心中的北大成为动力而不是执念,我知道我与北大的距离不再遥远。

再遇

进入高三,我自认为平衡的心态也出现了问题。每天过于饱和的学习任务挤压着我的课余时间,波动起伏的成绩,枯燥无味的复习,办公室的谈话,同学间的竞争,如同一个个砝码往我心里加压。大课间小花园里的乒乓球运动,每周末父母的爱心晚餐,晚上回到寝室和室友的闲谈,成了我放松的三大法宝。伴随着这样间歇式的调节,高考前一个月我收到了北大博雅初审通过的消息。但欣喜之余,我又隐隐担忧——高考前一个月我真的有能力在应对高考的同时为博雅做好充足的准备吗?从未有过北大自招经历的我真的能够应对博雅吗?自招的准备,行程的安排,集中在最后一段冲刺的时光中。

家长的关心,同学的陪伴,老师的指导,使我的学习生活有条不紊地进行着。当我走出口语考场,坐上前往机场的车,再到落地北京,我知道,我的征程还未结束。

再入北大,我走的不再是高一暑假走过的路。从小西门到五四体育馆、地学楼、第三教学楼,不长不短,却构成了我对北大最清晰的记忆。在北京火热的夏天,我为我的高中生涯画上一个句号。

拥抱

博雅成绩让我的心情有些低落。所幸高考时发挥正常,我能步入北大殿堂,在北大选择喜欢的专业。拿到“大学堂”封面的录取通知书,我知道我已经成为一名北大学子。

“飘向北方/别问我家乡/高耸古老的城墙/挡不住忧伤。”我常会想起《飘向北方》这首歌。即将远行,当然有别离的忧伤,但更多的是展翅的欣喜。我知道北方的旅途充满挑战,我也知道大学里高手如云竞争激烈,但我更明白走出舒适区的必要性,提升自我的重要性。大学的征程充满未知的艰难,我也许会陷入迷茫,也许会难忍思乡之苦,但人生往往就是如此。借用我喜爱的一句话:“乐观,积极,平和,四秒勇气,不留遗憾,变得更好。”

拥抱憧憬,飘向北方。从重庆到北京,从渝中区到海淀区,从巴蜀到北大。“诗和远方的田野”在我眼前铺开,未来捉摸不定,但我会一往直前。

谷诗洁:毕业于重庆市巴蜀中学,就读于北京大学社会学系

永远炽热，永远滚烫

薛嘉棋

燕园。

这两个字对于高中之前的我来说，是十分陌生而遥远的。

我好像一直是个不缺乏动力，却缺乏目标的怪人。一直向前冲，却不知终点在何处，又缺乏纯粹的自信与果敢，因此，始终不敢将北大放进我的未来。直到2016年寒假，哥哥获得了清华“降重本”录取资格，当家人纷纷将热切的目光投向我时，我心动了，我也不甘平庸。

高二的暑假，在经过了烦琐的申请程序和严格的审核后，我有幸获得了北京大学国际关系学院学科营的入学资格，第一次来到了这所无数学子梦想中的学府。炎热的夏日，轻拂的微风，斑驳的树影，热闹的蝉鸣；五四路旁野蛮生长的林木，勺园可口的饭菜，宽敞明亮的宿舍；可爱的舍友，优秀的营员，尽职尽责的辅导员，学富五车的教授；有趣的素质拓展活动，精彩的讲座，国关楼下“爱国关天下”字样的立牌……这些构成了我对那个夏天的回忆。

还记得，我们在草坪上高声呼喊：“以‘北约’之名，赴北大之约。”

“高三需要怎么做呢？当你再回望时，心中想的是，我再努力也不过如此了。”辅导员陈潇说。

我想，若要实现燕园梦，我必须忘却一切，拼尽全力，竭尽所能。

高三的学习节奏骤然加快，即便我抗压能力和适应能力还算不错，也曾有过几次情绪崩溃。班主任形容我的成绩如过山车起起伏状，这一次考了年级第四名，下一次就可能在年级第四十四名。某次大考失利之后，负能量铺天盖地地扑向我，和班主任谈话时，他开玩笑地告诉我："你这也好办，高考前一次大考考差，高考就能考好啦。"

然而，真正点醒我的是政治老师的那句"也许没有别的理由，你只是学的不够踏实，没有真正静下心，没有做到一步一个脚印"。我还记得当时的我为自己辩解——"我好像没有"——但其实内心已满是被戳穿的窘迫与无措。那天晚自习结束后，我独自思考了很久，想自己进入高三后心浮气躁的状态，想自己考好后的兴奋，想那个似乎被掩上了雾霭的目标。我想，在这个特殊的阶段，我应心如止水，用心沉淀。那个夜晚之后的每一天，我都高效利用时间，不浪费一分一秒，虽然疲惫，却很充实。有一群志向高远，积极奋进，又温柔可爱的少年郎陪伴在身旁；有循循善诱，经验丰富的老师们做前进路上的明灯；还有家人们的鼓励与支持，高三生活完全不觉得苦。回望时，心中满是温情。

2019年6月7日上午9点，高考第一场语文考试开考铃响起的瞬间，我的心跳开始加速。前一晚潜意识里的紧张让我并没有睡得很沉，彼时坐在考场上，握笔的手也满是汗，带着些颤抖。我在心中默念：保持冷静，无论如何都不要慌。积极的心理暗示最终让我平静了下来：我集中注意力审读题干，恢复到了平时的答题状态。之后的三堂考试，我依旧保持着平稳的心态，不慌不忙，交出了一份份答卷。高考结束后，我一直在有意无意地避开估分环节。能考成什么样，我心里半分把握都没有。所以，你可以想象，查到分的那一刻，我是怎样地激动，以至于泪流满面而浑然不觉。我满脑子都是四个字：天道酬勤。

现在的我正坐在燕园31号楼某个寝室的桌前，敲下这一千多个平凡而真实的文字。十二天的军训，三天的新生训练营，让我深切感受了"思想自由，兼容并包"的校园文化，感受了北大人"团结起来，振兴中华"的家国梦，感受了"眼底未名湖，胸中黄河月"的理想，也结交了许多优秀而有趣的朋友。这个夏天就快结束了，而我的大学生活才刚刚起步。社系辅导员在迎新会上寄语：“希望你们每个人都能拥有一个彩色的四年。”未来的每一天，我仍将保持炽热而滚烫的心，砥砺前行，不负韶华；以梦为马，仗剑天涯。

薛嘉棋：毕业于重庆市第一中学，就读于北京大学社会学系

政府管理学院

北京大学政府管理学院成立于2001年12月，致力于推进政治学、公共管理学科发展，推动国家治理体系和治理能力的现代化。学院前身为京师大学堂政治学门、北京大学政治学系。

政府管理学院学科齐全，师资力量雄厚。政府管理学院横跨政治学、经济学、管理学三大学科门类，可授予法学、经济学、管理学三类学位。学院现设有政治学与行政学、行政管理与城市管理三个本科专业，七个硕士专业，政治学与公共管理学两个一级学科以及区域经济学一个二级学科博士授予点，三个博士后流动站。教师的学术专业背景横跨政治学、管理学、法学、经济学、哲学、地理学、社会学、历史学、工程和信息技术，其中多位教授担任中央和地方政府的高级顾问；多位教师被评为北京大学“十佳教师”。

念念不忘，必有回响

罗　潇

仁者乐山，智者乐水，而行者乐于途。

一路走来，辗转三年，不说是呕心沥血，但确乎是凿壁秉烛。从黄花园到博雅塔，从菩提树到未名湖，我们曾笔耕不辍积累知识的厚度，欢声笑语点缀青春的亮度。一点点的倒退，一次次的跌倒，一声声的呐喊，还有那一句句的温言鼓励。彷徨，无助，分歧，论争，直到如今的展颜，过去、现在与未来终成为我们脚下的延展线——

于是我们不断向前。

过去：不驰于空想，不骛于虚声

高考是挂在学子胸前的一枚徽章。

犹如窖藏老酒，被时光层层堆叠，高中三年里无法避免的愁思与怅惘，终被酿成一捧苦涩的醇香。

詹姆斯·M.凯恩曾在《邮差总按两遍铃》里写道："绝望自有绝望的力量，就像希望也有希望的无能。"这的确是我高三那一年最真实的写照。书写的每一个答案里，用笔记下的每一个瞬间，有阳光下明媚的笑容，微风中摇曳的姿态，也有暗夜里隐忍的啜泣。

因为高二那年不认真,刚入高三,我的成绩在班里排名靠后。带着一种只要稍微努力就可以扭转乾坤的傻傻的想法,我开始了我的高三生活。

若有人问我用什么词能最好地概括这高中最后的一年,我会毫不犹豫地选择"宝藏"。仿佛一千零一夜中的故事中,阿里巴巴的山洞里藏着的稀世珍宝。

"芝麻开门吧",山洞的石门訇然敞开,堆积的珠宝浮光跃彩。

曾经的快乐与欢笑是宝藏。

操场上此起彼伏的加油呐喊声,课下同桌间的嬉闹谈笑,食堂里三三两两的身影,都是我们高三生活中缤纷的色彩。我曾在跌倒时看到了友人伸出的双手,也曾向需要帮助的人伸出我的双手。老师的指导,同学的鼓励,这些宝贵的情感潜移默化地浸润到我的骨子里,一点一点地将我塑造得更加完美。

曾经的痛苦与绝望是宝藏。

高三的第一次月考就打破了我最初的白日梦。我以为付出的努力已经足以长出甜美的果实,但惨淡的现实告诉我,一切只是我自以为是的幻想。我开始不知所措,开始怀疑,开始迷惘:高考有什么用?读大学有什么用?一个好的大学真的那么重要吗?我痛恨于自己对未来的毫无规划,痛恨于过去的松懈与荒废,开始陷于自暴自弃的泥沼。读书无用论不知不觉在我心中酝酿。

夜深人静的时候,我曾在被窝里悄悄哭泣。那时的每一步都走得胆战心惊。怕名次下降,成绩退步;怕老师责骂,家长失望。越是害怕却越容易犯错,越是犯错就越是害怕。我曾以为自己会永远走不出来,但我终是走出来了。

我终是走出,靠着一股少年应有的孤勇与不甘,靠着一直以来苦苦坚持的对北大的向往与期待，靠着对自己深刻的剖析与坚定的信念，我再度踏上旅途。

其实高三那一年我战战兢兢，如临深渊，如履薄冰。过往的欢笑是我，过往的苦痛是我，我背着巨额的财富，步履却越发轻盈。

而如今路那么长，天地那么壮阔，山川河流皆为纽带，将我与远方相连。我望着未来，眸光里闪烁的，是从未黯淡的初心。

未来：所念隔山海，山海皆可平

当我收到录取通知书的那一刻，我才真正成了一个北大人。

我不能确切地告诉你，北大精神是什么。它太宽太广，是言语所不能概括的深沉与浩大。也许是石舫上一竿风月的闲情寄趣，也许是湖岸边花开花落的宠辱不惊，但更多的，还是钟亭里对每一个爱国学子的灵魂启迪。

张载曾言：为天地立心，为生民立命，为往圣继绝学，为万世开太平。这是北大人，也是我们每一个大学学子所孜孜以求的境界。恰如《一代宗师》里面的一句话：见自己，见天地，见众生。对自己的剖析，对他人的剖析，对国家的剖析，这不仅是出于对生命本质的明悉与洞察，更是出于对这个国家这个民族发自本心的热爱与尊重。

见天地，敬畏自然。

大学四年里，我们可以加入环保社，为环保事业添砖加瓦；也可以进行科技创作，提高生态文明建设水平。经济建设与生态文明建设向来不是矛盾的，而我们要做的，则是思考如何将绿水青山变为生产力。只有敬畏自然，才能让躁动的心灵找到安栖的枝头。

见众生，敬畏国家与社会。

这是每一个新青年必要的职责，是我们民族道德星空的北斗。热爱这个国家,关注这个社会,是我们每一个大学学子生命坐标轴线上那一处不变的原点。

我们不断向前,带着一往无前的决心,带着不屈不挠的毅力。

或许前方依旧荆棘丛生,沟壑难平,但我们坚信,成功总会来到。

因为,我们所走的每一步,都是未来坚实的基础。

谨以此文,与君共勉。

罗潇:毕业于重庆市巴蜀中学,就读于北京大学政府管理学院

细数那些叫思念的羊

江海浪

我有三种方式纪念过去的人或事物：将其熔铸为不灭的记忆，将其写入诗歌，带着其给我的收获一路前行。此文选择的是第三种方式，纪念的是备战高考的岁月。

雪

进高中的第一天，王老师问我会选择文科还是理科。

“文科！”我不假思索地回答，不知是想逗逗面前这位分科后的理科班班主任，还是基于我的初中各科成绩做出本能反应。

“你们这些，一个两个都要背叛我！”王老师毫不示弱地说。

此后我一直觉得自己会成为文科生，但同时我觉得参加数学竞赛并没有什么奇怪的。

直到高一上学期结束后的寒假（即将分科），当雪降落在附中，一切都变得白茫茫时；当我随着其他数学竞赛生一起参加校外培训时；当有同班小伙伴挽留我在理科班时；我才意识到，选文科还是理科是多么重大的决定啊！

雪在空中飞舞，我的心在悸动。在脑海中描绘了我未来要走的路后，我发现这条路自然而然地指向——北京大学！

我告诉自己，这不是空想。我所热爱的英语和地理将会给我助力，而我的数学成绩一定会有明显进步，再在语文、政治和历史上加把劲儿，这绝不是空想。

从此，每个星期我都会望向这条路的终点，有时还会梦到我面对面地与考上北大的文科“前辈”交流。这一内心深处的信念从没有动摇过。

语文

高考科目中，我最有感情的当是语文了。语文并不是我的“先天”优势科目，但在高考场上竟成了我的“恩人”。

其实真正的恩人应是骆姐姐，是她为我规划了一条学语文的有效之路。

对于文学经典，她鼓励我高三之前多看。要是在以前，我是绝不会主动拿起莎士比亚四大悲剧这类书的。

对于文言文，她要求我每天读一篇《古文观止》上的文章借此积累文言实词。我感觉得到我的文言文理解能力在提高。

对于古诗词，她说每一首诗都很有魅力，她要求我每天看一首《唐诗鉴赏词典》中的诗词，并学会自己分析诗歌。她还印了好多朗朗上口的唐诗宋词给我们晨读。

为了提升写作水平，她一方面，建议我去学校的辩论队体验，另一方面，给我开了张书单，从熊培云的《自由在高处》到梁文道的《常识》，这些文章让我尝试着将学到的唯物辩证法用于分析并解决问题。

虽然这些要求我没有百分之百完成，但我有种始终在亲近语文的感觉，我变得越来越有热情。

心态

很早以前就听人说过，高考想要发挥好有两个必要条件：一是勤奋踏实；

二是心态要好。前者我不敢说自己做得有多好,但后者我是在尽力保持。我想我的良好心态根源于以下三点。

一是对学习模式的坚守。即使是高三下学期我也坚持晚上11点上床睡觉,每天早上起来锻炼身体,每天中午睡个好觉。始终坚持这样的学习模式,我思想上没有什么负担,是轻松愉快的。

二是对高考的冷静态度。高考前几天我莫名心生紧张,这种紧张应是每个人都有的吧。而我审视这种紧张,发现这仅仅是对即将到来的如此重大之事本身的敬畏。即使再给我一年,这种紧张也同样不可避免。应该放宽心,想着无论是谁,都会有准备不充分的感觉。我已经做好了准备,也没什么值得遗憾、紧张的了。

三是保持乐观和自信。明确未来方向,对自己充满信心,有利于保持良好心态。

高考场上,心态是一个重要的决定因素。考语文前一夜,我直到深夜两点都没睡着,数学考试最后十分钟我才发现解析几何题从一半的位置开始我的解题思路就错了,但这些并没有扰乱我的心绪。拿到成绩后我明白了,良好心态能给你带来惊喜。

解决三大问题

我曾想:高考发挥正常的情况下,要是我没考上北大,我与其他考上北大的人之 间的差距仅仅是分数吗?

审视自己,我发现自己还有以下三个方面的问题:

1. 做事情过多地受主观情绪影响。

2. 做事的时候不能尽量专注。

3. 执行计划的效率太低。

我告诉自己,要是不解决这些问题,我的学习成绩就不会有大的提升。

六月初，全年级开启全天自习模式。我回首近来自己的状态，充满了自信。

高三上学期我的成绩很差，寒假里我曾梦到文综三科我一共只考了98分。梦醒后，我很失落。时间不多了，高三下学期开学不久就是百日倒计时。

于是我自然问出了这个问题。我为什么要充满自信？

因为我有梦想！因为有梦想，所以我的潜能能够在梦想的驱动下被激发，所以我能奋斗。因为有梦想，我将付出努力，我将成为我理想中的模样，因此我自信！是为未来自己更好的样子自信，更是为了现在努力而能创造未来的那个自己而自信！

除此之外，正如骆姐姐建议的那样，好朋友之间要相互鼓励！相互鼓励涨信心！

结束语

《牧羊少年的奇幻之旅》中写道："当你真心渴望某样东西时，整个宇宙都会来帮忙。"寻找金字塔的路上，宇宙派来这些羊帮助并永远陪伴我这个牧羊人。此刻，斜阳里，我一只一只地清点着这些羊，脑海里回响的，都是沉思和怀念激荡的声音。

而窗前夜夜伴我的古树、莲叶做成的书签、手工制作的精致饼干……以及我的困厄和欢歌……就放到我的记忆和诗里吧。

江海浪：毕业于西南大学附属中学，就读于北京大学政府管理学院

千急俟须有远扬

邓祥龙

一年前的这个时候，我在暑期补课期间早早来到八中，开始我平静而跌宕的高三借读生活，蝉仍在持续低吟着它充斥炎热夏日的绝句。

焦虑与调整

高三绕不开的是焦虑，以及焦虑后的反思与努力。

面对密集的考试与起伏的成绩，焦虑在一轮复习期间的很长一段时间困扰着我。一种患得患失的心态使我落入一个怪圈，难以放手学习，也难以放手考试，看着身边的同学在努力之后更加优秀，抱怨自己的努力收效甚微——文综选择题还是经常出现审题失误、数学低级错误层出不穷、同一个语法知识错了很多次……在最初的那段跋涉中，抱怨滋生，热情削减，一贯的淡定也在现实面前一夕崩毁，分数与名次的双重落差，使我的心情一塌糊涂。

在一次次的失败与反思中，我渐渐明白，也许这一切都不过是必然——不顾整个题的考查点，不比较几种解题思路，习惯性地一股脑算下去而不时时“瞻前顾后”，做错又怨谁？仅凭经验做题而不停下来整理总结，便可能被习惯性的思维方式支配，最终导致我高三上学期长期无法突破。

“尽吾志也而不能至者，可以无悔矣，其孰能讥之乎？此余之所得也！”既然如此，何不认真做事，以平和的心态去准备、考试并坦然接受结果。毕竟好与不好，都是我的考试，我的高三。

要学会淡化结果，又岂是说说而已，终归要自己去经历。至于数学老师每周、每月过山车式的数学测试，就像老师说的，考得好兴奋过，考得差落寞过，心理承受能力自然就强了；而永远看不完的语文阅读资料，更让我在书中看见真实与虚幻相接的文人生活，触碰凌晨海棠花未眠的情趣，由此看见生活的伤疤与生命的喜悦。无论是密集的考试，还是偶然与一篇好文的会晤，都让我不断提高、调整节奏、平和心态。

于是，在二轮复习之初，我开始调整。成绩跌落谷底，面对老师同学与自我的怀疑，我选择将阴影抹去；生活不向我敬一杯酒，我也可以自斟自饮自娱自乐；时间不允许我重建知识体系，我便在千疮百孔的基础上不断修补，日复一日的坚持使我终于在二诊前后突破了自己头顶的天花板，也让我收获了一种更加从容的心态。

思考与讨论

迎着山城四季充裕的阳光，办公室的花草野蛮生长，渐成一抹让进出的师生惊艳的绿意。

赠你光和水，请自行生发……

只是我们往往懒于思考，麻木于生长。记得有一次和同学闲聊关于数学计算为什么总是算错的时候，有人谈到，不是因为这个知识点不懂，只是自己懒得算，课堂上学习的内容课后也很少有人去复习。后来交流发现，似乎大家都有这个问题。过早或过多的求助他人，让我忘了一些最基本的思考与自我审视，许多问题一说出口就失去意义；但闭门造车式的学习也让我浪费了时间。所以在处理自主学习与讨论求助的关系时，我总是不经意地陷入许多怪圈。

初到八中的时候，班主任一再叮嘱我要找各科老师多交流，听取老师们的一些建议。我脏乱的卷面在政治老师的提示下，慢慢有所改善。

而后，在紧张的高三生活中，我便上课做自己的事，考完找任课老师分析试卷，看着同学在教室与办公室间不断穿梭的身影，花一个中午的时间去找些千奇百怪而没有意义的问题，高三上学期盲目刷高考题导致文综一轮复习根基不稳，凡此种种，都让我在高三上学期的考试与二轮复习的前段吃尽苦头。最终，在老师的指导下重新回到课堂，一切慢慢回归正轨。首先，对于大多数问题，我仍倾向将老师作为解决问题的最后选择，在经过独立思考、讨论、网上搜索再思考讨论仍无果后，我会毅然转向老师；其次，对于诸如写作思路之类的指导，老师从来都应该是第一选择，这更及时且富有针对性；最后，无论自己对一个问题了解到哪种层次，都应该专注地听老师的讲解，开拓思路是一个原因，更重要的是，老师更加成熟的思维方式和对节奏的把握，总能让我得到更好的锻炼。

但见隐隐青山中，阳光下，沿途不尽的树影斑驳，山城的八月催开了满园的向日葵。

或许，这便是我的高三，平静而有波澜，无尽的抱怨与焦虑最终缓慢转向自我的反省与心态的平和，在师友的包容下不断尝试，时常迷路，慢慢摸索，从而摆脱低谷，只是向上走，由此成长。

如今告别中学，将要离开熟悉的山城，北上燕园，不禁想起对北大最初的印象，那是来自网友的一段话——“身边的这些教授……让我觉得很惭愧。需要十分努力，才能配得上做他们的学生。”当时想着，能有如此老师与学生的学府，真是一个令人向往的地方，由此亦渐渐生发了要在这里读书的心愿。如今得偿所愿，自是不胜欣喜。

邓祥龙：毕业于重庆市第八中学，就读于北京大学政府管理学院

Life Goes On

黄献尹

2018.7 北京大学:环境暑期课堂

抱着增长见识的态度,我来到了北大环境暑期课堂,从前到北大,只是简单一瞥,短暂且紧张的旅程使我无法在校园里多待一些时间,而此番,得以真正在其间学习、生活,尽管时间不长,却令我获益颇丰。

环境科学科的教授们,对自己的领域充满了热爱与激情。当他们在介绍学科、方向、领域、成就之时,语句之间流露出的,是对于环境科学由衷的热爱以及肩担天下、为世界做出一点贡献的期待与欣喜。犹记年逾八十的唐孝炎院士在讲台上向我们娓娓道来她与环境科学的缘分和她对于本科教育事业的执着,大家听了都不禁眼泛泪花。我想,这就是北大的魅力所在了,每一个教师,无不是带着真诚的喜爱在这里传授着自己毕生所学,将希望寄托在后辈身上。

此番暑期课堂,当然还让我认识了这门学科,了解了许多高中不曾接触到的专业知识,也让我爱上了北大,一个充满朝气、充满可能性、充满爱的高校。

2018.9—2019.6 重庆:重庆八中

到高三,高中生活才算真正被开启。

彼时，刚刚结束竞赛，恢复到正常课业的学习中，一切显得很自然，几乎可以忽略的过渡期让我自己都有些惊讶，大教室里的空座位也开始减少，楼下的高考倒计时开始更新，我就这样，开始了高三。

最先给我恐惧感的是第一轮复习，当我再次学习学过的知识的时候，我可以很坦诚地说，就算看着当初亲手写下的笔记，陌生感与不安仍旧轮番上阵，这让我深感焦虑。厚重得仿佛永远也做不完的第一轮习题集一点点占满书桌，活页夹被一个个塞满，同时，新旧知识点一个个进入自己的学习体系，与此同时，对不会做的题我也渐渐地有了思路，其间可以非常明显地感知到自己的进步，但同时又会发现自己有更多的漏洞。那种苦乐交织的学习体验，大概是高三独有的魅力。

不逃避，是应对成绩波动应该有的态度。

高三时，时好时坏的成绩令人抓狂，一向自诩内心超强悍的我完全没办法保持淡定。我也偷偷哭过几次，每次都是疯狂地自我否认，觉得高考无望、未来黑暗，等恢复平静的时候，我开始鼓励自己，给自己积极的心理暗示。

“那些让你难过的事，总有一天你会笑着说出来。”

那时候我的格言是：“Life goes on.”

很简单的三个英文单词，却曾给予我无穷的力量。

我用这句话告诉自己，不能放弃，要坚持。因为高三不会因为我个人的不适应或是自暴自弃而停止不前，同样的，我的18岁，也不会再来一次了。

百日誓师以后，我总会在自己的桌上留一张便条来鼓励自己。这样，即使在临近高考时名次跌了100多名，我也没有再崩溃大哭过，不是麻木了，而是觉得与其让自己在悲伤中释放，不如在学习中释放！燃烧我的小宇宙！

最后的100天，那种整个班级都在为了高考而冲锋的氛围，真的令人难忘。关系要好的朋友们会在我难过失意的时候给我真诚的安慰，成绩优异的同桌会认认真真地给我讲题、讲知识点，那时候，整个班级的学习热情都空前高涨。或许有时会犯困，会纠结，但那不是累。

2019.6 重庆

毕业以后，许多还未经历过高三的同学问我："你觉得高三累吗？"

第一次回答时，我思考了很久，给出的答案是："如果我还是个高三学生，我一定会大声告诉你超级累，但毕业以后我觉得那种感觉不是累，是憧憬着未来的充实感。"

高三不是一个人的战斗，有父母的照顾，老师的关爱，同学的陪伴，过程中或许有苦有辣，但是也不乏欢喜与激情。有期待，就有动力，我们无法否认结果的重要性，所以更加需要尽力地把过程做到最好。

Life goes on.

怀着对未来的憧憬，我，踏入燕园。

黄献尹：毕业于重庆市第八中学，就读于北京大学政府管理学院

人文学部

中国语言文学系

北京大学中国语言文学学科的定位是“中国领先，亚洲顶尖，世界一流”。本学科迄今已创建110周年，学术薪火相传，历史上名师辈出，铸就了本学科“铁肩担道义，妙手著文章”的人文信念和学术传统。改革开放以来，众多学者在学术上不断开拓，续写了学科的辉煌历史。当下，由袁行霈、李零、曹文轩、陈平原等学科带头人，以及6位博雅特聘教授、20多位杰出青年人文学者等组成的学术中坚力量，汇集本学科百余教师大力开拓前行，为学科建设、人才培养、学术传承和社会文化进步不断努力工作，做出卓越贡献。

中文系目前有全国最完整的中国语言文学学科建制，共有5个本科专业方向，8个博士学位授予点，并设有1个博士后流动站。自2011年英国QS发布“现代语言”和“语言学”学科排名以来，中文系的该学科始终居于第5-25名。2018年公布的“QS世界大学学科排名”中“现代语言”列第6位，“语言学”列第10位，在目前国内闯入世界前10名一流学科方阵的7个学科中占据2席。

时光不负，美好可期

付 雯

动笔之前，想了许久，北大于我，究竟是什么？是众人口中的顶尖学府，是每次考试后对应的名次分数，是在暑期课堂回来后的向往与憧憬，是青春时期美好的梦想与追求。高中这三年，如白驹过隙，如烈火试金，今日，且与诸位分享一二。

梦起：初遇北大

说起来，第一次接触北大是在我上初二的时候。父母带着我去看一位哥哥的北大通知书，当时我激动地把通知书抚摸了好几遍，疯狂地想沾一下喜气。一颗种子已经悄悄埋下，等待合适的机会萌芽破土。

刚进入高中，紧张的军训生活压榨着我的身体，陡增的学习压力煎熬着我的心灵，第一次住校小状况不断……然而，高中的生活有苦涩，却也不乏甘甜：感冒时同学的奶奶煮的姜汤，雨天陌生学姐撑起的雨伞，周末回家妈妈精心准备的饭菜，以及班主任老师时不时描绘的蓝图……在骨感现实与遥远理想交织的高中，我也真正开始了追逐自己喜欢的大学的征程。虽然高一最开始分班分在理科倾向班，但我心里对自己的物化生水平非常清楚，而文科对我也有种莫名的吸引力，所以不顾父母的反对我选择了文科。

刚分完科，在语数外上的优势暂时弥补了我较弱的文综，使得名次看起来还不错，我自己也掉以轻心了，这给后面的学习埋下了隐患。到了高二，文综的缺陷凸显，当时最让人心碎的是地理，无边无际和千奇百怪的题目让我头昏，为此我准备了三个地理本子，一个用来记系统知识点和模板，一个用来收集题目（错题、好题），一个小本子记细碎的知识点。经过努力，我在做地理选择题时终于不会错六七个了。

梦深：相遇燕园

高二的暑假，抱着试一试的心态我报名参加暑期课堂，没想到居然通过了！查到结果的我开心得差点就地起飞。怀着激动与紧张的心情，我登上了航班。走进燕园，有助教老师热心带队引路；进入宿舍，有来自天南海北的小伙伴打招呼。暑期课堂的第一晚，同学们开始自我介绍，隔壁组还有同学当场表演节目。之后几天教授们的讲座淋漓尽致地展示了学识与幽默交融的独特魅力，同学彬彬有礼又针锋相对的发言和辩论可谓荡气回肠，我唯一遗憾的是没有吃遍所有的食堂。七月的燕园有时细雨朦胧，在雨雾里、在梦境中，她以自身的古朴、博大、美丽给我留下了别样的感受。

梦劫：烈火试金

其实说“劫”过于夸张，虽然确实遇到过很多的挫折与考验，但是未尝不是一种成长与体悟，就像西行的九九八十一难，才创造了经典，三百余天的学习生活也教会了我许多。努力了很久的写作大赛结果并不使人满意；突如其来的伤病让我吃药打点滴甚至连请好几天假去看医生做检查，一度血管硬化到扎好几针才能输液；名次的变动让我游走在患得患失的边缘；与同学的小矛盾也被放大使双方都很受伤。某次考试，一直让我欢喜让我忧的数学惨遭滑铁卢,分数低到我都说不出口。长期劳累的爸爸身体不适住进医院动手术……有很多心碎的时刻。渐渐地,我明白了大病可以痊愈,大雨后天会放晴,在暗淡的日子里除了焦虑和紧张,还应给自己一些勇气与淡然。

梦扬:再次起航

23号可以查分的时候,我和好友在驾校学车,学着学着,旁边突然传来一声“啊,可以查分了!”把我们吓得瑟瑟发抖。回家查分时,只敢一科一科地看,嗯,语文,正常,英语,还行,数学 ,妈呀! 考出了我预估的最高分! 看到总分后,我怀疑自己在做梦。

我认为自己是个幸运的人,一直有一个让自己去奋斗的目标,并且最后实现了它。虽然回想过去仍有不少遗憾,但从中也能汲取经验和力量。一位师兄曾说:考上北大是很光荣,但是不希望这成为你人生中最光荣的事。燕园,心怀感恩,再次扬帆,脚步不停,追梦不止。

付雯:毕业于重庆市黔江中学,就读于北京大学中国语言文学系

少年时节，八千里路云和月

项　涵

一

“涉江采芙蓉，兰泽多芳草。采之欲遗谁？所思在远道。”

不知从什么时候开始，“北大”二字于我而言，不再仅仅是一个抽象的概念。

夏日，在寂寥又幽深的溽暑里，摇曳的绿影缓缓爬过时间。我撑着头往窗外看的时候，时钟又以其最急促的声音敲打我，教我捐弃诗与蝉声，回到堆叠成山的笔记和试卷中去。

在这恼人的暑热里，我依稀记起拖着行李箱到达北京的那个冬天。出发前踌躇满志，却不料光是一个北风就叫我吃不消，大多时间我都躲在暖气房里，必须外出的时候会全副武装成“粽子”再出门，并骄傲地名之鹤氅踏雪。出门的一刻我就开始焦虑——以后大学四年待在北京可怎么办啊。转而忽觉这种过早的焦虑竟然有点儿奇怪的甜蜜。

走进北大时我惴惴不安，大抵此刻我并非棹雪而来的夜归人，我不能够歆享这甜蜜的焦虑。

那年的创新作文冬令营我发挥得还不错，但它没能让我离北大更近。回学校之后我老是记挂着结冰的未名湖、缄默的博雅塔、中文系的红墙灰瓦。甚至北方刺骨的冬天，我都认真地想念着。那鲜妍红墙外，若落点雪该有多好啊。若草长莺飞时一两枝野桃旁逸斜出，被路过的猫捉弄得摇曳不止，林鸟一啁啾，整个园子都从春的染坊里匆匆脱身，睡眼惺忪，几个风和日丽的日子过了头，夏天就来了。在燕园生活的念想，几乎让我在高三时心甘情愿地看过了那么多次灯火全熄的明德楼。

北大于我是细细碎碎无止无休的思量，是理想在石缝间挣扎着盛放，是欲言又止，是欲盖弥彰。它几乎构成少年时节所有冷静而隐晦的疯狂。

那悄悄放入文具袋的目标分，时刻安静睡在书包里的PKU书签，留存的学长的联系方式，又总是让一切漂浮起来，这些我期盼的事，似乎都成了毋庸置疑的真实。

二

“平芜尽处是春山，行人更在春山外。”

高一时我的成绩稳定在四五名，到高二开始经历了低谷期。我开始厌弃这种日复一日单调的生活，浑浑噩噩不知往何处去。每晚八点半下自习就回家，或者坐在操场上听夏夜风声，也能发呆一个多小时。加之人越来越敏感，终日沉浸在自己的茧里不肯自拔。成绩平平，十七名让我觉得还好，二十名也还没有差到哪儿去，也许只是发挥失常，下一次没准儿就回来了呢。但高二期末仍是这样的排名，连续这样三次，终于让我重新知道“不甘”的滋味有多炽烈。这不甘有多炽烈，走进我向往的燕园的热望就有多滚烫。手忙脚乱收拾好残局，我开始认真地把笔记的每个字装进脑子里，开始收集错题总结错因，随身带着记录小知识点的本子没事就翻，也有了清晰明确的规划，这一切也终于让我一诊时获得了前三名。畅快地打了一场羽毛球后，我知道自己只剩一个学期了。

数学老师说：“名次是冲出来的，想稳是稳不住的。”这话给我的最后一学期拉开了序幕。文综的问题开始逐渐出现，语数外成绩也不稳定。我最擅长的语文甚至也考过110多分，这些无疑给我一记重拳。而每周的文综测试，我的排名经常在班级居中。总是做错5个左右的文综选择题,英语总是到处出错,数学总是粗枝大叶……有时候我甚至怀疑,我以前所得到的一切不是因为我的出色,而是因为我不懈怠,但当所有人都起身冲刺的时候,我才发现我早已丢盔卸甲了。

我最想去的地方,如今也似乎看不清了。

三

“吹灭读书灯,一身都是月。”

事实上,尽管遇到过那么多复杂的文综题目,但我没有为我高一时选择了我所真正喜欢的东西而后悔过。

每个路过秋海棠的清晨,每个静悄悄锁上门离去的夜晚,在这中间是什么?

是我坐在窗边,让疲累的双眼溜出窗外,惊喜地看见静远楼与明德楼之间那一轮寂静的明月。

看不完的时评、做不完的题、背不完的书,它们偶尔也停止窃窃私语,同我一起看起月亮来。寂静片刻过后,又是如潮水汹涌而来的高考真题,是我写满了密密麻麻字迹的总结,是永远打不完勾的日程。高三最后的阶段,我把五年来的全国卷高考文综拆下来订到一起,分学科、分题型细细地啃,每道题都翻来覆去地分析。不同的学科、不同的题型该怎么梳理答案才能尽量避免失分;遇到陌生的无从下手的题该怎么打开思路;在勾画题干筛选信息的时候如何不遗漏最重要的线索……这些几乎成了零碎时间里我思考得最多的东西。我把自己的思维漏洞和高频错误一一写下来,对症下药尝试解决,并把解决方案在每次考试前细细回看,一点一点慢慢纠正自己走偏了的思路。无暇他顾的日子里,这种充实感倒也让我觉得自由与丰盈。高三下半期的大考几乎能够稳住前三名了,高考之前我的状态也不错,吃得下饭睡得着觉，迷迷糊糊地感觉到我所期待的，一天天离我更近。

都说黑暗日子里笑容是最温暖的。三诊之前的那天晚上，我们全班开展了一场大扫除。墙上的倒记时一天一天地减少，走廊一片狼藉，大家又笑又闹，我忽然意识到这些早已经成为习惯却即将消失的一切，对我而言的重要性。那些晚自习下课相约扫荡食堂的日子，那些得闲就溜到小花园里打乒乓球的日子，那些打羽毛球打到第二天全身瘫痪的日子，那些走廊上狭路相逢不打闹就不开心的日子，那些为了共同的目标而相互帮助的日子。

四

“客从远方来，遗我双鲤鱼。”

6月8日下午5点，铃声响起，我坐公交车回家。没有什么特别的感觉，只知道我的高中结束了。

6月24日，我知道了自己的成绩。

7月22日，我坐在凉席上，轻快地拆开北京大学中国语言文学系的录取通知书。

以后的日子，我希望自己能够“铁肩担道义，妙手著文章”，开始在新的一页认真地写下自己的名字。

满阶的辛夷花，午阴嘉树清圆，青绿的梧桐叶，长阶上踱步的猫，有风和日丽，也有凄风苦雨的，我的少年时节。

这是我平凡而奇妙的历险，希望即将读高三的你，认真品咂你遇见过的、正在遇见的，或将要遇见的人与事。

我们燕园见。

项涵：毕业于重庆市巴蜀中学，就读于北京大学中国语言文学系

心存感恩，让梦飞翔

张芷涵

倏忽间，三年就过去了，这无疑是我人生中最重要的一个阶段。很荣幸能够在此诉说我的高中生活，吐露我的成长感悟。

谨以此文献给我的父母、老师和同学们。

初三：南开，梦开始的地方

从小学就做“南开梦”的我，直到初三寒假才来到南开校园参观。尽管身处闹市区，校园内却很安静。随着脚步的深入，成荫绿树映入眼帘，如乐般鸟鸣流入耳畔，心情便一下子放松。林荫道旁、灌木丛中都竖着许多“心灵鸡汤”小牌，“没有哪一条路，让南开人望而却步”“有的路，你不走下去，就不知道它有多美”……前一句成了我的座右铭，一直给予我前进的力量。

心心念念的录取通知书姗姗来迟，我终于得偿所愿，来到了“北大梦”开始的地方——重庆市南开中学校。

高一：不卑不亢，心无旁骛

由于中考成绩不十分理想，我对于能否在高手如云的南开“混出名堂”心里很是没底。但班主任徐老师在高一开学第一天讲的“不要再管过去成绩如何,来到了这里,大家的起点都是一样的”这句话,使我瞬间释然。

高一上半学期,我和同学们都努力学习,想为高中生活开一个好头。半期考试成绩公布出来,在同学们的称赞中,我飘飘然了。

没有一如既往的努力就没有令人满意的结果——这是我从高一上学期期末考试大幅度退步的成绩中得到的教训,如果不调整心态努力奋斗,我的梦将化为泡影。因此,在高一下学期,我心无旁骛,全身心投入学习。

这期间,我深切地感受到来自父母的爱:周末迎接我的丰盛午餐,妈妈精心准备的各种水果、糕点,爸爸看见我后笑出的一指宽“卧蚕”,每天晚上必打的一通电话,情绪低落时他们突然出现的身影,妈妈的QQ空间几乎全是关于我的内容,妈妈“幺儿加油”的个性签名……

我感谢这段时间给了我莫大鼓舞的老师们。乔老师在我的语文作业上批下“看你的作业非常享受,怎敢怠慢”,在我讲完李清照的《声声慢》后说“讲得好”;班主任徐老师常常和我聊天,了解我的学习生活状况,她幽默的话语使我的疲惫一扫而空……他们的耐心关怀温暖着像小蜗牛一样慢慢努力的我。

努力终于有了回报,期末我的文科成绩名列前茅。经过对初中以来学习成绩的分析,我得出规律“考得好压力大成绩反而略有退步,考得不好心情沮丧成绩却能快速进步”,我还是没能做到胜不骄,败不馁。

高二:锲而不舍,张弛有度

高一结束后就要文理分科。受“理科学不好的才学文科”的偏见的影响,若高一上学期让我选择,我绝对会选择理科。然而通过一年来的学习,我意识到自己对文科学习兴趣更浓,每次考试也是文科成绩更优,于是我最终选择了文科,来到了高二(8)班。

在高二期间,最令我心烦意乱的不是学习,而是人际交往。在高一下学期时,我一心想着的只是学习,因此在班上甘愿做一个“透明人”。而分科后到了新的集体，我常常觉得无趣而平凡，找不到定位和方向，焦虑和孤独常常占据我的内心。后来随着课业的加重，以及与同学们渐渐熟识，这些烦恼慢慢消失了。我不再胡思乱想，而是和同学们坦诚相待，互帮互助。

每次放假前或月考后的晚上，我和室友们便会在寝室里“High”起来。大家围坐在一起，吃着零食喝着饮料，一边“嘘”着防止生活老师“视察”，一边开心偷笑。

我永远记得8班同学一排排的自画衫被雨淋湿的场景，永远记得我们穿着彩虹衣在滚烫的操场上表演自编操并获得全校第一名时的自豪，永远记得在五云山寨爬完逃生墙后大家感动的泪水……

高二，从拘谨到大方，从感兴趣到热爱，从分散到凝聚。这是我，是我们，是8班。

高二暑期，我有幸两次来到北大。在国际关系暑期课堂，优雅的袁明教授、睿智的华黎明大使、专业知识储备丰富的小伙伴们都给我留下了深刻的印象。在暑期优生夏令营，我认识了几位新朋友，白天我们一起骑着小黄车吃遍每一个食堂；夜晚，我们在湖边通宵畅谈；离开时，对着火红的朝阳相约明年北大再见。

高三：查缺补漏，水到渠成

如果把高中学习比作建筑楼房，高一高二基本建成了“清水房”，高三则如同“修补装饰”。一次又一次的月考成为我们划分时间的标志，不足之处不断被发掘——语文以及文综选择题错误率居高不下，数学压轴题没有融会贯通，英语阅读完型进步空间仍然很大……

整个高三按部就班，没有悬梁刺股的狠劲儿，也没有思绪万千的焦灼。课间和同学们交谈嬉戏，放学后与朋友牵手三友路讲讲乐事，周六晚上同妈妈一起看看电影……

日子水一般地淌过，我的步伐稳定而坚定。从南楼到北楼，再到实验楼；从周考到月考，再到高考。

高考前一周，走在熟悉的校园里，眼望着三友路上的参天大树，我倍感依恋。我想起了语文老师在我的作业本上画的笑脸，想起了数学老师为我们文综成绩的无数次担忧，想起了同学们和英语老师的辩论大赛。我不会忘记历史老师“略显魔性”的笑声，不会忘记政治老师在高考前和我握手的情景，不会忘记地理老师圆圆的脸，不会忘记年级主任的“打油诗”。

6月7号、8号，我和同学们一起奔赴考场。

7月24日旅行归来，我迫不及待又小心翼翼地拆开北京大学录取通知书。

寄语

回首高中生活，常常觉得自己是幸运的，“天时地利人和”都拥有。宽容的父母、可亲的老师、友爱的同学成就了我的“北大梦”，我不断告诫自己要谦卑上进，永存感恩。

从南到北的征程即将开启！

南开再见，北大你好！

重庆再见，北京你好！

张芷涵：毕业于重庆市南开中学，就读于北京大学中国语言文学系

功崇惟志，业广惟勤

袁续航

一梦四年，在风扬起的记忆的泥土里，糅合着让人安静的芬芳，打捞起少年时代的迷惘，赋予我一往无前的顽强毅力。

惟志

还记得教室墙上“树立与时代主题同心同德的理想信念”的标语，在学习间隙即使匆忙扫一眼依然能感受到铿锵有力；还记得班主任张老师告诫我们的话语：“我们班的学生，不仅是要学会学习，还要有家国情怀的担当与使命感。”短短一席话，让那些看似平凡无奇的日子充满了炽烈的少年意气；还记得曾经每周一观看《时代周刊》，与同伴幼稚却认真地“指点江山”；还记得在班会上观看志愿者给贫困地区捐献物资的短视频，爱与善良潜移默化地浸润在心中，让我悄悄许下将来也要为慈善事业贡献一分力量的诺言……

而走出教室，置身校园，漫步梧桐大道，郁郁青青，影影绰绰，在其中呼吸晨昏，俯仰上下，入目的是一卷铺开的青灰石刻巴蜀校史，镌刻着抗战时期与家国共存的坚挺；走近食堂，前面的小坝子曾是周总理发表抗战九问激情演讲之地，朗声回荡，坚毅决然，冲向堡垒与战壕，染红意志与旗帜。时光流转，但情怀永驻，当升旗的时候喊出“努力学习，报效祖国”的宣誓时，我依然能感受到巴蜀一脉相传的使命感。这是巴蜀教给我的担当，这也是未来永驻我心的爱国精神。

而我有幸进入北大学习，身在中文系，感于文字能以单薄的剪影熔铸盛大的图景，惊于文字能以无言的静止涌动鲜活的生命，我不敢说一定要做出什么惊天动地的大事，但求秉承“铁肩担道义，妙手着文章”的人文信念与学术理想，但求学习诗意栖居，妙享深情的文人风骨，为社会贡献自己的一分力量。

惟勤

黑夜黝黝，知了声声，夏风四起，摇动心潮，树影黑沉沉地睡去，稀稀散散的光、零零落落的星也起起伏伏地睡去。2018年，查到高考成绩的晚上，我与老师商量了复读的事。有人说，复读最难的不是一年的漫长，而是做出抉择的那一瞬间。而我，却在看到成绩的那一瞬间就做出了选择。因为我害怕的不是又一年的拼命，而是自甘平凡的堕落与逃避，痛苦的不是又一年的寂寞，而是与梦想渐行渐远的无力与自卑。汪国真有言：“垂下的头颅只是为了让思想扬起。你若有一个不屈的灵魂，脚下就会有一片坚实的土地。”挫折会来，也会过去，热泪会流下，也会收起。

选择之后，便只剩下了埋首书斋的沉潜与静心。其实现在回忆起来，太多的故事与心情就像喷涌的泉水，澄明四溅，朦胧飘忽，但总有一些记忆，深深浅浅地凝定在了上空。冬日的清晨，长风贯夜，迷雾蒙蒙，站在走廊，面向夜空晨读，漫漫寒气拂过坚毅的脸庞；夏日的黄昏，人声喧闹，饭后立即自习，有厚厚的橘黄大片大片地铺散开来，晕染的是微微颤动的桌椅与笔尖；雨季的周末，在淋淋沥沥、滴滴答答声中做题，溅落碎玉折射的是纤毫毕现的心境与世界。也曾有过仿佛在漆黑长廊夹缝中挣扎的寂寞与无助，复读的压力，失眠的痛苦，自招的失利，但更多的是拥有老师的鼓励，父母的理解，同学的帮助，更多的是在灰暗中依然绝地求生，向阳而生的坚持。当我用笔尖触摸纸上的温热，其实也在触摸滚烫的知识；当我用知识描摹笔下的空白，其实也在描摹人生的刻度。感谢这些日子,感谢一步一个脚印走来缓慢但踏实的自己。

朝朝暮暮,日起日落,我的高中生活平静地流走,偶有波澜,终无遗憾。

惟梦

2019年的1月我曾来到北京考试,虽并非赴北大之约,但也让我这个土生土长的南方孩子领略了一番北国冬日风光,红墙黛瓦,冰河垂叶,视野开阔,是孤傲宏大的另一种美丽。遗憾的是因时间短暂,我心心念念想去未名湖滑冰的计划未能实现,从那时起,这个小小的心愿仿佛悄悄地在心中扎了根,偶尔恍惚,似有呼啸的北风穿过月色与雪色,苦读的日子,也不禁泛起了点点涟漪。于是,我继续握起笔,告诉自己,一切都是值得的。

袁续航:毕业于重庆市巴蜀中学,就读于北京大学中国语言文学系

历史学系

北大历史学系是全国高校历史学科中历史最为悠久、总体实力最强的院系。李大钊、陈翰笙、陈寅恪、傅斯年、李济、董作宾、孟森、钱穆、苏秉琦、陈庆华、罗荣渠、张广达、宿白、严文明、田余庆、马克垚等一大批近代史学奠基者和现当代史学大师曾在这里任教。如今的北大历史系,底蕴深厚、学风优良、学科齐全、名师荟萃,是国家文科基础学科人才培养和科学研究基地,北京大学中国古代史研究中心是教育部人文社科重点研究基地。本系的两个一级学科中国史和世界史皆在全国排名第一,世界排名前列。北京大学历史学系以精深的专业课程和扎实的学术训练,培养专业研究人才,向国内外高校和学术研究机构输送研究生,同时也向社会各界输送通古达用的高素质人才。

历史学系目前有教授42人,副教授21人,博士生导师57人,硕士生导师65人。教师整体水平在全国历史学科处领先地位,有资深教授1名,国家级教学名师3人,博雅讲席教授5人。目前本科教育设有历史学(中国史)、世界史和外国语言与外国历史三个专业,并设有中西古典学珠峰计划项目。

三百六十五天

何梓萱

历史也不过是
脚下一条流去的小河
而你们,站在那儿
将成为人类的一个思想

——郑敏《金黄的稻束》

谨以此文献给我亲爱的同学、朋友、老师、家人;献给拼搏的过去,以及未知的将来。

2018年7月25日,一个无比平凡的日子。这一天,重庆依旧炎热无比,天空晴朗、阳光明媚,没有丝毫下雨的迹象。除了40度的高温,这就是一个无比平凡的日子。

7月21日,北京大学录取通知书到了。火红的封皮,像沸腾的热血,像历史学系的颜色。

7月8日,重庆市巴蜀中学校的毕业典礼如期召开。典礼开始的前半个小时,我最后一次履行了历史课代表的职责——帮赵老师到打印店拿印好的节目单。

6月24日,我十八岁生日,爷爷奶奶外公外婆都来了,舅舅舅妈抱着四岁的弟弟来了,我们吃了一桌海鲜,非常高兴。

6月23日，一开始怎么登录重庆招考网都登不上。下午1点终于知道了自己的成绩622分。一开始不知道情况，心里想着：完了，上不了北大。仍然抱着忐忑的心情给北大招办打电话，却惊喜听闻："你这个成绩完全没问题！隔两天来沙坪坝我们指导你填志愿。"。

6月22日，北京大学降分结果公布：历史系降30分。我喜忧参半。

6月19日晚，妈妈说："吃饭。"我说："不吃。"妈妈："再不吃北大就凉了。"

6月10日，考完北大自招，独自一人去机场。路上接到赵老师的电话："文综选择题错了八道。政治、历史都只错了一道，地理……"心中一片冰凉。

6月8日，6月7日，高考。看着全体老师穿得大红大紫为我们送考，忽然想起第一节数学课上张老师说的话："三年过后，你们去大学，我重新回到高一。"

6月6日，按时上床，播放舒缓音乐，放空自己——却怎么也不能入睡。我什么也不想，却怎么也睡不着。于是去找我妈。妈妈唱起了我很小的时候听过的安眠曲："睡吧，睡吧，我亲爱的宝贝……"一种心酸突然涌上心头，泪水夺眶而出。

5月17日，大课间偷拍蒋、秦、项三人，被发现后逃跑。把照片偷偷传给杨后在蒋面前假装删除。

5月12日，很少拖堂的语文老师"刀刀"连续两天拖堂，他非常不好意思地说："又做一回'不是人'！"当天下午赵老师自己掏钱给我们买了香蕉和坚果，意味着"相信自己"和"坚持到底"。偷偷看了一眼账单，407元。这天距高考还有26天。

5月7日，好朋友刘兄被我气哭了，对不起。

5月7日到3月3日，由于"史料"遗失，因此空白。只记得一个人的所有的挣扎、拼搏、喜悲，为一个群体的洪流所湮没，成为众多水珠中小小的一滴。在这里，心境如流水般：如流水般迅捷，如流水般无痕，如流水般偶有波澜，却终归平静而坚定地行进。

3月3日，开学收心考试。虽然寒假不敢懈怠，但收心考试地理成绩依旧不理想。还有97天,我相信自己能够重回巅峰状态。

2月27日,百日誓师。赵老师在主席台上从演讲变成嘶吼的激情,让台下的听众越来越担心他破音。结束后所有人都被这激昂的情绪感染,整个晚自习安静得只能听见笔尖的沙沙声。

2月15日,大年三十。在海南温暖的空气中,在震耳欲聋的爆竹与烟花声中,我一边窝在床上看春晚,一边和胡、杨、宋、韩四人微信聊天。时间一点一点流去,忙碌的生活中终于有了半日闲散,今晚的时钟请你慢一点,再慢一点……

1月30日,一诊成绩公布,第13名,后退了9名,不开心。下决心寒假一定要补习地理!

1月14日,北大ACC上机测试成绩公布,历史单科获得重庆市第一名,全国第二名。开心。

1月7日。吃晚饭时,被好友蒋骂了,躲在楼梯口哭。蒋到处找我,我假装没听见。后来蒋找到我,我们抱头痛哭,终于冰释前嫌。或许眼泪并不代表懦弱,只是一种情绪的宣泄。

1月4日。北大历史营成绩公布,我获得优秀营员称号,以及北大历史系自招资格。开心。

2017年12月28日。月考完的晚上,我在天井背书时,从北大带回来的一支笔被我不小心碰到,从五楼摔到了一楼,发出了“啪”的一声脆响。一瞬间,我心里咯噔一下,一种凉了的感觉萦绕心头,旋即安慰自己:我一定北大及第(地)。

12月25日,背书时走神,忽然想起了去年到杭州,我在飞机舷窗俯瞰大泽山川——那眉峰横聚的山川与丘陵如江波般微漾。考完了真想再去一次杭州。

12月16日,收到远赴加拿大求学的子婷的信:“愿明年六月,你我各自捧着梦寐已久的录取通知书,对自己说一声:幸不辱命。”静默无言,唯有拼命学习。

11月9日,咳嗽,嗓子痛。突发雅兴,创作一首《沁园春·咳嗽》,以记今日晚自习全班咳嗽声此起彼伏之状尔。因文字粗鄙，难登大雅之堂，便让它“藏于名山”了。

10月1日，和妹妹一家去黑山谷小住，大人们看电视，我和妹妹学习。妹妹做化学，我背政治。凉爽的山风吹来，吹乱了一桌书简。

9月15日，刚进入高三的我心如乱麻，彻夜难眠。我妈对我说：“要不我给你唱安眠曲？”我说：“不要。”

9月1日，这个学期第一次履行历史课代表的职责——帮赵老师到打印店拿印好的近代史一轮复习资料。和桐桐满头大汗地回到教室，全班同学给予了我们掌声。

8月6日，创新作文大赛北京决赛获三等奖，带着三本书坐上返程的火车。看着班上将近十位同学都拿了一等奖，心里五味杂陈。想着历史营的结果仍未出来，忧心忡忡。

8月1日，河南汤阴，岳王庙。在岳帅前我许下心愿：一定要上北大。

7月31日，妈妈在北京租车，送桐桐去机场。然后自驾在北京周边游玩，等待着8月4日的创新作文大赛考试。

7月30日晚，结营仪式。在寝室匆匆与室友们合影留念，趁着另外三位“何”出去的空档奋笔疾书写下了三张明信片。拖着行李箱，与桐桐在夜色中离开了寂静的宿舍楼。

7月26日，历史营正式开营。

2017年7月25日，依然是平凡的一天，北京天气炎热。一个17岁的女孩提着装了几本老教材的行李箱，驻足在北大门前。尽管此时的她尚沉浸在半期、期末考试双双失利的悲伤中，对未来仍然感到茫然与害怕，可当她看到荷花池后历史学系金色的牌匾与红色的门柱时，忽然生出一种勇气：我一定要上北大。

何梓萱：毕业于重庆市巴蜀中学，就读于北京大学历史学系

平芜尽处路漫漫

熊　艺

如今回忆高中生活，已是平芜尽处的青山淡影。那些逝去的片段如同重重碎锦，不知不觉已雕镌在时间之树上，皆成就今天的我。

学习日从周日那天匆匆把未写完的作业塞进书包后的疾行甚至狂奔开始，此后每天早上被闹钟和奶奶叫醒，迷迷糊糊洗漱、吃早饭，然后赶到学校，强行切换到激情状态，开始早读。当时间被课表计量，它又变得非常漫长。

然而若长期如此，未免太枯燥无味。我们会合理使用多媒体听歌看节目。我依旧记得那时一部网剧的剪辑使班上无数女生搁笔驻眼；我们也会每周召开全年级最精彩最活跃的班会，各小组争先恐后答题为了获得最好吃的零食……

说实话，我的心态一直不够平稳。我记得苦闷时，我一个人站在阳台上吹冷风，心里默念“况复舟楫路穷，星汉非乘槎上；风飙道阻，蓬莱无可到之期”，再悻悻回去睡觉。后来一个人默默地走了一段路，边走边想，在阒静高楼，会有庾亮谈笑；在夜色江边，当有刘琨舞剑。埋头于沙堆，继而仰首，已经被自己治愈。除了想象，还能忙里偷闲读几页书，竟都能使我精神振奋，忘掉疲惫。

传说刘向在天禄阁校书，太乙真人以青藜仗燃火照之。高中时，有时昏昏沉沉，常觉得自己如黑暗海水中游弋的鱼。我怀念且感恩照亮我的夜火，在我的狭小世界中煌煌如炬。高一分科前我因贪玩，被理科虐了千百遍，幸而有老师安慰我开导我；学习的压力让我有些喘不过气，请过几次病假，亲人带我去逛街放松；高三的高频度模拟考试中，数学考试的失利使我怀疑人生，我就在同桌身旁大哭了几场；高中三年，奶奶每天早起做饭，晚上10点接我下晚自习。青藜仗燃成的火，明亮温暖，照亮茫茫前路。

后来高考如期而至，我常常恨不得它早点到来让我早日实现梦想，却又因为没有把刀枪槊戈擦得锃亮而畏惧它。我的高考像梦一样，走出考场，没有完成任务的轻松，倒是越来越感觉到自己在大千世界中的渺茫。十几天后，我的成绩出来了，惊喜遗憾皆有。高考成绩是对我过去的某种评判，它在落笔之间就已成形，而过往的所见所闻所感所思以不能觉察的方式又影响到了它。我要接受，但我也要相信，它不能评判我的所有，它也不是绝对的。

燕园是我在高中阶段基本上没有梦想过的。我很想学历史，而能到北京大学来“究天人之变”，我何其有幸。

也许会有学弟学妹看到我的文字，希望以下的文字会给你提供一点小小的帮助。

高中学习还是比较注重独立性的。“独立”并非“叛逆”，而是不再信仰做完老师布置的作业就万事大吉，不再看到同学做什么自己也盲目学着做什么，主动去建构属于自己的知识体系，积极地查漏补缺巩固扩展。即使不能尽如人意，也得以无愧于自己。

至于怎样面对大大小小的失败，古人“乘兴而来，兴尽而返，何必见戴”这种态度自然是好的，而如果难以达到注重过程的愉悦这种境界，不妨看开一点，从另一个角度来认识。我写过参加北大史学暑期课堂和清华“领军计划”的申请，最终石沉大海；在中期考试前一天参加创新作文的复赛，没有入围；语文得过91分，数学考试有过不及格的经历；有时看半天也看不懂一道题的解析……这些大大小小的挫折，偶尔让我如遇凄风苦雨，长叹关山难越。但放眼长远一点，它们也使人在经历中得到锻炼、积累经验。

我出生在小县城，童年时，别人在博物馆、科技馆徜徉之时，我在村庄里捡松果，对着青山发呆。小学时，我也没有机会阅读大量课外书籍。我希望与我出身相似的学弟学妹，如路遥所言，“要从我们自身的局限中解脱出来”。不断接触更多的知识，开阔我们的视野。

写及此，不觉已絮絮叨叨许久。这是我的故事。长路漫漫，而未来就在脚下，不管前路如何，我们都要坚持走下去。

熊艺：毕业于重庆市开州中学，就读于北京大学历史学系

我劝你放弃平庸

刘荷月

刘荷月：

这是一封写给自己的信，在开学前的深夜。

你曾想放弃写作这篇文章，你说你高中三年没有什么特别的东西值得回忆和诉说。可仔细想想你发现，这只是你为高中三年自己的平庸找的借口。高中生活喜怒哀乐汇合在你心中只剩平淡无奇，那是三年平庸留下的遗憾。

成绩起伏。还好，反正不想争。你这样想着。

校园活动。一般，没什么特别。你这样想着。

与人交往。凑合，不需要深交。你这样想着。

对待父母。随便，他们该这样。你这样想着。

你用一种无关痛痒的心态看待身边的很多事情。这或许曾带给你好处，它使你避免了许多沮丧失望的情绪，因为没有过高的期待；它使你在即使是高三最艰难的时候也能保持一颗平静的心，因为只道是寻常。

但每每深夜，当你独自躺在黑暗里，反思自我，你无法回避内心的迷茫。平庸带给你的，更多的是冷漠和不用心，是在昏昏沉沉中逐渐迷失自我。

没有拼尽全力的你，不能责怪好运始终不来。

没有全身投入的你，享受的快乐也不会完整。

与别人若即若离的你，身边缺少真心的友人。

让父母操心不断的你，会欠缺独当一面的勇气。

在你终于意识到这些，却一滴羞愧的眼泪也流不下来时，你知道平庸已经给你的内心罩上了一层散发着冷气的屏障。

我知道这不是你所希望的样子。你说你羡慕西西弗斯似的英雄，你与你看过的每一部书和电影中的主角共情，我想你并非真的喜欢平庸。你喜欢大起大落的精彩，你热爱近乎理想主义的偏执，你欣赏超越平凡的孤勇，你渴望能够有朝一日义无反顾地去做一件事情，用全部力量。

我劝你放弃平庸。

放弃平庸，你也许要比别人遇到更多困难，也许会经历更多挫折，也许要吃更多的苦头受更多伤害，但是你也会更真实地体会到喜悦，并且在热血涌上心头的时候深刻地感受到自己活着。有人说平庸的反义词是极端，我却认为平庸的反义词是精彩。

想起你也曾努力地参加过自己并不擅长的体育项目，也曾专注地为了重要的考试连续奋战，也曾用心地和朋友共同完成一个项目。投入真心全力做事情的过程让人感到快乐，比不温不火的平庸更让人觉得真实。过程！对，过程！生命的意义就在于你能创造这过程的美好与精彩，生命的价值就在于你能够镇静而又激动地欣赏这过程的美丽与悲壮，史铁生曾经如是说道。

你想要去追求过程的美好悲壮，就要放弃平庸，全心投入。

必须要做一个平庸的人吗？当你这样问自己，你发现平庸并不是一个选择，而是一种逃避和不作为。平庸是你为不敢竭尽全力的自己寻找到的一个借口。它使你习惯性地待在自己的舒适区，并降低自我要求，轻易地向每个不完美的结果妥协。

而你一直想要走的道路绝不是一条平庸之路。

走到北大历史系的门口，是偶然也是必然。历史一向是记住精彩而忽略平庸的，也许你的专业也正告诉你，是时候放弃平庸，为自己的事业，献上一份炽热。

你的心里不是没有涌起过炽热强烈的感情，那些情感仿佛千只万只拳头,付出流血的代价都要努力敲碎那冰冷的屏障。

你需要唤醒突破的勇气。没有勇气的青年人总是缺一些朝气。

除了突破的勇气,还有恒心。敲碎屏障是一个漫长的过程,没有持之以恒的精神就没办法完成。

当然,这过程中你不能光是意气用事,有时候全身心投入也不一定有好的结果,需加上理智的脑袋、预见性的眼光,那份炽热之情才不是少年意气,而是人生智慧。

刘荷月:毕业于重庆市南开中学,就读于北京大学历史学系

理想永远都年轻

谭晴文

与子同袍 百炼成钢

高考场上千锤百炼后的利刃出鞘，每一锤的力度都已微不足道；可是要锻造这一把利刃，一锤一炼都至关重要。

初中三年，我学会了离家万里也把孤独藏在心底，因此刚进高中时，少了几分对家的思念，多了一些拥抱广阔世界的冲动。从2016年的暑假到2018年的暑假，我都忙着和外界建立密切的联系，却忽略了提高自己，换来的是成绩的不上不下，也荒废了时间。

被突然紧张的节奏和没有尽头的任务裹挟着进入高三，最初我也只知道麻木地完成任务，却忘了自己的方向在何处。幸而我一直保持着自我反思总结的习惯。出来租房之后，一个人的时间多了起来，因而在一个个难以入睡的夜晚，我选择和自己对话。高三失眠的夜晚很多，我曾经抱怨它带来的效率低下、力不从心，也自责无力改变，现在想起来，它带给我的，不仅是克服失眠的“三十六计”，还有一次次改变自己的机会。无论是回顾白天的学习内容，还是一遍遍追问自己“这就是你想要的吗”，还是一时兴起洋洋洒洒写下感想，都让我更加冷静客观地面对自己，我开始有了自己的节奏，开始做那些看似“无用”的事情，在发现问题、剖析原因、思考方法、不断实践、总结反思的循环中度过了充实的每一天。下定决心要提升数学成绩，于是就算在高三下学期也毅然认真地研究易错题；知道背书是自己的短板，于是用最笨的方法也要把知识装进脑子里。

回想高考那几天，沉沉的睡眠总是让醒来后的我又惊又喜，发现是曾经无数个失眠的夜晚让我练就了应对失眠的“三十六计”；做着考题总会融入题中，忘记了高考场上的紧张，这是一年以来经历每周两考磨炼出来的平常心。哪怕最终走出考场也只是轻轻道一声再见，好像只是完成了巴蜀中学第十一次适应性考试。最终的检验，我真正领悟到了“走好的每一步都是有意义的”这句话的意义。

一路走来，总是以为自己单枪匹马，却发现多亏有身边人，我才能到达风景更好的远方。在一班，高考前夕同学们仍然埋头苦干的背影，让我感到“岂曰无衣，与子同袍”的安慰；“追求卓越”的班训耳濡目染之下，我也渐渐坚持着向上的步伐。陪伴无言，却是一个个百忙之中也要抽空给出的满意答案，是一张张充满爱意的卡片，是一次次调整状态的班级活动，是一餐餐早晨便开始准备的饭菜，是昏暗路灯下长长的背影……高三难忘，也是因为这一段一起拼搏的珍贵时光。

念念不忘　必有回响

对于来自小县城的我来说，北京大学一直是一个遥不可及的梦。初见北大是在2017年的盛夏，在未名湖畔骑车摔了一跤，我安慰自己道：“既然已经留下了我的痕迹，那么以后一定会再来的。”一句打趣的话，成了之后单调日子里的一丝慰藉。我本以为之后再无交集，却幸运地于2019年1月进入了人文寒假课堂。短暂的三天，有满满的收获。我真切地感受到一所大学的魅力不在于华丽的外表，不在于精彩的广告，而在于大学里的人。无论是老师还是学长，都秉持着热爱，无关名利。每每思及北大人，我都会热泪盈眶。测试场上的竞技毫不留情地向我展示了何谓差距，知耻而后勇。我发现每一个天高气爽的夜晚，都适合打开思考的阀门。从人文寒假课堂回来后，我在未名湖的照片背后写下“一念既出，万山无阻”，默默许下一个只有自己知道的约定。

高考成绩出来后的一个月，我既惊喜，又忐忑，害怕自己不够优秀，无法赴约。最终查到录取记录时，我既喜悦，又明白了录取结果不仅是认可，更是重任在肩。

我见过她盛夏绿树成荫的样子，也见过她寒冬萧瑟冷清的样子，未来的春夏秋冬，我都不会缺席了。

守护来路 才知归处

历史学这个别人口中的冷门专业却是我心头的热爱。我的家乡既是少数民族聚居地，又是历史悠久的古城，从小我心中就萌生了研究历史的种子。我曾经采访过家乡非物质文化遗产啰儿调的部分传承人，我感动于他们讲起过去自在地唱啰儿调时眼里的光，也感慨于众人眼中的啰儿调如今只剩下商业演出的价值。进入巴蜀中学，视野开阔之后，我感动于老师的家国情怀，想用自己的本领报效祖国。最终我选择了历史，历史选择了我，这是我无怨无悔的选择。

永远热爱，永不满足。山高水长，来日可期。

谭晴文：毕业于重庆市巴蜀中学，就读于北京大学历史学系

外国语学院

北京大学外国语学院于1999年6月由英语语言文学系、东方学系、西方语言文学系、俄语语言文学系四个系组建而成，现下设英语语言文学系、俄罗斯语言文学系、法语语言文学系、德语语言文学系、西班牙葡萄牙语言文学系、阿拉伯语言文化系、日本语言文化系、南亚学系、东南亚语言文化系、西亚语言文化系、朝鲜（韩国）语言文化系、亚非语言文学系、外国语言学及应用语言学研究所、世界文学研究所、翻译硕士专业学位教育中心、语言中心，共计12个系2所两个中心；拥有英语、俄语、法语、德语、西班牙语、葡萄牙语、日语、阿拉伯语、蒙古语、朝鲜语、越南语、泰国语、缅甸语、印尼语、菲律宾语、印地语、梵巴语、乌尔都语、波斯语、希伯来语、意大利语21个本科语种专业。与元培学院、历史系共建有外国语言与外国历史专业；与元培学院、考古文博学院联合开设外国语言与外国历史专业——外国考古方向。

目前学院现有教师系列220人，其中教授53人，长聘副教授10人，预聘副教授2人，助理教授35人，副教授80人，教学教授1人，教学副教授3人，讲师36人；博士后14人。

旧梦·新生

余舟飏

又是一年毕业季，不过这一次离开高中校园的将是我们。我浑浑噩噩的三年时光，迷茫挣扎却又愉快充实的三年时光，顺着人生的轨迹滑向了毕业的节点。回头望去，不舍与感激充满了我的回忆，正是过去的那些瞬间堆积，让我实现了一个梦——一个名为北大的梦。我相信，每个孩童都曾经纠结过上清华或是北大的问题。但随着年龄的增长，我们渐渐明白清华北大更像是一个遥远的梦：它在，却又可望而不可即。有人忘却，有人放弃，还有人慢慢地前进着，全力以赴。

我初入高中时，成绩还不足以让我有勇气提及北大。我明白，是我不够优秀，离我的北大梦还很遥远。这使我不安与焦灼。文理科分班成了我摆正自己位置的契机，我顺利进入了文科班，不过年级第十五名的分班成绩清晰地告诉我，我还有很长的路要走。

高一下学期开始，我逐渐适应了高中生活。很感谢我的几位朋友，他们在小学、初中教会了我练习与效率的重要性。我利用课间、午休时间将课后练习完成，然后在晚自习的时候做一些自己安排的练习，比如做一些课外购买的辅导资料，整理知识点等等。这样的学习方法，使我感到非常充实以及轻松——适量的练习给予我成就感。当我发现我的作业进度条比起同学遥遥领先或者完成一本练习册长舒一口气时，内心会涌起满足与喜悦。此外，我获得了大量课外时间，放学回家后的一个小时以及周末，我能尽情放松，看电视看闲书、睡懒觉、外出旅游，既减轻“不学习”的负罪感，又调整了学习节奏，使得每天元气满满。

在这样的“学到尽兴，玩到尽兴”的学习方法指引下，我的成绩渐渐提高，在高二下学期我进入了年级前三名，离自己的“北大梦”更近了一步。此时，我对于梦想的底气虽足了一些，但仍不敢大张旗鼓谈及。幸运的是，我迎来了我高中三年中最重要的一个假期。正是在这个假期，我的勇气与能力极大提高了，它让我坚信：我能。

我获得了全国中小学生创新作文大赛重庆赛区特等奖。这个奖项仿佛是从天而降，将我砸得晕晕乎乎。我从小喜欢阅读，尤其是小说，但我从未将“写小说”这一目标付诸行动过。这个比赛是我拿起笔将那些想讲的故事写出来的契机，它让我发现了我的新能力，不只局限于“语文成绩还不错”“作文写得挺好”，更给了我一个舞台与机会。凭借着这一特等奖、全国一等奖，以及我慢慢上升的成绩，我的名字进入了北京大学考古暑期课堂学员名单。

在考古暑期课堂中，我度过了非常难忘的十天。我喜欢博物馆，无论到何处，都会到当地的博物馆转上一天，并为器物与其蕴含的文化之美深深震撼、折服。但我的知识储备还不足，我看过的也不过是一些考古类的节目、纪录片。而在考古暑期课堂的十天，它是如此珍贵，我记住了那些烈日下的身影，记住了考古学人员的满腔热血豪情，有欢笑，也有担当。暑期课堂不仅培养了我的兴趣，更重要的是让我受到了北京大学学长们、考古一线工作者的影响，让我坚定了走进北京大学的目标，也锻炼了我的组织与学习能力，使我离梦想更加接近。

高二结束后，我进入铁山坪校区，成为一名高三生。受利于高二的扎实基础，我高三一年十分轻松，甚至因为住校的缘故，我的作息比高二更加有规律。铁山坪上优美的环境以及活泼的班级氛围，让我的高三过得很愉快。高三一年中，我舍弃了大量课外练习，而将老师的一轮、二轮复习作为重点，这不仅使我的时间变得宽裕，也能更好地跟着教学节奏，真正做到巩固知识、提高能力。感谢我的老师们:小小舒、孔孔、邬孃孃、蒋妈妈、翠翠女神、永生哥……正是他们为我们一、二轮复习做了大量的准备工作,让我们高三还有拓展的空间与时间。而我忙里偷闲参加的北京大学优秀中学生寒假课堂、清华大学艺术鉴赏课程等,也成为珍贵的能力提升机会,它们让我发展更加全面,也让我体会到高三学习的精彩之处。

而高三学习中更值得一提的是我的心态。作为一位典型的"应试型"考生,我的大考成绩往往优于周考、小考。高考临近,学习氛围紧张起来,我对自己的每次考试成绩较以前更加在意,从而产生了自我怀疑的情绪。这种情绪积累的后果,便是我的小考成绩持续"飘红",形成恶性循环。当我的出错率不断攀升时,我的父母、老师给予了我极大的精神支持。他们对我的鼓励以及我自身的乐观,让我成功地跨过了高三的"最后一道坎",在高考前夕终于回到了正常水平。

当高考成绩最终呈现在眼前时,我已经平静接受了似乎是"发挥失常"的命运。当最后得知高考排名,我有机会冲向北大、在北大招生办填志愿、查询提前批录取轨迹时确认被录取,一切都显得那样不可思议。

我高中的生活,终于是以圆满的方式结束。我是这样有幸,在这样的家庭、学校中茁壮生长;我又是这样感激,命运之神多次垂青,让我惶恐不安。当那颗名为"北大梦"的种子悄然发芽时,一段新的旅程即将开始。我明白,优秀的人太多,我能有机会与他们并肩,并能够在北大的殿堂度过四年时光,这是一种幸运。

当结束时,明天是更加值得纪念的新生。

余舟飏:毕业于重庆市第十八中学,就读于北京大学外国语学院

千帆过尽，仍有梦在心间

宋汶瑾

如果回到2018年6月8日的傍晚，我会对那个默默站在江边，看着夕阳竭力忍住泪水的自己说："你已经全力以赴了，所以，无论高考结果如何，不要难过。"

那一天，落日很美，仿佛凤凰涅槃，昭告新生。

如果回到2018年5月的某些深夜，我会对那个辗转反侧、难以入眠的自己说："虽然周考成绩总是不尽如人意，但你要相信，最后的最后，所有的努力都不会被辜负。"

那些天，透过窗，虽无星光，月色温柔。

如果回到2018年2月的许多清晨，我会对那个早起埋首于书桌前的自己说："现在的辛苦与疲惫，终有一日，会成为见证你成功的勋章。"

那些天，在晨曦里，凛冽的寒风好像不再刺骨。

……

如果时光可以倒流，还有好多好多话，我想对曾经的自己说。不要为因粗心而做错的数学填空题悲观沮丧，不要为作文分数一次次陷入低谷而茫然失措，不要为做错十道文综选择题而伤心落泪，更不要怀疑自己的努力会不会有回报——因为手捧北大录取通知书的我知道，自己做到了。

可是，我不能够，也不会这样做。

因为，正是这些痛苦与不完美的点点滴滴，造就了现在这个勇往直前、无所畏惧的我。

毕竟，很多事情，如果不曾真正感受，就永远不会明白。

进入高中前的我，是单纯快乐而无忧无虑的。

在区县中学里，那时的我，几乎感觉不到竞争的压力，也因而收获了许多难得的快乐时光。因为有成为作家的梦想，我把闲暇时光都留给读书写作，成为图书馆的常客。

初三毕业前，不顾亲朋好友的反对，我选择放弃中考，直升本校高中部雏鹰班。那时的我，没有想过高考，也没考虑过大学，只以为日日归家，有父母嘘寒问暖，有书香萦绕灯前，有梦想浸润人生，这样惬意的高中生活，便是自己想要的。

可是，现实是残酷的。

高中前半程的我，犹豫、纠结。

高一文理分科时，选择文科的我，遭受了强烈的反对。现在回想起，我真的很佩服那段时间的自己，那样决绝而又坚定地捍卫着自己的文学梦。

或许是为了证明自己，在选择文科的同时，我明确了自己要考入北京大学的目标。因为我知道，北大会是我充实自己、展现自己、实现自己作家梦想的平台。

分科搬教室那天，暴雨倾盆，站在全然陌生的教室里，我看着雨水慢慢模糊了窗户，在心中对自己许下誓言：两年半之后，我会从这里考入北京大学。

为着这个目标，我全身心地投入学习，甚至放弃了业余时间的文学创作。高一和高二的大多数在校时间被学习占满，周末和假期也是如此。可是，我取得的成绩，并不能使自己满意。虽然班级第一、年级第一、七校联考第一，但起伏不定的语文成绩和不太理想的文综成绩，都在提醒着我不能掉以轻心。我知道，这些远远不足以支撑我实现那个似乎遥不可及的目标。

随着高三一步步临近，我开始害怕，到最后关头，会发现曾经的豪言壮语，只能沦为空谈。

原来，我并不像自己想象的那样自信。

高中最后一年的我，是痛并快乐着的。

在第一次全市多所重点中学参加的联考之后，班主任老师拿着全市的分数段表，意味深长地对我说："山外有山，人外有人。"可排在几十名外的我，除了羞愧地低下头，什么都做不了。

大约从那时起，我陷入了一种奇怪的状态：别人眼中的我，依然是那个风光无限、未来可期的第一名；但在内心深处，我开始无休无止地怀疑自己和那些素未谋面的对手们，究竟有多大的差距。

巨大的心理压力之下，我的小考频频告急，单科排名有时甚至会滑出班级前二十名，接连不断的卷子、练习册和随堂测验让我焦头烂额，感觉自己和北大的距离越来越远。

那时的我还不明白，不是我不够努力，而是需要调整自己的心态。

直到高三下学期第一次七校联考，我意外地掉到第三名，才真正意识到心态的重要性。那天晚上，我认真地写了一篇反思，从错题分析一直写到心态分析，最后在纸上反反复复地写下：相信自己。

从那天开始，我选择微笑着等待高考来临。

之后的数月，我的成绩依然偶有起伏，但我有条不紊地进行着最后冲刺，心态平稳。直到走入高考考场，直到笔尖落在最后一个英文字母上。尽管清楚地知道自己高考时的发挥并不好，但正是凭借着良好心态，我成功地应对博雅考试，最终拿到20分的降分，圆梦燕园。

的确，最强大的对手，是自己。

而我，用勇敢的自己，战胜了怯懦的自己。

我知道，在更多的以后，高三这段心路历程，会支撑着我，让我继续为自己的文学梦想而奋战。

感谢曾经为梦想拼尽全力的自己，现在的我仍然可以相信，只要坚持，只要努力，只要始终心怀愿景，纵然需要跨越整片荒原，终有一日，仍能看到眼前繁花尽开。

宋汶瑾：毕业于重庆市实验中学，就读于北京大学外国语学院

念念不忘，必有回响

罗心麦

高考落幕，想起刚刚结束的高中生活，不觉感慨万分。

和许多在文章开头就谈起同北大颇有渊源的同学不一样的是，“北大”对我来说曾是个遥远的词。我从未亲自领略过北大的美，也从未想过有一天会成为北大的一员。

高一时我相当苦恼，学习强度陡增，周围学霸层出不穷，理科对我一点也不友好。果真是没有一点理科头脑，习惯于想问题时玩头发的我怕是头发掉了一大把。即使是起早贪黑地写作业，也不过是盯着作业在草稿纸上演算罢了——嘿！每次算出来还不一样。不断刷新后移的排名，使得高一班主任从最开始的加油鼓劲到后来的恨铁不成钢乃至让我在理科课上“自生自灭”。偶尔一次数学周练，老师让自己对答案我就能高兴好久——惨淡的分数不用被记录在案。若是考物理化学倒能心平气和些——不管难易只需瞎蒙便可。

就这样浑浑噩噩地过了高一。高二文理分科考试，我的数学成绩又一次创了新低。不再学理科的我，终于在分班后迎来了春天。在文科的道路上磕磕碰碰，好歹没有摔得像以前那般鼻青脸肿，也算是找到适合自己的路了。

记得搬进高三楼的时候每位同学都写下了自己的梦想，班主任在本子上挨个儿记录了我们每次的月考成绩。高三短暂的进步之后，我的成绩起伏不定。班主任安慰我，学习就像爬山一样，有一座又一座的山峰，当你感到在低谷时，那是你在准备攀爬一座更高的山峰。道理都懂，但是心里好苦:这个山峰太高了吧，这个谷太深了吧。记得多少个寒风凛冽的课间几个同学蹲在走廊上背单词，记得语文课前打瞌睡，同学激情歌唱来鼓劲，记得数学课上长庚幽默地调节气氛，记得历史课大治讲题时一堆小家伙接嘴，记得鸥哥一边翻着PPT一边侃侃而谈，记得琪琪仿若天书的评语。高三下学期，我全身都充满了力气，成绩一路回升，排名一路向前，内心愉悦，看到根草都能笑出朵花来。

不知不觉间就高考了。试卷上刀光剑影，铃声响起，收刀入鞘。高考就这么过了，缓慢又迅速。查分，填志愿，等通知书，生活又逐渐变得平淡。好像这篇文章也走到了尾声，该抒抒情了吧。嘿，错了，并不是。这篇文章才迎来真正的高潮。你以为我收到的是北大红彤彤的通知书吗？答案是否定的。在翻越高考的高峰之时，我不小心掉落悬崖。

我就这样开始了我的高四生活。又是一轮心惊胆战的学习，我的毛病暴露得更加彻底，科任老师目光犀利一针见血妙手回春。我认识了好多身怀绝技身手不凡的同学，和他们分享我喜剧人设的“悲惨”经历。能在每次老龚的课上大喊“video”，在波波歪嘴一笑时听他说“给你们讲个故事”，在子贵敲黑板时缩缩脖子疯狂做题，在班主任课上听他唾沫横飞地讲“咱们历史学界”，听美丽优雅时尚的地理代言人樊妈讲“现在而今眼目下”，看英伟从自动变色的眼镜片中射出两道精光。

很多人问过我选择复读需要多大的勇气，其实复读一年并没有想象中的难过。老同学排队拿号一般回学校带我改善伙食，新年祝福基本都是祝我心想事成，偶尔的成绩波动也会有老师同学安慰，高考前一个月收到了初中闺蜜的助考零食礼包，成人礼后看见了老同学剪辑的高考加油小视频……多年攒的人品终于攒够了，知道成绩后老同学比我还激动。我也能顺利地作为励志故事的主人公成为老师口中的“原来我有个学生……”，就像是高三时贴在课桌上的便利贴上写的，我想看冬天的雪，想拥抱几百岁的树，想四个半小时到上海。我相信念念不忘必有回响，也希望大家都能够如愿以偿。

罗心麦：毕业于重庆南开中学，就读于北京大学外国语学院

未名情重，必不唐捐

杨　睿

“落日熔金，碧云合璧。”轻枕着翛翛的细风，沐浴着绮丽的余霞，来到北京已经半月，从第一天报到到军训，再到新生训练营的今天，北京一直碧空如洗、夜夜星河。望着这美景，北大一幕幕震撼与感动涌上了我心头。

今日，9月3号，北京大学举行了新生训练营报告会。对“报告会”一脸疑惑的我期待地走进邱德拔体育场。未承想，第一位做报告的竟然是樊锦诗先生。她穿着素雅的白色衣服，头发花白，年逾八十，我不曾看到八十春秋后的疲惫，只分明看见悠悠岁月下的淡泊与坚守。作为敦煌的女儿，樊锦诗先生将自己的一生都无私献给了敦煌莫高窟。她如同一把锋利的钻头，从不转移，从不放弃，一心一意钻向地底最深处。“就这样我就去了敦煌，并且一去就是一辈子”，樊锦诗先生用八十光阴告诉北大学子四个字：守一不移。不忘初心，方得始终，风不会对漫无目的者有所青睐。谁是世界上最可爱的人？是军人，是祖国勇敢的战士杜富国。“你退后，让我来！”扫雷中，他将安全献给他人，将危险留给自己。哪怕命运无情夺走了他的双臂和双眼，他却向世人捧出了最美的战士之花，向黑暗投去最清澈明朗的眸光。结束之时，杜富国战士向同学道别，他昂首挺胸，脸上永远洋溢着坚定的微笑，那一刻，我看见中国真正的脊梁，他走出的，是不曾后悔为人民奉献的坚毅和骄傲。

“我的一八九八，我永远的家；海纳百川有容乃大，积跬步至千里聚沙成塔。”北京大学新生训练营的报告会给了我深深的震撼，从小的燕园梦在这一刻照亮现实，滴滴细流汇聚成燕园情。我能进入“思想自由、兼容并包”的北京大学，要感谢高三那段奋斗的日子。

我犹记得高三下学期3月月考时的情景：一直排名在前的我3月份的月考考出了三年以来最差的成绩，平时周测状态也格外差。望着连600分都没上的分数，手里攥着北京大学的明信片，我感觉自己的梦想一点点在迷雾中远去。不到三个月，高考这场硬仗就要打响，曾经的迫不及待变成恐惧和焦虑，让我不知所措。所幸，在我亲爱的老师的循循善诱与悉心鼓励之下，在朋友的相信与安慰之下，我将眼眶中的眼泪演变成力量。“船到中流水更急，人到半山路更陡。”但是没有比人更高的山，没有比脚更长的路，不到最后一刻，凡事都会有奇迹，更何况距高考还有三个月，一切都还来得及包括创造奇迹。我收拾好心情，将“北京大学”四个字一笔一画写下来贴在课桌上，将北京大学的明信片放在书房桌台上，想着我的初心，眼神更加坚定。我科学地规划各学科时间，一有懈怠便给自己鼓劲儿，无数次夜晚看着激动人心的文字感动得热泪盈眶。高三经历得越多越痛苦，面对高考就越从容越淡定。高考没有我一年前想象的那样轰轰烈烈，交卷后，依依惜别，回首留恋。虽然高考仍然留有小遗憾，但是我还是顺利进入了心仪的北京大学。

虽然只来了北大短短半个月，我却深深折服于北京大学的人文情怀。新生训练营的报告会为我上了生动的一课，樊锦诗先生的守一不移，杜富国战士的奉献勇敢……我知道今后在北大将会有更生动的人生课堂，未名湖水荡漾年少的梦，新的征程在燕园起航！

杨睿：毕业于重庆市第十一中学，就读于北京大学外国语学院

艺术学院

北京大学于1997年成立艺术学系,2006年成立艺术学院。经过长期发展,北京大学已形成独具特色的艺术学科传统,成为全国高校美育和艺术教育的中心。教育部2013年公布的一级学科评估结果,北京大学艺术学院艺术学理论学科位列全国第一。

目前,艺术学院有教师27名,其中教授14名,副教授5名,新体制助理教授8名,在站博士后8名。现有三个本科专业方向面向全国招生:一是戏剧影视文学,二是艺术史论,三是文化产业管理。

成长日记：从高三书海到未名湖畔

刘鑫玥

匆匆地，我们终于送走了那个只有在回忆时才会发现美好的沉重夏天。当旖旎春光被蝉鸣更迭，当骀荡青春在最后一场结束铃声中宣告终结，当我们回首，告别那一个个待在原地含泪挥手的人，重温那一件件存留心间不忍忘却的事；当我们企足，窥望那午夜梦回的旧日燕园，仰望那心心念念的北方的天——当我们从懵懂少年成为北大学生，似一株株生机勃勃的幼苗，在阳光与风雨里艰难拔节后终于懂得：铭记时光，感恩岁月，在一次次咬牙后学会坚忍，在一次次碰壁后依旧向前，才对得起那些失眠的夜……

高三忆·曾经的我亦是现在的你

去年的今天，我刚经历一场大病，便马不停蹄地拖着羸弱的身体归队高考备战大本营。当夏日的阳光被窗外聒噪的蝉声拖得渐渐悠长，当老师在讲台上不绝的讲话声混合着空调的嗡嗡声在耳畔杂乱无章地轰隆作响，我埋着头趴在桌上，右手机械地重复记笔记的动作，斜着脑袋两眼无神地望着面前一摞摞小山包般的书本，心里偷偷埋怨着日渐酷热的夏日里却没有丝毫放高温假的迹象。

那时候，我像一只乏力的失去斗志的小兽，背着沉重的行囊，漫无目的地不知该走向何方。一边疲惫地跌跌撞撞，一边在冗长的夏日里消磨着原本最宝贵的时光。

是的,那时候,我已锁定北大,不过入口只是句轻飘飘的话,天真的我以为曾经的荣耀与永存的幸运便足够我抵达。

然而,始料未及的成绩像命运甩给我的一记记巴掌,在我的脸上噼啪作响,我终究被丢进惨淡的现实中。

我像一只找不到航向的船儿不知该驶往何方。我无数次告诉自己:走到哪儿算哪儿,到哪儿都是学,有什么不一样?但当越来越靠后的排名就那样招摇地出现在我的面前时,每一个数字仿佛都在肆意扭动,带着轻蔑的眼神;当一次次失眠如洪水般吞没整个寂静的夜晚时,我明白,是不甘的火苗,时时刻刻都在以最伤人的姿态灼烧我那看似坚强的心脏。

我曾笑着说要做个看淡一切的潇洒客,但明知道,看淡的背后,是无法拿起曾经辉煌的仓皇逃跑。

记得每一次,我紧锁双眉含泪说着"我做不到",我也记得每一次,当我无助地望向墙上未名湖博雅塔的夕照影像,便又咬紧牙关挥动笔杆继续奔往远方。

我失败过,捏着被子一角偷偷地哭,或者暴饮暴食,一整夜睡不着觉;但我也慢慢成长,从一次考差后一蹶不振到多次遇挫后仍微笑勇闯。

我渐渐明白,与其希冀做万千咸鱼中最幸运的那一个,不如毫无保留地释放自己所有的能量,无论行至何处,步至何方,哪怕头破血流,遍体鳞伤,都只有问心无愧,才能拥有底气,步履铿锵!

越努力,越幸运。

感恩高考,它带给我的不仅是圆梦北大的片刻欢悦,更让我懂得:人生太多时候不能以运气作赌,只有用能力将命运抓在自己的手上,才能使每一次成功都被认为是理所当然,每一次受挫后依然认为前途无量!

而即将进入高三的你们,也许目标各异,也许心事万千,但都是以展翅待启的雄鹰之姿迎接着遥远却又不远的高考,迎接着远在苍穹却又深放心底的神圣殿堂!

燕园情·谢谢你，予我灵魂栖息之地

那是深冬时候，被厚重的衣服裹得严严实实的我来到这座陌生的北方城市，吃力地拖着沉重的行李，一个人来访这梦想过无数次的神秘燕园，好奇与渴望盛满整个心房。

后来，我来过五次北京，没阅过壮阔长城，未访过宏伟故宫，每一次，都直奔燕园，行囊里塞满各色书本，脑海里填满各种期望。

燕园的夏，我记得，那是博雅塔旁的葱葱密林，那是柳叶款摆的湖岸长堤；燕园的冬，我记得，那是未名湖面的冰雪长镜，那是蔡元培像傲立霜雪的挺立风姿。

我还记得，曹文轩教授徐徐道来《风景的意义》，杨立华教授热情讲述“仁”的真谛；我还记得，鸡腿饭前的长龙，教学楼间穿梭的自行车……

我还想知道，燕园的春，燕园的秋；我还想领略，燕园的课程，燕园的社团，燕园不为人知的别样风景……

你我都是这路途上最值得被铭记的旅人，背上重重的行囊，长途跋涉，当又一年的飞燕掠过天际，又一年的夏日如约而至时，我们终究会泅渡时光的海峡，抵达彼岸，抵达心中千千万万遍憧憬的地方——让我同你一起，在燕园的某一处角落烹煮一盏新茶，在未名湖的湖畔邂逅一朵香花……

最后，愿你们，奋斗载途！也愿我们，奋斗如故！

刘鑫玥：毕业于重庆市巴蜀中学，就读于北京大学艺术学院

以梦为马，破茧成蝶

吴　彤

北京大学的录取通知书寄来时我并不在家里，但当妈妈把图片发给我时，我的心里还是抑制不住地激动。虽然已经知道了录取结果，但当这份沉甸甸的礼物真正降临，我心中的石子才能落下。

追梦

梦想真的很重要。在刚刚进入高中的时候，我从来都不曾想过把北大作为今后的目标，可是班主任鼓励我说我一定可以，当时除了惊讶，心里其实更多的是默默下定决心，计划就此踏上追梦的旅程。

追梦的过程就像蚕蛹破茧而出之前经历的过程，我们要先一步步积累，把自己所学的知识变成蚕丝直到可以用来包裹自己，不再那么容易受伤；然后在这个蚕蛹里学会怎么去突破，怎么可以有足够的勇气去打破现在的桎梏；最后就是积蓄所有的力量让自己破茧而出，幻化成自己最好的模样。高一高二对我来说是积淀的过程，在一次次的考试中找到自信，也学会如何面对不如意的考试成绩，但更多的是学会一个人独立地找到适合自己的学习方法，这仿佛是在黑夜里寻找一片星光，孤独之后便是无限的温暖，因为找到了，便成功了大半。

我离北大最近的一次便是去年参加北大暑期学堂的时候，这趟旅程是新的，有我从未见过的风景。背着行囊，站在北大的门口，我甚至不敢抬头，它厚重的文化、历史气息扑面而来，我战战兢兢地走了进去，它却告诉我不必恐慌，你本来就属于这里。在夏日被炙烤出清香的日光中，我就走在北大校园绿草如茵的道路上，和那么多优秀的小伙伴一起，听着学姐讲述这里的故事，心里充满了感动。我觉得北大校园的树木真的好看，随便在哪里抬起头，都会有一棵向上盘旋、奋力生长的树，抑或是一棵树干粗壮、年岁已大的树，我相信这种气质就是符合北大这座学府的，也符合我们这群朝气蓬勃的追梦少年。

进入高三后，带着这份永久的感动，我继续在这条追梦的道路上行走。现在回忆起来，我的成绩在高三波动是最大的，一大部分原因源于我的心态。在面对那些熟悉而又陌生的题目时，我其实有些慌张，老师几次找我谈话，我自己也痛苦不已。最终，我不再沉湎于痛苦之中，而是怀揣着一份希望，用梦想激励自己，在一次次跌倒之后又重新站起来。终于在高考之前的一个月里，我的排名一直在前进，这让我重拾自信，于是激励自己再冲一下就可以了。在高考场上，我依然从容淡定，气定神闲。考完了之后也并没有很兴奋或是很失望，我依然保持微笑如往常一样和朋友交流，在自习课上认真看书，合理规划。如果要问我高考成功的秘诀，我只能说心态真的很重要，不管题目如何变化，只要你相信自己，难题自会迎刃而解。

圆梦

高考结束后，我再一次来到了北大参加博雅考试，遇见了去年认识的很多小伙伴。这一次笔试和面试我都很放松，看着北大的一草一木，觉得它们如此可爱多娇，我心里泛起一阵涟漪。录取结果出来后，我第一时间告诉了妈妈，消息是在早上5点钟看到的，我顿时兴奋得毫无睡意，我愿意将这份惊喜的感觉永藏心底。

另外值得一提的是为了锻炼自己，我选择在高考成绩出来后参加绿叶义工。原来的我在高中不爱交流,很少说话,算不上班级里的积极分子,但“绿叶”打开了我。接近150名刚刚毕业的跟我一样怀揣着梦想的伙伴从重庆各个区县来到主城,参加各种各样的活动:义卖报纸让我敢于跟陌生人说话,敢于接受被拒绝;拓展训练让我体会到了团队的力量,让我更加懂得感恩;与伙伴们一起做饭让我享受到朴实的美味、家的温暖;参观可口可乐公司和广电集团让我看到了企业文化的价值和台前幕后每一位工作人员的努力;参观特警总队让我体验到了真枪实弹的威力;一起排练节目让我对一些小伙伴有了新的认知……活动让我收获了很多:有许多交心的朋友,有许多来自学长的忠告,有许多来自爱心人士的问候和帮助。一切的一切都是那么珍贵,让我永远都不会忘记。

电影《无问西东》里有一句经典台词:愿你在迷茫时,坚信你的珍贵,爱你所爱,行你所行,听从你心,无问西东。正在追梦的我们不该被那么多条条框框所束缚,不该在荆棘、风雨面前自己折断双翼,也许每个人都会迷茫彷徨,但一定要记得希望一直在前方。经过高三,经过“绿叶”的锻炼,我知道也深信每一个人都是能发光的。

不管怎样,梦想永远都在前方,我永远都在追梦的路上。在今后的人生道路上,我们还有很多为了梦想而拼搏的时刻,希望我们每一个人都可以不忘初心,砥砺前行!以梦为马,不负韶华!

吴彤:毕业于重庆市万州高级中学,就读于北京大学艺术学院

医学部

临床医学院

北京大学医学部有6家直属附属医院，4家共建附属医院，14家教学医院，众多临床学科处于国内领先水平，接轨国际一流。小儿科、泌尿外科、运动医学、生殖医学、肾脏病、小儿神经、综合医院心血管病房等均为国内首创学科；静脉麻醉、先天性心脏病手术、肾移植、引进人工晶体植入术、胸腔镜手术、微创切口肺移植、冠心病介入性治疗、第一台自体血液回收机、第一台体外震波碎石设备、第一支乙肝疫苗等均诞生于此。北大医学名医云集，大师如林，学科齐全，医院众多，实力雄厚，能为学生提供理想的临床学习平台和广阔的施展天地。

北大医学设有临床医学八年制本博连读专业和临床医学五年制本科专业。

放风筝何须当硬仗

陶玉婷

一年前,北京的夏天干燥燠热,我在北大的中学生暑期学堂吃吃玩玩做卷子,和同样意气如云的少年一道逛燕园。而今年重庆盛夏之热更甚往年,我被北大医学部录取,内心的平静反而比快乐多。

我一直是个内心平静的人,悲恸与狂喜都与我绝缘:考年级四十来名也不太难过,考年级第一名亦没多大欣喜。我只是平稳地走我的路,做一个普通高中生:做题、背书、听老师讲课,也迟到、偷懒和朋友聊天。

一路走来,风雨总是比欢乐多。进入高中,第一次考试我就考了年级六十多名,是否失落或哀伤已印象模糊,但是我心理素质很好。那时我对自己的定位和年级同学的水准还不甚清楚,可惜这种平稳的心态未能陪我到高考。随着我对自己的要求越来越高,压力与痛苦也随之而来。我很喜欢猫,而巴蜀的校园里多的是这种可爱的小精灵。离我们生活最近的是"校霸"——一只三花土猫,它最爱到我们班教室来溜达觅食,特别喜欢跟我们玩儿。

某次考试前夕我无心学习,偷偷溜出教学楼散心。天还亮着,"校霸"瘫在地上睡懒觉,我就蹲在那里,撑着头看它微微起伏的肚皮,一直看到天色暗去。后来"校霸"在隔壁办公室里生了四只小猫,老师搬来纸箱子,这一家猫算是有了小窝。四只小猫分别叫北大、清华、复旦、上交,也算是年级专属的四个小吉祥物了。它们陪我们到高三,陪我们在至善楼的最后一段旅程,然后继续等待那个教室被下一届迷茫或奋进的学子填满;我们则去往明德楼,开启高三的全新生活。

到明德楼的第一个晚自习,我把十卷的《约翰·克利斯朵夫》看了三卷。高三时这样的事情好像不少,跟高一与高二并无不同。说到底,高三也不过是把那些你学了忘忘了学的东西反复输入输出,没什么可怕的。不知什么时候开始,我也有了走入燕园的梦想。但由于天性贪玩好耍,学习以外的时间我几乎都分配给了画画、写小说、看闲书。然而,和几万字的手稿、成打的小画一同出现的,是经久不愈的口腔溃疡、每晚发作的胃病和偶尔造访的感冒。遥想高一高二,我每周打羽毛球两小时,就算每晚只睡六小时也一样生龙活虎;而高三明明睡足了七小时,却因为疏于运动身体日感疲惫。距离高考大概三个月时,我开始在晚自习后跑跑步,也在体育课上多走走,但效果并不好。在高考前一周我呕吐,重感冒,扁桃体溃疡,头痛到没法思考。爸妈赶紧把我带到医院,检查后发现也没什么大问题,我只是难受。那是节物理晚自习,外面下着淅淅沥沥的小雨,我的同学在教室看书或做题,而我在寝室"睡大觉",挣扎了一个多小时才睡着……当时的心情糟透了。幸好我恢复得也还算快,高考前三天,我又能活蹦乱跳了。

我在高考中有过多个人生第一次:第一次没写完作文,第一次一道数学选择题做了六遍,第一次提前一小时做完理综。这场考试后,我的三年高中生活就这样终结。8号高考结束,9号启程飞往北京,10号参加博雅笔试,11号参加博雅面试,12号我过生日,和老师、同学一起在八达岭接受暴晒。然后是查分、填报志愿、毕业典礼、投档、接到录取通知书。这个被期盼已久的暑假过得很快,从指缝间哧溜一下就滑走了。这时我回望高三岁月,很多细节快速地沉没下去,浮上来的是模糊印象连接成的岛屿:喧闹欢笑、满地蓝花楹、一怒下打断的折扇、大箱大箱的书和卷子、嫩绿茶、笔下的风花雪月,如此种种。如今看来这一切大多可笑可爱,也不觉得曾经走过的路有多少坎坷。

何必日夜颠倒咬紧牙关苦熬三年筹一场硬仗？不妨用三年时间放一次风筝。线放长些,梦飘高些,你只需要奔跑。不必太急太赶,脚下的路要紧,风筝要紧,快乐也要紧。

陶玉婷:毕业于重庆市巴蜀中学,就读于北京大学临床医学院

口腔医学院

北京大学口腔医学院始建于1941年，是集医疗、教学、科研、预防、保健为一体全面发展的大型口腔医院、口腔医学院和口腔医学研究机构。在2018年"QS世界大学学科"排名中荣列口腔医学全球第15名，居中国内地第一名。作为全国仅有的两个口腔医学一级学科国家重点学科之一，北京大学口腔医学院是首批由教育部批准招收"口腔医学八年制"本博连读生的口腔医学院校，是国务院学位委员会口腔医学学科评议组第一召集人单位和全国口腔医学专业学位教学指导委员会主任委员单位。

口腔医学院招收口腔医学五年制本科生及八年制本博连读生。

青春岁月，不求无过但求无悔

谢林耿

千里跋涉，驶过绿水千山，看车外屋宇田庄如烟飘转，走在归故乡的路上，正一正镜框，三年如烟岁月涌上心头。有悲伤，有难忘，有挫折不断的痛苦，有萦绕不散的郁闷，当然也有收获的喜悦，与同学共度的美好时光。每一个高中生都会经历，每一个学子都会记下这用青春写下的三年，而我只求在未来回头审视的时候，能笑着说无悔。

一年识其路漫漫

拖着行李，扛着被卷，踏进校门，心中自是豪情万丈；做过试卷，听了传说，见过学霸，眼前之路逐渐模糊。面对无所适从的高中生活，烦躁、失落接踵而至，想过退步、放弃，质问过自己。然后，重复着，一周又一周勉力支撑着，但我很快知道要想改变现状就得先改变自己。

于是学着变得沉默、变得冷静，学会在忍耐中坚持，让手中的试卷暂时去吧，我得先做最基础的事。温习回顾，找到漏洞，理清脉络，重复又重复，将原来千疮百孔的基础补好。让外面的世界安静一段时日，认清自己，专注己身，只有彻底了解自我后，才能扫清眼前迷雾，踏出坚实步伐。有千钧重担，担着便是，坎坷不断，踏平即过。

二年悟其景幽幽

渐渐地,我的学习进入正轨,虽晚了许多,但好在赶上了。与此同时,高二的我们活动不断,再看校园时,眼中有了更多的色彩:在那个角落,我们曾呐喊加油;在这片绿茵场上,我们曾挥洒汗水。高中生活的乐趣虽迟了一年,但也终于展现。学习之余望望窗外,才发现我置身于缤纷色彩点缀的海洋中,各类活动中所感受到的同学们的活力、热情,令我更加珍惜这段美好时光。一次次拼搏中,一段段共处的时光中,“集体”的概念不断显现,互相关切互助中,友谊不断加深,学习生活变得多姿多彩。

同时,整个班级的实力不断增长,水平不断提高,外界的认可、赞扬也越来越多。我相信,这个集体,这个属于我们的特殊集体,将有光明未来。现在回头看看,我庆幸这个集体的存在,能融入这个集体是我的荣幸,能有一群共同奋斗的朋友相伴是我的幸运,能在此感受到别样的快乐、看到前行路旁幽幽风景是一笔财富。

高中,不仅是学习,在这里我们寻求的不仅是知识,还有一段有着喜与忧的岁月,它不是冷冰冰的书本堆砌的高山,它是我们用热血、用智慧谱写的一曲青春的乐章。走在路上,除了眼前的荆棘,别忘了还有路边的风景,它们共同构成一段难忘的旅程。

三年行此方切切

转眼到了高三,作业量陡增,进度加快,老师呵责不断,家长唠叨不停,整天带着书本和压力度日,带着黑眼圈“三点一线”奔波。在浑浑噩噩的刷题、听课后,身心疲惫只想好好睡一觉,无奈还有更多额外作业,为查漏补缺,为提高能力,有效调整并适应是翻越这险境的关键。每天晚上小跑一阵,学习一天后发沉的脑袋就在汗珠滴落的同时清醒,考试失利、受到批评后的郁闷也在身体发热后烟消云散。奔跑,让自己暂时解脱,让饱受压抑的身心舒张,与此同时也让自己拥有健康的身体。

有时候,辛苦一个月后成绩不升反降,特别是随着高考一天天临近,成绩上的波动更是让人抓狂。对此,我觉得除了接受别无他法,毕竟这也是高中生活的一部分。不过,当自己陷入此般情景时,首先得仔细分析,或找老师帮助,但随时都得保持自信,不能在高考前自己将自己打垮。其实于我而言,我奋斗三年只希望做到无悔,当一次又一次意外袭来时,守住初心,我奋斗过,我牺牲过,我也无悔。

三年苦读,终有收获,踏入燕园又打开新的篇章,前路仍漫漫,但我也知此处风景独好,愿以后的我也能热血如初,奋斗不止,无悔韶华。

谢林耿:毕业于重庆市南开中学,就读于北京大学医学部口腔医学院

千帆历尽，征程初启

冯　毅

人生于我，是一场蜕变。

虫梦

在我读小学的时候，我跟着父母去北京游玩。当时，四爷爷身体还很健康。我能记得，他带着我走到北京大学的校门口，指着那辉煌大气的校门，对我说："这是我们国家最高学府之一。"说来奇怪，小时候的事我大多不记得，可那一幕，却像是铭入我的骨髓。我能记得，那座我仰着头也看不清的校门；我能记得，四爷爷脸上舒展开来的皱纹和嘴角翘起的弧度；我能记得，我撇撇嘴不服气地说："看起来没什么大不了的啊，我以后就要在这里读书。"父母和四爷爷都笑了，是笑我话里的矛盾，还是笑我童言无忌，抑或是对我的鼓励？至今仍不知道。可我确信，在那时，一个小小的梦想被埋入小小的心田，虽然前路风雨交加，但是，我却有了一个起点。无论走得多远，走得多累，当我重温那幼稚的誓言，我总会窃笑自己的天真，却总能从这份天真中，得到继续前进的力量。

作茧

上了初中后，我有很长时间都是自由散漫的状态，仗着自己有些底子，轻视奋斗，觉得努力是这个世界上最无聊也最无用的东西。我甚至暗暗鄙视那些成天努力成绩却不如我的同学。现在想来，那时的我其实是在害怕吧，我害怕努力过后的自己仍达不到自己的期待，与其如此，不如放弃努力，至少还有个心理安慰：我不是做不到，我只是还没开始认真。真正该被鄙视的人，其实一直是我。

升入高中，我才明白，我过去引以为傲的天赋，其实根本不值一提。我尝试过参加竞赛，却发现自己总是跟不上同学的节奏。这对我是个很沉重的打击。很长一段时间，我都在迷惘，而迷惘的直接结果，是变本加厉的自暴自弃。我听不进老师的劝导，凭着一点老底子混日子，北大，对我来说，似乎已变成了一个梦，一个可有可无的梦。我把自己藏在茧里，不去看这个世界，好像这样，我就永远不会被世界伤害。

高三是改变我人生的一年。这一年我们班的老师全部更换了，我本来仍抱着事不关己高高挂起的心态冷眼旁观，这些老师，这些初见的老师，却一遍又一遍地让我看到他们的期待、他们的担忧、他们对我不遗余力的支持。

人，怎么可能断掉自己与世界的联系呢？那个时候，我的茧里，射入了一丝光明。

我顺着茧上的小洞向外窥视，却看见一个个同学拼命努力的身影，有比我更聪明的人，也有暂时不如我的人。为了未来，为了梦想，每个人都在竭尽全力。似乎有种说不清道不明的东西触动了我，回头望去，我的梦想，已然发芽。

是的，比我好的人还在努力，不如我的人仍未放弃，我又有什么资格，在这里自怨自艾？

坚固的茧轰然崩塌，我迎来了万丈阳光。

化蝶

我真的很幸运，有一群乐于与我分享学习经验，愿意陪我面对悲伤挫折，耐心听我倾诉迷惘不安的同学，还有几位从不曾放弃我，从不会怀疑我的老师。他们，或许比我自己更相信我，所以，我也开始相信自己，相信我离北大，从来都不是那么遥远。我开始拼命努力，充分利用每一分每一秒，题海再大，又怎能大过我的梦想？纵使前方阴云密布，我也不再害怕，因为身后，就是阳光。

高三的努力，一言难尽，当时似乎有很多话想说，似乎有很多苦要诉，现在想想，却只能想起日复一日的努力。我不是雄鹰，我只是蝴蝶，只会按照自己的步调慢悠悠地飞行，但在我到达北大之前，我不会停下。

说来有点好笑，高考考完，我信心满满，觉得考上北大已无悬念。但第二天理综考完，我发现自己因错看题干，物理被白白扣掉二十分。当时，我感觉世界都崩塌了，一切努力都化为泡影。

所以，我要再次，真诚，衷心地感谢那个陪了我一中午，一直安慰我，劝导我的同学。没有他，我接下来都无法从阴影中走出，遑论考入北大。

北大录取通知书下来后，我的感受挺复杂的，最后还是归于平淡。我回到老家，将通知书的复印件烧给了四爷爷，我想告诉他，我从未食言。

要感谢的人太多太多，有的人已经不在，所以，剩下的人，我会加倍珍惜。迈入北大，是终点，也是起点。我的征程，才刚刚开始。

冯毅：毕业于重庆市第十八中学，就读于北京大学医学部口腔医学院

基础医学院

基础医学院的前身是1954年成立的北京医学院基础医学部。2000年北京大学与北京医科大学合并后，更名为北京大学基础医学院至今。北京大学基础医学院现设12个系、1个教研室、2个研究所及1个医学实验教学中心。学院以师资力量雄厚、治学严谨著称，拥有一批国内外著名的专家学者。学院现有教职工389人，其中教授67人、副教授91人；具有博士学位者206人。学院拥有大批优秀人才，其中中国科学院院士4人；工程院院士1人；国家杰出青年科学基金获得者8人；获得“国务院政府特殊津贴”14人；获“国家人事部有突出贡献的中青年专家”称号4人；获“卫生部有突出贡献的中青年专家”称号5人；教育部跨世纪优秀人才2人；教育部新世纪优秀人才16人；获国家自然科学基金“优秀青年科学基金”资助8人；博士生导师72人。

目前基础医学院招收基础医学和医学实验技术两个专业的本科学生。其中基础医学专业为八年制本博连读学制，旨在培养德智体全面发展的基础医学各学科师资和高层次科学研究人才；医学实验学专业为四年制本科，培养具有生物医学基础理论知识和熟练掌握医学基本实验技能、具有从事高级医学实验技术工作基础的医学实验技术应用型人才。

博雅筑梦，未名启程

邓嘉铭

博雅塔下饮黄龙，未名湖畔酒千盅。

巴渝学子梦成日，目尽江山几万重。

一、勒马，当下

要用什么来比拟我此刻的心情？或许可以说是丑小鸭初瞥那羽翼之美开始梦想自己能成为飞翔的白天鹅吧，或许是三年不鸣的楚王决心一鸣必当惊人吧，或许是封藏已久的宝剑终于可以开光亮剑吧…… 不，这些都不准确，我更像是拿到了一把钥匙，可以用它打开通向另一个世界的大门。我很骄傲，因为不是谁都能拿到这把钥匙；我很焦虑，因为我不知道等待我的是怎样的挑战；我很兴奋，因为我知道大门之后一定有一个更加广阔精彩的世界；我整装待发，因为这是人生的又一个开始。

二、回首，初心

回望我的过去，我其实只是在干一件事——追求一个更高的平台。如果你也出生于一个名不见经传的小地方，没有大都市的繁华，没有商业街的喧闹；你也就近读了一个普通的小学、初中，但不甘于自己的平凡俗常，于是你发奋考进名校，努力登上一个更高的平台…… 那么，我们或许同样是那种为了视野和平台而不懈追求的人，我们永远不满足于当下，我们始终追求更加宽广自由的天地，拓展视野、强大自身是我们共同的目标，青春难再、光阴可贵是我们共同的信仰。

三、马不停蹄

所以，我从不相信“考上好大学你就安逸了”那种忽悠人的话，选择安逸舒适就是选择停滞不前的懈怠和自满，甚至是在选择跌落的快感。人生不能仅仅舒舒服服地混日子，对我而言，那简直是虚度光阴，我所向往的，是不断前进的乐趣，是永不间断的修行，是人格的不断完善，是格局的不断拓展。

人生从来就没有坦途。如果真的一切都是一帆风顺，如果做任何事都不费吹灰之力，我想那一定不是有趣的人生。

一直盘绕在眼前的大雾将散，一个更大的世界即将呈现，未来已来。

期待与诸君相会未名湖畔，折柳共东风，笑谈月明中。

共勉！

邓嘉铭：毕业于重庆市第一中学，就读于北京大学基础医学院

公共卫生学院

北京大学公共卫生学院始建于1931年，其前身为国立北平大学医学院卫生学教研室。目前设有10个系和2个研究所，即流行病与卫生统计学系、劳动卫生与环境卫生学系、营养与食品卫生学系、妇幼卫生学系、毒理学系、卫生政策与管理系、社会医学与健康教育系、全球卫生学系、卫生检验学系、生物统计系、北京大学儿童青少年卫生研究所、北京大学生育健康研究所。

学院现有教师182人，包括教授、研究员48人，副教授、副研究员52人，其中博士研究生导师36人，硕士研究生导师43人，教育部新世纪优秀人才4人，已建成一支结构合理，整体水平较高和充满活力的师资队伍。2017年，北京大学公共卫生与预防医学学科入选国家“双一流”建设学科名单。

登高自卑

唐煜川

人生从来都不是规划好的，我总是“Hoping for the best but expecting the worst”，如此，成功之时，不会骄傲自满，忘乎所以；失败来临之时，也能更好地拥抱失败，重新振作起来。

小学时成绩算不上拔尖，但这并不影响我积极投入自己热爱的事业中。我喜欢忙碌的感觉，参加各类活动让我的生活变得充实。成为大队委员当选大队长、加入礼仪队、入选红领巾广播站广播员……

2013年的5月，来到附中，与蓝色操场相遇，便再难与附中分离。

附中一直践行“素质与应试双优”的育人之路，无疑我是其中的受益者。在班级里，我是班长，完成老师的任务，策划班级的活动；在学生国旗班中，我是学习委员，安排学习小组演讲，批阅学弟学妹们的四级词汇听写单，我也和国旗班其他同学一样，是一名志愿者，布置高校招生会会场，参与缤纷节幕后工作；在校园里，入选两届缤纷节综艺晚会主持人，参与第13届、第14届缤纷节特等奖节目《稻香园外传》和《稻香园别传》……犹记2017年缤纷节时，因为国旗班小先生讲座、志愿者工作和主持词的修改，我连续两日凌晨才回寝室。在校园外，我加入义工团、参加“英才计划”冬令营……

忙忙碌碌的日子随着高三的到来结束了。

似乎在不少人眼里高三是地狱，是无穷无尽的刷题，是轮番碾压的考试和评讲，甚至很多人挑灯夜战，夜不能寐。对于我，也许是高一高二奔波于各项课外活动，在高三专心于学业时，反而觉得生活变得更加有规律，在本以为枯燥的高三收获到了学习的乐趣。高三是一个不断熟悉不断巩固的过程：能在每一堂课发现记忆遗漏之处，也会重新认识可爱的老师们；每一次做完作业也会一次次反思自己的不足之处，思考在做题的时候是哪里出了问题，在哪一步时脑袋犯昏，再去核对重做的答案是否与正确答案相符；每一次回归教材都能让我惊喜地发现曾经忽略掉的知识点；每一次考试都会让我明白自己离目标还有多远，明白这段时间哪些事情做对了哪些事情做错了；每一次懈怠之时，都会想象高考后因未全力以赴而落榜会悔恨当初的自己，从而一次次激励自己踏向坎坷的前方……

当然，高三不只有学习，还有一年前在缙云山上写给自己，写给班上所有人的明信片；有毕业墙上的一句句洋溢着青春激情、让人心头一暖的话语；有格致楼小黑板上每日更新的鼓舞人心的语录；有一次次操场上的集体夜跑；有运动会上来自全校师生的加油助威；有学长们的祝福视频；有班节、有吉他、有西瓜、有月饼、有可乐，有元宵节在食堂吃掉的27个元宵，还有高考前夕偷跑到格致楼天台看到的璀璨夜空，那让我久久难以忘怀的夜晚……

白驹过隙，转瞬消逝，经历了漫长而又充满激情的一年后，尘埃落定，而我们即将各奔东西。

回想起入格教育“漫步人生路”结束的那个晚上，老师用蜡烛围成心形，我们坐在蜡烛旁，谈论一天的感受，谈论着我们的青春，现在，我想，那就是我的梦想开始的地方。

《礼记》有云：“行远必自迩，登高必自卑。”曾经那个在乡镇中学成长的男孩，怎会知道在离开小乡镇的8年后，会考上主城的中学，怎会知道进入附中的六年后，会考上北大。如果你是为胜利而来，又怎会被轻易打败。

班主任文总说过：“我不知道我能否成功，但我绝不否定我坚定的决心。”我不去想，未来是平坦还是泥泞，我始终在心里默念着：

虽然我们的力量已不如当初，
已远非昔日移天动地的雄姿。
但我们仍是我们，
英雄的心，
尽管被时间消磨，被命运削弱，
我们的意志坚强如故。
坚持着，奋斗、探索、寻求、而不屈服！

——[英]丁尼生《尤利西斯》

唐煜川：毕业于西南大学附属中学，就读北京大学医学部公共卫生学院

经济与管理学部

经济学院

北京大学经济学院是北京大学历史最悠久的院系之一，也是中国高等院校中最早建立的专门的经济系科。1912年，严复创立经济学门(系)，成为中国第一个经济学科的诞生地。1985年，北大经济系领风气之先，创建经济学院，成为1952年我国高校院系调整以后北京大学设立的第一个学院。北大经济学院百余年的历史中，数代学者为我国经济科学的发展做出了卓越的贡献，涌现出很多在学界享有崇高声誉、学养深厚，影响深远的大师级人物，可谓“大师如林，贡献卓著”。如李大钊、马寅初、赵迺抟、陈岱孙、樊弘、陈振汉、熊正文、杜度、赵靖等。

经济学院现有经济学、国际经济与贸易、金融学、保险学、财政学、资源与环境经济学等6个本科专业。根据ESI数据显示，北京大学经济学与商学学科2011年进入全球前1%，是中国内地此学科最先进入全球1%的学术机构，且这种全国领先优势保持至今；在QS 2018年排名中，北京大学经济学和计量经济学位列全球第31名、全国第一。在最新公布的“双一流建设”名单里，北京大学理论经济学和应用经济学同时入选。

见汪洋海，耘一隅田

杜祚宇

拿到梦寐以求的装着北大录取通知书的大红信封时，我仿佛握住了天边的朝霞。我的燕园之梦，开始得很早。从儿时对每个长辈都会提到的“北大”的童真向往，到初中高中一步步越来越有底气的渴望。然而，北大对我，真正从平面的符号变成熟悉亲切的地方，是在一年前，高二的暑假。

那个盛夏，见识燕园的汪洋海

北大的面貌是怎样的？

如果高二暑假之前问我，我对北大的视觉印象仅仅是经典的中国红西门和很有设计感的校徽；北大的精神风貌则是通过北大学长的几场宣讲草草勾勒。北大还是个美丽但粗线条的轮廓。

很幸运，那个盛夏，我获得了参加北大历史学夏令营和优秀中学生夏令营的机会，能够亲眼一览。

与北大初见，小心翼翼。7月，收好行李，独自坐上由渝飞京的航班。航程中偶然发现后排两位小姐姐同是赴北大参加夏令营的，顿时喜出望外。进入校园，忐忑紧张无心细睹校内景象。

兜兜转转到达报名处，与班导互认，领过饭卡、钥匙、营服，前往寝室。窗明几净的四人间，座位上备好了洗漱包，温暖与感动油然而生。室友聚齐，一位来自重庆,他们一位来自浙江,一位来自安徽。聊旅程,聊北大,聊学习,聊生活,融洽自在。北大,便是这样舒适的所在吧。

接下来的五天,我们全身心进行北大体验。行走在绿树点缀的道路上,小黄车经过,无意间抬头,发现面前的建筑叫作“哲学楼”;在全家超市里逛好像就在我家楼下,在纪念品店蹭Wi-Fi下载视频;公共澡堂沐浴归来,晚风吹散暑热;一日三餐到校园各处尝遍美食,从鸡腿饭到香锅无不令人食欲大增;跟着班导从校园这头走到那头,看博雅塔未名湖博物馆西门……整日营服在身,却没有被约束的感觉。北大,便是这样舒适自由的所在吧。

到校那晚开班会,班导是位睿智寡言的学长,20余位同学来自不同地方,围坐一周依次自我介绍,每段发言都会赢得众人鼓掌。班导如兄长,领我们游校园,分享北大日常,关心生活起居,考试前鼓励我们。此后几天有大量讲座,讲毕,教授总会让学生提问,尽管有些问题天马行空,教授都一一恳切作答。北大,便是这样平等开放的所在吧。

听讲座是夏令营的主要内容。每场讲座都令人眼前一亮:北大有如此多优秀的教授!每个人都知识渊博!他们或传授经典学术理论,或传达最新学科动态,或讲述独家研究成果,无不引人入胜。我从中汲取了不少知识,但更重要的是,见识了北大学人的风采,着实仰慕之。北大,便是这样深刻平实的所在吧。

8月末,我又以优秀营员的身份前来。再次相见,少了一分不安,多了一分亲切。

我们青渝藏营员编在一班,班旗上的火锅与雪山是亮点。记得趣味运动会烈日下坚持参赛的团队精神、破冰活动时玩游戏的愉快感、每晨纪念讲堂前集合的集体感、邱德拔体育馆几千人听讲座的宏大感、院系介绍会上看长安花的奇妙感、结营晚会歌舞尽欢后响起《燕园情》的仪式感……

舒适的寝室、参观图书馆的珍贵机会、优秀的同学们、院系介绍会后坚定的专业意向,让我振奋却也给我无形压力。我想,这就是北大,它优秀,自然也需我优秀。

两次夏令营,让我更全面地认识了北大。高三开学典礼上我不由得想起在燕园耳闻的北大的辉煌。

两次夏令营,让我认识到北大的高要求。我要让自己配得上梦想中的学府,还有很长的路要走。

那个盛夏,耕耘自己的一隅田

返程飞机落地,我还是校园里一名中学生。

夏令营归来,我的内心一时难以平静。

北大拥有开放的态度、广阔的襟怀,然而盛夏时光的旅程,只是路过大海,要想奔向大海,需得耕耘自己的一隅薄田。

那个盛夏是高三的前夜,这时箭已在弦。没有谁梦中没有一座学府,没有谁不想对自己的未来负责,每个人都在默默积累,每个人都在用心用力。你有优秀的过去,但在变数无限的高三中,没人能保证你能守住这份优秀,除了你本人。你有光辉的未来,缔造这份光辉,需要你当下的勤恳。花路要自己一步步开拓,梦想要自己一锄锄收获。

如今反思,我觉得自己做得不够好:那个暑假有些怠惰飘然,耕耘得不够用心。

所以,这个盛夏,当一些同学在高三的入口处最后狂欢时,请将它当作高三的序章,躬身耕耘。

如何耕耘自己的一隅田?先到田里走走,看看良莠。优势劣势,清醒认知,统筹规划,扬长补短。再到田里躬耕,认真勤奋。日日落实,脚踏实地,无惧流汗,深掘潜能。

对文综科目,可利用大量整块时间,整理强化基础知识。知识再熟记一遍,按章节梳理思路,写出知识框架。高三的能力提升是以知识的准确记忆为基础的。高三的学习节奏与高二不同,提前打好基础,能压缩记忆所需时间,为更深入的学习挤出时间,也为其打好基础。

对语文，需要利用时间持续积累。每日看一点儿文言文，自行翻译；看一些古诗及鉴赏；读媒体的文章，提升逻辑思维；阅读整理，积累作文素材。

对英语，要牢记考纲要求掌握的单词。语法有短板，就读背语法笔记，加强理解、记忆。每天保持一定阅读量练习量，保持语感。隔几天进行一次听力练习。

对数学，一方面，自行梳理思路，梳理每章节的知识框架；另一方面，做练习题是提高数学成绩的很好的方法。

这个暑假的耕耘，是为即将到来的高三准备。踏实耕耘，打牢基础，拥有更多时间精力攻克重难点，赢在高三起跑线上！

这个暑假的耕耘，更是为明年的高考发力。踏实耕耘，抓住当下，早早为梦想而行动，待金榜题名，圆梦燕园！

高二暑假中的学弟学妹们，我们在北大等你来！

杜祚宇：毕业于重庆市第一中学，就读于北京大学经济学院

热血与淡泊，张弛有度

杜祚宇

文武之道，一张一弛。此乃学习生活的黄金法则。但当高三来临，老师们开始敦促我们拉满弓，更努力。实际上，高三虽是非常时期，但仍是中学的一段，这条法则仍然适用。高三的学习生活需要张弛有度，需要健康而强大的心灵。

有热血紧张的基调

高三之所以被称为非常时期，便是因为在高考的压力面前，节奏加快，因此这一时期的生活、学习必然是紧张的，心态也相对不平稳。

跨进高三，每个教室里都充满紧张的气氛，桌上高高一摞资料，学生们埋首泛舟学海，墙上高考倒计时数字一日日变小。这种氛围里，同学们会出现两种情况:一是主动紧张，热血沸腾；二是被动紧张，后知后觉。早早觉醒的前者或许在上一届高考结束的那一天，或许在盛夏的某一晨，或许在开学典礼的那一刻，心中弦已紧绷，以高三心态开始奋笔疾书。懵懂的后者或许抗拒非常时期的到来，或许沉迷于暑假最后的欢乐，或许不习惯高压环境，在身边人一个个越来越严肃认真时，感受到紧张，才被迫醒来，匆匆起身，加速前行。

无论是哪一类，每个人最终都会融入高三紧张的大环境。几个月后，身边同学对我说，“从前看高三如此辛苦，自己进入高三觉得不过如此。”这就是融入的生动写照。

既然融入无可回避,那么先人一步,勇立潮头,有何不可？虽说辛苦努力多一分,但回报丰厚:扎实的基础知识,早期较为稳定的成绩,开门红带来的自信,还省了后知后觉踉跄跟上的心路历程。稳赚!

中期,新课全面结束,每日任务就是复习,课上不免眼皮沉沉,自习课常常睡意昏昏。这个煎熬的阶段很长,好像800米跑到500米最难之处。但这也正是提升能力的时刻。这时怎能无热血！要给自己加足马力!

信念、榜样、自律、意志力能让你每一天精神饱满,目光坚定。

后期,考试时的心态更为重要。适度紧张的精神状态能高效助攻。

高考前40天左右,班主任曾在班上说:“我认识的高考超常发挥的人,最后一个月都很有斗志。”当时我心凉了,因为我觉得自己是很难激起斗志的。后来我用了一个方法:每个早晨中午起床去教室的路上,都会攥紧拳头面带微笑默念几遍“人生！理想！十年!”“加油!”“你可以!”最终激起了斗志 。

有适当放松的调剂

高三的确相当紧张,但并非沉闷压抑到喘不过气,仍然有很多小滋味、小美好。

高三上学期每个同学的英语演讲,雷打不动的娱乐视频播放;冬日,一人一笔绘九九消寒图,写几则趣闻,文字间透出各人个性;趣味运动会不顾形象不计输赢疯玩一通;全班爬山手脚并用汗流浃背,自助餐后一觉醒来错过下午自习……青春里轻松愉快的回忆,高三一点不少。学习再紧张时间再金贵,这些集体活动舍得不参加吗？大家一起放松,是高三生活中的美好。

我认为,放松不在于量,而在于质。放松是值得的,放松是有必要的。休息是为了更好地学习,更是为了自身身心健康。健康,是革命的本钱,也是幸福生活的本钱。

放松时，抛开杂念，彻底作息。放松之后，身体舒服，心情舒畅。心收回来，再次专注投入学习。带着思想包袱玩耍怎能愉快?

放松的方式五花八门，只是切勿沉迷其中玩物丧志，要能自控。欣赏油画，读课外书，听音乐，看电影，写文章，玩游戏，追剧，吃饭，运动，都很合适。

调整状态，保持平常心

高三的心态一定要平稳。适合自己的就是最好的，不必因为与他人有差距自乱阵脚。他废寝忘食多么努力，我心慌乱；他学得多轻松高效，我羡慕嫉妒恨——这都是消极的情绪。心态平衡，就要内心强大一些。

无论你与同学关系如何，都请互相持尊重、爱与和平的原则，保护好彼此的心灵。祝愿每位同学都找到适合自己的节奏，张弛有度，相会燕园!

杜祚宇：毕业于重庆市第一中学，就读于北京大学经济学院

貴淂适志，路上皈依

刘 炼

昼眠听风，夜卧听雨。值巴渝夜雨，天地空灵，忆起“何当共剪西窗烛”一句，生出几分感慨。几个月前，还是挑灯苦读的时候，紧张备战高考的一个个夜里，在文字和题海中倍感枯燥的时刻，“却话燕园夜雨时”，想着远方那座学府内，未名湖水是否也荡起些微涟漪，一如我此刻心境？

初遇·寻找生命的湖

自小听着长辈口中“北大清华”的盛誉长大，懵懂无知的岁月里，像遥远而不及的梦。时常苦闷思索，在世事洪流中挟卷着走。唯有一个执念，就是要学习、要奋斗，因为只有不断地向上，才有可能在懂得选择的时刻，拥抱最好的。

进入高中，课业上的落差、文理分科的困惑、陌生环境下的不适，都成为我前进路上的洪水猛兽。有幸语文课上得闻蔡元培先生“学术”与“自由”之论和胡适先生“进一寸有进一寸的欢喜”的金玉良言，感悟于历史上诸多大儒的风度情怀，醍醐灌顶，毅然追寻内心的方向，选择了“为天地立心，为生民立命”的文科，从此义无反顾。北大的优秀学长们来学校做宣讲，使我初步了解了北大厚重的历史，秀丽的风物和辉煌的人文。于是我想，能聚集如此多大师的地方，该是怎样的所在？

学习上逐渐顺利，燕园似乎不再遥不可及。我从未如此迫切地渴望探索我心中的桃花源，那个有着白云塔影、湖水悠悠的地方。

相知 · 自是花中第一流

如果问高中我最幸运的一件事是什么，我一定毫不犹豫地回答：那就是在2018年的夏天，通过自己的努力我争取到了参加北大暑期学堂的机会。

短短七天的征程，却给我留下极其深刻的印象。不必说那出现在无数明信片上的标志性西门，茵茵草坪上的华表；也不必说那现代化的体育馆，物丰味美的学生食堂。领队老师举手投足间，透露出北大人特有的书卷气和亲和力；自由活泼的团队活动中，又蕴含着独立自由、张扬个性的理念。这里有一群仰望星空的人。聆听名师讲座，我折服于大师卓越的学识和不凡的风度，高山仰止，心向往之，只恨这短短几天不能满足我的求学之心。北大的每一人、每一物，都在无形中形成一种气氛、一种风度——正是那“进一寸有进一寸的欢喜”的气氛和自由开放的大家之风。

与优秀的人相处，如同与兰共室，会不自觉地受其熏陶；在优秀的平台学习，如同海阔鱼跃，能在充分发展自我的同时将正能量传递。平台塑造人，亦因人而卓越。北大就是这样宽阔的一片天，无论雏雀还是雄鹰，都能在这片天中找到合适的位置，而飞得越高才会发现，这片天无极限。

提笔完成北大的试卷时，我只觉一道道题都暗暗透出学术和思想的气息，与我心中所想的某一部分契合；每一次作答，都仿佛轻轻触碰燕园的灵魂。这实在是一种奇妙又美妙的感觉。后来我才慢慢意识到，这种感觉叫作“归属感”。原来从那一刻起，一颗种子就在我心中发芽，呼唤着我努力成为北大人。

“何须浅碧深红色，自是花中第一流”，燕园值得如此赞美；人生贵得一适志，既已听见来自远方的呼唤，我又何必在意身后是非纷尘？

坚守·以冷为习,志于成冰

高三的路,说不艰难是假的;高三的路,若说全无一点欢乐,也是骗人的。

白天是轮番的课堂轰炸和永远做不完的试卷,其间有老师的谈话,成绩的起伏,誓师和动员,以及改了又改的计划表。但更使人难以忘怀的,是校园的林荫一角,课下同学间的谈笑风生,师友的关切和鼓励,让你认识到自己不是一个人在战斗。更有灵光一闪的顿悟、一日将尽时的充实感,以及每每思及燕园,心中的一份坚定和喜悦。在日复一日的磨剑中,我学会了如何安排时间和最大限度提高效率;如何建立学科体系、体悟答题方法;如何把握自身学情,做好教与学的互动……更在学习与巩固中强化了对数学的兴趣,坚定了经济学专业的方向,决定在这一领域发挥所长,创造自身的价值。点滴升华中是质的飞跃,长期脚踏实地的努力终在高三开花结果。我意识到,在扎实的基础下,高三拼的无外乎"坚持"二字;以及坚持之下,恰到好处的调整和领悟。调整心态,踏实奋斗,一切都会水到渠成。

傅雷曾告诫"浮浮沉沉中,勿失本心"。坚守即耐得住寂寞,担得起梦想;以决然之心选择,以如一行动贯彻。全力备战高考,才对得起自己和心中的桃源。

《抱朴子》言:"登山不以艰险而止,则必臻乎峻岭矣。"虽千万人吾往矣,高三学子不达目标怎敢言弃?以冷为习,志于成冰,三年太久,我只争朝夕。

新途·平庸就是最大的不严肃

得知录取结果那一刻,心中荡起层层涟漪。如史铁生言,"真正的皈依不是在某个地点,而是在路上";适得贵志,路上皈依,一路风景入人心神,结局遥远却又清晰可及。经济学院,重基础促交叉,在系统性经济学思维和方法中全面培养人才,有幸进入这样的学院学习,平庸就是最大的不严肃,若是懈怠处之,如何对得起漫漫日夜里的自己,和这眼前的大好时机?

“优于别人,并不高贵,真正的高贵是优于过去的自己。”北大梦圆,是另一段新征程的开始。不耽于幻梦,不囿于过往;大地长空,远山沧海,燕园筑梦,明日可期。

刘炼:毕业于重庆市巴蜀中学,就读于北京大学经济学院

光华管理学院

北京大学于1985年设立了经济管理系，1993年经济管理系与管理科学中心合并成立北京大学工商管理学院，1994年正式更名为北京大学光华管理学院。作为北大工商管理教育的主体，北京大学光华管理学院是亚太地区最优秀的商学院之一。

秉承北大百年风骨，以"创造管理知识，培养商界领袖，推动社会进步"为使命，光华管理学院在厉以宁等历任院长和现任院长刘俏的领导下，已走过30余个春秋。经过几代光华人的奋斗，学院迅速发展，取得了令人瞩目的成绩，成为中国乃至亚洲领先的商学院，是中国商学教育的一面旗帜，并形成了植根于燕园独立精神与自由思想的"因思想，而光华"的独特精神气质。

光华管理学院现有全职教员116人，其中国家自然科学基金优秀青年基金获得者6位，教育部新世纪优秀人才支持计划获得者10位，国家杰出青年基金获得者11位，国际学会会士2位。

在平凡中遇见不凡

李轩瑶

时至今日，我仍不能解决这个疑问，我是否不平凡？

作为一个有着“二次元”爱好的人，我曾认为自己也是世界的主角。可惜真实的世界不是漫画中总是围绕主角一人转动的无聊平面，我没有那么幸运，我不过是沧海中最渺小的一粟！

是的，我对自己并不抱太大的希望，尤其是上了高中，自知此地高手如云，卧虎藏龙。在这里，有踌躇满志，早已规划好人生走向的智者；有胸有成竹的强者。回望自己浑浑噩噩的学习生活，我深切地认识到自己的平凡的。

但是，人人心中一定都有一位少年，他总是不甘于现状，他总是紧握双拳，向未知出发。他一定是主角！

总之，我的高中生活中常有低谷，但也有令人欢欣鼓舞的成功，我相信自己是平凡中的不凡，或许我不是世界的主角，却是自己故事中不可取代的存在。

关于一二轮复习

一轮复习是对整个高考知识的整体回顾，二轮复习是在做题中巩固重难点。很多同学从一轮复习起就将全部课变成了刷题课。对我个人而言，听课是复习中很重要的一环，提早疯狂刷题会使自己在二轮复习中疲软无力！课堂老师对基础知识点的回顾其实只占很少比例,更多是总结经验教训。在很多同学忽略的题目讲评课上,往往能受到很大的启迪。

一轮复习时,大多数同学还没有太大压力,对于生物学科,一定要注意基础,要认真"啃书",书中的黑体字要背诵,边栏问题要个个能答,小字部分也要熟悉。数理化知识点要全面覆盖,在接近高考时才发现自己的漏洞,真的会让人崩溃。语文、英语科目真的不提倡在此阶段大量刷题,反倒是多阅读文言书籍、英语原文,做好作文素材的积累更为重要。

二轮复习时很多同学会感到疲惫,可能在付出努力后,分数名次却不见好转的情况下开始怀疑自己。但如我的班主任所说:"学习是由量变到质变的过程。只要你肯静下心来,总有一天,你能见到成效!"

关于活动

高中生活可能是枯燥而又辛苦的,也可能是多姿多彩的。每个学校,每个班级,每个学生都有对高中生活的不同定义。但若这三年只剩下学习,也是一种青春的浪费。对体育成绩不好的我来说,在体育活动非常丰富的南开,我只有为运动员加油的份儿。但尽管如此,和同学们一起欢呼、尖叫,或者因失败而沮丧,都着实让我感到班级的凝聚力。想想,能有一群珍贵的朋友,向着同一个目标,不管是在运动会还是高考场,都是最温暖的回忆!正是这三年在各种活动中的拼搏,才使我们班保持生机与活力,大家互相鼓励着向终点冲刺。

友情是美好的,在这三年里,我们可以收获珍贵的友谊!我希望大家不要被自身束缚,积极参加班级活动,总有一天,你会发现,今天的"无用",会成为你一生最"有用"的东西!

关于心态与健康

以前,我总听老师家长们说心态很重要,还不怎么相信,但经历了高考的我,深深体会到这一点。关于心态,其实很难靠我的一番话就能让大家调整好的,毕竟我也曾是失眠大军中的一员。但我在复习中的状态还是足够好的。

首先,从高二暑假开始,我们就成了辛苦的高三生,这时,应紧张起来,不要想着离高考还有一年,就懒散。

到了十月,对高强度的复习感到疲倦后,不妨回归课本,你会有海边拾贝的惊喜感。

到来年一月,便是激动人心的一诊。我为了参加清华的工科营,耽误了整整十天的学习,内心崩溃,成绩下滑到年级第40多名。但正常情况下,这段时间应该在适当刷题时回顾错题,找到做题的状态。

到四月,离高考越来越近,这时,你更应沉着不乱。加上二诊临近,如果被各种烦琐事情打扰,导致状态不佳,你的信心会被挫伤。

五月,要心态平和。自招过不过都是浮云。因为自招只是一条捷径,但绝不是唯一的道路。这时候,与其盯着目标不放,不如忘记目的地,着眼于眼前。你说你会迷路,可路不就在你脚下吗?

六月份,真的是该吃吃,该睡睡。到最后,你会发现所有的困难都阻挡不了你。高考,不过如此!

如果有情绪上的波动,一定要找父母、老师、同学、朋友交流。因为他们一直在你身边!

保证睡眠,多吃水果,注意保暖,不要贪凉,补充水分,避免暴晒,坚持锻炼……这些其实你都懂。不过,我在这里强烈建议:晚自习结束后坚持跑步!既可以缓解压力,又能强身健体,还可以看星星,看月亮,和朋友一起从诗词歌赋谈到人生理想……少年,你真的不想尝试一下吗?

李轩瑶:毕业于重庆市南开中学,就读于北京大学光华管理学院

历尽艰难，梦圆燕园

林 臻

刚进高中，我似乎就为着一个目的——高考而学习，也没想过三年后会进一所什么样的大学。未承想高一暑假的北京之行，与北大的邂逅，让我与未名湖、博雅塔结缘，渴望两年后再踏燕园。此后，我学习起来就有了目标和动力，所谓破釜沉舟，不留后路，认定一条路往前冲。

高一：困境与迷茫

初三毕业后，常听人说起“高中苦，但高一没初三辛苦”。古语有云：“绝知此事要躬行。”“一进高中不轻松”是我在高一时的真实感受。

社团活动、每周四下午的选修课，为高一生活增添了亮色。但凡事得分清主次，学习是学生的根本任务。高中学业压力大，尤其是当看到身边的人都在努力时，我更是不敢懈怠。然而，学习上的困难与打击接踵而至。英语词汇量剧增，阅读理解难度提升，让在初中时英语一向很好的我栽了跟头。数学成绩直线下降了20多分；高一上半期的化学更是跌到了谷底，只考了总分的三分之二。而这些问题，并非每晚学到12点半就能解决。一时间，我陷入了迷茫。因担心多方失利，最后可能一败涂地，我做出了不参加竞赛，集中精力学习的决定。

现在看来，取舍是必要的，它不仅存在于学习与娱乐之间，更存在于学习内部。学哪些,各学科时间如何安排等,要学会统筹安排。

我逐渐明白这一点,开始做出一系列调整。如把笔记记得更加有条理,抓紧时间在老师讲课的间隙(如在黑板上书写、发卷子时)复习笔记内容,从而调整作息时间并使之更有规律。渐渐地我发现,成绩有了起色(从年级九十多名上升到五十名内),晚上的休息时间也相对充足,白天的精神状态也好多了。

良性循环刚开始形成,高一下学期的半期考试却给了我当头一棒,成绩排名再次回到了年级九十多名。究其原因,是自己在时间安排上出现了问题,导致精力较为分散。一直到高一下学期期末的时候我总算把成绩提上来了。

高二:平淡与转机

高二既没了高一的新鲜感,又不似高三那样拼命,就是读读书、上上课、做做题、睡睡觉,然后就过去了。

且慢！过渡时期亦有话要说。生物在我们学校是高二才开课,因此上课进度较快。一本书的内容一个学期不到就上完了。要背的东西很多,如果不能及时巩固记忆,便会欠账,而生物账很难补上,等到高三就晚了。不过真正的挑战是在高二下学期的理综训练。在我校,理综高二下期才开始合在一起训练,这对时间的总体安排能力是很大的考验。

此外,竞赛生带来的压力也不容小觑。那时一些参加竞赛的同学陆续取得了成绩,获得省市的奖项,他们很有可能在自主招生中获得加分优势。当时有些担心:我没搞竞赛,倘若再失去别的自招机会,岂不是很亏？又被人提醒:多一条路胜算更大。于是,我暗下决心:尽力将自己的年级名次保持在前三十名。这对我虽然不容易,但有更清晰的目标就有了更强大的动力,有动力就能在一定程度上改变现状。凭借一股子钻劲,在高二下学期的期中和期末考试中,我取得了令自己满意的成绩。

高三:拼搏与圆梦

高三其实是从高二到高三的暑假就开始的。先是上课,然后是在教室里自习,暑假几乎没放假。而寒假除了过年的那几天全是在校自习。总的来说,高三就一个字:忙。然而,要做到忙而不乱,考验的是能力;要做到忙而不慌,考验的是心态。

无论是月考还是周练,都不能掉以轻心。对于每次考试中出现的知识盲点,应及时整理,做好查漏补缺的工作。我在高三后半期的一个深刻感触就是抓住重点、发现盲点、搞清疑点。高三时间真的不长,需要提纲挈领,方能纲举目张。这一点是针对战略上来说的。

做题是发现盲点、疑点的好方法。高三时适度的练习一方面可以提高做题速度,为自己在考试时争取更多的时间;二来可以保持熟练度,见多识广还是很有道理的。

对于大量的该记该背的闪容,不能有半点儿含糊。生物老师让我们每天读课本,读的不仅是正文,还有小字部分,选修的附录照样不能忽视,从高二下学期一直持续到高考前夕。花这么长的时间读背,熟练掌握书本内容还是很有必要的。

此外,对心态的调整尤其重要。我在高三遇到过一次大的打击,就是在第二次月考中年级名次从四十多名暴跌至一百三十多名,而且语文罕见地跌破了一百分,这让我惊恐与焦虑,解决燃眉之急刻不容缓。我努力平复心情,用不断的练习去收起恐慌,灯下鏖战便成了家常便饭。不怕辛苦,就怕辛苦没回报。还好,在第三次月考中我反败为胜,回归到正常状态。

高考终于来了。它是一条终点线,所有考生都会冲过,只是快慢不同罢了。高考一开考,语文就让我措手不及。我遇到了不少新题型,平常没有练习过。焦虑感涌上心头,时间仿佛过得飞快。我赶紧暗示自己不要慌,左手握成拳头以增强信心。约半分钟后,心情逐渐平静下来。此时大脑飞速运转,我右手拿笔飞速作答,终于在开考半小时后恢复了正常的做题节奏。后面的较为顺利,不料作文题目让我蒙了。我搜肠刮肚,硬是想不出切入点。眼看只剩五十分钟了,我不得不草草下笔。五分钟过去了,我觉得这样下去肯定会完,于是又花了四分钟草拟了提纲,接着一口气写到底,待到写完距离考试结束只剩四分钟了。于是赶紧检查有无漏填、错填,接着考试就结束了。

出了考场,我有些神情恍惚,觉得自己会输得很惨。但一想到下午还要考数学,就一直在心里告诫自己:不能慌,振作精神,积极备考!回到家后,我决定一如既往地复习,不乱节奏。睡过午觉后,虽然心中有些忐忑不安,但觉得精力旺盛。

数学卷子发下后,我只管拼命地往后看题、做题,一直在心里提醒自己:别管时间,只管做题。就这样,做完试卷花了一小时二十分钟。在接下来的四十分钟里,我告诉自己沉下心来,认真检查。我发现了一个大的错误,连忙将其改正过来。出考场后,我对自己的考试结果充满了信心,并将这种信心带到第二天的理综与英语考试中,这让我受益匪浅。

高考结束了,纵然有缺憾,但我对自己选择的道路不后悔。

历经三年风雨,这个夏天终于圆梦燕园。未名湖、博雅塔将伴我数年,大学生活即将开始,大道未必坦途,曲径许能通幽,愿与学弟学妹们共勉!

林臻:毕业于重庆南开中学,就读于北京大学光华管理学院

燕园梦结，澜水启行：不辞冰雪为君热

张晋恺

蝉声聒噪，夏水汤汤，在这仲夏物华，天长露干的七月，踟蹰在驶离青葱的船头，心田纷然，纵有千种凝思，更与何人说？

往事如烟：“记当时，只有西窗月。”

初入高中，懵懂如我，恍惚间，迷茫中，自臆余怀常人不及之力，欲揽他者不胜之举，习化竞，自学物竞。盖吾意在得诸两学科之益，且南开优在化学，余亦念其获省一甚易。

夫竞赛之苦，唯盎然之兴趣可胜。无奈，蹚“结构”，过“无机”，斩“分析”，擒“物化”，卒折戟断辕于“有机”，车殆马烦。视之犹属魑魅、鬼蜮者，诸机理磨吾神经，彼人名砺我尺桡，不期年未二八，而视茫茫，而发苍苍，而齿牙动摇，毛血日益衰，志气日益微，呜呼，曷不若彼高三学子壮且悲哉！

其后翌年，既知其难，而愈仰之弥高，钻之弥深，余益操习竞赛，遍猎理化生，旁涉语数英。常忆雾旦晴初，余即起身就读，伴各科竞赛生赴考场，其形也枯槁憔悴，然其意也欣然。

思及余习化竞之业，虽多艰辛事，而蚤晓高三之累乎劳甚，究得有所获。比及高三，诸同学之士慨然叹息，皆云学业之繁哉重也莫如此者，毕日强锢形骸于桌椅前，神反游于物外化内，耗其心力，悴其形容，终似槁项黄馘，寡言郁郁。而余独沉焉吾心，固留于之方寸之地，擎管锥，定心魔，毕练习，倘毋高一二竞赛之有，岂亦类若属何如哉？

流年亦梦："楼空人去，旧游飞燕能说。"

通习之弊，始于修习竞赛。

犹记高一初学之际，叹亦感焉高中学科品类之盛，几欲了吾入南开初心。殊知，广游涉猎实乃所好。斯课程如兹，余即终日援师友，释疑难，寻至理，参宗禅……于史地政，余视其餐饭之属，一日不食乃顾望怀愁。其若惊鸿之翩，比游龙之婉，如秋菊之曜，类春松之华，髣髴兮、飘飖兮，余远远察之望之，灼然皎然。

后值高二文理分科之殇，余亦感焉文科予我经纬哲思，辩证唯物，寰宇地理，怅盘桓而不能去，卒择理而弃文。夜耿耿而不寐，思绵绵而增慕，益复怀斯文科之禅。心向往之而不得，神欲留之而为形役。伤感之余，想大学之年犹可复习人文社科，而论四海内大学学科之广者，世人皆举燕园红楼也。兹此，未名成吾心中暖色，载梦亦启梦。余翘首北望，朔风拂面，吹来彼京畿之地人文科学之缱绻问候。

《诗经》曰："靡不有初，鲜克有终。"弹铗之侧，余未尝恒思功与得，昏聩于排名模考，浑噩于题海书山。时值高三，身力俱疲，如临渊海，奈何成绩陡降，排名亦滑，何其忧哉！

比及高考，余亦叹焉今年题目甚易，其同侪皆获高分，几无分差，而吾既无降分之殊，亦非特招艺体。呜呼，燕园梦其孰为梦邪？

且忆去年此日，余适才肄业于北大优生营，意气之际，何曾料有今日之颓，旗靡辙乱。此后，方悔力不唯勤，学非有方，然亦晚矣。

考后临北清抉择，辗转之思，念吾初心尚属北大，既晓长路可期，则择亦无虞过之虑，盍若固守吾心，无悔于后，如此方得：凡心所向，素履以往，生如逆旅，一苇以航。怀此念想，笺札中北大红幻出微光，初心之路，自此重拾。

张晋恺：毕业于重庆市南开中学，就读于北京大学光华管理学院

春色正好，太阳正晴

周子焜

不知是在什么时节——蝉声凄迷的夏末或者寒意陡增的冬初，从黄葛抽新的阳春到栀子胜粲的初暑——那些关于燕园的一点点隐秘倏忽间成了心里几丝明晰的悸动，那些关于苦痛的记忆交杂在恼火或苦笑中化作斑驳，而那些关于未来的希冀则在偶然与必然的交汇处升华成了现实，这便是我在成人前的最后一岁中所沉浸的光阴。

去岁的酷热和今日的盛夏别无二致。日光也是灿烂而悠远，蝉鸣也是亢奋而绵长，时光也是轻悄悄地蛰伏在睡梦的边缘上，在翕动的眼睑间缓缓流过——但那时的我却恰缺如斯余裕。从北大培文杯到北大数学营，再到紧随其后的月考、全国中学生数学联赛，我匆忙地辗转北京、杭州与家乡，并吃力地迫使自己的思维在不同领域内随意切换。

培文杯的决赛现场是一种模样，澄澈的日光从高大的玻璃窗间倾泻而下，在宽阔的阶梯教室里流转不止；奇妙的题目投影在屏幕上，教授的寄语回响在耳畔——那是一种深邃而美妙的氛围，组成我今生兴许是最为特别的一次创作体验，让人如此迫切地、毫无疑虑地、不受约束地书写。玲珑的一等奖杯没有从实质上搭起通向燕园大门的终南捷径，但毫无疑问那是北大所能给予我的绝无仅有的最初印象：热烈，自由的创造力，丰沛的人文情怀和迸射的浪漫气息。

数学营的笔试现场又是另一种模样：试题，答卷，稿纸，层层叠叠；运算，图示,推理,密密匝匝。钟声嘀嗒始终微鸣在考场内,极富挑战的题目挑动蓬勃的战意——那是另一种奇妙的感受,那里没有回旋余地,思维从繁芜中抽离而出,逻辑指引了唯一的方向。同样,我也没能依靠数学营在实质上拉近我与北大的距离,但方时北大所传递给我的却是另一种举足轻重的深刻记忆:强烈,激昂的探索欲,严谨的治学理念和夺目的理性光辉。

从这个层次上说,我觉得自己异常幸运。我始终坚持的全面发展,文理兼蓄的道路给予我这样一种可能:在短短一个夏天感受到两种燕园气息。也正是这种可能,让我在那个溽暑里,沉浸在泱泱学者之风,谦谦君子之息里,完成了自我与北大的联结。

我的高三很完整——从忐忑中起步,在幸运里收尾,偶尔恰逢高光,偶尔遭遇阴影,既拾掇弥足的愉悦,也拾掇伤疤和苦痛。我经历了那些骂骂咧咧的清晨,迷迷糊糊的午后,嘟嘟囔囔的深夜;成绩登顶的满足,成绩稳定的安然,成绩跌宕的焦躁;情绪高涨的激昂,情绪低落的苦闷,情绪崩溃的绝望。

并没有太多人有机会窥见全部,我很少与人聊起这些,更多的时候我热衷于向所有人呈现一个乐观的我,将难受的滋味用幽默的方式去呈现,让嘴角的笑去遮住倦意和悲伤。我始终相信,嘴角上翘的弧度具有一种感染力,感染周身也感动自己,无论是低吟浅笑,咧口大笑,还是摇头苦笑甚至泪中带笑。

还应当感谢所有与我共行的人——那些最终陪我肩并肩走进考场的和那些最终站在考场门口守望着我的人。前者与我勾肩搭背,窃窃私语,放声大笑;后者站立在清晨的教学楼前,端坐在深夜的办公室里。

最重要的是,生活不只有眼前的苟且,还有无限的远方和宏阔的未来。

这宏阔的未来有些什么,谁又能说得清呢,就如同我们都不知道现在正拂过脸颊的这一缕微风会接着拂过什么山清水秀,就如同我们都不知道现在正走过的路下一段是宽敞平坦的柏油路,古朴幽香的石板街还是妙趣横生的山间道——而这,正是我所梦想的燕园魅力,它是如此的宽敞,以至于什么样的未来是它所不能容纳的呢?

而我,我正站在燕园的入口处,期待着大口呼吸它新鲜的空气,期待着与它所有的美好撞个满怀。

也正是站在这儿,我才有机会回个头,看看自己走过的路,才有机会愕然——原来,这一路的漫长其实短暂,这一路的窈窕其实旷然,这一路的崎岖其实平坦。这样,我便依稀能够看见,那穿过入口后看似朦胧的前方,春色正好,太阳正晴。

周子焜:毕业于重庆市南开中学,就读于北京大学光华管理学院

This Time It's My Way

张汇珩

I've been reading books of old, the legends and the myths

（阅遍古卷万千，览尽神话传奇）

三年前的盛夏，稚气尚未脱去的我，带着好奇与期待走进了八中。当年校门口的大红喜报上，写满了那些考取北大清华的师兄师姐的名字，我一个个地看着，数着，却不敢想自己是否能如同他们一般。未名湖光，博雅塔影，对于当时的我来说，太好，却也太远。

现实是，周围有那么多天资聪慧于我，基础扎实于我的人，而那种不甘人后的倔强让我对成功有了更自然而又强烈的渴望。周末的空闲时间，我总会默默地待在阅览室自习，整理各科笔记，做数理化练习题。到了高一下学期，我在文理分科的选择中左右为难。记得当时，年级主任对我说：读文科，你就可能去北大、清华。

那是第一次，我的名字，与北大相遇。最终选择文科的我，心里知道，这不仅是因为我对文科多几分喜爱，或是我的文科实力更强，更是因为，即使我的心中只有她美丽的幻影，我也依然向往北大，我想去那里。

And I'm walking on a wire,trying to go higher
（如履薄冰，仍奋力前行）

进入高二，月考陡然变多了。光荣榜开始挂起，也开始悬在我的心上。这时的我，对名次的渴望也越发强烈，甚至考试前的晚上会翻来覆去地想，这次月考我要不是第一名该怎么办。我依然会在周末抱着书到阅览室上自习，就害怕别人比我多学了一会儿。下课后的我，甚至不愿和同学们多说几句话，只是为了多整理几行笔记。

我急急地想要比别人走得更快，更远，却在这当中变得比以前更冷漠、固执、焦虑、疲惫。萌动的情愫与女生的小心思，也往往打乱我的阵脚。那时的我，就像一头倔驴，只会从成绩中寻求几分安慰和自信。我总是一边羡慕着别人活得多么丰富多彩，一边逼着自己再多学一些。可是这样就能去北大了吗？我也不知道。

I will light a fire,and the embers bright will guide you through the night
（点燃火把，余烬将指引我穿越黑暗）

高二的那个暑假，凭着过去两年的积淀，我有幸参加了北大的优生夏令营。也许是未名湖的波光粼粼太美，也许是农园的麻辣香锅太好吃，也许是金开兄和同学们太可爱，也许是半夜让我们早点儿回去休息的保安叔叔太温暖，也许是文艺晚会上三千人齐唱的生日歌太动听……北大在我的心中，不再只是一个美丽的幻影，她变得更加真实而又动人。

我知道，我喜欢这里。流连于她美丽的风景，陶醉于她思想自由兼容并包的学术氛围，更钦佩北大人眼底未名水，胸中黄河月的情怀。记得离开的那天，大雨滂沱，我们彼此都笑着说明年北大见。可明年的我，真的能进入北大吗？带着希望，带着不舍，带着担忧，带着满满的回忆，我迎来了我的高三。

Through the darkest alleys and loneliest valleys, I was dragging those heavy chains of doubt and fear

（暗巷幽谷，惶恐不安让我艰难前行）

高三来了。越排越满的课程表，越练越多的考试，越拖越长的晚自习，越积越厚的卷子和越挤越少的休息时间，都在挑战着我们每一个人。

我呢？被文综选择题搞得焦头烂额，看着总是因“粗心”而做错的数学题懊悔不已，面对变化万千的语文作文不知如何下笔。本以为自己的知识体系坚固如铜墙铁壁，经历考试袭击之后，才发现它漏洞百出，千疮百孔。我只好继续努力。早晨早早起床，只为了多背一遍政治课文；课间操结束后跑着回教室，想再看几个文化常识；为了一道历史选择题与同学讨论半天。后来才明白，比起担忧和幻想，学习更能让我安心。

到了高三下学期，班上频频有黑马杀出，颇有“改朝换代”之势。在那时，我又心慌，又着急。张三刷了题，我没刷，这怎么行？李四多复习了一会儿，我没看，这怎么行？王二怎么老是有时间找老师问题，我没问，这多不好！我太想守住我的第一，这样的短视让我陷入攀比的怪圈，整天因周围的人而焦虑。但在内心深处，我却并不认同这样麻木而又沉重的学习生活，想着要逃避竞争。时间就在我的挣扎中悄悄溜走，全真模拟前的两次月考，我的名次一跌再跌。

怎么办？即使已经在博雅初审中拿到A+认定的我，依然想着不能裸分考上北大该多么糟糕。勉强安抚好自己的情绪，我告诉自己，就一个月了，整天沉溺于无止境的担忧和幻想，又能有什么用呢？我平静下来，老老实实地背起单词，整理错题，在实干中忘却自己内心的纠结，迎来了那场六月的洗礼。

I laid my burdens down,now I'm traveling light
（如释重负,我将轻装前行）

回望我的整个高中,心态时好时坏,总的说来,我过于好胜,过于焦虑,过于着急,对于目标的过分渴望让我时不时变得短视。然而,我幸运地靠着努力和幸运,最终还是如愿以偿,凭着在博雅考试中不错的表现,进入了北大。其实,竞争本就无处不在,无法逃避,但它并非目的。就算我曾在三年的考试中拿过很多第一,但最后真正能让我安心走向考场的,不是曾经获得的名次,而是我认真整理的笔记和错题。

现在想想,生活何尝不是如此呢。我们每个人都是行者,都有自己要走的路,在路上,有人比你快,有人比你慢,但这些都是暂时的,因为没有谁的人生道路与你如出一辙,他们都不能陪你走到最后。我们总是为了某个结果而出发,但行走的过程本身,才是最多姿多彩而富有意义的。哪怕起起伏伏,走好自己的路,这就足够了。

结语

我没有过多地介绍自己的学习经验,因为我希望大家能在我的故事中找到自己的影子。但适合自己的才是最好的。道理,经验,若只是听一听,记一记,那永远都只是别人的,不如在自己的学习过程中多听,多看,多问,多做,多想,方能领会其中真意,内化于心,外化于行。

上课认真听讲,你总会发现自己有漏洞。

错题一定要及时整理,而且可以整理不止一遍,补上漏洞的感觉很爽。

高三尽量少熬夜,熬夜学习真的效率不高。

多和老师同学进行交流。

重视过程，重视考试本身，结果自然会很好。

注重身心健康，找到适合自己的缓解情绪的方法，比如运动、聊天、唱歌、写日记、看课外书等等。

最后，祝愿看到这里的你，无论身处何种境况，都能不忘初心，努力前行，抵达心中那个最美的远方。

张汇珩：毕业于重庆市第八中学，就读于北京大学光华管理学院

自　渡

张文韬

人要长高，要成熟，但成熟并非一定是成长。有时肉体扩张了，年轮添加了，反而灵魂萎缩，人格变矮，梦想溜走了。

——题记

我并不是一个传统意义上的好学生，且我的高中生活有四年。

前三年在巴蜀中学。或许是从一个管理严格的环境到了一个相对宽松的环境，又或许是彼时的自己尚未明确学习的意义，荒废了三年光阴，未曾努力耕耘，也辜负了家长的期许与老师的栽培。哪怕到最后拿到自己不太满意的高考成绩，心里也没什么波澜，没有后悔，更没想过复读。但有时候成长就是那么一瞬间的事，在录取结果公布后的几天，我每每想到我可能会因为自己的坏习惯在大学继续荒废学业，想到以后可能没有能力承担起保护家人的责任，心中就涌起迫切想要改变自己的渴望。思虑再三，我意识到复读大概是我最好的选择。

志不立，如无舵之舟，无衔之马，漂荡奔逸，终亦何所抵乎？

第四年在巴川，这一年我十八岁，这一年我经历了人生中最大的改变。

首先是思想上的转变。当我明确我想要纠正自己的不良习惯，想要提升自己的能力，想要进入一个更高的平台时，我的学习变得更加有动力。如果说之前的学习状态如同被人拖着在雪地上前行，那么这一年我便是在旷原上自由奔跑。而且我并没有功利地给自己设限，而是一步一个脚印地去发现和解决每一次出现的问题，没想过结果，但求过程无愧于心，我一直暗示自己，无论如何只要最后不后悔就好。

其次是方法上的转变。从前的我总是习惯于把失分归咎于粗心，这一年我才意识到是自己在细节上处理不到位。通过与老师同学交流，我才发现除了学习方法以外，很多同学能在考试中发挥得好是因为他们有良好的习惯，比如工整清晰的书写，比如规范的答题步骤。

最后我想谈谈关于如何调控自己与他人相处的心态的问题，这也是我个人认为比较重要的问题。之前我沉溺于手机，与苦口婆心规劝我的老师、父母对抗，似乎手机能让我忘记烦恼。可实际上，因为手机，我发现自己不能在房间里单独安坐，任由思绪在我的脑海里自由地漂浮，大胆地徜徉于过去和未来，令自己感受痛苦、欲望、遗憾和兴奋。原来我沉迷手机不是因为我依赖它，而是在某种程度上将手机当作了自我逃避的工具。

我并不是一个传统意义上的好学生，所以我也不想跟大家过多的谈及如何去学习，我只是想从我的经历出发，把我灵魂里的每一点褶皱与美好翻出来给大家看。我始终觉得，学习不应该只是为了分数，而应该去提高自己，为自己的人生负责。很多人说佩服我有再读一年的勇气，但是我想说我选择复读并不仅仅是为了有再一次参加高考的机会。复读教会了我并不是世上所有事情都可以再来一次。进入燕园学习是我的一个新起点，我也不知道我是否还能有好运气让我接下来走的每一步都正确，无论如何，不后悔就好。

张文韬：毕业于重庆市巴蜀中学，复读于重庆巴川国际高级中学校，就读于北京大学光华管理学院

在路上，且歌且行且从容

谷星月

在路上，回首来时路

还记得晚自习间隙在操场一圈一圈走着，仰望皎皎明月，流光千里，心中无限感慨。如今回想前尘旧事，一桩桩一件件，竟然如同前世之事，心中再生不出一丝波澜。

刚入学的新鲜劲儿一退，便是日复一日的学习生活，晚上躺在床上闭着眼睛都能想到第二天的生活，精确到每分钟。所幸，每一天都能学到新的知识，不失趣味。

然而，前途未知的迷茫让我只能闭着眼睛向前跑。我很快学会了忘记自己考过的分数，只记得考试时暴露的问题，渐渐忘却考试附带的其他意义，只想着如何把试卷做完。

学习本身是很快乐的，让人痛苦的是压力。以前我总给自己增加许多不必要的负担，后来我开始明白，作业不是必须要完成，考试不是必须要考好，没有什么是必须要做到的，高考也不是必须要考好的。这样想想，好多压力也不过是自己难为自己。

在很多次不开心之后，我开始学会遇事时多问问自己，这件事真的重要吗？原来真的如冰心所写：墙角的花，你孤芳自赏时，天地便小了。很多所谓的烦心事不过是眼前微不足道的一点小事，一些当下让人难过的事，时光也会以温柔让你淡忘。

在路上，感恩同行人

一直觉得自己不是个幸运的人，毕竟数学最后一道选择题答案我从来没有蒙对过。后来才知道，原来我的运气都用在了遇见身边人。身边人，有朝夕相伴的父母，有亦师亦友的老师，有善意相助的同学，还有许许多多萍水相逢的人们，或许相交非深，一句话，一次伸手，都是点点温暖星火。

刚入学的我，高中知识一窍不通，初中知识已经忘记，在课堂上屡屡闹出“定语前置、宾语后置”这种笑话，幸好老师和同学并不嫌弃我愚笨，乐意伸出援手，让我很快熟悉了环境。我想，我之所以能考上北大，并非是因为我有多么的优秀，而是大家都愿意相信未来有无限可能，不肯轻易放弃，在这样的氛围下，我才得以慢慢成长。

高三时，课时延长，每天苦练“坐”功，老师和父母都担心体弱的我撑不住。感谢母亲每日为我辛劳，清晨起床，早餐已冒着热气，中午炎炎烈日，我在教室舒适地等待着母亲送来丰富可口的午饭，下晚自习回家，水果已削好放在盘里。感谢父母为了早晚陪伴我步行去学校，和我这个高三学生保持作息一致，短短路途上的欢声笑语，给我高三生活良多慰藉。

在路上，吟啸且徐行

记得从前在作文里写过，一代人有一代人的历史责任，我想我们不但要有拨开历史风尘的睫毛，还要有看透未来风云的瞳孔，为我们这一代人、下一代人，创造一个更美好的世界 。当真是少年意气可凌云。但现在想一想，进一寸有进一寸的成功，退一寸有退一寸的欢喜，无论如何，都很不错。

近三个月的暑假过起来似乎也没有那样长，时间悄悄溜走，放假初计划的每天看书写字，也如以往的假期计划一样，成为一个美好的愿望。回望暑假，虽然因碌碌无为而感到羞愧，但也接触到了许多新的事物，认识了许多朋友，并非一无所获，也算有些欣慰。

如今，中学生活已画上句号，大学生活刚刚开始，于人生，更是行路未半，征途漫漫。想到即将要面对新情况、新挑战，期待中也有些许惶惑。但人生不正是应该认清自己、明了自我之短处，看清道路之曲折，依然愿意努力，依然为了生存而奋斗不止吗？

把酒祝东风，且共从容。

谷星月：毕业于重庆市垫江第一中学，就读于北京大学光华管理学院

追上回忆的列车

王雅梦

站在过去与未来交汇的路口，早些时候或喜悦或不安的情绪早已如列车外飞驰的风景一般，末端被拉伸得长长的，色彩鲜明却又看不真切。回忆的画面将要逐渐虚化，人生阶段小结的作业却还拖欠着。不如趁着现在这盛夏的热力还未散去，再来清点一下这辆列车上满载的回忆。

一

初进高中的挑战在我之前十多年的人生中也许是前所未有的。当学习的压力、想家的情绪涌来，前行路上最大的挑战就变成了战胜自己。欠缺的自控力、松散的学习节奏，换来的常常是糟糕的成绩与排名。甚者，面对这一切，我无动于衷，然后继续用"温水煮青蛙"的模式消磨大把时光。

回看这段经历，心中是失望，亦有所释怀。我也许还应感谢这段经历，作为最真实的反面教材警醒着我悬崖勒马、脚踏实地。

高一高二过去，即使现实如"在填写学习优势这一栏上写上'进步空间大"一样无奈，但好在我还没有丧失斗志。明白自己无路可走后，我暗下决心：接下来你是真的赤手空拳了，不要害怕，勇敢地迎接疾风吧！于是，伴随着对远方的向往，我正式推开了高三生活的大门。

二

高三，心中满怀着对当下与未来的热忱，我分明能够感受到自身的变化：学习也好，心态也罢，都朝着更为沉、稳的方向发展；世界观、人生观、价值观也似乎在知识、见闻与经历的敲击下渐趋成熟。

具体是从哪里开始的呢？平凡的某一天，怀着莫名悲壮的情绪送别了手机，置办了新文具，以更纯粹简单的心迎接余下的三百天。那时的心事，不过是在小台历上画上的一条条斜线，是夜晚钻进被窝前悄悄对自己说的一声“加油”，是将机票上的“北京”一栏小心裁下夹在书里，也是无数次在便利贴上一字一顿写下的“沉住气”……

我曾以为高三让我拥有的会是“辛苦到感动自己”的记忆，但实际上，却是由脚踏实地带来的充实与安心。规律的生活作息，计划、做题、总结、放松等，都按部就班地进行着。哪怕有时各种试卷材料猖狂地占据了书桌，露出狡黠的笑容，最终也都因为这大概就是高三本来的面目而笑着坦然接受了。

毕竟，诗意与现实交织的，才是青春。

三

夏日将至，一寸寸的进步缓慢而笃定地诠释着“功不唐捐”的意义。挫折时常有，基调却还温柔向上。如何是温柔？我难以言明。行色匆匆之余与夕阳里一树花的不期而遇，埋首题海时因笔端的一道阳光而惊喜。点滴细节，为过程点缀了几丝柔和的浪漫色彩。

某些时候，轻声念着阅读题中动人心弦的句段；忙里偷闲跑到自习教室翻看《人民日报》，心感事事关心的情怀；反复阅读历史书上某段历史记录，感慨万千而心潮难已。平静的岁月中，总有些声音提醒着目光以外有更广阔的世界。

还会想起，上课打瞌睡时肩上飞来的重重一掌，晚自习间隙热闹而“做作”的小花园乒乓球赛；想起周六晚上的礼堂电影，小李、小徐同学解放碑黄昏游的陪伴，以及小陈同学不定时的零食、杂志赞助……当许多人与事都在时间流逝中逐渐被遗忘时，感谢一路同行的亲人、师长、朋友，让思绪于此，有枝可栖。

回望至此，发现自己也不免充满着“早秋精神”，“翠绿与金黄相混，悲伤与喜悦相杂，希望与回忆相间”。正如过去的一切塑造了现在的我，储备盛夏的热力，便可用以抵御下一个凛冬。

我与北大，虽无“惊鸿一瞥”的前缘，但将拥有今后走过四季的记忆。蓬蓬然而渐厚重。

列车将要再次驶远，那么现在，就踏上新的征程吧。

王雅梦：毕业于重庆市巴蜀中学，就读于北京大学光华管理学院

四年同窗忆，铿锵少年行

彭瀚弘

与好友暑期小聚，听往日同窗谈及大学生活时不免感慨万千，回望自己四年漫漫高中路，自觉时光倏忽仿佛一切还在昨天。

王开岭在《古典之殇》中说：“每一滴水都有跑的欲望，哪怕是一颗露珠。”我自小便对北大清华两所大学充满了憧憬，而学长们的宣传介绍更让我坚定了志向，渴望有朝一日迈入其殿堂。与北大的缘分始于一通电话，那端的雷渌瑨学姐亲切地与我交谈，那句“我们一直在关注并看好你”更让我受宠若惊。此后高三一年雷学姐一直与我保持联系，予我鼓励，我们约定在燕园相遇，这仿佛一条纽带连接我和北大，让原本看似高不可攀的目标不再遥不可及。

《尤利西斯》中说：“即使被时间消磨，被命运削弱，依旧去奋斗探索。”第一次高考的结果仿佛晴天霹雳让我措手不及，尽管几乎所有家人朋友都劝说我放下执念就此离开，但少年心事当拿云，我仍坚定选择为了燕园梦再拼搏一年。这年暑假，我参加了暑期夏令营，作为亲历者体验我期望的生活。不必再提起紧张烧脑的考试，掩映在青葱绿树和沉静湖水中的博雅塔已予我最深的心灵震撼；众多大师的讲座使我领略到前沿科技的魅力；“理想在前”主题晚会上精彩纷呈的表演展现了北大学子的卓越风姿。我忘不了江世豪学长的腼腆羞涩，还有那首至今仍被多次回放激励我砥砺向前的《青春大概》，“在花落时结果，希望很多，青春大概都这样过”。是的，最美好的青春年华里少不了挫折的苦闷和奋斗的汗水。艾米莉·狄金森说：“本来可以容忍黑暗，如果不曾见过太阳。”我不再纠结于他人的反复劝说,已经见识过最动人的风景,我愿意用一年时间将梦想变为现实。

四年时光,我最想感谢老师同学们的一路陪伴。王家铭于《在海淀教堂》中写道:“至少我所经历的,不是层层叠叠的幻影,而是命运的羽迹轻柔地将我载浮。”与巴蜀六班的相遇是命运对我的垂青,仍记得面对熟悉的生物杨老师时一句“我又成为你学生啦”苦涩中的欣喜。复读本应是艰苦的,但班级中积极乐观的氛围将枯燥冰雪般消融。我和石同学一起抱怨语文选择题答案令人捉摸不透;我听从方同学建议前往食堂“嘿! 小面”,品尝“清汤牛肉干馏”“红糖番茄鸡蛋干馏”,酷似黑暗料理的配方带给我顶级的味蕾感受。在六班这个既严肃又不乏欢声笑语的大家庭中,我探索却不囿于一隅,我放松却不失去分寸,积跬步之功,聚小流之水,最终在高考中收获成功迈入北大校门。

复读一年也感激过往同学的鼓励支持,寒假时曾经的同班同学回校演讲时专门挑中我所在班级,在阵阵笑声中我找回了往昔温暖的记忆,也安抚着我看似坚强实则敏感不安的内心。我一共三访北京,暑校,寒假学堂,博雅考试。每次前往总有同学盛情相约,北大给我印象最深的是一种充满了自由的人文气息。

尼采有言:“谁终将声震人间,必长久深自缄默;谁终将点燃闪电,必长久如云漂泊。”我想复读一年对我既是磨砺,亦是收获。磨砺内心,让我面对困境无所畏惧;收获友谊,让我有幸融入一个温暖的大家庭。

感谢巴蜀陪伴我度过的四载春秋,如今我将于燕园再度起航,必将不忘来路,铿锵前行!

彭瀚弘:毕业于重庆市巴蜀中学,就读于北京大学光华管理学院

勇敢的心

曾聪聪

有幸得到冯老师的数次约稿，虽然自认为不是没有故事的女同学，但纵使心中百转千回，话从舌尖转向喉咙再转回来，如此纠结最后不过一句，“不足为外人道也”。

所幸复读前后有些许趣事，可以分享一二，让大家见笑了。

一

我在从家到南开复读的高速路上，出了一次不大不小的车祸。

当时是被后车追尾。撞上后不久，我们的小车立刻失去制动，依靠惯性从超车道滑行到了应急车道上。事发地点在高速路的高架桥上，桥高60米左右。事后交警叔叔跟我半开玩笑，那辆车如果再多超速一点点，或者是我们滑行时后面有来车，必然是连环追尾，我们一家可能就没命了。而且在高架桥，如果车子冲下护栏，我们三口必死无疑。

也许是那时候开始，我的运气就突然好起来了。我们三个连皮都没破，全须全尾地活下来了。

当时妈妈劝我说：“你看，生活如此多的变数，我们可以活下来就已经是一个奇迹了，高考考差一点点而已，哪里不能接受呢？”我回答她：“既然我们差点死掉，连死亡的风险都承受过了，那么就算我复读失败又算什么呢？”

此话现在看来大约毫无逻辑。但是在刚刚经历生死的刺激之后，我竟说服家人支持我走上了通往燕园的曲折之路。

那是我第一次感受到，一个人可以为了一件事奋不顾身。

二

选择复读是很没道理的一件事，周围所有老师朋友都不看好我。没办法，高考失误在20分以内，过去三年我算不上懒惰，考得还是不好，按道理来说就是没有什么潜力了。他们都说，差不多得了，别折腾自己。所以，当我执拗地问爸爸："如果我说我高三一年都在发挥失常，你信吗？"爸爸用怜惜的目光看着我，措辞婉转地对我说："我相信你，但是我不理解你。"

那是我第一次在父爱里抬不起头。

于是我在房间里关了两天。父母以为我接受现实了。后来，爸爸说，他既希望我拥有一往无前的锐气，又不情愿我回头再吃一遍苦头。毕竟之前整整一年里，我没有一次月考前是凌晨三点之前睡着觉的。

可怜天下父母心。

两天以后，我拿着写满六页纸的《复读可行性报告》及其附录《复读风险控制措施》来到了他的面前。我一脸真诚地规划复读伟业的间隙，清楚地看到了他脸上复杂的表情，真的好复杂啊！

但是他维持着父亲的威严和稳重："如果我还不同意呢？"我很慷慨："大不了再做一个PPT？"没办法，复读是肯定要复读的。老爹说我是个狠人，虽然他在今年我被录取后说这句话的时候一脸欣慰。

三

彼时我刚刚从乡下中学转学到南开初中部，经历了一次月考。第一次参加重点中学的数学考试，我考了99分，满分是150分。考得这么差因为我完全没有学习过一元二次方程的解法，当时我正在如痴如醉地学习二次函数，直到数学老师提醒我需要补课来跟上进度。

也想过退缩。然而，我当时的班主任，一个相当有魄力和眼界的优秀老教师对我父亲说："孩子现在处于困难的境地，你带她回家乡就是用行动告诉她，困难面前可以退缩逃避；真正应该做的，是斩断她的后路，推她一把，逼她砥砺前行渡过难关。"她说，这一次的坎迈过去了，以后人生中会更加坚强。

四

十年前的暑假，一个在浙大门口徘徊良久的少年毅然退学复读。全世界没有人理解他的决定。

九年前的暑假，他带着北大物理学院的录取通知书到我家来探望老师。

十年前，爸爸跟我说，赵罡是个勇士；

九年前，爸爸跟我说，赵罡是个强者。

或许从那时开始，勇敢和梦想的种子就在心里埋下；只是在再次回到范孙楼的瞬间，拔地而起，野蛮生长成了一棵参天大树。电光火石之间，我完全理解了十年前那个决绝的少年。

当然，我身边有全世界最可爱的老师和最友善的朋友。每当我深陷泥淖，他们都宛如神兵天降，带着我走出阴影，去拥抱一片光明。

我还是很少谈起梦想，很少告诉别人自己曾经无数次徘徊在未名湖畔，在梦里。还是不愿意别人知晓我心里有一个博雅塔的倒影。

但是这一年，总归有什么不一样了。我和北京那所思想自由、兼容并包的大学遥遥感应着。

情书一封，给南开，给燕园。

曾聪聪：毕业于重庆市南开中学，就读于北京大学光华管理学院

每一只丑小鸭都有机会变成白天鹅

周欣颖

一、楔子

“在遗忘中不舍，醉醒交错，青春大概如你所说；在花落时结果，期望很多，青春大概都这样过。”

在2018年工学暑期课堂的晚会结束时，两个学长坐在一旁唱这首歌。那次暑期课堂，是我第一次这样近距离地接触北大；而那歌声，使我第一次产生如此强烈的归属感：我想要再回到这里，回到这个“哭过笑过恋过”的地方。于是我知道：是的，就是这里了。

二、小白?

她，刚入高中，是个“小白”。何解？踏入竞赛班，却对竞赛一无所知；喜研数学题，却对奥数不曾涉及。可是她却从不担心，只是想：先努力学，再看吧。我不禁为她担忧：既无目标，又无动力，路漫漫其修远兮。

但还好，她虽然不怎么抬头看路，却能低头实干，认真听课，落实任务，埋首于一点一滴间，刚入高中就能如此认真，令人欣慰。更可贵的是，她竟然没有“偏科”之症。半期考试，她成功地位列年级第一名，竞赛成绩也进入班级前三名，可喜可贺。只是，她虽然成绩不错，可是缺乏目标，又不善于自我审视。

三、小白!

时光如白驹过隙,不知不觉间,高一已过,而我们,也已完成了竞赛基础知识的学习,踏入必经的——刷书阶段了。邹瑾非常不喜欢“刷书”一词,因为“刷”字,太过粗鲁,有将书与马桶等论之嫌。可我却喜欢这么叫,因为——我看书实在太慢,“刷”这一字给人迅疾之感,说不定叫着叫着,我也能“快看”了呢?总之,面对着堆叠起来已比人高,而且还不断增高的竞赛书籍,我忽然发现没有什么能够支持我全神贯注高效迅速地“刷”它们了。兴趣?知识?它们使我具备了看书的能力,却无法使我铆足劲儿“刷”。

尘烟阵阵,喇叭声鸣,回家路上,我一直在思考。“滴滴!”我转头,一辆车在视线里无限放大,又急速停住。“一直埋头走什么?不会抬头看路啊!”啊?我迟疑了一会儿,终于认识到自己差点被撞的事实。一直……埋头?这不就是现在的我吗?习惯了埋头学,却从不抬头看,没有目标和规划,以至于没有了动力……我知道了!那么,我的目标是什么?省队?金牌?我真的可以吗?我突然发现,隐藏在光鲜成绩之下的,是怀疑与否认。

幸好,就在此时,教练也找到了我,他道:“欣颖啊,这里有个机会。”原来,中国女子数学奥林匹克竞赛将于明年暑假在成都举行。他看我犹豫的样子,又道:“欣颖啊,你是不是觉得太遥远?”我沉默着点了点头。他笑了,掰着手指给我算:前年你的学姐,拿了第一名;去年你的又一个学姐,拿到第十一名。他又指着我桌上那堆书道:“每个竞赛生,都是这么学出来的。你的努力,就是你的信心来源。这条路是不好走,可是,你既然已经选择了这条路,就要准备好足够的勇气坚持下去。不要再怀疑了,你很聪明,我看好你。”

四、圆梦?

自那天以后,她还是老样子。只是,看书时她会聚精会神;考试时,她会全力以赴。做的事是不变的，整个人却好像有了奔头。不，还是有一件，她开始熬夜了。回到寝室，被子一蒙，书本一塞，台灯一按，就开始轰轰烈烈的“刷书”事业。与此同时，眼观一路，耳听八方，一有动向，立即熄灯睡觉，宿管阿姨也只能“望被兴叹”。宿舍的床成了她的大本营，笔，尺子，橡皮，乃至草稿本样样俱全。

她最爱的时光，无非是周日中午放学之后（到了高二，我们每周就周日下午休息），飞速吃完午饭，然后埋首“刷书”，一直看到同学们睡完午觉零零散散往教室赶之际，再踱回宿舍小睡一场。哦，睡醒了，继续“刷书”。说来也怪，就这样一个打乱午觉时间，“错峰出行”的小小举动，却能带给她无比的满足感。大概，她已经爱上了这种“众人皆睡我独学”的奇妙感觉了吧。

转眼已至暑假，赛事如约而至，圆梦势在必行。

五、圆梦！

8月17日，我到成都树德中学。中国女子数学奥林匹克竞赛，即将在这里举行。

第一天在树德。一想到这次考试的意义，我就心跳加速，躁动不安。可是，当我又想到那自己做过一遍又一遍真题，想到模拟考试时，我咬着笔杆拼命要把题目想出来的坚持时，我就不怕了。世上最美好的词，叫充实；世上最大的底气来自信心。

第一天住宿。宿舍的空调出风小，我只有坐在床上默念“心静自然凉”，心里感叹：“果真是出师未捷啊。”但随即又想：我怎么能被这么小的磨难打倒呢？于是搭凳子拆空调，终于发现罪魁祸首——过滤网上厚厚的灰尘。拆下，洗净，装回，入眠。

第一天考试。多年的考试经验告诉我，考场上，越是多想，越容易失误。我也忘了我当时是否有想过什么，诸如考差的后果之类。我只知道，我的多数时间，都用来全心全意地解题，不钻牛角尖，规范书写，这是我在几天前的东南赛上积累的经验。东南赛时，我就是一心做题，书写随意，结果被扣了很多分。我想，在每次考试之后认真回想和反思，才是至关重要的吧。

六、后记

后来，渐入佳境，水到渠成。女奥第七，国赛银牌。

现在看来，我所有的得与失，皆由“信心”二字所起。请你一定要相信，要坚定地朝着目标走，当然，也要找到动力，让自己沉下心来，千万不能得过且过，更不能骗自己。总之，一切作为，唯问心无愧而已。那么，让我们信心满满，坚定地，昂扬地奔跑吧！

周欣颖：毕业于重庆市第八中学，就读于北京大学光华管理学院

十年磨剑，霜刃初试

余瀚霖

每个人从很小的时候开始就要做选择，从摔倒了哭还是不哭，到今天的棒棒糖要橘子味的还是葡萄味的，选择无处不在。而多数孩子在大人的引导下都会遇到这样的选择：“以后是读北大，还是读清华呢？”我当然也不例外，孩子选择起来往往是简单又轻松的，北大清华的重量在孩子的眼里也许无异于两颗棒棒糖，我记得我选了北大，理由很简单，因为更好发音。选是选了，我还为此沾沾自喜了良久。后来大了，慢慢才明白“北大”二字意味着什么，于是学会将儿时的梦想藏于心底，只专注做好当下之事，默默相信自己终有一日可梦想成真。

从小学到高中，我的成绩成绩波澜起伏。三年的长跑我不知不觉已经落后，于是心里想着放手一搏，不留遗憾地去完成最后的考试，然虽说考前百般暗示自己不要紧张，考第一堂语文时，我的脚还是抖个不停。再从后来的出成绩到梦圆北大，现在回首仿佛是电影一般跌宕起伏，或者说每个为自己梦想付出的学子的经历都是一场电影，但高考远非结局，电影仍在继续，未来的路还长，前途还未可知，但若要继续精彩必要付出长久的努力。

我梦想的起点就是我童年的那个选择。它就如天上的北极星，是我人生前十几年最高远的最具象化的目标，具象到一所大学。当年能有这样的目标，大概源于初生牛犊不怕虎的那股劲头，现在回不到那个阶段，但也许那份勇气应该以另一种形式被保留下来。林肯说喷泉的高度不会高于它的源头，是的，若想都不敢想，何谈做，何谈任风吹雨打，砥砺前行。敢不敢想，对孩子来说可能只受性格的影响，但当一个人对这个世界有了了解后，敢不敢想，也许很大程度上取决于格局。格局大者，方能忍受别人不能忍受的，成别人不能成之事。过去的我年幼懵懂，故敢想十多年后我将去到哪里，而如今的我，想试着在新的起点上，找到自己下一个十年究竟该去向何方，我努力想让自己活得更有意思。

即将踏入北大，我兴奋，毕竟多年的努力有了回报，但同时我亦感到忐忑。前方还有各种未知等待我去探索，但我毫不怀疑，在这燕园里，北大和北大人的精神和风范，自由民主的学风，必能让我在四年后，回过头来看，发现我已成长了太多太多，北大风范已深深地烙在我身上。如今，我即将进入北大，我虽然忐忑，但并不惧怕，我一定能找到自己的光，不失信仰与血性。

余瀚霖：毕业于重庆市第八中学，就读于北京大学光华管理学院

我的燕缘

李剑雄

“读北大还是读清华？”没想到，这个困扰万千中国学生的问题，真的有一天会轮到我来做出抉择。从在大人口中听到关于北大的各种传说，到初中作为游客亲自参观燕园，再到高中时一次又一次进入北大参加各种活动，在我前18年的人生中，我与我梦想的地方越来越近，并且最终得以如愿进入北大这片梦想的沃土。

初见北大

第一次进入北大校园是在初一暑假。当时来北京旅游，大人想让我参观中国的最高学府，立下远大的志向。年岁尚小的我参观了北大和清华的校园，虽然对这些了解不多，却莫名地对北大的校园环境心生好感。也许未名湖畔的湖光塔影，抑或是古建筑外的曲幽小径不经意间打动了我，从那时起，北大便在我的心里种下了一颗种子。

第二次来到北大依旧是游客的身份。那时刚刚初中毕业，学校组织北京夏令营。这次，我不仅有机会再次游览北大校园，而且还有幸聆听到一位来自元培学院的学姐给我们分享的经历。依稀记得，学姐口中的北大，不仅有“一塔湖图”，还有充实有趣的学习生活，丰富多彩的课余活动，身处其中的北大学子有充分的自由与动力去探索与追求自己想要的生活。北大的思想自由、兼容并包对尚未迈入高中校园的我产生了极大的吸引力，我对北大的追求从那时起变得更加坚定。

高一入学后，班主任让我们写下自己三年后的理想大学，我在纸上毫不犹豫地写下了“北京大学”这四个字。是的，从这时开始，我对自己的理想大学已经做出了选择。

走近北大

高中前两年的生活和许多同学并没有区别，认真上课并完成作业，在上课的间隙紧锣密鼓地准备竞赛。转眼间到了高二暑假，我很有幸获得了加入北京大学暑期学堂的资格。在燥热的八月下旬，我们一行人坐上了开往往北京的硬卧列车，拖着重重的行李箱，走入了这个有些熟悉又有些神圣的校园。

一年前的我们正面临着紧张的竞赛冲刺，还有关于高考复习的各种压力。但回想起来，暑期学堂的那段时光真的是整个高中的“Highlights”之一。这一次，我终于可以住进北大的宿舍，亲自品尝北大食堂的各种美食，走入北大的教室，走入邱德拔体育馆，踏上北大的运动场，假装自己是真正生活在这个园子里的一员，体验一名北大学生的生活。而这时，我的身份也终于从一名游客转变成为一名体验者。

尽管暑期学堂的考试成绩有人欢喜有人愁，但不得不说，暑期学堂的那几天有趣的事简直数不过来。早在参加这次活动之前，我们几个同学便立志吃遍北大食堂，从学一农园，到学五燕南，最后基本完成目标。还记得我们宿舍四人一起熬夜在一张空白的旗帜上绞尽脑汁画好班旗，还记得95班和96班一起玩过许多好玩的游戏，还记得我们班在北大烈日灼灼的篮球场上齐心协力完成各种游戏。第一次一口气聆听那么多名师的讲座是在北大；第一次观看如此精致宏大的表演是在北大；第一次和这么多同学一起撸串是在北大；第一次熬夜通宵到四点半也是在北大。另外，我倍感幸运能够在暑期学堂结识学姐和辛宇学长，他们在暑期学堂期间全情投入，精心组织各式各样的活动，对我们体贴入微。离开燕园，在高三一年，他们还带给我们许多鼓励和关心，这大概也是这次暑期学堂的另一个收获吧。

为什么一年前的暑期学堂让人印象如此深刻呢？我想，我当时在返程的列车上满怀不舍地写下的文字，也许可以解答：

> 从某个角度来说，这个夏令营其实挺"残酷"的，让一个即将被四面八方压力围攻的高三学子提前体验中国最高学府的美好学习生活，再把你赶回你现在的生活。把美好的事物呈现给你而后又收回去，每个人的心里都会有些落寞吧。但是，不到三百天的高三时光究竟能在我和燕园之间架起一座怎样的桥梁，这的确值得期待。没有赤诚的付出，何来踏入燕园的美好？也许因为这一次的经历，我的高三生活又多了一盏前方的明灯吧。

高中梦寐以求的目标，仿佛没有那么遥不可及，但还远远称不上完成。这个园子成为我高三一年最大的动力之一，我也更加期待与之互动的机会。

九月的联考发挥得不算最好，但也差强人意，我也因此在10月份幸运地获得了参加金秋营的资格，能够再次踏入北大校园。尽管最后没有取得很好的成绩，但能够在一个多月后再临北大，我已心满意足。

下一次来到北大已经是一月了。之前从未想到，北大会在"一诊"这个时间点再次敞开大门，迎接我们的到来。听到这个消息的我十分激动，自己能够碰上北大第一次举办的寒假学堂，能够在高三这一年三进北大，真的是运气爆棚。其实说来，寒假学堂的时间安排真的很巧妙。"一诊"将至，刚考完一诊模拟的我们，第二天火速飞往北京报到。在结束了寒假学堂的行程后，又要马上飞回重庆，准备两天后的"一诊"考试。用"无缝衔接"来形容这趟行程是再适合不过了。不过，就算这趟行程如此紧张，在综合测评之余，我们育才一行四人还是欢快地走进了未名湖冰场,租了四个冰车,像小孩子一样在未名湖的冰面上畅快地划冰。在忙碌的高三,北大的美好时光真真切切地为我的生活增添了许多亮色。

走进北大

高三下学期的生活远没有高三上学期那样平静。从刚开学不久"百日誓师大会"时的惊喜,到后面偶尔的考试失利,再到"最后十米"冲刺时的稳定发挥,高三下学期的轨迹虽不如过山车般惊心动魄,但也算是有起有伏。上下波动的理综,特别是持续低迷的物理,还有似玄学般捉摸不定的语文选择题,极尽学生文字功底的生物简答题,绕也绕不出来的英语阅读,都让我在追求北大的道路上或多或少地产生过焦虑与怀疑。

在海量模拟考的冲击下,坐在高考考场上的我,反而显得平静而淡定。6月8日晚上,冒着大雨回家,还要匆匆收拾好行囊,准备第二天奔赴北京参加最后一次也是最重要的一次测试——博雅面试。博雅的测试比想象中要轻松,6月11日上午在地学楼参加完学科面试和综合面试,下午再在体育场排队参加体测,基本就结束了,当然这还不包括12日一整天的光华管理学院单独面试。第一次在北大参加面试,其实我对于考试结果并没有底,但6月22日六点多揉着惺忪的睡眼打开网页查询成绩的时候,发现自己的认定结果竟也挺不错,这也算是为高三一年我与北大的亲密互动画上了一个比较圆满的句号吧。

6月23日,高考成绩查询通道比预想的要早两个小时。怀着忐忑心情按下"查询"的那一刻,眼前跳出的成绩与自己的预期结果几乎一致。高三波动不小的理综竟在高考考出了个人历史最高分,英语作文竟在高考时延续了之前模拟考的满分,尽管语文选择题实在是让人遗憾,数学压轴题也遭遇滑铁卢,但总的来说,高考的惊喜远远大于遗憾,我终于可以放下分分必争的苛求的心态,在招生组老师的帮助下选择最适合自己的专业,真正走进自己理想的学府。

回到开头的问题:“读北大还是读清华?”毫无疑问,内心长久的渴望与高三一年亲密的接触让我不假思索地做出了选择——北京大学。

我的“燕缘”才刚刚开始。

李剑雄:毕业于重庆市育才中学,就读于北京大学光华管理学院

跨学科类

元培学院

元培学院前身是2001年北京大学成立的元培计划实验班，是在北京大学积极承担新时期中国高等教育体制改革重任，探索新时期中国综合性高水平研究型大学本科人才培养新模式的背景下诞生的具有示范性的优质本科教学基地。

学院以北大老校长蔡元培先生的名字命名，借鉴世界优秀大学的成功经验，坚持贯彻加强基础、促进交叉、尊重选择、卓越教学的方针，建立起一套中国特色的博雅教育计划和北大风格的本科人才培养模式，学院旨在以先进的培养理念和优质的教研力量，培养具有爱国情怀、国际视野、创新精神和实践能力，各行各业的新时期高素质领军人才。

元培学院尊重学生的自由选择。元培学生可在学校教学资源允许的条件下，自由选择全校各个专业的任意课程。在对北大的学科状况、专业设置、培养目标有所了解后，元培学生于第三学期在导师指导下根据能力和志趣在全校范围自主选择专业。同时，元培学院整合全校优质教育资源，设立跨学科专业，为学生的自由发展提供更多可能。目前已经开始招生的跨学科专业有古生物学，政治学，经济学与哲学，外国语言与外国历史，整合科学和数据科学与大数据技术专业，独有的跨学科专业为元培人提供了更丰富的专业选择。

走过风雨，燕园等你

吴奇壕

流金铄石，又闻蝉鸣彻耳，弹指一挥，竟是十载寒窗。高考，也曾令我望而生畏，而今回首，有无数感慨。学弟学妹们，或许你们仍在感叹“桃源望断无寻处”，而我作为也曾风雨兼程的过来人，希望能分享自己的一点儿经验，不求能醍醐灌顶，但求有一些借鉴。

高考，与其说是一座高山，倒不如说是一座桥梁，一座连接理想的“彼岸”和现实的“此岸”的桥梁。也许我们不能成为旷世逸才，但是我们一样可以凭借努力顺利走过。

我从实用的角度，分享一些我作为文科生的学习经验。当然学习方面的问题因人而异，没有什么所谓的最佳方法。

许多同学认为高三是高中学习的一道分水岭，高三以前是“人生得意须尽欢”，高三以后才“四面边声连角起”。但这种想法万不可有，倘若把该做的事留到高三再做，梦想在高三能一飞冲天，只怕高三的压力会把自己压垮。因此早早保持一定的紧迫感是必要的。

听课、写作业和复习是常规操作，是学习的三大主体。听课必须紧跟老师节奏，把笔记做好。可能有的同学觉得，老师像复读机一样翻来覆去讲的内容，我早就听懂了听腻了，于是上课时走神打盹儿，这很不好。我们考试中可能遇到这种情况，想从脑海里捞取所学知识时，总是千呼万唤不出来，这可能就和上课精力不够集中有关，自认为胸有成竹，实际上却相差甚远。至于作业，我知道大家对写作业望而生畏，但踏踏实实地做作业，不敷衍才是制胜法宝。当然，如果同一个题型已经做过无数遍，方法技巧都已经很明白，这时候灵活处理，跳过这些题，也未尝不可。复习的话建议以看错题为主，有的同学习惯看一本错题集，有的同学习惯直接翻做过的卷子，都是可以的。

然后说说刷题那些事。有人问我“到底要不要刷题呢？”我觉得要分情况。如果你每天已经过着被作业支配的生活的话，又急着买题来刷，那么先把作业做好。如果你觉得作业已经不能满足你了，或者想扬长补短，那么刷题也有必要。就我个人而言，文科的地理、历史以及数学三科是刷题见效比较快的，但不要盲目追求数量。对语文、英语和政治来说记忆是首要的，该背的背不下来，再多技巧都白搭。

睡眠问题我必须得专门说说，这太重要了。头天晚上睡眠不好，第二天白天效率就低下，就又得挑灯夜战，弄得自己“油尽灯枯”，然后第三天白天又处于恍惚状态……形成恶性循环。有的同学可能会问“作业还没做完怎么办？”这个时候千万不要为了作业牺牲睡眠，不管做没做完，扔笔睡觉，若实在做不完第二天给老师说明一下，找时间补上就行了，老师会理解的。

真正临考时，心态就成了最重要的因素。如果你考试时手都在抖，怎么可能发挥出水平呢？考试前不要过度去想考试的重要性让自己担惊受怕，要拿出自信，相信自己是“十年磨一剑，今朝试锋芒”。考试时更不能为题目所吓倒。对于心态不太好的同学，听听歌跑跑步都是不错的放松方法。我们得相信高考没那么可怕，每个人都有成为黑马的可能，所以Take it easy！

高中生活虽然十分紧张，但是一根绳绷久了总是会断的，所以还是要注意劳逸结合。当然高中期间游戏什么的还是放一放比较好。我自己在高中期间就不怎么玩游戏，觉得太费时间。

“青山一道同云雨，明月何曾是两乡。”你们和我一样经历了学习的辛苦和快乐，也即将和我一样经受高考的洗礼，而我在燕园等你！

吴奇壕：毕业于重庆市万州第三中学，就读与北京大学元培学院

邂逅北大，携手同行

周星宇

野有蔓草，零露漙兮。

有美一人，清扬婉兮。

邂逅相遇，适我愿兮。

——《诗经·郑风·野有蔓草》

北京大学，是无数学子的理想殿堂。而我，作为莘莘学子中的一员，在2016年的这个难忘的盛夏，初次踏入了燕园。

我与另外几名同学为着北大培文杯英文组决赛而来，但作为高一学生的我未曾想过拿下什么名次，只是为了一次难得的燕园之行奔赴北京。

现场作文时的紧张与颤抖已在记忆中淡去，旅途中的衣食住行更是了无痕迹。只有那些无法磨灭的，至今仍历历在目。那是博雅塔下、未名湖畔的烟雨空蒙，那是北大百年讲堂中曹文轩先生略带口音的谆谆教诲，与其中寄予着的对青年人的殷切期盼与鼓舞，那是登上讲台接受奖杯的惊喜与激动，那是聆听校合唱队齐唱《未名湖是个海洋》时胸中塞满的感动与震撼。

三天后，当我挥别燕园，我发现，以往只在梦中惊鸿一瞥的高舞于云端的倩丽掠影，此刻已不再可望而不可即。她的形象开始变得清晰而亲近，我能看见她的明眸皓齿，尽显最高学府的风采与骄傲；我能窥见她的一颦一笑，噙满对莘莘学子的关心与呵护；我能察觉她的含睇凝望，蕴含着敢为人先的勇气与兼容并包的博大。

而我，也开始敢于睁眼正视这美丽，意外夺得的一等奖让我首次感到北大是可以触摸的，一直名列前茅的成绩让我有底气确立一个“小目标”：把北大这美人追到手！

追逐就此展开。之后两年里，我所做的就是稳住脚步，向前奔跑。途中自然有过波折：不良饮食习惯招来了胃炎，班上同学刷题引起我的焦虑，时高时低的语文成绩叫我苦不堪言……

终于，高考来到了我的面前。但正是在距离成功最近又最远的此时，我的心情再次平静。我承认，在语文考试时，行将结束时还在赶作文的我手抖得厉害，英语听力放完后好一阵我仍心跳得极快。但我确实感受到了一种平和。比如在我的弱项语文考试时，我作文没写完仍然安慰自己“看我数理拉回来！”比如在我的强项数理考题挺简单眼瞅着拉分没希望我仍然想着“我难皆难我易皆易！”好吧，其实是我真正觉得考砸了也没什么。

一个平常的夏日上午，我收到快递小哥的短信，出去领了一个重量超乎我想象的红色信封。揣着比平时跳得更欢一点儿的一颗心，板着比平时更僵硬一点儿的脸，拆了。父母亲戚为我祝福。

我那盛大的追逐，开始于一场盛大的邂逅，结束于一个平常的早晨。

结果是，北大追到了，从此我就可以中气十足地宣称，我已经是北大的人了！

回顾过去的路，好像只余下那场邂逅仍闪耀着炫目的光彩，装点着回忆的美好；而那无数个咬牙坚持的夜晚和无数次的痛苦煎熬，都隐于回忆舞台的幕布之后模糊暗淡，一并化作坚强，沉淀在心灵的深处。

作为过来人，却并无甚话可讲与学弟学妹听，只是那些切身体会经历过的，不语不快。

其一，去外面看看。趁着高一高二去看看。

去看看，知道自己心中想要的。君子不器，我一直引以为座右铭：在真正努力一番之前,不要被他人的看法和所谓的自知之明限制住自己的才华。我的追逐始于一场邂逅,希望各位也拥有属于自己的邂逅。

去看看,知道自己的斤两。要说到学习成绩,我不得不夸耀一下:高中三年,月考半期期末考,我的名次未曾下过前三名,不是第一名的情况都很少。这成绩很好看,我确实时常在心中毫不客气地自矜一番;可现实很不给我好脸色看,由不得我骄傲起来。看看吧,除了成绩稍过得去,你这人还有哪些优点?井蛙不与言海,夏虫岂可语冰?不出去看看,哪知口语表达能力欠缺?哪知交往能力缺失?哪知兴趣特长匮乏?哪知考试成绩不过只是构成人的一部分?去看看,知道自己的不足,方可补足。

其二,锻炼身体。胃炎的经历实在惨痛,感冒的时常到访令人心力交瘁。尤其是当身体影响到学习时,不仅学习受阻,心情也会受到影响,令人焦虑。

其三,自信。不足自然有,长处未尝无。一应优点缺点、长于人处不及人处、善处恶处,皆是我之一部分。种种合一,便成世间独一无二无可替代之我。

前言“无甚话可讲”,其实,这些话,到头来还是对我自己讲的。

北大是追到了,可是生活不会到此结束。笑也笑了,哭也哭了,发完呆了,该从沙发上坐起来了。高中结束,大学开始了!

我带着一身不足与缺点而来,渴望离开时不带走那么多;120周岁的北大有着绝美的身姿、青春的活力,我希望,与北大携手共进。

周星宇:毕业于重庆市第十八中学,就读于北京大学元培学院

十年心尖战激昂 千载燕园梦无双

余忠倪

岁月鎏金:时光飞逝,我的初心依旧火热

我站在时光的这头,眺望着那头,那段略显懵懂的日子,那段烦恼也可爱的日子,那段被热血和激情携裹着的日子,都成了我前行的勇气。依稀记得,刚进入高中时,看着校门口的展示栏中的那些考入清华北大的学生照片,便暗暗立下誓愿,将来也要成为上面的一员。之后即使成绩有起有伏,尽管离清华北大有一定距离,却始终有着一个清华北大梦。或许,有人会问,我是如何有着这样一种坚定的信念的。我只能说,那是偶然的一次机会,改变了我整个高中三年的学习状态。我为什么要学习?从前,我一直认为,学习是一种责任,是我们这个年纪的同学的必须履行的义务。然而,学习的意义是什么呢?那时,我突然迷茫了,我不知道我学习的意义。可后来,我豁然开朗了,因为我明白了学习的意义,是将来能做更大的贡献。在彻底审视自己内心,把握自己的目标之后,我在学习上便不再如以往般懒散,而是多了一番执着,多了一份踏实。我只愿早日实现自己的目标!

曾几何时:迷茫困顿,我只是自己灵魂的摆渡人

高考才过去一个多月,却仿佛过去了许久。现在回想起来,其实整个高中都如梦境一般,得知高考成绩后,更如一场幻梦。还记得高三上学期一诊

考试失利对我的打击,也记得高三那个寒假试卷堆砌的压力,一向热爱的游戏、音乐都随之黯然失色。是的,面对一诊的失败,我放弃了深夜的烧烤,拒绝了游戏的诱惑,不止一次想过放纵一次,可我却仍然坚守了本心。并不是我不想借此来逃避一诊考差的失败,而是我知道,我只是自己灵魂的摆渡人,随着风摇摆,跟着浪起伏,起起落落,但只要帆未曾收,舵未曾改,那隐隐浮现的终点,也并非遥不可及。而它,也就这么摇摇摆摆带着我驶入了未名湖的一片芬芳。

学习剪影:奋斗多载,我早不惧任何挑战

语文难?不!你只需要认真去体悟。

语文曾一直是我的弱项,我也为此做了大量练习题。临近高三下学期,我改变了学习语文的方式,由单一的做题到阅读名著,从梁实秋到余光中再到歌德,读得越多,体悟得越多,作家们那些或敏感纤微,或愤懑激昂的情绪,让我有了自己的理解和感悟。由作者到读者,实现了内心的共鸣,而我需要做的,仅仅是真实地把感悟反映到答卷上而已。在匆匆上学的路上,发现绿树成荫的和谐,从懒猫翻身中体会到生活的惬意,这不仅是对高三紧张生活的调剂,更是对生活、对世界、对人生的独特感知。

对数学,你需要看穿它的套路。

其实,从高一畏惧压轴题到高二渐渐期盼压轴题更能"压到轴",这之间是由于题量的积累。高中三年,我做了大量的数学题。当题量积累到一定程度后,见到数学题,解法自然了然于心。

对理综,找准方式,满怀信心。

我并不建议高三做过多理综题目。我的建议是对理综的复习时间进行合理安排对做题顺序合理把握,有一个固定的模式,再者就是要有理综一定能做完的信心,有此二者,理综高分其实并不太难。

燕园心绪：未知前方，我愿尽头有希望

对于未来，我也有迷惑，有彷徨，而我唯一能做的，就是做好现在，活在当下，毕竟在通往未来的路上，只有将前面的每一步踩实，后面才不会跌倒，只有将当下每一刻都充分利用，未来的时间才能属于自己。“时间是一个伟大的作者，它会给每一个人写出完美的结局来”，而我坚信，我的结局，必将一片光芒。

余忠倪：毕业于重庆市万州第二高级中学，就读于北京大学元培学院

重剑无锋，大巧不工

陈鹏越

学弟学妹们：

你们好！

重剑无锋，大巧不工。这句话是描写金庸笔下的独孤求败，玄铁重剑没有剑锋，使不出轻灵飘逸的剑招，却能以沉重稳健克敌制胜。我想对于高三的你们，也应该如此，用最简单直接的方法，解决最棘手复杂的问题。

《阿甘正传》中有这样一句话：人生就像一盒巧克力，你永远不知道下一块是什么滋味。我无法向你们展示高三的全貌，因为它充满了可能与变数，我仅能在这里以一个曾经的高三学子的身份，提醒各位：高三是一个需要踏实与勤勉的时段，是一个需要心无旁骛的时段。以下是我的三条建议。

首先，要准确定位自己，找到自己能够坚持下去的理由。换而言之，就是确定真切而实在的目标，通过这个目标来约束自我。规律的日常作息可以保证目标的达成。这个目标，首先是建立在准确的自我认识与反思上。你离自己的理想大学还有多少差距？哪些科目有更大的提升空间？你有什么计划？用什么方法来提升？是不是应该与老师交流自己的想法与疑惑？在这一系列的追问后，应该有对应的目标，并且强迫自己去达成。

其次，是要回归基础，理清套路。第一轮复习特别重要，这是你唯一能够将三年知识体系彻底打通的机会。一定要仔细回归教材和新课笔记，这是所有题目的出发点，所以要重视基础。你需要梳理知识：学了什么，有什么技巧,有哪些易错点。一般来说,我会参考教材的目录,把各个学科的知识框架梳理一下。第二轮复习主要通过做题巩固知识点,就是在总结规律,形成自己的习惯与方法。

规律与细节是复习时的两个重点。寻找规律对于文科生和理科生都很重要。规律是经验方法,是第一直觉,是题目共性。首先要有大量的练习做基础,在做完题后,需要总结题目的类型与对应的通解通法,这道题目特殊的解题过程,以及与其他知识的联系。总结规律的过程就是在搭建网络,将你所有做过的题目,所有掌握的方法联结在一起,形成你自己的解题习惯。读书的最高境界,就是化繁为简,把厚厚的书本,浓缩成寥寥几语的精髓。

关注细节,不仅仅是知识上的,也有技巧上的、生活上的。在最后的冲刺阶段,规律的作息时间是一切的保证,不要过度损耗自己的精力,白天的高效远胜于熬夜的僵持。关注细节要到哪种程度呢?以我自己为例。我平时睡眠不足,考试前更是紧张。我知道自己在高考前一晚可能会失眠,所以全真模拟时,我将失眠也作为了需要应对的部分。幸好,高考前我睡得很好。你不知道哪些细节会影响你的发挥,只有把一切都尽量做到完美。

最后,对于高三的学生来说,心态的调整有时比能力的提升更重要。要学会接受遗憾,享受成长。每个人都有缺陷,弥补了,叫成长,弥补不了,叫遗憾。可能考前你还有成堆的错题没有浏览,可能还有很多问题没有与老师讨论,可能你还在为之前的失误惴惴不安。但这些都不重要。重要的是要对自己有信心。在高三这个阶段,所有人都有发挥失误的时候,但切记,不是分数与名次决定了你的未来,而是你犯下的错误。我觉得,考前自信,考中仔细,考后冷静,应该是最理想的状态。每次考试都是检验与弥补的机会,每次考后都要认真反思。

不久之后,你们会承受压力,并且一定是来自自己的内心。当所有人都在努力向前时,你必须竭尽全力,才能跟上节奏。你可能会暂时落后,心有不甘,你也可能短期领跑,踌躇满志。但低谷与高峰一定存在,最重要的时刻还未到来,过度的自豪与自卑都是在浪费时间。怀平常心,行不凡事,要听天命,也要尽人力。

毕淑敏说:我不相信手掌的纹路,但我相信手掌加上手指的力量。正如我前面所说,高三是一个充满变数的时期,从现在起,你们要做的,就是确定主元,逐个消元,把命运中不可控的变量减到最少,将命运牢牢掌握在自己手中!鲁迅有诗:心事浩茫连广宇,于无声处听惊雷!祝你们好运!

陈鹏越:毕业于重庆市第八中学,就读于北京大学元培学院

当时年少

江宇洋

一

北大,对我来说曾是一个遥不可及的名字,是一片梦中都不敢踏足的圣地,是可望而不可即的乌托邦。

刚进入新班级时,高手如云,英才满堂,我站在光芒耀眼的同学中间,像一只从树上失足落地的雏鸟,浑身发抖,怎么也想不明白为什么我会误入这片群星闪烁的森林。就连在运动会的集体照片上,我也黯淡无光。神采飞扬的是他们,带着优秀少年特有的骄傲,而我在不起眼的角落,双手局促,勉力微笑。“热闹是他们的,我什么都没有。”阳光如线,横亘在我与他们中间,照亮了这一群天之骄子,恩泽却分毫不及我。

那股莫名的自卑与局促让我消沉了很久。我在手机的麻醉中,假装不在乎成绩单上陡然滑落的我的名字。

“就这样吧,我就是这个水平。”我看着屏幕这么想着,手指继续划来划去,拿着弓箭的屏中小人也随着我的动作灵活地躲闪、跳跃、射击,却是一发未中,几个音调叠加的骂声透过耳机传过来,声震如雷,几乎要贯穿我的耳膜:“明明都快赢了！你怎么连个游戏都玩不好?”

我“啪”一下关了手机。队友的怒骂震得我整个灵魂开始颤抖,像一记重锤打在心上。我呆呆地坐着,脑海中忽又浮现出这次半期考试的名次。屏幕忽然亮了起来，是短信接收的通知。

母亲说她看到成绩了，有些失望。

我盯着那几个字很久很久，无穷无尽的悲哀从四面八方涌来。

我不是不渴望成功，我不相信自己什么都不能做好。

我这时才明白，原来我根本不甘心。

二

就像所有大梦初醒、宿醉方消的人一般，满面尘灰烟火色的我，踉踉跄跄，面对着眼前堆叠成丘的资料，意识茫然，提笔无言。多少次打开应用商店，点开绚烂的图标，我犹豫不决，抬头却看见教室里一片高矮不一的俯下去的脊背，线条流畅优美，恰如鹰滑翔时展开双翅的骄傲高贵的姿态。

他们意气风发，他们长剑在手，无处不可去。万花如绣是他们的，浩荡山河是他们的，阔海长天是他们的。有什么比那更美呢？

我按下了手机的关机键。一次比一次迅速，一次比一次坚决，一次比一次清醒。

此后当我再次打开手机，自如从容地输入那些复杂生僻的单词，等待完整释义的出现时，才惊觉“王者荣耀”“阴阳师”这些曾让我迷恋的名字已经淡出我的视线很久很久了，那些遗留下来的时间空白，密密麻麻，全都被题目填补。

各类试题，我一本本从书店买来，一题题认真练习，连答案也犹如蠹虫一般啃啮许久。伏案疾书，笔记本由瘠而肥，错题本“日新月异”。我在拼命。我知道我不甘心当一个碌碌无为的庸人，我知道我也梦想成为那灿烂星空中的一颗，能够发光发热，而不是做一个历史长河中不起眼的冰冷的石块。

窗外桃花开了又谢，谢了又开。枯燥干涸的高三岁月里，连一杯新口味的咖啡都成了醴泉琼酿。

我看到自己的名字在列有排名的A4纸上慢慢攀升，有起有伏却涨大于落，后面紧跟的数字逐渐缩小，无声无息，从三位数变为两位数，再后来变成个位数。

我等到了。

我曾经为小小的进步欣喜，也曾经为偶然的坠落哀伤；同学的肯定让我欢欣鼓舞，老师的鼓励也让我热泪盈眶。

三

这一路走来，悲喜交加，我庆幸悔悟及时，回车复路，终是走出一条自己的大道。

八月的重庆如蒸笼，不知道九月的北京是否清凉如水？

我深深热爱的南开，绿荫满地，办公楼外墙上的爬山虎嚣张得可爱，桃李湖是天神落在校园里的一块琉璃。

我埋藏在心底的理想国、我即将去往的燕园，听说那里古色古香，风物潇洒，未名湖如一片琼田。

人间至景，大概也就是如此。

我在燕园，等你。

江宇洋：毕业于重庆市南开中学，就读于北京大学元培学院

也无风雨也无晴

王超越

细细想来，我的人生中，经常有这般感受：事情来时，只觉波澜起伏，再琐碎的生活的触角都能掀动情感的涟漪，反复无常；置身事外，蓦然回首，种种喜怒悲欢，便都从往日的棱角分明，融化成一条柔顺的轨迹，向事后的自己，把时光的柔情说尽，让心境淡定而从容。

一

高二暑假，凭借文理分科以来稳定且靠前的综合排名，我如愿以偿地获得了北大暑期学堂的入场券。曾经印象中红楼黑瓦的燕园，由此清晰了轮廓，增添了许多喜人的细节。

古韵营造的传统建筑四处坐落，椽梁接托的飞檐伸向碧天，对着穹宇点数这座院子历史的沉淀。名师讲座上，来自不同学院不同领域的教授们，或严肃或诙谐，或轻松或深情地讲述着学科的命题、学科的道路、国家民族前进的险阻，不仅显示治学之慧，更流露家国之思。

而同班主任老师六天的相处，和送别晚会上极尽新意的演出，更刷新了我对北大人“传统学霸”的刻板印象——活跃在这园子里的，是一群有热情、有学识、有血肉的新青年，他们从不乏创新之意识、自由之精神，坚守着内心“诗人加壮士”的理想主义情怀。

在这里，我也结识了几位同样来自重庆的小伙伴。结营临行前的夜里，我们相约灯水辉融的未名湖畔，直到天际微蓝的清晨，在石舫上同睡意抵抗，等待博雅塔顶的日出。我们留影共勉：一年后一定相约在这里。

于我的高三，这是一个美妙的开始。

二

高三，与从前不同的是，多出一节晚自习后更深的夜和更冷清的回家的街道，是早自习上突增的同困意斗争的勇气，是午餐晚餐时往返食堂更紧凑的步伐，是老师课上课下对细节处的格外叮嘱，是全班都会因一点点学习之余的趣事而沸腾，是周末自习更高的出勤率，是更多人桌面上笔袋里直白的誓言。

然而，除去上述细节，同样的课堂和作业，同样的三点一线的日常轨迹，同样的周考月考随堂练习，同样的背书做题，才是高三最实在的内容，单调却厚重。

大家共处一间教室，曾以为该是竞争的对手，熟悉后只把彼此当作“执子之手，与子同袍”的战友，当作奋斗岁月里温暖的存在，汗和泪同流，喜与笑共享。一页页书在此翻过，一张张考卷在此答完，一篇篇练习在此结束。

我高二之前成绩排名靠前，面对高三，似乎没有旁人“此时不搏，更待何时，再搏一把”的壮烈，心想只需保持水平，冷静迎战即可。然而正应了那句话“成绩是闯出来而不是稳出来的”，真正进入高三，各个学科的遗留问题在冷静审视下显露了痕迹。

数学的粗心大意，英语的逻辑陷阱，语文选择题的短板，文综大题思维的狭窄……或许是命运之神对高二的我实在温柔，只得把考验都交付高三，或许是曾经的我神经不因高考而紧张，所以轻松之中不觉自身出现的问题，一个个细节上的、能力上的问题和我，在课堂、在作业、在测验中不期而遇，往往让我一个课间捶胸顿足，一顿餐饭冥思苦想，然后，又只得下决心，订计划，一个个解决，朝最后的考验慢慢靠近。

三

大概便是如此，窗外秋冬春夏四时流变，日光愈来愈浓，日影愈来愈短，太阳直射点向北缓缓挪移，我们和那位久闻大名却素未谋面的对手的距离，近到了让人微微焦虑。

各式各样的小问题仍然如潮水涌来，虽然有递减的趋势，却也反复无常，让人苦恼。这场同自己的战斗里，我不是没有胆怯的时候。也曾摔了书本，去影院买一张票给大脑放假；也曾失望难过，和自己的愚钝赌气，冬天的晚餐买一杯冰奶茶过瘾，第二天胃痛到不得已请假；也曾溜进无人的小办公室，写下自己身上令自己不满意的地方，直到泪流满面。

四

然而，或许是班主任老师一次次的疏导终于引发质变，或许曾经挣扎的心渴望一个可安歇的水港，临近五月，即使经历了几次排名的波动，即使文综周考的地理几次考出历史新低，即使面对即将到来的高考并无十分的把握，我的心态竟然慢慢平和：瑕疵不可避免，问题总会出现，尽力做到完美，成功已然显现。

我把曾经出现过的小毛病一一记下，每天浏览一遍，即使还会再有，也告诉自己：幸好不是高考的时候摔跤；把近三年的全国卷文综通做两遍，每一道大题小题都反复回味，穷尽其背后的知识逻辑将五颜六色的标注做成一道风景；有空就趴在桌上，写下暖心励志的话语，用文字给予心灵平静的安慰……

高考前的最后半个月，无非是每天做套题，看错题，浏览课本，如今再话，很难勾勒出清晰的轮廓。真正难舍的，该是暖暖的人情。

和同桌嬉皮笑脸，因为老师上课时的一个金句而爆笑整个课间，两个人的笑点变得出其一致，对方情绪低落时又故作严肃地暖心安慰；地理老师分析试卷过后，语重心长的鼓励，至今难忘那一句坚定而又温柔的“你一定可以的”；历史老师会因为一只擅闯教室的小雀而和我一起凝神观望，鸟儿离去后又神秘地说道：喜事就要发生了；一向着装讲究的政治老师为了我们高考“开门红”，专门套上老公的红色POLO衫；班主任把意外的崴脚解释为“再慢慢地陪伴你们一会儿”；数学和英语老师高考前夜对我们爱的表白，令我们几乎落下眼泪……

高考结束已然一月，历史大题的答题技巧，政治课本的知识框架，地理学科的各种思维，英语作文的高分模板，数学的常见“死点”，语文写作的最新素材，这些似乎都已在印象中淡淡模糊，然而，这群可爱的人，十九班的210室和最后搬进科技楼的日子，大概会和“高考”这个词一起，镌刻在我的生命里。

五

六月七号、八号，平静地出入考场，英语考试距结束还有10分钟时莫名想喝南开步行街的奶茶。

六月二十三号中午十一点，查到成绩，惊喜，然后平静，感恩，终于梦圆燕园。

苏轼的《定风波》是高中课本上大家熟悉的一首词，我初读时便有偶遇知音之感。穿林打叶的波折之中，真要留意的，不是林中的某一条道路，而是吟啸徐行的姿态和状态，“行走本身才是答案”。偶遇困苦，偶遇波澜时，莫要放弃，但凡是前进，总要好过原地踏步甚至中途离场。时机成熟，自然有料峭春风和山头斜照向你召唤，予你以平和至淡之境界。真正走出风雨，再来回首，其实无论是阴晴雨雪，既已走过，值得留恋的，便只剩脚步本身。

恰如我的高三，投身其中时或许百味交加甚至更多时候苦不堪言，然而，如今回首，滋味隽永的，是穿插其间的美好记忆和有趣的人，意韵深厚的，是一少年走出困顿之后，于这世界于这人生的小小感悟。

无论是风是雨，是阴是晴。

期待你的故事。

王超越：毕业于重庆市第一中学，就读于北京大学元培学院

长夜终有尽头

邹昀彤

地球运动，昼夜不息；成长之路，悲喜交集。如果把三年的悲伤、遗憾、不堪、孤独、尴尬、无力等负面的情绪和经历拼凑成一个漫长的夜，那么现在的我已经安然度过成年前的黑暗。已往之不谏，来者之可追，再看看来时的路，然后再出发吧。

减少依赖，走向独立

初到巴蜀，无论是陌生的地理环境还是周遭的新同学，都让我感到无形的压力。压力过度变成焦虑，接着产生自我怀疑，于是有了极强的依赖。八月，站在校门，我对着电话那头的妈妈哭着说："我想回家"；九月，班主任在晚自习带我在操场绕圈圈，理智但不失感性地帮我解开心里的结，寻找解决问题的办法；十月，国庆假期被缩减，到家三天后又背上行李坐上汽车，我仍不免在步入巴蜀梧桐大道的时候落泪。我曾把这一切都归结为"思念是一种病"，但后来发觉，这更可能是走出舒适圈后的依赖心和惰性与脚步不停的现实之间的对抗。

高一一年住校，一开始还会在熄灯后悄悄哭泣，时间一久，这样的情景慢慢消失了。记忆更深的是每天有规律的作息，日常和室友的打闹，自己洗自己的衣服，周末和同学去超市购置东西当自己的小掌柜，以及高一寒假一个人收完所有东西等着妈妈来接的成就感。从一直被呵护的人变成主动决策的人,从一直被照顾的人变成安排自己的人,我想,还好没有一开始就妥协。

减少怯懦,走向自信

还记得2016年的8月,我的慌张产生于身旁正在背四级单词的同龄人,而我丝毫没有主动预习的想法;我的恐惧产生于课堂上口若悬河的同班同学,而我几乎从未在公众场合发过言;我的焦虑产生于所有人都比我好的设想,尽管事实并非如此。我必须承认,那时的我是胆怯的,害怕失误、害怕不被认可、害怕辜负在乎我的人……我和自己约定,把十月第一次月考成绩作为一个锚点,无论好坏,都要安下心来提升自己,而不要一味地恐慌“所有人都比我优秀”。事实证明,自我契约是有效的,它让我找到了自己的定位,关注自己的进退。自信,首先来自冷静。

还记得2018年的6月,综合排名靠前让我有机会参加优秀中学生暑期学堂,我兴奋之余,还有一些担忧。这一次,我选择保持冷静,认真备考。反复记背单词,立誓啃下数学这块骨头,粗读从未接触过的著作……每天的充实感挤掉了不安。自信,主要来自实力。

也还记得2018年的8月,在重庆。我牢记老师的告诫,父母的叮嘱,在北京,我实现了和友人的西瓜之约,成功竞选为暑校班长,和同学在运动会上挥洒汗水。我想自信,离不开同行者的陪伴。

减少不安,走向释然

进入高三,仿佛空气中都弥漫着硝烟的味道。教学楼下大屏幕上以秒为单位的倒计时,题为“向幸福冲刺”的百日誓师大会,次数渐少的模拟考,排名起伏不定的周考,还有越堆越高的书,哗啦哗啦的试卷……我心想,高三就是这样的吧。接受现实的同时,心态难免出现波动。时间一点一点地流逝,但漏洞仿佛越补越多;复习一点一点地推进,所有人都在全力以赴;睡眠时间一点一点地压缩,但课堂效率也越来越低……理想与现实的落差横亘在我面前,我不得不说,我有点慌。

然而,我不是一个人在战斗。在书签上写下"一起考最好的大学",是我和同桌的相互鼓励;政治老师对我说"我希望你好",我打心底里开心;数学老师对我说"好好调整,重回巅峰",我暗暗下定决心;走在路上偶遇地理老师,得到的大大的拥抱让我一个下午都在笑……我撞伤眼角帮我冰敷到凌晨的妈妈,看完考场那天,收到友人X的"你当然没问题"的隔空祝福,每堂考试前的集体加油……这些小小的举动,有意也好,无心也罢,都像一辆自行车,让我骑行在路上,把不安抛在身后,听耳边名叫释然的风声。

从重庆到北京——走近PKU

2017年,我第一次走进北大。博雅塔下,未名风物,学术风采,留下些许憧憬。

2018年8月,暑期学堂。也许试题的模样已经变得模糊,但我还记得美丽与可爱兼具的曦月姐带着我们在燕园里走南闯北,烈日下的跋涉,阳光大厅的璀璨,五四运动场飘扬的班旗——拾陆拾陆,相约PKU!我想,这既是一种引领,也是一种传承。我还记得傍晚的见面会,有教授对科研经历的细细讲述,有学长用建模的方式介绍规划的重要性,还有远方屋脊上的一抹晚霞。我还留存着院系见面会上盖满各个院系印章的单子,和"理想在前"晚会的门票,更不会忘记离营前在未名湖畔的通宵以及和朋友"明年见"的约定。这一次,收获的是笃定的方向。

2019年1月,寒假学堂。冬日的燕园又是一番景象。没来得及去看结冰的未名湖成为那个寒假的遗憾,北方的暖气却给我留下了难以忘却的温暖。

回到学校，便是一诊。还来不及想寒假学堂测试的结果，又投入备考中。在高三的二分之一处，我发现，如果一直回头看，就很容易陷入情绪化的旋涡，而如果一直向前走，忧虑就会掉在后面。这一次，收获的是前行的力量。

2019年6月，高考后直飞北京，参加博雅考试。第一次参加面试，第一次和教授面对面的交流，第一次走进文史楼，即使是已经第四次到这里，也还有许多第一次，这或许就是燕园的魅力所在。6月22日，查到博雅考试的结果，6月23日，查到高考成绩，尘埃落定——这个暑假最幸福的事大概是可以在今年的冬天去看一看结冰的未名湖了。

高三这三百多天仿佛一个漫长的黑夜，阳台上过了晚上十一点还亮着的灯洒下亲切的光辉，让我安稳地走完楼下布满青苔的台阶；高考前一起写下的各科注意事项，让我安心地踏入高考考场；6月6日上午明德楼405室的蛋糕和粽子裹着师长的期待和鼓励，让我看见从未缺席的陪伴；7月8日以使命和辉煌为主题的毕业典礼送出母校对学子的祝福，让我走出长夜，拥抱时代，奔向光明。长夜漫漫，但终有尽头。

来不及悲喜，只期待朝夕。从北区路51号出发，到达近两千公里外的颐和园路5号，十八岁将至，新的旅程，即将开启。

邹昀彤：毕业于重庆市巴蜀中学，就读于北京大学元培学院

愿赤子之心伴你长行

李睿喆

三尺微命，一介书生。欲说心事，诸君姑妄听之。

情至深处，难以离开

三年，从懵懵懂懂到初识世界，从稚气未脱到风华正茂。成年前的这三年，一定是最好的三年，无须体会人间疾苦，尚未看清社会百态。只需坐在课桌前，向着高考勇往直前，享受着这片刻珍贵的宁静和青春年华。任凭书生意气充满胸膛，将自己托举得很高很高，视野也无端的高远辽阔，萌生出天真而远大的梦想。仿若只要去努力，无论结果如何，都是值得的。

记得第一次迈入南开的校园，我就被道路两旁高耸的黄葛树深深吸引，疏离的枝叶交错纵横，撑起了南开的一片天空，一种空灵而神圣的感觉萦绕在我心间。冥冥之中觉得这片热土会是我梦想的摇篮。而在接下来的流光溢彩的三年里，南开果然给了我太多太多的惊艳：精心策划的自编操、运动会上的奋力一搏、五云山寨毕业墙下流下的眼泪、球类联赛上的精彩和遗憾……如此种种，早已来不及拾起的五彩斑斓的记忆碎片，折射着我与南开难割难舍的情结，以及好多好多未曾体会，也不曾言说的感情，将被存放在我心中最柔软的角落，纪念着我在这里书写的青春。

从南楼到北楼，我在高考路上四处寻法。刚进校时，我的成绩并不突出，终日默默无闻，我也并不奢求在班上的存在感，也因年纪尚小，对未来并没有什么概念，高一不知怎的就过去了。但渐渐地，我找到了一些适合自己的学习方法，迅速地取得了明显的进步，在生活上追求简单的我开始在学习上追求精致。从高二开始我的成绩比较稳定，高三一年也就顺风顺水，没有出现较大的成绩波动。尽管我不算十分刻苦，但取得这样的成绩我也放弃了很多，几乎从来没有和同学一起聚餐四处游玩过，永远过着津南村、食堂、教学楼“三点一线”的生活，校门外的世界对于我来说竟那么陌生。或许就是在这样的平静中我才会更加清晰地认识、思考自己，虽然这样会让我失去了一些东西，但有得必有失。老师们的悉心教导和无私付出是我不断进步的主要原因。而南开非常亮眼的，是自习室的灯光。我曾于此与一群不知名、不同级，但怀揣着同一目标的伙伴在各种假期奋斗过。这是我欣赏的——南开的自主学习，于我的影响。

数学竞赛的失败，是我不得不提的小插曲。高一时糊里糊涂的我没有认真对待竞赛，直到高二时我才醒悟过来，但与其他同学差距已甚远，除非全力冲刺，否则于事无补。我于是选择了更为稳妥的道路：高考、竞赛、自招三线行走。竞赛于我而言变为了训练思维的工具，加上自主招生对我考试时间分配、大局观等应试技巧的训练，帮助我在后来与北大交流的关键节点中表现出色。同时也因此开阔了视野，我在今年高考中也算发挥正常。虽说数学竞赛最后连全省第一名都没能拿到，但竞赛对我思维的训练和心智的磨砺是难得的，我也并不感到遗憾。

我时常一个人散步，与其说我热爱独处，不如说我热爱自然。流连于校园中的一草一木，我留下足迹和眷恋，带走母校的谆谆教诲和脉脉深情，同时也不停地思考我的价值，以及生命的意义。

以梦为马，相约北大

从暖风轻拂之夜漫步于月色如水的石板甬道，到凛冽寒风之中嬉戏于游人如织的湖上冰园，北大，总是以最动人的姿态撩拨着我少年的心弦，无论冬夏。

高二暑期学堂时，我有幸在燕园度过了难忘的六天，初次领略了校园的热烈与美好，认识了一群同样有着少年心事的朋友。在七月既望写下了一封给北大的情书，寄给一年后的自己。那时的我，有着对未来隐秘的期盼，和不可避免的迷茫。而在寒假营，经历了半个高三洗礼的我渐渐有了自信，更为幸运的是在学长的学科经验分享中我初识了“整合科学”并“一见钟情”。“以高强度的数理基础训练，培养从事生物研究的人才”，多么有前瞻性的眼光！我知道这就是我想要的，我终于找到了一个方向。高考完后我第三次前往北大参加考试，心中已多了份从容与笃定。在柳枝摇曳、云淡风轻的未名湖畔，我观看几只野鸭戏水，欣赏这勃勃生机。我明白，这里将是我梦想起航的地方。

如今圆梦北大，千里之外的约会终于要赴约，而等待着我的是一个充满挑战的未来。我明白科研之路将十分艰苦，但我对梦想的执着会使我无惧挑战，一颗赤子之心会一直伴我前行。

李睿喆：毕业于重庆市南开中学，就读于北京大学元培学院

我的竞赛之路

吴宇轩

收到冯老师约稿时，我正在外游玩，想到自己能够在这里跟大家分享自己的经验，喜悦之余也感到压力重重。思索之后，我想就从我的亲身经历写起，希望对大家会有一些帮助。

常有人认为竞赛是一条升学的捷径，但只有亲身经历过的人才知道，竞赛是远比高考困难的一条独木桥。在过程中必须全力投入，时刻专注，路上稍有不慎便会跌入谷底。

一

初访燕园是在2017年的暑假，那时候的我还是一个懵懂的小孩，怀着朝圣的心态前往海淀参加为竞赛生举办的化学暑期课堂。那时未名湖还是个遥远的梦想，即使居住的宿舍一旁都是建筑工地也抵挡不住我对这里的渴望。课堂以实验培训为主，先进的设备仪器和丰富多彩的化学药品，让我这个学习时长只有一年的竞赛生为之倾倒。经过一个星期左右的学习，我愈发感受到自己对北大的热爱，也下定了为北大梦而奋斗的决心。

但当时的我并没有对自己的实力有正确的预估，我天真地以为自己的实力已经足够强大。然而，现实不会随着人的意识而改变，在第一次全国初赛的考场中我只拿到了重庆市第三十五名的成绩。而且，在之后的北大化学金秋营中也没有取得令自己满意的结果。但在我看来，如果说要对这些失利做出一个评价，我的唯一答案便是衷心的感激。不是任何失败都能够成为成功之母，只有当你认识到自己与他人的差距之后，奋起努力提升自己的实力，才能为你之后的成功做铺垫。无论是竞赛还是高考，最重要的都是少说、多做，只有你的实力才会带来最后的成功。之后的整个冬天，我都坚持高高效率地看书、做题。终于在第二年春天我再次等到了北大给我的机会，幸运的是，这次我没有让它从手中溜走。我在杭州举办的化学春季联赛中获得全胜，半只脚已经踏入燕园。

二

然而更大的挑战肯定还在后面。从学习竞赛开始，我的梦想便是进入国家集训队，这不仅要求你与本市的同学竞争，还要求你与来自全国各地的高手过招。而那些优秀的同学，他们不仅起步早，资源广，每天学习的时间也更多。我一边全力投入竞赛，一边还得兼顾其他课程，压力着实不小。

在这种情况下，我知道自己必须做到两点：

1. 挤出更多的时间学习。

2. 在学习时将自己的效率尽可能提升。

保证学习时间倒是很好完成，只需要早点起床加晚点睡觉就可以了，当然熬夜也不能够超过自己身体允许的强度，否则休息不足导致生病会浪费更多的时间。而提升效率则需要更多付出：首先，你必须热爱你所投入的事情；其次，你必须要对自己的未来负责，在松懈时不断警醒自己。

三

在我的竞赛生涯中，我感到压力最大的无疑是第二年的全国初赛。2018

年的7月份，我以不错的期末考试成绩结束了高二年级的学习。之后我第三次来到了北大，又是暑期课堂，这时的我对北大校园早已熟悉，我也完成了去年未遂的心愿，在实验课上制备出了难度较高的热致变色化合物。而从北京回来后便是全天无休的冲刺。令人奇怪的是，虽然对当时每天学习的内容记忆已经模糊，但当时的心情现在还依然记得。它不同于高一时对考试的期待，而是一种隐约的害怕。因为这次考试的确事关重大，如果无法进入省队意味着我之前取得的成绩也如同废纸。为了第二天快速到达考场，我当晚就近住在一个酒店里。从学校到酒店的路程并不长，然而望着路上来来往往的车辆，我看似波澜不惊，实则内心并不平静。

在经过一场发挥得还算可以的考试以及省选后，我进入了省队。经过这场考试，我明白，成绩绝大部分是由实力决定的。秋天我在西南大学进行了省队培训，那是一段让人印象深刻的美好回忆。老师们都十分亲切，课程安排得不紧，上课的内容也主要以复习为主，下课后我有充足的时间在校园闲逛。四处闲逛有助于缓解决赛前的压力。西南大学背靠缙云山，气候潮湿，校园中仿佛随时都弥漫着山雾。接近一个月的时间，我四处兜兜转转，游览各处的美景，晚上便去图书馆上自习，也算提前体验了一把大学生活。

尾声

之后的决赛仿佛是一场意料之中的演习，虽然在过程中也出现了意外。我漏看了实验中试剂的浓度险些让我无法制备出产物，幸好我及时发现补救，不至于产率爆零，但也和别人拉开了差距。只不过由于理论成绩还不错，最后总分仍然能够进入前50名，当我收到来自北大的电话之时，我知道我终于为自己的竞赛生涯画上了一个圆满的句号。前路漫漫，还需砥砺前行。

吴宇轩：毕业于重庆市第八中学，就读于北京大学元培学院

梅花最喜漫天雪

黄　华

初中历史课堂上学习中国近代教育史时，课本上出现的“京师大学堂”使我震惊，它的魄力和厚重，让我敬佩。尽管我那时没有去过燕园，没有见过未名湖、博雅塔，但北大于我，总是与其他大学不同。

后来对北大的了解，多是通过名家的文章作品，尤其是季羡林先生。未见北大形，已触北大魂。不知不觉中，我已热忱向往从未相遇的北大。

但我与它很遥远，它在首都北京，我在重庆一个偏远县城。它是学霸骄子的聚集地，是主城名校学生都难考的大学，而我则在一个教育相对落后的县城中学。

差距带来的不是自惭形秽望而却步，也不是感慨命运不公时运不济。相反，想去北大的疯狂想法让我沸腾，使我燃烧。高中不是用来哀叹的，是用来奋斗的，是用来挑战不可能的，是用来追逐梦想的。

进入北大不是我的梦想，是我的计划。梦想带有天马行空的虚幻美感，即使失败，也有夕阳般的随意和自我安慰的无限借口。而计划呢，更加现实，断了所有后路，唯有实现。我写下“考入北大”这个计划，我告诉自己，别听他们说的只要奋斗过就不在乎结果这类论调，我在乎结果，因为我想进入北大。

进取心是要有的，但只有进取心是远远不够的。现实可以让一个仅仅写下几页日记告诉自己要奋斗的人意识到几页日记是多么单薄无力。

我就这样坚定地走上了考北大这条路。全身心投入后会发现路很难走，但年少的我难道要畏惧吗?“梅花欢喜漫天雪,冻死苍蝇未足奇。”“青春是用来奋斗的”,奋斗的青春是有意义的。

为了梦想,我必须得做最刻苦的学生,盲目自哀自叹是愚蠢的。踏实地学习基础知识,保证会的题不做错;突破难题,保证拿高分;多做题,用更多时间改错,反思,总结;要在高三保持心态平和,提高效率;要应对学习和生活中的各种困难……

我想成为勇士和英雄,但更多时候,我只是平凡普通的十几岁少女,敏感脆弱,时常会哭泣。我和绝大部分人一样平凡,想要坚持又难以坚持,想过放弃又不甘放弃。

我的高中生活很平淡,平淡到没有给我太多记忆。

高考完后我很平静,没有解脱的快感,也没有对未来的恐慌,做的是理所应当的事,本就是计划的一部分。然后我去北大校园参加了“筑梦计划”的考试。第一次进入北大,这里和我想的很不一样,一切都令我向往。6月22号查到考试结果,我取得了很好的成绩;23号查到了高考分数,我的分数超了北大录取分数线。

虽跌跌撞撞,坎坎坷坷,但我终归实现了梦想。

回首过去的三年,我庆幸自己一直有想法,敢冲击。我的计划还有很多,我不想放弃。

未来我可能头破血流,可能遍体鳞伤,但我要一步一步地实现自己的每一个计划。

黄华:毕业于重庆市石柱中学,就读于北京大学元培学院

知我者，唯我也

滕宇涵

收到通知书已有数天，想来却有些恍惚，三年如一日，高中生活终于画上了比较圆满的句号。回首高中三年的学习生活，发现竟是这样一个信念驱使着我稳步向前：

知我者，唯我也。

整个初中我都是在这种状态下度过的：每次考试后老师不会公布排名，我也懒得去问老师，对别人的成绩也漠不关心，如此的情况下我考上了一中。

但后来到了高中，老师对排名的重视开始把我压得喘不过气——每一次考试后公开的排名都会让我清楚地看到成绩的波动。原本以为成绩波动是常事的心态也发生了很大变化，我开始无法容忍自己的失误，让自己在完成学习任务外额外完成更多练习，克制着玩耍的冲动，强迫自己专心于学业。

但是这样并没能改变什么，虽说情况并未变得更糟，但我的心情愈发糟糕。

我究竟是怎么了？我不禁问道。

这是初中时从未遇见过的困境，虽说初中时我的成绩波动得很厉害，但我的心态始终保持稳定。如今学习强度加大，我的成绩理应有更大提升，但付出与回报的巨大落差让我心生怀疑。

陷入瓶颈时要停下来静静反思。

这样的学习方式真的是我需要的吗？对我真正有用的方法是这一种吗？

猛然发觉，我并没有明白自己真正“需要”什么，而是以他人的“经验”来作为自己行为的标杆，只注意到付出与收获的正相关关系，忽略了我真正在意的“效率”问题。

多数人成功的秘诀，似乎并不适用于我。我开始渐渐减少自己强压的学习任务，适时进行放松活动，做自己喜欢的事情。不久，学习压力减轻许多，学习的效率也有所提高。后来，我参加了信息学竞赛。

老师说，我应该远离干扰学习的一切，有很多人都因此堕落，我笑了笑，但那些人不是我。

家长说，我应该再加把劲学习，别人付出了十倍的努力因此达到了更高的高度，我笑了笑，但那些人不是我。

同学说，他们已经复习了两遍，而我第一遍都还没结束，我笑了笑，他们不是我。

老师说，效率是学习中最关键的东西，对任何东西都不能玩物丧志，我点了点头，这个是我需要的。

家长说，要合理分配时间，不能一玩到底，也不能绷得太紧，我点了点头，这个是我需要的。

同学说，他们发现了一些很好的复习方法，我也会去学习，这应该是我需要的。

就这样，我在自己规划的路上走完了高中三年，有时难免显得桀骜不驯或是无上进心：高三最后冲刺阶段，我一周会选出两个晚上在最后一节晚自习去游泳；偶尔还会在课间画画来调整心态，我知道这是最有利于学习的做法，因此我不后悔。

老师的引领作用无疑是极其重要的，其所言“良药秘方”也万万千千，要善于选择适合自己的良药。所谓“慎思之，明辨之”，不仅是对所遇问题的分析，其实更是自己所需与他人的经验的理性统一。

与此同时，我也得到了北大的认可，这无疑增长了我的自信，让我能够在自己的道路上更加坚定地走下去,并且也让我的目标无比坚定。于是,在北大、老师、家长的鼓励下,我稳步前进,最终取得了自己比较满意的成绩。

真正知道自己所需的只有自己,但是,不管是老师、家长还是同学,他们都是真心希望我们能做得更好,因此他们的建议也会产生积极效用,值得去听取。三年走来,感谢他们一路的陪伴与支持。

大学生活在他人口中似乎比高中要轻松太多,但我觉得不会是这样的。大学选择的方向更多,可走的道路更多,这就需要我更加明确自己所需要的东西,排除干扰项,以免被令人眼花缭乱的选项遮蔽了真正的自我。

凡是过去,皆为序章。未来的大学生活,我也将明确自己所需,善于采纳他人的建议并坚持自我,始终铭记:

知我者,唯我也。

滕宇涵:毕业于重庆市第一中学,就读于北京大学元培学院

独家记忆

张婷婷

我是一名复读生,2018年的高考我发挥极不正常,只考了582分,这是一个令人难以启齿的分数,感觉自己从来没有这么挫败过,但那时的自己很固执,无论谁来劝,都不去复读,感觉复读是在浪费时间。我下意识地逃避,安慰自己:没关系,高考并不能决定一切,上了大学,我一样可以努力,考研考到北大,我是有实力的,我只是这一次失败了而已。但细细想来,并不是所有的努力都会收获想要的结果,这是一个事实,我们需要做好选择,如何使自己的路走得更远。老师们多次到家里来劝我,与关系要好的老师彻夜长谈,亲人为我剖析心理,终于,我的榆木脑袋开窍了,抓住了复读的尾巴。

其实,复读生活没有我们想象的那么恐怖、紧张、枯燥乏味,相反,我认为这是我高中最轻松最愉快的一年。我庆幸自己有这样一个重新成长的机会。这一年除了收获理想的成果以外,我的心态有了很大改变,我也更加懂得生活。我懂得了注重过程,看淡结果,我认为平时做好了,脚踏实地,就能从容面对考验。复读时每一次考试我基本上都没怎么准备,包括几次诊断性考试,但最后都取得了不错的成绩,这让我更加明白高效学习的重要性。

复读的每一天我都很开心,老师们特别可爱特别活泼,新的朋友也很好,从他们身上我学到许多不同的东西,每天上课教室都充满了欢声笑语。我懂得了更加享受生活,健康地生活。早晚喝一杯热牛奶,再吃少许葡萄干,早上嚼几颗核桃,吃几粒红枣,生活多美好啊!我们也有更多的精力和好心情用在学习上，毕竟，健康和快乐才是最重要的。我们学校的生活节奏比较快，但我学会调节自己，吃饭不再像以前一样匆匆忙忙，该休息的时候也会休息，时间是可以挤出来的，但我不赞成以牺牲健康为代价，低效利用时间得不偿失。

再来说说我从前的事吧，我一直觉得自己是个幸运的人，因为我总是碰到善良的人，尤其是我的老师们。

我小学是在村小读的，一个年级只有一个班，30个人左右。小升初时，我考了191分，是全校唯一一个上180分的人。由于成绩突出，城里中学的老师专门开车到家里来接我，几个老师在大热天爬了几十分钟的山去接正在打工的我，还请我吃了午餐。"吃人嘴短"，最后我入读了秀山一中。在那里，我结识了很好的朋友——我的老师们。她们会不断鼓励我，并培养我各方面的能力，让我变得开朗乐观，也让我的初中生活纯粹又快乐。班主任会说："干脆你当我干女儿算了。"而我也当了真："好啊，好啊。"上了高中以后，老师也会像家长一样去看我，这样的情谊，我告诉自己，一定要珍惜。

中考结束，一切又像是历史重演，老师们到家里来询问我的入学意向，接我和两个妹妹到学校参观，陪我们姐妹聊天用餐，很是愉快。读书期间，老师们不仅关注我的学习，也很关心我的生活状态。生病时，老师会带我去诊所，会给我送饭；家里出了事，老师会给我安慰；考试考得非常好，会塞给我一袋棒棒糖，偷偷发一个大大的红包；高考考砸了，会因为我翻来覆去睡不着，半夜给我打电话；我们会互通书信，即使每天都有机会面谈交流；冬天冷，会叫几个同学去办公室交流，实则是让我们蹭那里温暖的火炉；夏天热，同学们挤在办公室门口蹭冷空调，也不见老师驱赶；班主任会为我们烧热水，买板蓝根……这就是我可爱又温暖的老师啊，因学相逢，我庆幸有你们。

还有一群可爱的小伙伴。我们曾在雨里奔跑，肚子上顶着一个大西瓜，回到学校来不及换衣服擦头发，就急切地用勺子挖西瓜，你一勺我一勺，最后倒进可乐，享用黑暗魔法西瓜；每个星期我们会欢快地在寝室吃两块米豆腐，辣得酣畅淋漓；大雨天我们打着伞光着脚在操场上踢足球，无视别人异样的眼光。我们一起吃饭，一起上厕所；我们互相分享自己最喜欢的小说；我们忍痛“附庸风雅”，一起吃昂贵的牛排；我们在寝室互庆生日，分工合作，自制酸奶水果沙拉；我们一起吃抹了厚厚辣椒酱的土鸭蛋，享受人间绝味……我们因学相识，因相知而友谊长存，感谢我们一起度过的欢乐时光。

啰啰唆唆写了这么多，都是我的经历与感悟。有人曾说我写的东西朴素接地气，其实只是我书看得少，我也想要写出有文采的文章，但有心无力仍需继续努力，只能先如此简简单单地写出来了。

脚踏实地，不念过往，不畏将来。感谢自己再努力一次的勇气和毅力，让自己进入梦寐以求的大学，不管以前是怎样的，进入大学就是一段新的旅程。优秀的人很多，尤其是即将步入大学的你们，这时我就再次庆幸自己当初没有急着往前走，而是停留下来，走了一段回头路。因为当初的选择，如今我能够进入北大，认识优秀的你们，也希望自己能够更加优秀，成为更好的自己。

张婷婷：毕业于重庆市秀山高级中学，就读于北京大学元培学院

后　记

“未名渝音”上线以来，平台的投稿数量、类型得到不断丰富与完善，在北大重庆学子和编辑团队的努力下，刊登在平台上的优秀稿件取得了良好的传播效果。

这些稿件中饱含着北大重庆籍学子对高中生活的怀想，在燕园中学习生活的体悟，以及对学弟学妹们的殷切期望和经验传授。回望青葱岁月，连接过去与将来，他们以手写心，希望能以自己的真切体会，给置身其中的学弟学妹们以感染和共鸣。在编辑稿件的过程中，不少同学与编辑反复讨论、修改，力求将最具正能量的一面传达给读者。

每一个北大人心中都有无数幅不同的燕园图景，在这里，我们欣赏过春日草长莺飞，夏日荷叶连连，秋日银杏飞舞，冬日冰天雪地。

“未名渝音”中投稿的重庆学子来自北大的各个院系，对本院系和本专业的特点、优势，他们总是能如数家珍。在专业选择方面，站在十字路口的高中学子们常常会出现有关课程、出国进修和就业等方面的迷茫。闻道有先后，术业有专攻，“未名渝音”中有关专业选择的稿件是由不同院系的学子们悉心写作的，目的是给报考北大的学弟学妹们提供指导与帮助。

丰富多样的题材内容和独具匠心的写作风格保障了“未名渝音”的原创品质，编辑们在推送稿件时也力求根据文章特点、风格进行适当的排版，让千余名读者获得舒适的阅读体验。每一篇稿件发出后，重庆招生组的老师与编辑团队都会关注评论和转发中的读者反馈，采纳有益的建议，运用到之后的推送中，并与投稿的同学讨论接下来的写作方向。

“未名渝音”的创立与成长离不开重庆招生组老师、编辑团队与投稿同学们的共同努力，现如今有机会把这些优秀的稿件汇集成册出版，要感谢老师和同学们日复一日的辛苦写作、审稿和推送，感谢出版方的鼓励和支持。

也希望“未名渝音”能不断成长，越办越好！